AF553558

मीडिया कालीन हिन्दी : स्वरूप एवं संभावनाएँ

मीडिया कालीन हिन्दी

स्वरूप एवं संभावनाएँ

डॉ. अर्जुन चव्हाण

राधाकृष्ण प्रकाशन

ISBN : 978-81-7119-913-6

मीडिया कालीन हिन्दी : स्वरूप एवं संभावनाएँ

पहला संस्करण : 2005
पहली आवृत्ति : 2024

मूल्य : ₹695

प्रकाशक
राधाकृष्ण प्रकाशन प्राइवेट लिमिटेड
जी-17, जगतपुरी, दिल्ली-110 051
शाखाएँ : अशोक राजपथ, साइंस कॉलेज के सामने, पटना-800 006
पहली मंजिल, दरबारी बिल्डिंग, महात्मा गांधी मार्ग, प्रयागराज-211 001
1, अनमोल सोराबजी संतुक लेन, धोबी तलाव, मरीन लाइंस, मुम्बई-400 002
वेबसाइट : www.radhakrishnaprakashan.com
ई-मेल : info@radhakrishnaprakashan.com

MEDIA KALEEN HINDI : SWAROOP AUR SAMBHAVNAEN
by Dr. Arjun Chauhan

मेरी प्यारी बेटी
अमृता!!
तेरे जन्मदिन के
अवसर पर
यह उपहार स्वरूप!!!
12 जनवरी, 2005

संकट के बीच बेहतर भविष्य की आहट...

'मीडिया' एक शक्ति है जो मानव युक्ति के सारे पर्याय प्रस्तुत करती है। 'मीडिया' एक ताक़त है जिसका लोहा राजनीति भी मानती है और 'मीडिया' एक अंकुश की नोक है जो राजनेता रूपी ऐरावतों की निरंकुशता पर भी दस्तक देती है। यह वह अद्भुत आग है जो जीवन देती भी है और लेती भी, हँसाती भी है और रुलाती भी, बनाती भी है और बिगाड़ती भी। चिनगारी को शोले बनाना और शोले को शबनम, इसके बाँये हाथ का खेल होता है। मीडिया जैसे आसक्त को अनासक्त और अनासक्त को आसक्त बना सकता है, जन को विजन और विजन को जन घोषित कर सकता है, साधु को संन्यासी और संन्यासी को साधु करार दे सकता है वैसे दूध-का-दूध और पानी का पानी, सच का सम्मान और असत्य का अपमान, न्यायी का आदर और अत्याचारी का अंत तथा गुणों का गौरव और अवगुणों की धज्जियाँ उड़ाने का काम भी बेहिचक कर सकता है।

असहाय या निरुपाय को खूब सहायता प्रदान करने और शक्तिशाली या सामर्थ्यवान को छठी का दूध या नानी याद कराने का काम भी मीडिया ही कर सकता है। अतः एक तथ्य स्वीकारना होगा कि 'मीडिया' की अनंत संभावनाओं को आँकना संभव नहीं। जनतांत्रिक व्यवस्था में वह समाज एवं राष्ट्र का सलाहकार, सेवक, शिक्षक, हितचिंतक, प्रहरी और शासक ही नहीं तो डॉक्टर तथा इंजीनियर भी होता है।

दूसरी बात यह कि स्थिति, गति और आवश्यकता के अनुरूप इसकी भूमिकाएँ रहा करती हैं। वह राजा बलि जैसों के लिए वामन रूप में पेश आता है तो रावण जैसों के लिए राम रूप में। माया-मोहिनी के लिए तांडव करनेवाले शिव के रूप में तो सुंदरी बनकर ठगने आई शूर्पणखा के लिए लक्ष्मण के रूप में। कहना होगा कि 'मीडिया' नाम एक और अनेक भूमिकाएँ वहन करनेवाला अभिनेता है। हिंदी को आय. टी. (Information Technology) अर्थात् सूचना एवं प्रौद्योगिकी की भाषा बनाना केवल हिंदी के नहीं बल्कि भारतीय समाज और पूरे देश के उज्ज्वल भविष्य के लिए अनिवार्य है। इसलिए कि हिंदी जनभाषा अवश्य है, फिर भले ही राजभाषा के रूप में उसकी स्वीकृति चरितार्थ हुई हो, न हुई हो। अतः 'जन' जिस भाषा में साँस लेता है और 'जनमन' जिसे अपनाता है वही उसकी उन्नति का साधन बन सकती है।

स्वाधीन भारत में जनसाधारण को जानकारी (सूचना) प्राप्त करने के अधिकार से

वंचित रखना याने जनतंत्र का मजाक उड़ाना है। ऊपर से जनतंत्र-व्यवस्था जनभाषा की उपेक्षा कर विदेशी भाषा को अपनाती हो तो कोई क्या करे ? लेकिन सच तो यह है कि जब तक जनता को जानकारी प्राप्ति का अधिकार प्राप्त नहीं होता तब तक स्वाधीनता की कोई सार्थकता नहीं हो सकती। क्योंकि जनता जानकारी हासिल करेगी तो आखिरकार अपनी भाषा में ही। कोई भी विदेशी भाषा भारतीय जनमानस की भाषा भला हो भी कैसे सकती है ?

हिंदी को पिछड़ा देने और हिंदी पढ़नेवालों को बेरोजगार बना देने के जितने भी प्रमुख कारण हैं उनमें से एक है—हिंदी पाठ्यक्रम तथा दूसरा है—अध्यापक। वास्तविकता तो यह है कि हमारे यहाँ हिंदी का अध्ययन याने हिंदी साहित्य का अध्ययन ही समझ लिया गया, भाषा का नहीं। उसकी प्रयोजनपरकता की बात को कभी गंभीरता से देखा नहीं गया। आज अंग्रेजी के प्रसार के जितने भी कारण सामने आए हैं उनमें से एक है उसकी प्रयोजनपरकता। विगत कई सालों से हमारे यहाँ अध्येता अंग्रेजी को इसलिए नहीं पढ़ रहे कि उनको उससे प्रेम है बल्कि इसलिए पढ़ रहे हैं कि अंग्रेजी उन्हें रोजी-रोटी देती है, शासकीय सेवाओं में कहीं ऊँचे पद की नौकरी मिल सकती है। अर्थात् जिस भाषा के अध्ययन से मान-सम्मान और धन-संपत्ति अर्जित होती है वह प्रेम से नहीं तो प्रयोजन से पढ़ी जाती है। मेरी विनम्र धारणा है कि हिंदी को जब तक रोजी-रोटी देनेवाली भाषा के रूप में नहीं देखेंगे / स्थापित करेंगे तब तक उसका और उसके अध्येता का भविष्य उज्ज्वल नहीं होगा। हमारे पाठ्यक्रमों में भी नब्बे प्रतिशत बल हिंदी साहित्य पर ही रहा है और दस प्रतिशत भाषा और व्याकरण आदि पर । मुझे एक घटना याद आती है। एक दिन अचानक एक परिचित का टेलीफोन आया। महोदय बुजुर्ग थे। महाविद्यालय में हिंदी के अध्यापक थे और वर्षों पहले अवकाश प्राप्त कर चुके थे। कहने लगे कि ''चव्हाण साहब आपसे एक जरूरी बात करनी है। मुझे एम. ए. हिंदी के नये पाठ्यक्रम के संदर्भ में आपसे चर्चा करनी है। आप हिंदी विभाग के अध्यक्ष होने के नाते हिंदी अध्ययन मंडल में रहे होंगे। इसलिए आपसे बात करना जरूरी समझता हूँ।'' इसके उपरांत मुझसे समय निर्धारित कर महोदय छुट्टी के दिन घर पर ही मिलने आये। बोले ''अनौपचारिक रूप से बात करनी थी इसलिए विभाग की अपेक्षा घर आना ही उचित समझा। अपने एम. ए. के नये पाठ्यक्रम में एक गड़बड़ी हुई है। हो सकता है कि यह गलती से हुआ हो।'' मेरे पूछने पर कि क्या बात है, बोले—''प्राचीन और मध्यकालीन काव्य का पेपर विकल्प में गया है जो यु. जी. सी. मॉडल पाठ्यक्रम में अनिवार्य रूप में है और प्रयोजनमूलक हिंदी का पेपर अनिवार्य में आया है। निश्चय ही यह अनजाने में, जल्दबाजी में स्थानांतरण हुआ है, आप जरा देख लीजिए।'' सुनकर मन-ही-मन हँसी आई और तरस भी। जिज्ञासावश मेरे पूछे जाने पर कि आपको तो एक दशक से अधिक अवधि हुई है अवकाश प्राप्त किये हुए। तब भी आप इसकी जानकारी कैसे रखते हैं ? मालूम हुआ कि अध्यापक महोदय 'गाइड' लिखकर छात्रोपयोगी काम कर रहे हैं। बहस आगे बढ़ती गई।

देर तक। सबका ब्यौरा देना संभव नहीं। मेरी बात सुनकर कि यह 'गड़बड़ी' या 'जल्दबाजी' से नहीं सोच-समझकर किया गया है, वे कुछ सकपका गए। मेरा तर्क था कि हम लोग बी. ए. हिंदी के पूरे पाठ्यक्रम में छात्रों को साहित्य ही पढ़ाते हैं, एक पूरा पेपर हिंदी साहित्य के इतिहास का पढ़ाते हैं। एम. ए. हिंदी के पाठ्यक्रम में भी साहित्य के साथ-साथ हिंदी साहित्य का इतिहास पढ़ाते हैं। इसके अलावा प्राचीन और मध्यकालीन काव्य का एक स्वतंत्र पेपर एम. ए. हिंदी के लिए रखना वह भी अनिवार्य रूप में, ज्यादती ही नहीं तो युग की माँग को नजरअंदाज करना भी है। मध्यकालीन साहित्य हमारी धरोहर है इसमें संदेह नहीं। साहित्य के इतिहास का अध्ययन उनके बिना संभव नहीं। लेकिन अब छात्रों को वहीं तक सीमित रखना उचित नहीं है। उसके आगे की जमीन नापना जरूरी है। युग की माँग को पहचानना आवश्यक है। आज कबीर, जायसी, सूर और तुलसी का साहित्य हिंदी के अध्यापक और अध्येता की पूँजी जरूर है किंतु मंजिल नहीं। अब समय का तक़ाजा देखना ही होगा। जरूरत की नब्ज को जानना ही होगा। 'माँग और वितरण' (Dimand and Supply) के सिद्धांत को याद रखना ही होगा और हिंदी के प्रयोजनमूलक पक्ष को अपनाना ही होगा। वरना समय हमें माफ नहीं करेगा। अगर ऐसा नहीं हुआ तो हिंदी का छात्र ऊँची उपाधि हासिल कर बेरोजगारों की भीड़ ही बढ़ाता रहेगा। यदि ऐसा ही चलता रहा तो आपके हिंदी की उपयोगिता पर लगा प्रश्न चिह्न अधिक दृढ़ होगा। परिणामतः हिंदी के अध्येता का भविष्य भी प्रश्न चिह्नांकित ही होगा। तब समय हमें माफ नहीं करेगा। कहना जरूरी नहीं कि उक्त प्रसंग मेरे लिए चिंतन का था।

आज मीडिया को सबसे अधिक जरूरत भाषा के जानकार की है। आज आवश्यकता अच्छे संपादक, अनुवादक, संवाददाता, निवेदक, प्रूफ रीडर, डाक्यूमेंट्री रायटर, पटकथा लेखक, संवाद लेखक, गीतकार और कॉमेंटेटर की है। लेकिन योग्य व्यक्ति के अभाव के कारण 'मीडिया' काम निपटा रहा है। अतः अब हिंदी के पाठ्यक्रमों में भी परिवर्तन अनिवार्य है। हिंदी के अध्ययन में 'साहित्य' के साथ 'भाषागत' अध्ययन जरूरी है। जनसंचार साधनों की भाषा के रूप में जो भाषा आज शीर्षस्थ है, उसी के अध्येता सब से बड़ी संख्या में बेरोजगार बनते जा रहे हैं। इससे बड़ी विडंबना और क्या हो सकती है ? अतः मूल कारणों की तलाश होना आवश्यक है और समाज की जरूरत को देखकर भाषा का पाठ्यक्रम बनाना अनिवार्य है।

कहना जरूरी नहीं कि अब 'मीडिया' के लिए उपयुक्त हिंदी अर्थात् प्रयोजनपरक हिंदी के गंभीर अध्ययन की आवश्यकता है। व्यक्ति, समाज और देश के विकास के लिए भी अब हिंदी के इस प्रयोजनीपक्ष को स्वीकारना होगा। इसी अनुपात में अब हिंदी भाषा, शिक्षण, प्रशिक्षण और कार्यशालाओं के आयोजन आदि उपक्रमों पर विशेष बल देना होगा। केवल अध्यापक को ही नहीं, जनसंचार माध्यम के संचालक, संरक्षक एवं अनुभवसंपन्न कार्मिकों को आगे आकर सक्रिय योगदान करना होगा। रास्ता तभी बनेगा,

अवरोध तभी खुलेगा और विकल्प तभी मिलेगा।

यह कम आश्चर्य की बात नहीं कि 'मीडिया' और हिंदी का महत्त्व हम सब जानते और मानते भी हैं लेकिन बावजूद इसके दोनों की पारस्परिक अनुकूलता तथा पूरकता पर गंभीरता से सोचा नहीं। अब समय आ गया है कि 'मीडिया' के नियंता और विश्वविद्यालयों में बैठे (विद्वान) भावी पीढ़ी के निर्माता इस महनीय चुनौती का स्वीकार कर अपनी सामाजिक प्रतिबद्धता का परिचय दे दें। यदि ऐसा होगा तो न केवल हिंदी भाषा और उसके अध्येता का भला होगा बल्कि 'मीडिया' के मालिक का भी प्रतिबद्धध रूप स्पष्ट होगा, जिसका दावा वह हमेशा करता आया है।

हिंदी की विकास यात्रा साहित्य के जरिए पुष्पित-पल्लवित होती आयी है। लेकिन अब यह कार्य साहित्य की अपेक्षा मीडिया पर ज्यादा निर्भर होगा। मीडियाकालीन हिंदी को अब अधिक प्रयोजनपरक होने से रोकना न उचित है और न ही संभव। डिजिटल प्रणाली और इलेक्ट्रॉनिक मीडिया ने न सिर्फ उन्नति की सीमाओं को तोड़ा है बल्कि भावी सीमाहीन संभावनाओं के संकेत भी दिए हैं। दूसरी ओर भूमंडलीकरण के नाम पर सारी धरती पर भूमंडीकरण होता जा रहा है। लेकिन भाषा के बिना उद्योग, व्यापार, विज्ञान और संचार माध्यम आदि सब-के-सब गूंगे हैं। अस्तित्वहीन और मौन हैं। अतः कोई चाहे-न-चाहे, माने-न-माने, हिंदी को अपनाना इनकी मजबूरी है। फलस्वरूप वैश्वीकरण के माहौल में बहुराष्ट्रीय कंपनियाँ भी भारत भूमि पर विकसित होने हेतु हिंदी को अपनाने के लिए विवश हैं। प्रेम से न सही, किंतु व्यावसायिक उद्‌देश्य की पूर्ति के लिए तो हमारे यहाँ हिंदी के बिना चारा नहीं।

अब मानना होगा कि विश्व के बड़े-से-बड़े इलेक्ट्रॉनिक मीडिया नेटवर्क में एक मीडिया नेटवर्क भारत का है। लेकिन इस सच को भी स्वीकारना होगा कि मीडिया की महारानी अंग्रेजी है और उसकी सखी के रूप में हिंदी। मीडिया का हिंदी से सख्यभाव और सखित्व बरकरार है लेकिन उसे मीडिया की महारानी बनाना अब भी बाकी है। हमें इस चुनौती को स्वीकारना होगा। मूलतः भाषा के अध्यापक का सामाजिक दायित्व अध्येता को साहित्य से संस्कारित करना है। परंतु अब अध्यापक को सामाजिक दायित्व के अलावा आर्थिक दायित्व भी वहन करना होगा। इसके लिए अब साहित्य-संस्कार के साथ भाषा-संस्कार के प्रति विशेष ध्यान देना होगा। क्योंकि अब साहित्य-शास्त्र और भाषा-शास्त्र से ज्यादा भाषा का प्रयोजन-शास्त्र देखना अधिक प्रासंगिक हुआ है। भाषा का प्रयोजनमूलक पक्ष महत्त्वपूर्ण बना है।

वर्तमान समय का कडुआ सच यह है कि आज प्रति वर्ष देश के सभी शीर्षस्थ एवं प्रसिद्ध हर विश्वविद्यालय से एम. ए. हिंदी उत्तीर्ण होनेवालों की संख्या औसतन चार सौ-साढ़े चार-सौ है। लेकिन मुश्किल से उनमें से दो-चार छात्र भी हिंदी के बूते पर रोजगार अर्जन करते हुए नजर नहीं आते। हर कोई बेरोजगारों की भीड़ का हिस्सा बनता जा रहा है।

क्योंकि हिंदी के नाम पर उनको विशुद्ध साहित्य के अध्ययन तक ही सीमित रखा गया। परंतु बेचारा छात्र कार्य कारण भाव के परिणाम को भुगतने के लिए अभिशप्त हुआ। दूसरी ओर हिंदी भाषा के अधिकारी, प्रशिक्षित और मीडिया के लिए भाषा के जानकार, प्रशिक्षित तथा सक्षम युवक उपलब्ध नहीं होते। अतः अनाधिकारियों एवं नवसिखुओं से काम चलाया जा रहा है। यह स्थिति निश्चय ही चिंताजनक है। जिस देश में पाणिनि, कात्यायन और पतंजलि जैसे भाषाविद् एवं वैयाकरणिक हुए वहाँ पर भाषा के अध्येता बेरोजगार बनकर भटक रहे हैं यह बात गले नहीं उतरती।

भाषा के विद्वान अगर अपनी प्रतिभा का सदुपयोग करेंगे तो संसार की अधिक-से-अधिक समस्याएँ अनायास हल होंगी। प्राप्त मान्यताओं के प्रति अपनी स्थापनाएँ देने में तर्क और वितर्क को आधार बना देने तक की बात तो ठीक है लेकिन तर्क-वितर्क का स्थान कुतर्क लेता हो तो लगता है प्रतिभा के सदुपयोग की अपेक्षा दुरुपयोग हो रहा है। एक विद्वान ने गांधीजी के तीन बंदरों की भाषा को नये सिरे से व्याख्यायित करते हुए कहा कि गांधीजी ने यह नहीं कहा कि बुरा मत करो...उनका संदेश साफ है कि जो बुरा करना है वह जरूर करो, मगर न उसे सुनो, न देखो, न कहो...। दूसरे एक विद्वान ने तर्क दिया कि बुरा मत करो...लेकिन अगर करना ही पड़ा तो ऐसा करो कि जिसे न कोई सुने, देखे न कहे। तब तीसरे का तर्क यह था कि जो बुरा देखकर भी चुप बैठता है वह बुरा करनेवाले से अधिक अपराधी है, अतः बुराई विरुद्ध आवाज बुलंद होनी ही है। हमें बुरा सुनकर बहरा नहीं बनना है बल्कि उसके खिलाफ खड़े होना है। क्योंकि ऐसा न होने पर बुरा बोलनेवाले का हौसला बुलंद होगा, उसे प्रेरणा मिलती रहेगी और वह अधिक बुराई करता रहेगा। तात्पर्य यह कि सुनना, देखना और बोलना स्वस्थ समाज का लक्षण है और इनको बंद करना याने अव्यवस्था का साथ देना है। निश्चय ही तीनों के तर्क अपनी-अपनी जगह पर हैं। कितने स्वीकार्य और कितने अस्वीकार्य—यह विवाद का विषय है। लेकिन ये तर्क यदि भाषा के विकास के अनुकूल और उपयोगी सिद्ध होते हैं तो भाषा एवं भाषा के अध्येता का भी भला होगा इसमें संदेह नहीं।

जीविका की जिजीविषा हो या जिजीविषा की जीविका, आवश्यकता है औचित्यपूर्ण दिशा से मार्गक्रमण करने की। भविष्य उनका साथ देता है, जो सपनों की सुंदरता के साथ-साथ वर्तमान में क्रियाशीलता बरकरार रखते हैं। आज पिछड़ा वह नहीं जो साधनहीन है, पिछड़ा वह है जो साधनों का प्रयोग करना नहीं जानता। इसकी प्रयोग-विधि में भाषा की भूमिका अपनी अलग अहमियत रखती है। हिंदी को जनसंचार माध्यमों में अपनाया जा रहा है। हिंदी के बूते पर अब रोजगार की संभावनाएँ निर्विवाद रूप से बढ़ती जा रही हैं। संचार माध्यमों की आनेवाले 'कल' की प्रधान भाषा के रूप में हिंदी का प्रयोग उसके बेहतर भविष्य की आहट है।

इस ग्रंथ के लेखन की प्रेरणा के रूप में अनेक बातें आधारभूत हैं। विश्वविद्यालय में

दीर्घ-काल से अध्यापन अनुभव, साहित्य केंद्रित पाठ्यक्रम, अध्येता की भरमार, बढ़ती हुई बेरोजगारी, मीडिया की आवश्यकताएँ, उसमें अनाधिकारियों द्वारा काम निपटाने की मजबूरी, सूचना एवं प्रौद्योगिकी का विकास और वैश्वीकरण का माहौल ये वे कारण हैं जो मेरे हिंदी चिंतन तथा चेतना को चुनौती देते रहे। ऊपर से विश्वविद्यालय अनुदान आयोग, नई दिल्ली की ओर से मार्गदर्शक के रूप में हिंदी का नया 'मॉडल पाठ्यक्रम' आना इस रचना के निर्माण में अधिक प्रेरक सिद्ध हुआ।

इस ग्रंथ के लेखन के दौरान अनेक विद्वानों से समय-समय पर परामर्श करता रहा जिनमें डॉ. रामजी तिवारी (मुंबई), डॉ. एस. पी. शर्मा (राजकोट), मेरे विश्वविद्यालय के संगणक शास्त्र विभाग के प्रवक्ता श्री विजयकुमार कुंभार, डॉ. दिलीपसिंह तथा डॉ. तेजस्वी कट्टीमणि (धारवाड़), डॉ. शंकरसिंह बुंदेले (अमरावती) और डॉ. सरजूप्रसाद मिश्र का उल्लेख करना अनिवार्य होगा। मेरी जीवन साथिन अनीता ने तथा बेटी अमृता, चारुता, क्रांति और बेटे भूषण ने मुझे जिम्मेदारियों से निजात दिलाकर लेखन के लिए अनुकूल माहौल प्रदान किया। ये सब मेरे अपने हैं। इन सब का प्यार ही मेरी पूँजी है और सहयोग ही मेरी शक्ति है। टंकित पांडुलिपि के 'प्रूफशोधन' में मेरे शोध छात्र भाऊसाहेब नवले का तथा टंकण हेतु श्री अल्ताफ मोमीन का सहयोग प्रशंसनीय है। अंत में, प्रकाशक श्री अशोक महेश्वरी को धन्यवाद दिए बिना पूर्ण विराम नहीं दे सकता, जिनके सहयोग के बिना यह रचना आप तक पहुँचना असंभव था। शिक्षा, शोध, समीक्षा और संचार माध्यम की दुनिया में यह ग्रंथ तनिक भी उपयोगी सिद्ध हुआ तो मैं अपने श्रम को सार्थक समझ लूँगा।

सी. 64, प्राध्यापक कालोनी,
शिवाजी विश्वविद्यालय, कोल्हापुर -416 004

–डॉ. अर्जुन चव्हाण

अनुक्रम

1

स्वाधीनता के पचास वर्ष में हिंदी की स्थिति एवं संभावनाएँ

प्रास्ताविक

स्वतंत्रता के आंदोलन-काल में हिंदुस्तान के सर-आँखों पर रही हिंदी की विगत पचास वर्षों में क्या स्थिति है ? खासकर तब कि जब उसे संविधान ने राजभाषा के पद पर विराजमान किया। देश में 14 सितंबर अर्थात् 'हिंदी दिवस' का महत्त्व काफी बढ़ गया। आरंभ में 'हिंदी दिवस' एक ही दिन मनाया जाता, फिर हिंदी सप्ताह मनाया जाने लगा, फिर 'हिंदी पखवाड़ा' और अब 'हिंदी मास' मनाया जा रहा है। भाषण, समारोह, गोष्ठियाँ, स्पर्धाएँ, पोस्टर, अपीलें तथा हिंदी के प्रचार-प्रसार के विविध कार्यक्रम इन दिनों में धूम-धाम से संपन्न होते हैं। किंतु इस आयोजन के पीछे औपचारिकता होती है कि प्रतिबद्धता, यह एक स्वतंत्र चिंतन का विषय है।

1. नियमों, अधिनियमों में बंदी बनी हिंदी

स्वाधीनता के पचास वर्षों में जितने भी राजभाषा नियम तथा अधिनियम बने, वस्तुतः उन्हीं के कारण हिंदी बंदी बनी है। सन् 1963 तथा 1967 को राजभाषा अधिनियम पारित किए गए, सन् 1976 को राजभाषा नियम लागू किए। अब तक करीब चार-पाँच बार राजभाषा नियम तथा अधिनियम लागू कराए गए। इन नियमों-अधिनियमों को देखने के पश्चात् यह स्पष्ट होता है कि भारत सरकार की ओर से हिंदी के प्रचलन हेतु विशेष प्रावधान की नई नीति आपनाई गई है। सरकार ने ये नियम अधिनियम बनाकर हिंदी के प्रति अपनी तात्त्विक निष्ठा का परिचय तो दिया है। लेकिन सवाल यह है कि राजभाषा नियम तथा अधिनियम का अब तक पालन ही कितना हुआ है ? इनका उल्लंघन करनेवाले प्रशासनिक प्रधान और उनके सभी सहकर्मियों का कौन और क्या बिगाड़ पाया है ? यदि इन नियमों अधिनियमों का पालन ईमानदारी से होता तो देश के सभी प्रशासनिक तथा सरकारी कार्यालयों में हिंदी को वह सम्मान कभी का मिल चुका होता जो विदेशी भाषा को मिला है।

श्री जयनारायण तिवारी का कहना सही है कि 'राजभाषा के रूप में हिंदी के विकास, प्रचार और प्रयोग में पर्याप्त वृद्धि हुई है किंतु अभी भी हम अपेक्षित लक्ष्य तक नहीं पहुँच सके हैं।''[1] लेकिन इसका मुख्य कारण यह है कि सरकारी अधिकारी हिंदी जानते हुए भी हिंदी की अपेक्षा अंग्रेज़ी में काम करना अधिक पसंद करते हैं, गौरव समझते हैं। दूसरा कारण यह कि वे पहले से अंग्रेजी में काम करने के अभ्यस्त रहे हैं और तीसरा कारण यह कि हिंदी में काम करने में वे संकोच और हीनता अनुभव करते हैं।

2. वर्तमान हिंदी का 'हिंडी' रूप अर्थात् हिंदी में 'इन्फेक्शन'

अब थोड़ा इस बात पर ध्यान केंद्रित करें कि हम जिस हिंदी का प्रयोग करते हैं, क्या वह खड़ीबोली हिंदी है ? स्वाधीनता के पचास वर्ष का इतिहास इस बात को प्रमाणित करता है कि जिस हिंदी को देश ने अपने संविधान में राजभाषा के सिंहासन पर बिठाया, आज वह कितनी खड़ी है और कितनी बोली ?

कार्यालय से लेकर हमारे दैनिक व्यवहार तक आज हिंदी का एक नया रूप प्रचलित है। वर्तमान हिंदी का 'हिंडी' रूप अर्थात् हिंदी में 'इन्फेक्शन' नजर आ रहा है। अपने कार्यालय में हम कभी ठीक समय पर नहीं आ पाते तो देर से नहीं 'लेट' हो जाते हैं। हम छुट्टी नहीं 'लीव' लेते हैं। आवेदन के बदले हम 'एप्लिकेशन' देते हैं। लोग अब कर्तव्य नहीं 'ड्यूटी' निभाते हैं और वेतन की अपेक्षा 'पेमेंट' पाते हैं। अब कार्यालय नहीं 'ऑफिस' जाया जाता है, वापिस नहीं 'रिटर्न' आना होता है। काम में भले ही व्यस्त न हो पर 'बीजी' जरूर बताते हैं। 'जलपान' का समय अब 'टी-टाईम' ने लिया है और 'भोजन' का स्थान या तो 'लंच' ने लिया है या 'डिनर' ने पाया है। उत्सव, त्यौहार, पर्व भी हम मनाते हैं और आज-कल 'सेलीब्रेट' भी करते हैं। 'आभार' से क्या वास्ता, तहजीब हो या तमीज, सभ्यता हो या शिष्टता 'मैनर्स-एटीकेट्स' सभी की पूर्ति 'थैंक्स' से होती है।

हमारे दैनिक और वैयक्तिक जीवन में भी हिंदी का परिवर्तित रूप परिलक्षित होता है। अब घर में माँ-बाप, माता-पिता या अम्मी-अब्बा नहीं होते हैं, यहाँ तो अब मम्मी-डैडी ही रहे हैं और पास-पड़ोस तथा रिश्ते-नाते में जाने कितने 'अंकल' और 'आंटी' हैं ? ये सब अब प्रतीक्षा नहीं 'वेट' करते हैं, आवश्यकता हो तो 'पत्र' नहीं 'लेटर' लिखते हैं। अब टी. वी. तथा रेडियो पर 'न्यूज' ही सुने जाते हैं, 'दूरदर्शन' तथा 'आकाशवाणी' के 'समाचार' तो बिल्कुल सुने नहीं जाते। सिनेमा के 'अभिनेता-अभिनेत्रियों' में लोगों को कोई 'रुचि' नहीं होती है, उन्हें तो केवल 'हीरो-हीरोइन' में 'इन्टेरेस्ट' रहता है। अब न कहीं कार्यक्रम होता है और न कहीं भाषण, न कोई योजना होती है और न कोई दृष्टि, इन दिनों में तो 'प्रोग्राम' बनते हैं 'स्पीच' होते हैं, 'स्कीम' या 'प्लॅन' होते हैं और उनका अपना 'विजन' होता है।

हमारे आपसी व्यवहार में कहीं कोई 'प्रतिबद्धता' नहीं रही, उसकी जगह तो

'कमिटमेंट' ने हथियायी है। 'वचन' देना या 'वादा' करना तो हमने कब का छोड़ दिया है, हम तो अब 'प्रॉमिस' करते हैं। अब विवाह नहीं 'मैरिज' करते हैं, स्वागत की अपेक्षा 'रिसेप्शन' पाते हैं, निमंत्रणपत्र की तो 'इन्विटेशन कार्ड' ने छुट्टी ही की है। प्रथमतः 'शेक हैंड' और फिर 'प्रोग्राम ' के 'एंड' में बच्चों का 'टा-टा', 'बाय-बाय' आदि 'मम', 'डैड' के इशारे से होता है।

रही बात हमारी पसंद की—वैसे 'पसंद' तो हमारी कोई होती नहीं, हम तो केवल 'चॉइस' करते हैं। रंग भी हमारे काफी बदल गए हैं—खासकर साड़ी के। कभी 'प्रिंटेड' अच्छी लगती है तो कभी 'प्लेन', कभी 'पिंक कलर' की तो कभी 'ग्रीन कलर' की। बेचनेवाला भी तभी जल्दी समझता है, जब उसे कहे कि 'रेडवाली' दिखाओ, 'यलोवाली' दिखाओ, 'डार्कवाली' और 'फेंटवाली' भी दिखाओ। दाम या मूल्य पूछना 'इन्सल्टिंग' लगता है, पूछी तो केवल 'कॉस्ट' या 'प्राइस' जाती है, जेब न सही—साथ में 'पॉकेट' तो होता है और अगर वह भी न सही तो 'पर्स' तो होती ही है।

बहनों और भाइयों, राष्ट्रभाषा की दुहाई देते-देते आज़ादी की अर्द्धशताब्दी निकल गई। विगत पचास वर्षों से हिंदी में जितना 'इन्फेक्शन' हुआ है वह सहज नहीं हुआ है। वह या तो झूठी शान जताने के उद्‍देश्य से हुआ है या अपने पढ़े-लिखे होने का सबूत देने हेतु। इसमें स्वयं को 'मॉडर्न' सिद्ध कराने की मानसिकता ही अधिक परिलक्षित होती है, भाषागत सहजता की कम। वस्तुतः खिचड़ी भाषा का प्रयोग तो आज से पाँच सौ वर्ष पहले कबीर ने भी किया था किंतु वह अनायास और सहज-स्वाभाविक था, जिसमें कृत्रिमता को कोई स्थान न था। लेकिन वर्तमान हिंदी का यह रूप न खिचड़ी है, न रबड़ी बल्कि यह तो हिंदी का 'हिंडी' रूप है, जो नकली, आडंबरयुक्त एवं नुमाइशी प्रवृत्ति से परिपूर्ण है और जिसमें मिथ्या प्रतिष्ठा, झूठी शान तथा स्वयं को उच्चशिक्षित या आधुनिक करने की मानसिकता आधारभूत है।

3. हिंदी की स्थिति : नकारात्मक पक्ष

स्वाधीनता के पाँच दशक में हिंदी की चिंतामय स्थिति का जो अपना नकारात्मक पक्ष है उसे नजरअंदाज करना याने आज़ादी के कालखंड की जितनी भयावह समस्याएँ हैं उनमें से एक से भागना होगा। विगत पाँच दशक में संपूर्ण देश में कान्वेंट स्कूलों की संख्या बढ़ना किस मानसिकता का सूचक है ? केंद्रीय सरकार में ऐसे कितने नेता हैं जो मंत्री बन जाने पर अंग्रेजी की अपेक्षा हिंदी में शपथ ग्रहण करते हैं। स्वतंत्रता दिवस, गणतंत्र दिवस या अन्य किसी भी समारोह के उपलक्ष्य में लाल किले से हो, राष्ट्रपति भवन से हो या अन्य किसी भी मंच से, अपने देश की भाषा में बोलनेवाले देश को अब तक कितने प्रधानमंत्री और राष्ट्रपति मिले ? डॉ. नारायणदत्त पालीवाल का यह कहना सही है कि ''हम संविधान की अपेक्षा के अनुकूल हिंदी का प्रचार व प्रसार करना तो चाहते हैं लेकिन चारों ओर की परिस्थिति ने हमें

ऐसा जकड़ रखा है कि अंग्रेजी की गिरफ्त से निकलना आसान नहीं हो रहा है।''[2]

देवियो और सज्जनो, हम सब यह देखने के लिए अभिशप्त हैं कि हमारे देश में स्वाधीनता के पूर्व जो 'स्वदेशी' आंदोलन था, अब यहाँ वह 'विदेशी' आंदोलन में बदल गया है। आज हर चीज अगर हमें कौनसी-अच्छी लगती है तो वह 'विदेशी' है। जाने वह भावना, वह उत्साह और वह स्फूर्ति कहाँ गई, जो देश की आज़ादी के आंदोलन के दिनों में उत्तर से दक्षिण और पूर्व से पश्चिम तक व्याप्त थी।

वस्तुतः लोक व्यवहार की तुलना में सरकारी कार्यालयों में हिंदी की दुर्गति हुई है। लोकव्यवहार में तो अब राष्ट्रीय स्तर पर हिंदी का दूसरा पर्याय है नहीं। किंतु सरकारी कार्यालयों में हिंदी अब भी अनुवाद की भाषा के रूप में है। क्यों वह अब तक स्रोत भाषा के रूप में व्यवहृत नहीं हुई और विदेशी (अंग्रेजी) भाषा अनुवाद की भाषा नहीं बनी ? स्वाधीनता के साढ़े पाँच दशक के पश्चात् भी सरकारी कार्यालयों में क्यों हिंदी में अनुवाद होते हैं ? क्या कारण है कि अब भी सरकारी कार्यालयों में अनुवाद हिंदी से नहीं बल्कि हिंदी में होते हैं ? कब तक हिंदी को मूल अर्थात् स्रोत भाषा के स्थान पर स्थापित होने से वंचित रखा जाएगा ? क्या अहिंदीवाले हिंदी के दुश्मन हैं या हिंदीवाले हिंदी के दुश्मन हैं ? वस्तुतः आरंभ में दक्षिण क्षेत्र में हिंदी का विरोध जरूर हुआ किंतु हिंदी क्षेत्र में भी अंग्रेजी प्रेम और हिंदी की उपेक्षा हमारे लिए अपरिचित बात नहीं है।

मूलतः हिंदी भाषा को लेकर देश में आए दिन बहस-मुबाहिसे होते रहे हैं, होते रहेंगे। लेकिन सवाल यह है कि देश के हिंदी क्षेत्र में हिंदी भाषा की कितनी पैठ है यह जानने की कोशिश भी कब और कितनी हुई है ? यदि यह जानने के लिए छह बातों को केंद्र में रखते हुए प्रश्नावली बनाकर सर्वेक्षण करेंगे तो जो सच्चाई सामने आएगी वह सुखद होगी कि भयावह, इसका पता अवश्य चलेगा। जैसे–

1. हिंदी क्षेत्र के कार्यालयों में वहाँ के निवासी क्या अपने संपूर्ण व्यवहार हिंदी में करते हैं ?
2. क्या ये दैनिक जीवन में हिंदी का प्रयोग सम्मान पूर्वक करते हैं या विदेशी भाषा का अथवा विदेशी भाषा के शब्दों से युक्त हिंदी का ?
3. इन्हें अपने बच्चों को हिंदी माध्यम के स्कूलों में भरती करना गौरवस्पद लगता है या कॉन्वेंट स्कूलों में ?
4. हिंदी के प्रचार-प्रसार में ये अपनी ओर से क्या योगदान करते हैं ?
5. हिंदीतर क्षेत्र के हिंदी सेवकों के सृजनात्मक, अनुसंधानात्मक, समीक्षात्मक तथा अनूदित लेखन का हिंदी क्षेत्र में कितना आदर हुआ है ?
6. क्या इनकी मानसिकता हिंदी के विकास के तथा उसे सच्चे अर्थों में राजभाषा के रूप में स्थापित करने के अनुकूल है ?

इन प्रश्नों के जो उत्तर प्राप्त होंगे उसके आधार पर स्वाधीनता के पचास वर्ष में हिंदी

क्षेत्र में हिंदी भाषा की स्थिति की वस्तुनिष्ठ जानकारी हासिल होगी। अब समय आ गया है कि यह सर्वेक्षण होकर ही रहे, फिर प्राप्त तथ्य सुखद हो या दुखद, आखिर सच्चाई से हम कब तक मुख मोड़ते रहेंगे ? इस संदर्भ में धूमिल का भाषा विषयक कथन द्रष्टव्य है। वे कहते हैं कि ''भाषा रोज-रोज के मामूली इस्तेमाल से गुजरकर 'डिस्चार्ज' होती है, जैसे कि एक बैटरी।''[3] क्या धूमिल के इस कथन के आधार पर हिंदी क्षेत्र में प्रयुक्त हिंदी की स्थिति परखी जा सकती है ? कहीं वहाँ हिंदी रोज-रोज के इस्तेमाल से 'डिस्चार्ज' हुई नजर तो नहीं आएगी ? परंतु इसका पता तभी चलेगा कि जब सर्वेक्षण होगा।

दूसरी तरफ दक्षिण क्षेत्र में हिंदी के विरोध की आग अब भी पूर्णतः कहाँ बुझ पाई है ? स्वाधीनता के पाँच दशक तक पहुँचते हुए भी तमिलनाडु सरकार की ओर से कुछ वर्ष पहले अपनी विधान सभा में 'राज्य में दूरदर्शन पर हिंदी समाचार न प्रसारित करने का' प्रस्ताव पारित करने की कोशिश किस बात का सबूत देती है ? महाराष्ट्र जैसे प्रगतिशील राज्य के माध्यमिक स्कूलों के पाठ्यक्रमों में हिंदी विषय को अनिवार्य स्थान से निकालकर ऐच्छिक स्थान पर रखना क्या राज्य की राष्ट्रभाषा के प्रति निष्ठा घोषित करता है या उसके दोयम स्थान का संकेत देता है ?

सार अर्थात् निचोड़ यह कि इन सारे प्रश्नों के उत्तर विगत साढ़े पाँच दशकों में प्राप्त हिंदी की दयनीय स्थिति के दुखद दस्तावेज हैं।

4. हिंदी की स्थिति : सकारात्मक पक्ष

अब तक के विवेचन में हम हिंदी की दयनीय स्थिति अर्थात् नकारात्मक पक्ष से अवगत हुए किंतु ऐसा भी नहीं कि स्वाधीनता की अर्द्धशताब्दी हमने पार की परंतु हिंदी की स्थिति पूर्णतः दुखद है। हिंदी की स्थिति का सकारात्मक पक्ष भी है जिसे जाने बिना 'स्वाधीनता के पचास वर्ष और हिंदी की स्थिति' को समझना-समझाना एकांगी होगा।

स्वाधीनता की पहली सुखद घटना यह है कि सभी सरकारी कार्यालयों में अंग्रेजी के साथ हिंदी भी प्रयुक्त होने लगी, इनमें मूल अंग्रेजी कागजातों के साथ हिंदी अनुवाद भी भेजे जाने लगे। हिंदी की उन्नति में अनुवाद कार्य का योगदान अभूतपूर्व है। अनेक हिंदीतर क्षेत्रों की हिंदीतर श्रेष्ठ रचनाएँ अनुवाद के कारण हिंदी में आ गईं, जिनके कारण हिंदी निश्चय ही समृद्ध होती जा रही है।

शासकीय स्तरों पर विविध योजनाओं का क्रियान्वयन शुरू हुआ जो हिंदी के प्रचार-प्रसार हेतु रहा है। त्रिभाषा सूत्र का निर्माण एवं क्रियान्वयन इस दिशा में एक महत्त्वपूर्ण उपलब्धि है। केंद्रीय सरकार द्वारा शुरू किए गए कई योजनाओं के प्रलोभन हिंदी अध्ययन, अध्यापन, अनुसंधान एवं विकास में सहायक सिद्ध हुए हैं। कई सेवाभावी हिंदी संस्थाएँ, जैसे-भारतीय हिंदी परिषद, दक्षिण भारत हिंदी प्रचार सभा (मद्रास), राष्ट्रभाषा प्रचार समिति (वर्धा), महाराष्ट्र राष्ट्रभाषा प्रचार सभा (पुणे), नागरी प्रचारिणी सभा (काशी),

दक्षिण के राज्यों में कार्यरत अनेक संस्थाएँ और महाराष्ट्र हिंदी परिषद आदि हैं जिनका स्वाधीनता के विगत पचास वर्षों में हिंदी के प्रचार-प्रसार तथा विकास में बहुत बड़ा योगदान है।

संपर्क माध्यमों की भूमिका यहाँ विशेष उल्लेखनीय है। हिंदी क्षेत्र में ही नहीं तो हिंदीतर क्षेत्र में भी हिंदी दैनिक समाचार पत्र, पत्र-पत्रिकाएँ शुरू हुई। फलतः हिंदी पढ़ने-लिखनेवालों की संख्या में वृद्धि हुई। हिंदी के प्रचार-प्रसार में आकाशवाणी तथा दूरदर्शन की भूमिका की अपनी अहमियत है। खासकर दूरदर्शन तो अपने में वह अकेला माध्यम है जो चौबीस घंटों लोगों को हिंदी सुनाता और दिखाता है। अतः हिंदी के प्रसार में उसकी भूमिका को अनदेखा करना बेईमानी होगी।

पिछले पचास सालों में निष्ठावान अध्यापक, छात्र, कवि, लेखक, समीक्षक, अनुवादक तथा अनुसंधानकर्ता आदि के योगदान से हिंदी फलने-फूलने में पर्याप्त सहायता मिली है। गीतकार, संगीतकार तथा गायक-गायिकाओं ने हिंदी को जनता की जबान पर स्थानापन्न करने की महत्त्वपूर्ण भूमिका वहन की है। स्वर्गीय मुहम्मद रफी साहब तथा मुकेशजी और विगत पाँच दशकों से लताजी की सुरीली आवाज को सुनकर पत्थर-दिल-आदमी भी हिंदी-गीत गुनगुनाने का मोह टाल नहीं सकता। हिंदी को जनता के कंठ में स्थापित करने का श्रेय इन गायकों को देना पड़ेगा।

दूसरी तरफ हिंदी के प्रचार-प्रसार में विगत पचास वर्षों से जिस क्षेत्र का महत्त्वपूर्ण योगदान रहा है वह है फिल्म क्षेत्र। डॉ. नगेंद्र का यह कहना सही है कि ''अखिल भारतीय स्तर पर हिंदी भाषा तथा साहित्य के विकास में एक और प्रभावी माध्यम रहा है रंगमंच और सिनेमा।''[4] नगेंद्र जी ने हिंदी के विकास में रंगमंच और सिनेमा—दोनों का महत्त्व स्वीकार लिया है किंतु यह सच है कि हिंदी नाटक और रंगमंच की तुलना में हिंदी फिल्मों की संख्या सौ गुना ज्यादा है और उनके दर्शकों की संख्या लाखों-करोड़ों है। अतः फिल्म का योगदान हिंदी के प्रचार-प्रसार में सबसे अधिक मानना पड़ेगा। यह भी मानना पड़ेगा कि हिंदी को जनता के निकट ले जाने में साहित्य से ज्यादा फिल्म का योगदान है। हिंदी का ज्यादा प्रचार जितना अभिनेता और अभिनेत्रियों के कारण हुआ उतना दिग्गज साहित्यिकों से भी नहीं हो पाया। राजकपूर, दिलीपकुमार, धर्मेंद्र, राजेश खन्ना तथा अमिताभ बच्चन से लेकर अनिल कपूर या सनी देओल हो और मीनाकुमारी, नर्गिस, हेमा, रेखा तथा जया से लेकर माधुरी, जूही या करिश्मा हो...इन कलाकारों का योगदान हिंदी को जन सामान्य तक पहुँचाने में तथा उसके प्रचार में हिंदी के किसी भी ज्ञानपीठ पुरस्कार प्राप्त साहित्यिक से कम महत्त्वपूर्ण नहीं है।

उपर्युक्त सभी कारणों से हिंदी भाषा न केवल देश की अधिकांश जनता के निकट पहुँच गई अपितु वह जनभाषा के रूप में समृद्ध भी हुई है इसे नकारा नहीं जा सकता।

संभावनाएँ

आज़ादी की अर्द्धशताब्दी में प्राप्त हिंदी की स्थिति के जो मुख्यतः दो पक्ष प्राप्त होते हैं उनमें पहला है—नकारात्मक और दूसरा है—सकारात्मक। यदि नकारात्मक पक्ष का सकारात्मक पक्ष में विलय नहीं हुआ तो भविष्य विषयक मुख्य संभावना यह कि हिंदी को सही माने में राजभाषा बनाने का सपना सपना ही बनकर रहेगा। वह कभी साकार नहीं होगा। यह आशा और प्रतीक्षा करना बहुत बड़ा भ्रम होगा कि हिंदी भी कभी पूर्णतः राजभाषा बनेगी। यदि नियमों-अधिनियमों में बंदी बनी हिंदी को मुक्त करके, भारतीय स्वाधीनता के प्रेम की झूठी दुहाई न देकर हम संविधान के प्रति निष्ठावान रहते हुए उसका पालन करने का दायित्व ईमानदारी से निभाएँगे तो वह स्थान हिंदी को निश्चय ही मिलेगा जो 1965 में ही उसे मिलना अपेक्षित था। तब जाकर हिंदी की स्थिति का सकारात्मक पक्ष पूर्णतः बाजी जीत लेगा।...और फिर हिंदी के स्नातक को सरकारी कार्यालयों में सेवा के अवसर अनायास प्राप्त होंगे।

न विदेशी भाषा की बैसाखी लेनी पड़ेगी और न ही कार्यालयीन अनुवाद की जरूरत पड़ेगी। कहना जरूरी नहीं कि शिक्षा का माध्यम हिंदी होने से वकालत, डॉक्टरी तथा इंजीनियरी पढ़ना सामान्य जनों तथा अधिकतर देशवासियों के लिए सुलभ होगा। घर-घर में न सही लेकिन अनेक घरों में वकील, डॉक्टर, प्रोफेसर तथा इंजीनियर पैदा होंगे इसमें संदेह नहीं।

निष्कर्ष

राजनीति की खुरदरी और दोहरी नीति ने हिंदी के साथ बेईमानी की है। दोमुँहापन और दोगला नीति स्वाधीन भारत का अभिशाप है। यह मानना पड़ेगा कि हिंदी के विकास में हिंदीतर क्षेत्र का सहयोग भी महत्त्वपूर्ण है। जैसे हिंदी साहित्य के इतिहास ग्रंथों में प्रायः अहिंदी भाषी क्षेत्रों के रचनाकारों का सम्यक रूप से अंतर्भाव नहीं हो सका वैसे अब सवाल यह है कि क्या स्वाधीन भारत के हिंदी के विकास में हिंदीतर क्षेत्रों का योगदान अलक्षित रहेगा ? सर्वेक्षण करेंगे तो स्पष्ट होगा कि आरंभ में दक्षिण में हिंदी का विरोध अवश्य हुआ परंतु अब दक्षिणवालों ने हिंदी का महत्त्व समझ लिया है। अब देश के सभी अहिंदी क्षेत्र हिंदी सीख रहे हैं। किंतु वह दिन आना अब भी बाकी है जिस दिन हिंदी सही माने में राजभाषा बनेगी।...और हमें उस दिन की प्रतीक्षा है जिस दिन संपूर्ण देश में हिंदी के प्रति प्रेम, निष्ठा और कर्तव्य-भावना परिलक्षित होगी। क्योंकि प्रेम, निष्ठा और कर्तव्य-भावना ही वे चीजें हैं जिनमें प्रतिकूल स्थिति को भी अनुकूल बनाने की क्षमता होती है। तो आइए, हम सब आज से यह संकल्प करें कि प्रेम, निष्ठा और कर्तव्य-भावना के साथ हम हिंदीमय बनकर सहयोग दे दें।

संदर्भ सूची

1. 'विश्व-हिंदी' तृतीय विश्व हिंदी सम्मेलन के अवसर पर प्रकाशित स्मारिका, पृ. 100 प्रकाशक श्री शंकरराव लोंढ़े, 1983, नई दिल्ली।
2. डॉ. नारायणदत्त पालीवाल—आधुनिक हिंदी का प्रयोग, पृ. 74 तक्षशिला प्रकाशन, 1995, नई दिल्ली।
3. सं. अरूण पुरी—'इंडिया टुडे—साहित्य वार्षिक', पृ. 32, धूमिल की डायरी के अप्रकाशित अंश से, 1995
4. सं. जगदीश चतुर्वेदी—'भाषा' त्रैमासिक पत्रिका, पृ. 196

2

इक्कीसवीं सदी में हिंदी के सामने चुनौतियाँ

1. इक्कीसवीं सदी का पहला दशक : संक्रमण की कसक

विगत कई वर्षों से दुनिया को जितनी बेसब्री से जिस सदी का इंतजार था उसका नाम है इक्कीसवीं सदी। वस्तुत: इक्कीसवीं सदी के आकर्षण को बढ़ावा देने में बीसवीं सदी की पूर्वपीठिका अपनी अलग अहमियत रखती है। यह वह सदी है जिसने नयी सदी के दरवाजे पर दस्तक देने हेतु हमें ला छोड़ा है। आकाशवाणी, दूरदर्शन, दूरभाष, संगणक, सारे इलेक्ट्रॉनिक जनसंचार माध्यम और इंटरनेट जैसे कारक इसी सदी की देन हैं। उद्योग-व्यवसाय, विज्ञान और तकनीक इसी युग में उन्नति की चरमसीमा पर पहुँच रहे हैं। किंतु उन्नति और विकास की कोई अंतिम सीमा नहीं होती। फलत: वर्तमान काल का अंतिम सत्य यह है कि जो आज हमें 'अप टु डेट' लगता है वह कल का 'आउट ऑफ डेट' है। नवीनता के लिए लालायित दुनिया के प्रत्येक देश के मानवी मन में इक्कीसवीं सदी का आकर्षण दुर्दमनीय था। वस्तुत: इक्कीसवीं सदी का पहला दशक संक्रमण की कसक से युक्त है इसे मानना पड़ेगा। पहला विवाद तो उसके आरंभ को लेकर है। दो हजार वर्ष पूरे होने से पूर्व और इक्कीसवीं सदी के आगमन से एक वर्ष पहले ही नयी सदी और सहस्राब्दी के आरंभ होने का जो बिगुल बजाया गया वह कितना अज्ञानमूलक था और कितना साजिश या स्वार्थपूर्ण यह एक सोचनीय विषय बनकर रहा है। इसमें एक ओर बड़ी-बड़ी कम्पनियों, उद्योगकर्मियों और होटल व्यवसायियों ने अपने आर्थिक लाभ के लिए, उद्योग के लिए और अपनी महँगी शराब बेचने के लिए समय से एक साल पहले ही नयी सदी के आरंभ होने की घोषणा की तो दूसरी ओर नयी सदी की काल्पनिक चकाचौंध से आकर्षित भौतिक साधन-सुविधा भोगी एक तबके ने उस घोषणा में अपना स्वर भी मिला दिया। वस्तुत: नयी सदी के नये-नये आविष्कार समस्त मानव समाज के आकर्षण का केंद्र जरूर हैं किंतु ऐसा कदापि संभव नहीं हुआ कि नयी सदी में जाकर हम पूर्णत: बदल गए। नयी सदी का काल निश्चय ही संक्रमण का है परंतु ऐसा नहीं कि 1 जनवरी, 2001 का सूर्योदय नयी दिशा से आया, नये रंग और रोशनी के साथ। ठीक वही स्थिति हमारी भी रही। ऐसा नहीं हुआ कि हमने अपने पुराने सारे कपड़े फेंक दिए और नयी सदी के लिए नये कपड़े बनवा लिए, नयी

सदी के सूर्योदय के साथ अपना हुलिया बदल दिया, पुरानी चीजें बदल दीं--गाड़ी, बँगला, सेवा या उद्योग का स्थान, खाने-पीने की चीजें, यहाँ तक कि बर्तन आदि सब-का-सब बदल दिया...।

जैसे इन सबका एक साथ, नयी सदी के सूर्योदय सहित आमूल-चूल बदलना संभव नहीं हुआ वैसे भाषा का भी सम्पूर्ण बदलना संभव नहीं। हाँ, यह मानना होगा कि 21वीं सदी का समय और समाज निश्चय ही परिवर्तनोन्मुख है और उसकी भाषा भी इसके लिए अपवाद नहीं है। संदेह नहीं कि भाषा की दृष्टि से 21वीं सदी का पहला दशक पूरी शताब्दी के भाषा-स्वरूप की रूपरेखा के संकेत देनेवाला दशक सिद्ध होता है। यंत्र मानव का निर्माण बीसवीं सदी की उपलब्धि है तो यंत्र मानव की स्वयं अपनी भाषा होना इक्कीसवीं सदी के वैज्ञानिकों के लिए एक चुनौती है। 21वीं सदी में संभव है कि यंत्र मानव की भी अपनी भाषा हो। डॉ. शुभंकर बनर्जी का कहना सही है कि "अब वैज्ञानिक ऐसे यंत्र मानव के निर्माण में व्यस्त हैं जो अपनी भाषा स्वयं कर सकेंगे। जिस तरह से मानव नये-नये शब्दों को सीखते हैं तथा उनका प्रयोग करते हैं उसी प्रक्रिया से प्रेरणा लेकर यंत्र मानवों का सॉफ्टवेयर का निर्माण करने के प्रयास में स्काटलैंड के रोबो-वैज्ञानिक आजकल व्यस्त हैं।"[1] ऐसे माहौल में यह निर्विवाद स्पष्ट है कि 21वीं सदी का पहला दशक संक्रमण की कसक से युक्त है। जिसे न पुराने से पूर्णतः तलाक और न नये से पूर्णतः मेल-मिलाप है। ठीक यही बात इक्कीसवीं सदी की हिंदी के लिए लागू होती है। उसने न अपने पूर्ववर्ती रूप से पूर्णतः तलाक लिया है और न 21वीं सदी के नये आविष्कारों से स्वयं को बचाये रखा है। अपने काल के साथ संपृक्ति उसकी प्रमुख उपादेयता रही है और उसके जीवंत होने की निशानी भी।

2. हिंदी का हिंदी बनाम हिंग्लिश रूप अपनानें की चुनौती

21वीं सदी की हिंदी का जो स्वरूप है उसका एक और नाम होगा 'हिंग्लिश'। यह वह भाषा है जिसमें अंग्रेजी शब्दों के हिंदी रूप प्रयुक्त मिलते हैं। ऐसे शब्द प्रयोग का श्रीगणेश वस्तुतः बीसवीं सदी की देन है। परंतु इसका चरम विकास इक्कीसवीं सदी में हो रहा है इसमें संदेह नहीं। जनता, शासकीय अधिकारी, सरकारी कार्यालय और संचार माध्यमों के द्वारा प्रयुक्त हिंदी में अनगिनत अंग्रेजी शब्दों के हिंदी रूप प्रयुक्त मिल रहे हैं। हिंदी में अंग्रेजी शब्दों के बहुवचनी रूपों का प्रयोग बेझिझक होने लगा है, जैसे–बिल्डिंगें, मशीनें, फाइलें, लाइनें, कंपनियाँ, एजेंसियाँ, स्कूलों, कॉलेजों, मिनिस्टरों, प्रिन्सिपलों, क्रिकेट मैचों, चैनलों, बिलों, बसों, सोशलिस्टों, प्रोफेसरों, मास्टरों, डिविजनों, टेक्नीकों, ड्राइवरों, कंडक्टरों, एप्लीकेशनों, होटलों, अस्पतालों, अफसरों, मैनेजरों, मार्केटों आदि। हिंदी भाषा के वाक्यों में प्रयुक्त इन सारे शब्दों के रूप न तो विशुद्ध हिंदी के कहे जा सकते हैं और न ही विशुद्ध अंग्रेजी के। लेकिन इनका प्रचलन 21वीं सदी में आम बात मानी जा रही है। फिर चाहे शुद्ध या परिनिष्ठित हिंदी के हिमायतियों के कान खड़े हो जाए, चाहे भाषाविदों की

भौहें टेढ़ी हो जाए। हिंदी का 'हिंग्लिश' रूप 21वीं सदी की हिंदी का अनिवार्य अंग बन रहा है, अटूट हिस्सा हो रहा है। वर्तमान हिंदी के स्वरूप को देखते हुए इसका स्पष्ट संकेत मिलता है कि भावी काल हिंदी बनाम 'हिंग्लिश' के प्रयोग के लिए न केवल खुली छूट देगा बल्कि उसे प्रयुक्त करने के लिए विवश भी करेगा।

3. हिंदी का संप्रेषणमूलक रूप स्वीकारने की चुनौती

वस्तुत: किसी भी जीवंत और जानदार भाषा की बुनियादी शर्त होती है उसकी संप्रेषणात्मकता या संप्रेषणमूलक क्षमता। जो भाषा जितनी अधिक संप्रेषणीय होती है वह उतनी ही अधिक 'जन' भाषा के निकट आती है। जो भाषा 'जन' भाषा होती है, आम आदमी की भाषा होती है, राजसत्ता पर आसीनों को भी उसी का प्रयोग करना पड़ता है। यदि ऐसा न होता तो इस देश में बड़े-से-बड़े दल के नेता न हिंदी में भाषण लिखवाकर पढ़ते और न बड़े-से-बड़े मंत्री पद पर पहुँचने पर हिंदी सीखने के लिए 'ट्यूटर' लगाते। क्योंकि ये लोग जानते हैं कि 'जन' तक पहुँचने के लिए 'जन' जिस भाषा में साँस लेता है उसी को अपनाना होगा। जनभाषा से जुड़े बिना 'जन' की बातें जानना कैसे संभव होगा ? इस संदर्भ में एक बात स्पष्ट करनी होगी कि विद्वानों का एक वर्ग यह भी भ्रम फैला रहा है कि संस्कृत प्रचुर होने से हिंदी सिर्फ हिंदुओं की भाषा है और अरबी-फारसी प्रचुर होने से उर्दू सिर्फ मुसलमानों की भाषा है। गोपाल राय की मान्यता सही है कि "आजकल एक खास वर्ग के बुद्धिजीवियों और लेखकों द्वारा यह भ्रम पैदा किया जा रहा है कि 'हिंदी' में संस्कृत शब्दों का प्रयोग अधिक होता है, अत: वह हिंदुओं की भाषा है। दूसरी तरफ 'उर्दू' में अरबी-फारसी शब्दों का अधिक प्रयोग होने से वह मुसलमानों की भाषा है...मैं समझता हूँ कि कम-से-कम 'हिंदी' और 'हिंदुस्तानी' को तो अलग-अलग रूप में देखने और परिभाषित करने की कोई जरूरत नहीं है। हिंदी, संस्कृत, अरबी-फारसी और अन्य समस्त विदेशी स्रोतों से आये तद्भव शब्दों को स्वीकार करती है और अभी भी इन स्रोतों से अपने लिए जरूरी शब्दों को ले रही है।"[2] वस्तुत: हिंदी तो अब न सिर्फ संस्कृत के शब्दों से युक्त है और न अरबी-फारसी या उर्दू शब्दों से, उसे तो समाज में बहुप्रचलित मिलनेवाले अंग्रेजी के ही नहीं, पोर्तुगाली, फ्रेंच, चीनी और जापानी के शब्दों से भी परहेज नहीं होता और नहीं होना चाहिए।

अंतर्राष्ट्रीय व्यापार नीति, मुक्त अर्थ व्यवस्था, निजीकरण तथा वैश्विकरण ने हमारी सोच के सारे संदर्भ बदल दिए हैं। फलस्वरूप भाषिक संदर्भ नहीं बदलेंगे तो ही आश्चर्य। 21वीं सदी की हिंदी भी इसके लिए अपवाद नहीं। यह वह हिंदी है जिसके प्रयोगकर्ता को न उसके विशुद्ध रूप से परहेज होगा और न ही अशुद्ध रूप से। उसे न स्वदेशी भाषाओं के शब्दों से गिला-शिकवा होना चाहिए और न विदेशी भाषाओं के शब्दों से। उसे न संस्कृत प्रचुर शब्दों की 'एलर्जी' होना चाहिए और न उर्दू प्रचुर शब्दों की। उसे न मानक भाषा से पूर्णत: लगाव या अलगाव होना चाहिए और न मौखिक भाषा से। उसे न हिंदी के परिनिष्ठित रूप

से अतिरिक्त राग-द्वेष होना चाहिए और न बोली से। क्योंकि उसका मूल उद्देश्य है अपनी बात का सही संप्रेषण। अतः कोई माने-न-माने, हिंदी का संप्रेषणमूलक रूप इक्कीसवीं सदी की हिंदी को दावत दे रहा है। फलतः समकालीन स्थितियों के परिणाम स्वरूप संप्रेषणात्मक या संप्रेषणमूलक हिंदी नयी सदी की माँग होगी और अनिवार्य आवश्यकता भी।

4. हिंदी-संरचना के नये रूप की चुनौती

दुनिया के विभिन्न देशों में एक ओर कम्प्यूटर और इंटरनेट के क्षेत्रों में क्रांति की होड़ चली है तो दूसरी ओर प्रांतीय और राष्ट्रीय अभिनिवेश को लाँघकर वैश्वीकरण की अवधारणा गतिमान बन पड़ी है। औद्योगिक विकास, वैज्ञानिक उन्नति, नई तकनीकी प्रगति, दूरदर्शन, दूरभाष और संगणक का एक मेल हो जाना और इन्हें इंटरनेट द्वारा जोड़े जाना हमारी पूरी भाषिक सोच को नये परिप्रेक्ष्य में देखने की माँग करता है। यह नयी क्रांति क्या गुल खिलाएगी आज पूरा भविष्य तो नहीं बतलाया जा सकता लेकिन एक बात स्पष्ट है कि इसने न सिर्फ हमारे जीवन की संरचना को प्रभावित किया है बल्कि भाषा-संरचना को भी हिला दिया है। जीवन को आंदोलित, उन्नत और दोलायमान कर छोड़नेवाले इन कारकों से भाषा भी अछूती नहीं रही। तकनीकी और वैज्ञानिक नये-नये आविष्कारों ने भाषा के संदर्भ, संबंध तत्त्व और कारकों को भी नया आयाम प्रदान किया है। फलस्वरूप इक्कीसवीं सदी की हिंदी की संरचना में नया आविष्कार हमें उसकी स्वीकृति का संकेत ही नहीं दे रहा बल्कि आग्रह भी कर रहा है। 'लकी ड्रॉ टिकट रिटर्न किया' तथा 'बेड रूम लॉक किया' जैसे वाक्यों में केवल क्रिया के कारण ही हिंदी का अस्तित्व शेष है। 'लिटरेचर का लेक्चर इन्टरेस्टेड था', 'स्टुडेंटों ने लाइब्रेरी बिल्डिंगों में स्टडी किया', 'युनिवर्सिटी कमिटी टी. ए. डी. ए. का बिल पास करेगी' और 'असेंबली इलेक्शन के नॉमिनेशन फॉर्म लास्ट डेट को भरेंगे' जैसे वाक्यों में कारक और क्रियाओं के प्रयोग ही हिंदी के जीवित होने का सबूत दे रहे हैं। 'ट्रेन लेट है', 'ब्रेक फास्ट लें', 'न्यूज पेपर दें' और 'चीफ मिनिस्टर थे' जैसे सैंकड़ों वाक्य रोजाना जीवन में चारों ओर सुनाई दे रहे हैं जिनमें 'है', 'लें', 'दें' और 'थे' ही हैं जो हिंदी का झंड़ा दिखा रहे हैं। फिर भी इन सारे वाक्यों को हिंदी की संरचना मानना पड़ता है। कहना जरूरी नहीं कि इक्कीसवीं सदी हिंदी की नयी संरचना को राजमार्ग पर लाकर ही छोड़ रही है—हमारे स्वीकार या इनकार करने की चिंता किए बिना ही। वह हिंदी-संरचना के नये रूप को हमारे कार्यालयों से लेकर रसोई घरों तक और बाजारों से लेकर पूजा घरों तक लाकर उसे स्थापित कर रही है। अतः हिंदी-संरचना की अपनी विशुद्धता बचाये रखने की सोच 'मूर्खता' न समझी गई तो ही आश्चर्य होगा।

5. विज्ञान एवं तकनीकी में हिंदी की उपेक्षा को रोकने की चुनौती

20वीं सदी के विगत कुछ वर्षों ने, खासकर अंतिम दशक ने जो संकेत दिए हैं उससे यह बहुत साफ और बहुत ही स्पष्ट है कि 21वीं सदी में विज्ञान और तकनीकी क्षेत्रों में हिंदी उपेक्षित ही रहेगी। आज दुनिया के विभिन्न देशों ने वैज्ञानिक अनुसंधान में एड़ी-चोटी का पसीना एक किया है इसे कौन नहीं जानता ? भारत भी इस दौड़ में क्यों पीछे रहता ? गर्व की बात है कि हमारे यहाँ न विद्वान वैज्ञानिकों की कमी है और न वैज्ञानिक खोजों की। किंतु हम इस सच्चाई से मुख नहीं मोड़ सकते कि भारतीय वैज्ञानिकों ने भी हिंदी की अपेक्षा अंग्रेजी का प्रयोग शुरू किया है। यह दुर्भाग्यपूर्ण बात है कि वैज्ञानिक आविष्कारों में भारतीय भाषाएँ तो पूर्णत: उपेक्षित हैं। इसके मूल में जितने भी मुख्य कारण हैं उनमें से एक यह है कि यदि यह सामग्री भारतीय भाषाओं में बनायी जाए तो उसे पढ़ेगा कौन ? इस डर के मारे वैज्ञानिक टेक्नॉलॉजी भारतीय भाषाओं में बनाने में हिचकिचाहट महसूस होती है। वैश्विक स्तर पर विकास की होड़ और अंतर्राष्ट्रीय स्तर पर अपनी अलग पहचान जताने और बताने के उद्देश्य से अपने देश में हमने अपनी भाषा के साथ लापरवाही ही नहीं की बल्कि बेईमानी भी की है। आज गलत सोच से यह माना जा रहा है कि नये साधनों के लिए अंग्रेजी अनिवार्य ही नहीं, एकमात्र भाषा है, जब कि वास्तविकता यह है कि विदेशी कंपनियाँ भी हिंदी का सहारा ले रही हैं। विज्ञान और तकनीकी क्षेत्र में वर्तमान में हमारे यहाँ जो हिंदी की स्थिति है उससे यह छुपता नहीं कि भावी काल इस क्षेत्र में हिंदी को हाशिए पर ही रखेगा। राष्ट्र, राष्ट्रीय चेतना और राष्ट्राभिमान के सीमित दायरे से ऊपर उठकर 'वसुधैव कुटुंबकम' की भावना से ओत-प्रोत होकर अगर यह होता हो तो बात अलग है, मगर उस देश और उसके आम आदमी का, 'जन' का क्या कि जिसका अपना अलग जीवन है, जीवन संदर्भ है और जिससे कटकर जीना उसके लिए मुश्किल ही नहीं बल्कि असंभव भी है। जो भी हो, वैज्ञानिक आविष्कारों का प्रयोजन यदि 'जन' कल्याण हो तो ऐसे आविष्कारों को 'जन' से काटना और इनमें उसकी भाषा को बहिष्कृत करना निश्चय ही अंतर्विरोध है। 21वीं सदी विज्ञान और तकनीकी में हिंदीं को स्थापित करेगी कि उपेक्षित इसका फैसला काल के गर्त में छिपा है। उस मुकद्दमें की तरह कि जनता जानती है मुजरिम खूनी है पर उसको सजा होगी या नहीं इसका फैसला वह सुन सकती है, कर नहीं सकती।

6. कार्यालयीन हिंदी : मौलिक कम, अनुवाद की ज्यादा, जैसी स्थिति को बदलने की चुनौती

भारत के संदर्भ में बीसवीं सदी की सर्वाधिक महत्त्वपूर्ण दो घटनाएँ माननी होंगी—एक है देश का स्वतंत्र होना और दूसरी है इस देश का अपना संविधान बनना। हिंदी को भारतीय संविधान में कार्यालयीन भाषा (Official Language) के रूप में स्वीकृत किये आधी सदी

बीत गई। किंतु इस सच्चाई से मुख मोड़ना बेईमानी होगी कि विगत पचास वर्षों में हमारे यहाँ हिंदी के उस रूप की ही सर्वाधिक उपेक्षा हुई जिसे संविधान ने स्वीकृत किया है। अर्थात् हमारे यहाँ राष्ट्रभाषा, संपर्क भाषा, जनभाषा और जनसंचार माध्यमों की भाषा के रूप में हिंदी का कोई सानी नहीं किंतु राजभाषा के रूप में वह वाकई उपेक्षित रही है। मोहनकृष्ण बोहरा के विचारों से—"जब से हिंदी को राजभाषा घोषित किया गया, तब से ही एक राष्ट्र विरोधी वर्ग इसके मार्ग में रोड़े अटकाने के लिए कृतसंकल्प हो गया।"[3] हमारे यहाँ हिंदी के जो रूप कानून सम्मत नहीं हैं वस्तुत: वे ही सशक्त हैं और जो रूप कानून सम्मत हैं वही अत्यंत दुर्बल रहा है, पिछड़ गया है। कहना गलत नहीं कि हिंदी के राजभाषा रूप की दुर्गति हुई है और जन भाषा, जनसंचार भाषा, राष्ट्रभाषा एवं संपर्क भाषा जैसे रूपों में हिंदी निश्चय ही गतिमान बन गई है। हाँ, यह जरूर मानना होगा कि सरकारी कार्यालयों ने हिंदी को अनुवाद की भाषा बना दिया। इसलिए कि "कार्यालयीन अनुवाद की आवश्यकता मुख्यत: स्वतंत्र भारत की आवश्यकता है।"[4] हमारे यहाँ सरकारी कार्यालयों में अनुवाद हिंदी से नहीं अपितु हिंदी में होने लगे। हिंदी को स्रोत भाषा के रूप में नहीं, लक्ष्य भाषा के रूप में स्थापित किया। बीसवीं सदी के अंतिम दशक के अंतिम वर्ष तक की कार्यालयीन हिंदी का इतिहास अगर देखा जाए तो वह यह बताता है कि हमारे यहाँ के कार्यालयों में जिस हिंदी का प्रयोग मिलता है वह हिंदी की प्रकृति से मेल नहीं खाता। अत: उसे मौलिक नहीं, अनुवाद की हिंदी मानना पड़ता है। पूर्व राष्ट्रपति स्वर्गीय डॉ. शंकरदयाल शर्मा के कथन से हमें सहमत होना पड़ता है। वे कहते हैं—"मुझे यह कहने में संकोच नहीं कि सरकारी कामकाज की हिंदी ज्यादातर मौलिक न होकर अनुवाद की हिंदी है।"[5]

कार्यालयीन हिंदी की वर्तमान स्थिति इस बात का संकेत ही नहीं देती बल्कि पुष्टि भी करती है कि इक्कीसवीं सदी की कार्यालयीन हिंदी मौलिक कम और अनुवाद की ज्यादा रहेगी। क्योंकि पहली बात यह कि विगत पचपन वर्षों में हिंदी को स्रोत भाषा नहीं बनने दिया और न भविष्य में बनने देने के संकेत मिलते हैं। दूसरी बात यह कि सरकारी कार्यालयों से भेजे गए पत्रों में—'निदेशानुसार निवेदन है कि या निदेशानुसार सूचित किया जाता है कि', 'प्रार्थना है कि आदेश शीघ्र दें' तथा 'उत्तर की प्रतीक्षा रहेगी' के बदले क्रमश: 'अधोहस्ताक्षरी को यह कहने का निर्देश हुआ है कि' और 'उत्तर में एक पंक्ति प्रशंसित रहेगी' मौलिक नहीं। इस सदी के सामने यह बहुत बड़ी चुनौती होगी कि कार्यालयीन भाषा के रूप में वह हिंदी को अपनी प्रकृति प्रदान करे। क्योंकि आज इने-गिने सरकारी कार्यालयों में हिंदी के जिस रूप का प्रयोग मिलता है वह रूप 'जन' से कितना दूर है, कौन नहीं जानता ? इस सदी में यदि सरकारी नीति में राजभाषा विषयक सकारात्मक परिवर्तन नहीं आया और हिंदी को स्रोत भाषा के स्थान से वंचित रखा तो कार्यालयीन हिंदी अनुवाद की नहीं, मौलिक प्रतीत होगी इस भ्रम से हमें बाहर आना होगा।

7. हिंदी के 'हिंडी' रूप अर्थात् हिंदी में इन्फेक्शन को सहने की चुनौती

वर्तमान हिंदी का जो एक नया रूप उभर रहा है वह इक्कीसवीं सदी की हिंदी का सही रुप प्रतीत होता है। यह हिंदी का 'हिंडी' रूप अर्थात् हिंदी में इन्फेक्शन है। हम आवेदन नहीं 'एप्लिकेशन' देते हैं, हमारा साक्षात्कार नहीं 'इंटरव्यू' होता है, हम सेवा नहीं 'सर्विस' करते हैं। अपने कार्यालय में हम कभी समय पर नहीं आ पाते तो देर से नहीं 'लेट' हो जाते हैं। इसी अनुपात में इक्कीसवीं सदी की हिंदी में इन्फेक्शन उत्तरोत्तर बढ़ता जा रहा है। इस नयी सदी में हम छुट्‌टी नहीं 'लिव' लेते हैं, हम अपना कर्तव्य नहीं 'डयूटी' निभाते हैं और वेतन की अपेक्षा 'पेमेंट' लेते हैं। लोग कार्यालय नहीं 'ऑफिस' ही जाते हैं, वापिस नहीं तो 'रिटर्न' जरूर आते हैं। काम में भले ही व्यस्त न हो पर 'बीजी' जरूर बताते हैं। जलपान का समय अब 'टी-टाईम' ने लिया है, भोजन का स्थान 'लंच' और 'डिनर' ने पाया है। आज-कल उत्सव-पर्व को मनाते नहीं परंतु 'सेलीब्रेट' अवश्य करते हैं। 'आभार' से अब हमें कोई वास्ता नहीं, हमारे यहाँ तमीज, सभ्यता या शिष्टता, 'मैनर्स-एटीकेट्स' इन सब की पूर्ति 'थैंक्स' से होती है। हमारे आपसी व्यवहार में कहीं कोई प्रतिबद्धता नहीं रही, उसकी जगह तो अब 'कमिटमेंट' ने ली है। वचन देना या वादा करना हमने कब का छोड़ दिया है, हम तो अब 'प्रॉमिस' करते हैं। अब विवाह नहीं 'मैरिज' होते हैं, स्वागत की अपेक्षा 'रिसेप्शन' पाते हैं, निमंत्रणपत्र की तो 'इन्विटेशन कार्ड' ने छुट्‌टी की है। हमारे रोजाना और वैयक्तिक जीवन में भी हिंदी के परिवर्तित रूप ने प्रवेश किया है। अब हमारे घरों में माता-पिता, माई-बाबा अथवा अम्मी-अब्बा को कोई स्थान नहीं है, यहाँ तो अब मम्मी-डैडी-पापा ही रह रहे हैं। पास-पड़ोस में और रिश्तों-नातों में न चाचा-चाची, ताऊ-ताई हैं और न काका-मौसी हैं, यहाँ तो जाने कितने 'अंकल' और 'आंटी' हैं ? आपस में इन सब को प्रेम नहीं 'लव' होता है अत: ये प्रतीक्षा नहीं 'वेट' करते हैं। अगर कभी आवश्यकता पड़ी तो पत्र नहीं 'लेटर' लिखते हैं, जरूरत होने पर दूरध्वनि नहीं 'टेलीफोन' करते हैं और चर्चा नहीं 'डिस्कस' करते हैं।

21वीं सदी के सामाजिक तथा राजनैतिक जीवन में परिवर्तन कम और 'चैंज' अधिक होता है, यहाँ पर दूरदर्शन और आकाशवाणी को कौन देखता है ? वहाँ तो सिर्फ 'टी.वी.' और 'रेडियो' ही देखे-सुने जाते हैं। अब समाचार नहीं 'न्यूज' ही पसंद होते हैं। नेताओं का न कोई कार्यक्रम होता है और न कोई भाषण, उनके तो सिर्फ 'प्रोग्राम' बनते हैं, 'स्पीच' होते हैं। उनकी न कोई योजना होती है और न कोई दृष्टि, बस होती है कोई 'स्कीम' या 'प्लॅन' और होता कोई 'विजन'। ये अपने राष्ट्र के बारे में नहीं सोचते, 'कंट्री' या 'नेशन' के बारे में 'थिंकिंग' करते हैं। ये चुनाव में नहीं 'इलेक्शन' में उतरते हैं, सत्ता नहीं 'पावर' चाहते हैं, इसलिए नहीं कि उन्हें जनता का कल्याण करना है बल्कि इसलिए कि उन्हें 'पब्लिक वेलफेर' की पड़ी है। उन्हें भ्रष्टाचार से नहीं 'करप्शन' से नफरत है और ये जनता

का विकास नहीं 'डेवलपमेंट' चाहते हैं। ये जातिवाद नहीं 'कास्टिजम' खत्म कर रहे हैं, समाज की नहीं 'सोसायटी' की सेवा करते हैं और उस प्रकार अपने देश को आधुनिक नहीं परंतु मॉडर्न जरूर बनाते हैं। यह सही है कि ''भाषा सर्वदा विकसित होती रहती है।''[6] हिंदी भी इसके लिए अपवाद नहीं होगी। इसमें संदेह नहीं कि इक्कीसवीं सदी में हिंदी का 'हिंडी' रूप अधिक विकसित हो रहा है, हिंदी में अपूर्व संक्रमण (इन्फेक्शन) हो रहा है। परंतु वर्तमान हिंदी के इस रूप को विकसित कहें कि भ्रष्ट, इसका फैसला भावी काल पर ही छोड़ना होगा। किंतु यह स्पष्ट है कि नयी सदी की संक्रमित (इन्फेक्शनल) हिंदी अनायास रूप में प्रयुक्त होती हो और वह संप्रेषण केंद्रित हो तो कोई बात नहीं, लेकिन स्वयं को प्रतिष्ठित, पढ़ा-लिखा, उच्चशिक्षित और आधुनिक सिद्ध करने की मानसिकता तथा झूठी शान-जताने की नुमाइशी प्रवृत्ति इसमें आधारभूत हो तो निश्चिय ही यह निंदनीय है।

8. 21वीं सदी में विश्व हिंदी सम्मेलन : हिंदी के मेले, झमेले या कुंभ मेले को रोकने की चुनौती

विश्व हिंदी सम्मेलनों का आयोजन इन दिनों में एक अलग चिंतन का विषय बना है। अब तक कुल सात विश्व हिंदी सम्मेलन संपन्न हुए (1975 नागपुर, 1976 मॉरिशस, 1983 दिल्ली, 1993 मॉरिशस, 1996 त्रिनिदाद, 1999 लंदन और 2002 सूरीनाम) जिनमें से सिर्फ दो भारत में और पाँच भारत के बाहर हुए। वस्तुत: विश्व हिंदी सम्मेलनों का आयोजन हिंदी की रोटी खानेवालों और हिंदी की सेवा का दायित्व वहन करनेवालों का मेला, झमेला या कुंभ मेला माना जाए तो कितना सही और कितना गलत है सोचना होगा। मेले में देखने की इच्छाएँ, झमेले में विवाद की दिशाएँ और कुंभ मेले में स्नान कर अपने पाप को धुलवाने की आकांक्षाएँ आधारभूत होती हैं। विश्व हिंदी सम्मेलनों का आयोजन इन तीनों में से किसी एक भी कसौटी के आधार पर गलत सिद्ध होता है यह कहने की भूल इस देश का कोई भी संवेदनशील नागरिक नहीं करेगा। इससे बड़ी विडंबना दूसरी क्या होगी कि आजादी के सत्तावन साल बाद भी हिंदी को अपने ही देश में कार्यालयीन भाषा के रूप में स्थापित नहीं होने दिया और हम उसके गीत गाने विदेशों में चले। सूरीनाम में संपन्न सातवें विश्व हिंदी सम्मेलन में हिंदी को 'युनो' (संयुक्त राष्ट्र संघ) में अंतर्राष्ट्रीय भाषा के रूप में स्वीकार कर लेने के प्रस्ताव को देखते हुए महाराष्ट्र राज्य हिंदी साहित्य अकादमी के वरिष्ठ सदस्य डॉ. केशव फालके एवं कार्याध्यक्ष डॉ. नंदकिशोर नौटियाल द्वारा हिंदी को पहले अपने देश की राजभाषा के रूप में क्रियान्वित कर लेने के विषय में (भरे दरबार में) पारित प्रस्ताव को ही बाद में (पारित प्रस्तावों की सूची से) निष्कासित कर देना किस मानसिकता का द्योतक है ?

ऐसे सम्मेलनों में आयोजन समिति के सदस्यों का तथा प्रतिभागियों का चयन भी

चिंतन का ही नहीं तो चिंता का विषय है। लंदन में संपन्न विश्व हिंदी सम्मेलन के उपलक्ष्य में राजेंद्र अवस्थी द्वारा उठाया गया यह प्रश्न कि ''इस सम्मेलन की भारत में बनी आयोजन समिति के सदस्यों का चयन किसने किया था और किस आधार पर किया था ? सच बात तो यह है कि इस चुनाव समिति में ऐसे लोग थे जिनके नाम की चर्चा न की जाए तो बेहतर होगा।''[7] अपने आपमें संकेत की गरिमा से बहुत कुछ स्पष्ट करता है। अपनी भाषा का प्रचार-प्रसार जहाँ अपने देश के कार्यालयों में होना बाकी है वहाँ विदेशों में जाकर उसकी महानता के गुण गाने का अंतर्विरोध लज्जास्पद नहीं तो और क्या है ? 21वीं सदी में विदेशों में संपन्न होनेवाले विश्व हिंदी सम्मेलनों का स्वरूप मेले-झमेले या कुंभ मेले के सिवा और क्या हो सकता है ? साथ ही उस हिंदी की उपादेयता क्या हो सकती है जिसे राजनीति ने गंदा किया हो ? ''छठवें विश्व हिंदी सम्मेलन का यह सुनिश्चित मत है कि हिंदी भाषा को संयुक्त राष्ट्र संघ में मान्यता दी जाए।''[8] जैसी बात भी निश्चय ही हास्यास्पद है। क्योंकि अपने ही देश में हिंदी को शासकीय स्तर पर लताड़ना, विदेशों में उसकी उपादेयता का उत्सव मनाना और संयुक्त राष्ट्र संघ में उसकी मान्यता की माँग करना—हिंदी के साथ इससे बड़ा क्रूर मजाक दूसरा क्या हो सकता है ? हिंदी की रोटी खानेवाले, अपने आपको हिंदी का सेवक और इस देश का संवेदनशील नागरिक माननेवाले अगर इसका विरोध नहीं करेंगे तो समय उन्हें माफ नहीं करेगा। नतीजा यह होगा कि इक्कीसवीं सदी की हिंदी भी गंदी राजनीति का शिकार होगी। जब तक कार्यालयीन भाषा के रूप में हिंदी को यहाँ स्थापित नहीं किया जायेगा और उसे स्रोत भाषा नहीं बनाया जायेगा तब तक राजाश्रय से आयोजित ऐसे सम्मेलनों का बहिष्कार करना होगा...और यह काम हिंदीवालों को करना होगा, हिंदी-सेवकों-लेखकों को करना होगा। विदेश भ्रमण के मोह को त्याग कर...। हिंदी की उपादेयता की दृष्टि से यह एक महत्त्वपूर्ण कदम सिद्ध होगा।

निष्कर्ष

अपने काल के साथ संपृक्त इक्कीसवीं सदी के हिंदी की महत्त्वपूर्ण उपादेयता होगी और उसके जीवंत होने की निशानी भी। हिंदी के बदलते रूप, रचना और संरचना को स्वीकार लेना नयी सदी के हिंदी की अनिवार्यता है और आवश्यकता भी। 21वीं सदी में हिंदी का संप्रेषणीय रूप स्वीकारनीय तो होगा ही लेकिन भारतीय भाषाओं की समृद्धि में भी उसे महत्त्वपूर्ण दायित्व वहन करना होगा। यदि ऐसा होगा तो हिंदी की इससे बड़ी उपादेयता और क्या होगी ? हिंदी का जनभाषा के रूप में फलना-फूलना कोई रोक-नहीं सकता। इक्कीसवीं सदी में एकमात्र जन संपर्क-भाषा के रूप में हमारे यहाँ हिंदी का विकास निश्चय ही अबाधित है। अर्थात् जनभाषा, संपर्क भाषा और राष्ट्रभाषा जैसे रूपों में 21वीं सदी में भी हिंदी का कोई सानी नहीं है। किंतु चिंतनीय बात यह है कि उस राजभाषा हिंदी की क्या स्थिति होगी जो राजनीति से गंदी और संविधान में बंदी हो गई है। राजभाषा विषयक

राजनीति ने हिंदी के साथ पिछले साढ़े पाँच दशकों से दुर्व्यवहार ही किया किंतु हम सब निरंतर चुप रहे। हम सब की यह चुप्पी 21वीं सदी की हिंदी पर खुले आम राजनीतिक बलात्कार को प्रोत्साहन देगी। उससे उत्पन्न संतान हमें फिर माफ नहीं करेगी। उस अमान्य संतान के ऐसे प्रश्न होंगे जिनका कोई जवाब हमारे पास नहीं होगा। अत: अब समय आया है कि हम सब अपनी चुप्पी तोड़ दे, अपना मौन छोड़ दे और हिंदी के साथ खेली जा रही गंदी राजनीति का विरोध करे।

अंग्रेजी शब्दों का प्रयोग इक्कीसवीं सदी की हिंदी का अटल सत्य है। इससे हिंदी दुर्बल नहीं अपितु सबल और सशक्त ही होगी इसमें संदेह नहीं। शब्द अगर बहुश्रुत हों, बहुप्रचलित हों, बहुज्ञात हों तो चाहे वह किसी भी भाषा का क्यों न हो, उसको अपनाने से हिंदी का अहित नहीं होगा। परंतु ऐसे शब्दों से परहेज करने से हिंदी की भी वह स्थिति होगी जो हमारे यहाँ संस्कृत की हुई है। देशी-विदेशी भाषाओं के बहुप्रचलित बहुज्ञात शब्दों से अगर हम हिंदी को काट देंगे, अलग कर देंगे तो निसंदेह नयी सदी में हिंदी पिछड़ जायेगी। पूरे देश में कार्यालयीन भाषा के रूप में हिंदी की उपेक्षा करना और पाप-प्रक्षालन हेतु विदेशों में जा उसके गुणगान करना, उसकी उपादेयता के उत्सव मनाना शर्मनाक ही नहीं, दर्दनाक भी है। 21वीं सदी में विज्ञान और तकनीकी में हिंदी को स्थापित करना भारतीय वैज्ञानिकों के सामने चुनौती है। किंतु इस क्षेत्र का अब तक का इतिहास यह गवाही देता है कि भावी काल में भी विज्ञान और तकनीकी में हिंदी को हाशिए पर ही छोड़ दिया जाएगा। हिंदी इस देश में ज्ञान की भाषा तो है ही, 21वीं सदी और उसके यात्रियों के सामने यह चुनौती है कि उसे विज्ञान की भी भाषा बना दें। समय इनकी ओर आँखें लगाये हुए है, देखें ये क्या कर सकते हैं।

संदर्भ-सूची

1. डॉ. शुभंकर बनर्जी–'नवभारत' दैनिक (रविवारीय), पृष्ठ-3, 23 जनवरी, 2000, पुणे।
2. सं. गोपाल राय–'समीक्षा' त्रैमासिक, पृष्ठ-3, अप्रैल-जून, 1995, पटना, बिहार।
3. सं. गोपीकृष्ण राठी 'मधुकर–राष्ट्रभाषा हिंदी, पृष्ठ-91, प्रिंटवैल प्रकाशन, जयपुर, 1995।
4. डॉ. अर्जुन चव्हाण–अनुवाद : समस्याएँ एवं समाधान, पृष्ठ-125, अमन प्रकाशन, कानपुर, 1999।
5. डॉ. शंकरदयाल शर्मा–हिंदी भाषा और भारतीय संस्कृति, पृष्ठ-80, किताबघर प्रकाशन,नई दिल्ली, 1997।
6. डॉ. द्विजराम यादव–प्रयोजनमूलक हिंदी व्याकरण, पृष्ठ-11, साहित्य रत्नाकर प्रकाशन, कानपुर, 1989।
7. सं. राजेंद्र अवस्थी–'कादंबिनी' मासिक, पृष्ठ -17-18, अक्तूबर, 1999, नई दिल्ली।
8. वही, पृष्ठ-22।

3

वैश्वीकरण के परिप्रेक्ष्य में हिंदी : महत्त्व, सीमाएँ तथा संभावनाएँ

वैश्वीकरण और हिंदी : प्रश्नों के घेरे में

संविधान की दुहाई देनेवाले स्वाधीन देश के हम सब सुजान नागरिक हिंदी को राजभाषा कहते जरूर हैं किंतु उसकी वंचना को देखते हुए ही। आज इस सच्चाई से मुख मोड़ना बेईमानी होगी कि हिंदी महज कहने के लिए राजभाषा है और राज-कारोबार की भाषा का सेहरा अंग्रेजी को पहनाया गया है। यह सच है कि जनाश्रय इस देश में सबसे अधिक हिंदी को मिला लेकिन राजाश्रय से वह उपेक्षित ही रही। जनभाषा के रूप में आज उसका कोई सानी नहीं लेकिन राजभाषा के रूप में यह लगभग कहीं की नहीं रही। अतः कहना गलत नहीं होगा कि हिंदी का जनभाषा रूप जितना सबल रहा उतना ही उसका राजभाषा रूप दुर्बल रहा है। लेकिन सच तो यह है कि यहाँ जब-जब भी विदेशियों का आगमन हुआ और उन्होने हमारे समाज और संस्कृति को जानना चाहा तब-तब उनको यहाँ की भाषा को ही अपनाना पड़ा। आज भी विदेशी लोग अगर भारतीय समाज और संस्कृति को जानना चाहते हैं तो पहले उनको हिंदी जानना पड़ता है। वैश्वीकरण के माहौल ने तो दुनिया की दूरियों को ही मिटाया है। अब दुनिया अपूर्व रूप से छोटी बनती जा रही है। वैज्ञानिक उन्नति, औद्योगिक विकास, संगणक, फैक्स, इंटरनेट और ई-मेल के इस युग ने हमारे सोच-विचार और विकास के सारे मानदंड बदल दिए हैं। आज पिछड़ा हुआ वह नहीं कि जिसके पास साधन-सुविधाएँ तथा ज्ञान के भंड़ार का अभाव है बल्कि पिछड़ा हुआ वह है जिसके पास साधन-सुविधाएँ तथा जानकारी के तंत्र (इन्फॉर्मेशन टेक्नॉलॉजी) तो पर्याप्त हैं किंतु वह उसका उपयोग करना नहीं जानता।

वैश्वीकरण को लेकर भाषा के परिप्रेक्ष्य में भी यही बात है। आज वह भाषा सबसे समृद्ध भाषा नहीं कि जिसका इतिहास, साहित्य और संस्कृति समृद्ध है बल्कि वह भाषा सब से समृद्ध है कि जो वर्तमान परिवेश में अधिक अनुकूल और उपयोग में लाई जाती है।

वैश्वीकरण के इस माहौल में अब प्रश्न सिर्फ यह नहीं कि हमारी सभ्यता और संस्कृति

का क्या होगा ? बल्कि प्रश्न यह भी है कि उस सभ्यता और संस्कृति की भाषा अर्थात् हिंदी का भी विकास होगा कि विनाश ? क्या भूमंडलीकरण से हिंदी का दुनिया में अधिक प्रचार-प्रसार होगा ? क्या वह इस देश और विदेश में भी विज्ञान की भाषा बनेगी ? क्या हिंदी को वैज्ञानिक अनुसंधान और आविष्कार में स्थान मिलेगा ? क्या वह विश्व भाषा के रूप में मान्यता पाएगी या उसके साथ 'यूज एंड थ्रो' की नीति के अनुसार अपने स्वार्थ को सिद्ध करने के लिए महज आवश्यकता की पूर्ति के रूप में व्यवहार किया जाएगा। यहाँ इन सभी प्रश्नों के उत्तर की पहल करना आवश्यक हो जाता है।

वैश्वीकरण के हिंदी का महत्त्व दर्शानेवाले विशिष्ट बिंदु

1. हिंदी के विज्ञापनी रूप का विकास

बहुराष्ट्रीय कंपनियों को अपना 'प्रॉडक्ट' भारतीय जनता तक पहुँचाने के लिए यहाँ की जनभाषा अर्थात् हिंदी का सहारा लेना आवश्यक ही नहीं तो अनिवार्य प्रतीत हुआ। क्योंकि वे जानती हैं कि जन तक पहुँचने के लिए और जन-मन को जानने-प्रभावित करने के लिए 'जनभाषा' का प्रयोग ही एकमात्र रास्ता है। बिना जनभाषा के प्रयोग के 'जन' के 'मन' को पकड़ लेना और उसमें प्रवेश पाकर उसके हृदय सिंहासन पर आरूढ़ होना संभव नहीं। "यदि ऐसा न होता तो इस देश के बड़े-से-बड़े दल के नेता न हिंदी में भाषण लिखवा लेते और न बड़े-से-बड़े पद पर पहुँचने पर मंत्री गण हिंदी सीखने के लिए 'ट्यूटर' लगाते। क्योंकि ये लोग जानते हैं कि 'जन' तक पहुँचने के लिए 'जन' जिस भाषा में साँस लेता है उसी को अपनाना होगा।"[1] वैश्वीकरण के कारण कोका कोला, कोलगेट, शेम्पू जैसी सैंकड़ों चीजों को भारत में घर-घर तक पहुँचाने के लिए दिए जानेवाले विज्ञापन में हिंदी का ही सहारा लिया जा रहा है। अतः वर्तमान हिंदी का 'विज्ञापनी-हिंदी' नामक एक और रूप उभरकर आया है। वैश्वीकरण से हिंदी के इस रूप का विकास हो रहा है इसे नकारा नहीं जा सकता।

2. हिंदी की संप्रेषणमूलकता में बढ़ोतरी

वैश्वीकरण के माहौल ने हमारी सैद्धांतिक ही नहीं बल्कि व्यावहारिक सोच के भी सारे संदर्भ बदल दिए हैं। कभी विश्वास नहीं होगा कि क्या यही वह देश है जहाँ गांधीजी ने स्वदेशी आंदोलन चलाया था। जहाँ हमारी सोच भी संदर्भ सापेक्ष होती है वहाँ भाषा भी इसके लिए अपवाद नहीं रहती। वैश्वीकरण के माहौल में भारत जैसा विशाल-काय देश व्यापार-उपनिवेश का महत्त्वपूर्ण केंद्र माना गया। किंतु दुनियाभर के व्यापारियों ने अपने माल को बेचने के लिए चाहे आवश्यकता के कारण हो, चाहे मजबूरन—हिंदी भाषा के साथ अपना नाता जरूर जोड़ दिया। अतः अपने माल के प्रचार के साथ हिंदी भाषा का प्रचार-प्रसार

अनायास होने लगा है इससे इनकार नहीं किया जा सकता। यह वह हिंदी है जो शुद्ध-अशुद्ध के परे है और जिसका 'संप्रेषणमूलक रूप' ही बड़ी तेजी से विस्तार पा रहा है। हिंदी के विकास में यह एक सकारात्मक एवं महत्त्वपूर्ण पहलू है। वैश्वीकरण के परिणामस्वरूप हिंदी का संप्रेषणमूलक रूप बड़ी तेजी से फैलता जा रहा है और फैलता रहेगा। यह वह हिंदी है जिसे न स्वदेशी भाषाओं के शब्दों से परहेज है, न विदेशी भाषाओं के शब्दों से। उसे न अंग्रेजी के शब्दों से गिला-शिकवा है और न संस्कृत के। उसे न उर्दू के शब्दों की एलर्जी है, न अरबी-फारसी के। वह न मानक भाषा से लगाव-अलगाव रखती है, न मौखिक भाषा से। वह न परिनिष्ठित भाषा से राग-द्वेष करती है, न बोली से। वैश्वीकरण के परिणामस्वरूप अब जिस हिंदी का प्रयोग किया जा रहा है उसका मूल प्रयोजन है अपनी बात का सही संप्रेषण। अतः इसमें संदेह नहीं कि हिंदी का संप्रेषणमूलक रूप वैश्वीकरण के परिणामस्वरूप है। अतः कहना सही होगा कि हिंदी को संप्रेषणमूलक बनाने में वैश्वीकरण का वजूद वाजिब महसूस होता है। इससे हिंदी के अधिकाधिक संप्रेषणमूलक होने में गति मिलेगी इसमें दो राय नहीं।

3. हिंदी की नई संरचना में उभार

वस्तुतः हिंदी संरचना के नए रूप का प्रचलन बीसवीं सदी के अंतिम दशक में ही जोर पकड़ता जा रहा था। लेकिन वैश्वीकरण के माहौल ने उसे अधिक प्रमाणित किया है। फलतः इन दिनों में हिंदी की नई संरचना उभरती आ रही है। जैसे-जैसे प्रांतीय तथा राष्ट्रीय अभिनिवेश को लाँघकर वैश्वीकरण की अवधारणा गतिमान बनती जा रही है वैसे-वैसे आज हिंदी भाषा की संरचना का नया रूप उभरता जा रहा है। वैश्वीकरण हिंदी की नई संरचना के रूप को न केवल स्वीकृति का संकेत दे रहा है बल्कि उसको अपनाने के लिए अनुकूल माहौल प्रदान कर रहा है। 'मल्टी नेशनल कंपनीज स्टैंडर्ड प्रॉडक्ट सप्लायर बनी', 'ट्रेन टिकट बुकिंग कंप्युटराइज्ड किया', 'इंडियन प्लेन लेट आया', 'फॉरेन जर्नी टिकट लौटाया', 'पेटेंट राइट रिजल्ट डिक्लयर हुआ' तथा 'अगेन्स्ट टेरॅरिस्ट स्ट्रॉग एक्शन लिया' जैसे वाक्यों में लिया, किया, लौटाया, आया तथा हुआ जैसी क्रियाओं के कारण ही हिंदी के अस्तित्व का बोध होता है। उसी प्रकार 'हिस्ट्री का लेक्चर इंटरेस्टेड था', 'चीफ मिनिस्टर इलेक्शन के नॉमिनेशन फार्म लास्ट डेट को भरेंगे' आदि वाक्यों में कारक और क्रिया के प्रयोग ही हिंदी के जीवित होने का प्रमाण दे रहे हैं। 'ट्रेन लेट है', 'ब्रेकफास्ट लें', 'न्यूज पेपर दें', 'चीफ मिनिस्टर थे' जैसे सैंकड़ों वाक्य अब प्रतिदिन चारों ओर सुनाई दे रहे हैं जिनमें 'है', 'ले', 'दे' और 'थे' ही हैं जो हिंदी के अस्तित्व का झंड़ा दिखाते हैं। फिर भी इसे हिंदी कहा जाता है और इन सारे वाक्यों को हिंदी की नई संरचना मानना पड़ता है। स्पष्ट है कि वैश्वीकरण ने हिंदी संरचना के नये रूप को नई जमीन प्रदान की है—हमारे स्वीकार या इनकार की चिंता किए बिना ही। अब देखना यह है कि हिंदी इस जमीन पर

कितनी फलेगी-फूलेगी और उसकी विशुद्धता को बचाए रखने की मानसिकता दुरुस्त सिद्ध होगी कि न दयनीय।

4. हिंदी के 'हिंग्लिश' रूप में निखार

वैश्वीकरण के फलस्वरूप हिंदी का एक और रूप बल पकड़ रहा है जिसका नाम है 'हिंग्लिश'। यह वह हिंदी है जिसमें अंग्रेजी शब्दों के हिंदी रूप प्रयुक्त मिलते हैं। ऐसे शब्दों के प्रयोग का श्रीगणेश तो बीसवीं सदी के अंतिम दो दशकों में हुआ है लेकिन वैश्वीकरण के फलस्वरूप हिंदी के हिंग्लिश रूप में निखार आ रहा है। जनता में ही नहीं बल्कि संचार माध्यमों और शासकीय कार्यालयों में भी अंग्रेजी शब्दों के बहुवचनी हिंदी अर्थात् 'हिंग्लिश' रूपों का बेझिझक प्रयोग हो रहा है। आज-कल अफसरों, अस्पतालों, होटलों, चैनलों, टेबलों, ड्राइवरों, डॉक्टरों, मैनेजरों, स्कूलों, कॉलेजों, प्रोफेसरों, प्रिंसिपलों, बिलों, बसों, क्रिकेट मैचों, कंपनियों, एजेंसियों, लाइब्ररियों के साथ-साथ फाइलें, मशीनें, बिल्डिंगें, लाइनें, विकटें आदि हजारों शब्दों का प्रयोग हो रहा है जिससे संप्रेषण अधिक सरलता एवं सहजता से हो जाता है। ये सारे शब्द न तो विशुद्ध हिंदी के हैं और न ही विशुद्ध अंग्रेजी के। परंतु वैश्वीकरण के फलस्वरूप हिंदी में इनका प्रचलन साधारण-सी बात हो बैठी है। इससे हिंदी समृद्ध और विकसित होगी कि प्रदूषित, यह अलग चर्चा का विषय है। परंतु हिंदी के 'हिंग्लिश' रूप में निखार आ रहा है इसे मानना पड़ेगा।

वैश्वीकरण के परिणाम : सामाजिक एवं भाषिक परिप्रेक्ष्य

वैश्वीकरण के मूल में आधारभूत तत्त्व है व्यापार जिसे समता, मानवता और विश्वबंधुता से कोई लेना-देना नहीं। अतः इसे 'भूमंडलीकरण' नहीं बल्कि 'भूमंडीकरण' कहना ही अधिक उचित होगा। समग्र भूमंडली को एक ऐसी भूमंडी में बदलना इसका मूल उद्देश्य सिद्ध हुआ है जहाँ केवल बेचने और खरीदनेवाले ही होंगे। दलालों, सौदागरों और ग्राहकों की इस मंडी के जो सामाजिक तथा भाषिक परिणाम परिलक्षित हो रहे हैं वे इस प्रकार हैं—

सामाजिक परिप्रेक्ष्य

1. उपभोक्तावादी पीढ़ी सुस्थापित - प्राकृतिक जीवन जीनेवाली पीढ़ी विस्थापित।
2. 'मुद्रा' ही महत्त्वपूर्ण - मनुष्य ही महत्त्वहीन।
3. वस्तु का मूल्य अक्षुण्ण - व्यक्ति का मूल्य शून्य।
4. पूँजीवाद की विजय। - समाजवादी की पराजय।
5. विविधता के स्थान पर एकरूपता की स्थापना - विशेषतः सांस्कृतिक विविधता खतरे में आना।

6. सौदेबाजी को आदरांजलि - सहिष्णुता को तिलांजलि।
7. बाजारू संस्कृति का विस्तार - मानवता का धिक्कार।
8. वास्को-डी-गामा वादी मानसिकता भरपूर - मनुष्य कबीर और गालिब की मानसिकता से दूर।

भाषिक परिप्रेक्ष्य

1. हिंदी के स्वीकार में आवश्यकता की पूर्ति प्रधान - साहित्य, समाज और संस्कृति का गौण।
2. हिंदी के प्रयोग में स्वार्थ का प्रभाव - श्रद्धा और निष्ठा का अभाव
3. सौदेबाजी की हिंदी का प्रभाव - स्नेह और सौहार्दयुक्त हिंदी का अभाव।
4. हिंदी का प्रयोग व्यावसायिक संबंध हेतु - भावात्मक संबंध को कोई स्थान नहीं।
5. इससे हिंदी में हिसाबीपन प्रधान। - अपनापन गौण।
6. हिंदी औपचारिकता से परिपूर्ण। - कृतज्ञता से अपूर्ण।
7. हिंदी का प्रयोग काम निपटाने के प्रयोजन से - ज्ञानदान के प्रयोजन से नहीं।
8. हिंदी का प्रयोग सिर्फ संपर्क करने के लिए - शिक्षा के माध्यम के लिए नहीं।
9. हिंदी का प्रयोग मीडिया से अपने उत्पाद का जन-जन तक प्रचार करने के लिए। - हिंदी के प्रचार-प्रसार के लिए नहीं।
10. वैश्वीकरण से सारा विश्व दुर्दमनीय प्रतियोगिता में - इससे प्रादेशिक भाषाओं का भविष्य खतरे में।

निष्कर्षतः स्पष्ट है कि वैश्वीकरण ने सामाजिक और भाविक संरचना ही नहीं बल्कि उनके मुहावरे और व्याकरण को भी बदल दिया। इसने समता को कम और विषमता को ही ज्यादा बढ़ावा दिया। विषमता भी दोनों स्तरों पर—एक आर्थिक स्तर पर और दूसरी भाषिक स्तर पर। डॉ. मैनेजर पांडेय का यह कहना सही है कि ''भूमंडलीकरण के नारे का सम्मोहन और चित्त-विजय का सर्वग्रासी अभियान नई पीढ़ी को जितना चकित कर रहा है उससे अधिक आतंकित क्योंकि भूमंडलीकरण का लक्ष्य है पूँजीवाद को दिग्विजयी बनाना, सारी दुनिया का पश्चिमीकरण करना, जिसका वास्तविक अर्थ है अमेरिकीकरण। इसका परिणाम होगा मानव समाज में आर्थिक विषमता का विस्तार, प्रकृति तथा पर्यावरण का विनाश और हिंसा की संस्कृति का उत्तरोत्तर प्रसार जो पूँजी की संस्कृति की अनिवार्य विशेषताएँ हैं।''[2]

आज समाज और भाषा ये दो ही कारक वैश्वीकरण के परिणाम से सर्वाधिक प्रभावित हैं। समाज में अब तक तो सिर्फ गरीबी का मज़ाक उड़ाया जाता रहा किंतु वैश्वीकरण से अब गरीबों की भाषा का भी मज़ाक उड़ाया जा रहा है। अब तक गरीबों पर बलात्कार होता रहा, किंतु अब गरीबों की भाषा पर भी बलात्कार हो रहा है। अतः कहना गलत नहीं कि वैश्वीकरण ने हमारे समाज और भाषा-दोनों की धुलाई शुरू की है।

वैश्वीकरण के परिप्रेक्ष्य में हिंदी की सीमाएँ तथा संभावनाएँ

वैश्वीकरण का आकर्षण आज मन-मन में है परंतु उसके परिणाम के प्रति कहीं-न-कहीं गंभीर संदेह भी है। जिस तरह बहुराष्ट्रीय कंपनियों द्वारा हल्दी, करेला, नीम जैसी अनेक वस्तुओं के 'पेटेंट' को (देश में डॉ. रघुनाथजी माशेलकर जैसे वैज्ञानिक होते हुए भी) पाने का प्रयास हमें देखना पड़ा उसी तरह उनकी भाषिक बपौती को भी बर्दाश्त करना पड़ेगा। समृद्ध हिंदी के होते हुए भी। अतः वैश्वीकरण के समग्र परिप्रेक्ष्य में विचार करने पर हिंदी की निम्नांकित सीमाएँ तथा संभावनाएँ परिलक्षित होती है–

1. हिंदी जनसंपर्क की भाषा के रूप में जरूर अपनाई जा रही है और अपनाई जाती रहेगी किंतु वैज्ञानिक आविष्कार की भाषा के रूप में वह उपेक्षित है और वैश्वीकरण के माहौल से अधिक उपेक्षित रहेगी। वैश्वीकरण से वैज्ञानिकों के आविष्कार की मात्रा को और उपयोगिता को बढ़ावा जरूर मिल रहा है किंतु इन आविष्कारों की भाषा में हिंदी को कोई स्थान नहीं। दूसरी चिंता की बात यह कि वैज्ञानिकों के महान आविष्कार भी अब प्रायोजकों और उसके फल के भोक्ता के कब्जे से कौन बाहर ला सकता है ? अर्थात् जिस भाषा में वैज्ञानिक खोज और नये-नये आविष्कार हो रहे हैं उसे छोड़कर हिंदी को अपनाने की मूर्खता वे क्यों करें ?
2. वैश्वीकरण के फलस्वरूप ही बहुराष्ट्रीय कंपनियों का घोर एकाधिकार जोर पकड़ रहा है। यह एकाधिकार मुख्यतः दो स्तरों पर बढ़ रहा है–पहले उत्पाद पर और बाद में भाषा पर। अतः वैश्वीकरण से हिंदी के फलने-फूलने में बहुत बड़ा सहयोग मिलनेवाला है यह उम्मीद करना बेकार है।
3. जैसे गंगा का उपयोग पेयजल के लिए कम, भस्म बहाने, अस्थियाँ विसर्जित करने और आत्महत्या के लिए ज्यादा हो रहा है वैसे वैश्वीकरण समता के लिए कम, विषमता के लिए ज्यादा अनुकूल दीख रहा है। यह दीख ही रहा है कि वैश्वीकरण अमीरों की अमीरी और गरीबों की गरीबी बढ़ानेवाला मायाजाल है। क्योंकि इससे विकासशील देशों में उन्नत देशों को घुसपैठ की खुली छूट मिली है। जितेंद्र भाटिया का कहना सही है कि "अमरीका की केवल तीन बड़ी तेल कंपनियों एक्सॉनमोबिल, शेल और टोटलफिना की सम्मिलित वार्षिक बिक्री

आज लगभग 367 अरब डॉलर है, जो कि पूरे भारत देश के कुल राष्ट्रीय उत्पाद (जी डी पी) से 10 अरब डॉलर अधिक है।''[3] अतः विषमता की बुनियाद पर खरा वैश्वीकरण का यह भवन हिंदी को समृद्ध कर वैज्ञानिक आविष्कार के माध्यम के रूप में प्रवेश देगा यह महज भ्रम है।

4. आज जीवन में सादगी और संयम दुर्लभ होते जा रहे हैं। हम दो पैरों के लिए कितने जूते और एक बदन के लिए कितने वस्त्र रखते हैं इस पर सोचना होगा। बहुराष्ट्रीय औद्योगिक संस्थाएँ बाजार सजाती जा रही हैं—अपनी चीजों को बेचने के लिए, हिंदी के प्रचार के लिए नहीं। अतः हिंदी का प्रचार-प्रसार, बहुराष्ट्रीय कंपनियों द्वारा सजाए गए बाजार के भरोसे छोड़ना याने नाक बेचकर नथ पहने की बेशर्मी का बखान करना है।
5. वैश्वीकरण का प्रधान प्रयोजन दुनिया को सफलता तथा समृद्धि की ओर ले जाना नहीं बल्कि उसे उपभोक्तावादी बाजारू संस्कृति में बदलना है। खूबसूरत गोरी नारी को अधनंगी नहलाने के लिए प्रतिभा को दाँव पर लगाया जा रहा है किंतु उसे पीने के लिए कीटाणुरहित पानी मिलता है या नहीं और उसके मन-मस्तिष्क की भाषा भी कितनी प्रदूषित होती जा रही है इसकी किसी को चिंता नहीं। अतः इस माहौल से हिंदी का भला होगा इस भ्रम से बाहर आना ही उचित होगा।
6. हमें इस भ्रम को छोड़ना होगा कि वैश्वीकरण से हिंदी के विकास को रास्ता मिलेगा। क्योंकि यदि ऐसा होता तो डेढ़ सौ साल की लंबी अवधि में इस देश में जिस अंग्रेजी भाषा ने अपनी जड़ें मजबूत की वे आज़ादी के पचपन साल बाद और अधिक मजबूत न होती। हमारे यहाँ जनभाषा के रूप में हिंदी का कोई सानी नहीं किंतु विज्ञान-भाषा के रूप में उसको कितना स्वीकार किया गया है यह चिंता का विषय है।
7. वैश्वीकरण की हिमायत करनेवाले विशेषज्ञ भी यह महसूस करेंगे कि पूरा विश्व ही व्यापारीकरण का अड्डा बनता जा रहा है और जनता उससे गुजरने को अभिशप्त है। इसमें संदेह नहीं कि समता की भोली अवधारणा अब संविधान के अनुच्छेद की महज शोभा ही बढ़ा रही है। ठीक वैसे ही, जैसे राजभाषा हिंदी विषयक संविधान के अनुच्छेद 343 का वर्तमान सच है। अतः कहना सही होगा कि वैश्वीकरण के माहौल में हिंदी का प्रयोग याने 'सराय' का स्थान है, खाला का घर नहीं—जो सुविधा से युक्त होता है, स्नेह से नहीं।

निष्कर्ष

वैश्वीकरण अर्थात् भूमंडलीकरण का दूसरा नाम भूमंडीकरण है। इस भूमंडी रूपी माँ के दो

बेटे हैं। एक है पूँजीवाद और दूसरा है उपभोक्तावाद। इन दो बेटों ने भोगवाद को अपनानेवाले ग्राहक और सपनों की दुनिया दिखलानेवाले सौदागर को जन्म दिया। ये दो संतानें शैशवावस्था में ही अपनी विलासिता का परिचय दे चुकी हैं किंतु जब ये शैशव अवस्था को लाँघकर जवानी में पहुँचेंगी तब उनके आतंक से विश्व में 'बाजारू संस्कृति' के 'एड्स' की भयावह बीमारी फैलेगी इसमें दो राय नहीं। तब समता, मानवता और बंधुता जैसी दवाओं का न कोई असर होगा और न इनके लिए कोई स्थान रहेगा। अतः वैश्वीकरण से उतना ही संबंध रखना होगा जितना कि तीन-चार जवान बेटियों का मकान मालिक बाप अपने युवा (अविवाहित) किराएदार से रखता है। हिंदी भाषा के परिप्रेक्ष्य में वैश्वीकरण की पहल करनी हो तो यही स्पष्ट होता है कि बहुराष्ट्रीय कंपनियों द्वारा हिंदी का प्रयोग अपने उत्पाद का जनता को परिचय कराने हेतु होता है। अर्थात् वैश्वीकरण के माहौल में हिंदी को अपनाने में 'आवश्यकता' आधारभूत है 'प्रेम' और 'मर्जी' नहीं। अपनी व्यावसायिक आवश्यकता से हिंदी का प्रयोग करनेवाला 'सैक्सुअल वर्कर्स' (पुरुष वेश्या) के समान होता है, जो काम-सुख दे सकता है, प्रेम नहीं। अतः बिना राष्ट्र-प्रेम तथा भाषा-प्रेम के हिंदी का भला होगा यह समझना बहुत बड़ी भूल होगी। हमें उत्पाद की बपौती के साथ-साथ विकसित राष्ट्रों की भाषिक बपौती को भी बर्दाश्त करना होगा। सिर्फ मीडिया से दिए जानेवाले विज्ञापनों में अपनाई जाने के कारण हिंदी का भविष्य उज्ज्वल है और वैश्वीकरण का माहौल हिंदी के विकास के प्रति वफादार है यह समझना भोला भ्रम है। शायरी के अंदाज में ही कहना हो तो कहना सही होगा—

''हमें है उनसे वफा की उम्मीद
जो नहीं जानते वफा क्या है।''

संदर्भ सूची

1. इंडिया टुडे (साहित्य वार्षिकी, अंक—2002), पृ. 4, नई दिल्ली (डॉ. मैनेजर पांडेय के कथन से उद्धृत)
2. आलोचना त्रैमासिक, जनवरी-मार्च, 2001 (सहस्राब्दी अंक), पृ. 148, नई दिल्ली। (जितेंद्र भाटिया के 'वैश्वीकरण, विज्ञान और बाजार की राजनीति' लेख से उद्धृत)
3. शिवाजी विश्वविद्यालय की शोध-पत्रिका, पृ. 104, कोल्हापुर। (डॉ. अर्जुन चव्हाण के 'इक्कीसवीं सदी की हिंदी : स्वरूप एवं उपादेयता' शोधपत्र से उद्धृत।

4

संचार माध्यम का हिंदी परिप्रेक्ष्य

विषय प्रवेश

मानव-जीवन की उत्क्रांति के समानांतर ही जनसंचार माध्यम की उत्क्रांति माननी पड़ेगी। मनुष्य-जीवन के विकास के साथ संचार माध्यमों ने अपने विकास की निरंतरता को जारी रखा। उन्नीसवीं तथा बीसवीं सदी ने मानव तथा संचार माध्यम, दोनों को उन्नति की नई-नई राहें प्रदान की और इक्कीसवीं सदी ने उन्हें चरम-सीमा पर पहुँचाया। भूमंडलीकरण के नाम पर भूमंडीकरण में बदलती जा रही दुनिया ने अब संचार साधनों के विविध आयाम को जन्म दिया। यह सच है कि बाजार अपने एजेंडे से बाज आनेवाला नहीं। मीडिया बाजार की आवश्यकता है और हिंदी मीडिया की। अब हिंदी का नीति-नियंता केंद्र सरकार का राजभाषा विभाग ही नहीं बल्कि मीडिया भी कहना होगा। वेबसाइटों का हिंदीकरण होते जाना इलेक्ट्रॉनिक मीडिया पर हिंदी के नये जलवे को दर्शाता है। इसलिए आज हिंदी की उपेक्षा के अरण्य रोदन की अपेक्षा संचार माध्यम के परिप्रेक्ष्य में उसकी सामर्थ्य और सीमाओं तथा दिशाओं एवं संभावनाओं को जानना अधिक उचित एवं उपयुक्त होगा।

1. संचार माध्यम : भेद-विभेद

जनसंचार माध्यम के मुख्यतः दो भेद करने होंगे—(1) मुद्रित संचार माध्यम—जिसमें दैनिक समाचार पत्र और सभी नियतकालिक, साप्ताहिक, पाक्षिक, मासिक, द्वैमासिक, त्रैमासिक, अनियतकालिक आदि आते हैं। (2) इलेक्ट्रॉनिक संचार माध्यम-इसके भी दो प्रकार करने पड़ेंगे—(1) श्रव्य संचार माध्यम (2) दृश्य-श्रव्य संचार माध्यम। श्रव्य संचार माध्यमों में वे संचार साधन आते हैं जो श्रवण इंद्रिय द्वारा अर्थ-बोध कराते हैं। इसमें सबसे प्रमुख है रेडियो। इन दिनों में एफ. एम. रेडियो की बड़ी धूम मची है। साथ ही इसमें टेपरेकार्डर, ऑडियो कैसेट आदि आते हैं। दृश्य-श्रव्य माध्यमों में वे सब संचार साधन आते हैं जो आँखों और कानों द्वारा अर्थबोध कराते हैं। इनमें सब से प्रभावी साधन फिल्म, दूरदर्शन और वीडियो आदि आते हैं।

संगणक, इंटरनेट, ई-मेल, वाइस-मेल, दूरध्वनि, भ्रमणध्वनि (मोबाईल) और

ई-कॉमर्स आदि को ऐसे इलेक्ट्रॉनिक संचार साधनों में रखना होगा कि जिनके विकास का कोई अंतिम रूप बताया नहीं जा सकता।

2. प्रमुख संचार माध्यमों का हिंदी परिप्रेक्ष्य

संचार माध्यमों की संख्या में उत्तरोत्तर वृद्धि हो रही है। आज इनकी संख्या अतीत की तुलना में ज्यादा है और आनेवाले 'कल' में इनमें वृद्धि होगी इसमें दो राय नहीं। यहाँ वर्तमान काल में प्राप्त उन संचार माध्यमों पर प्रकाश डालना आवश्यक समझते हैं जिनका हिंदी से उत्तरोत्तर संपर्क और संदर्भ बढ़ता जा रहा है। जैसे–

3. आवाज की दुनिया का दोस्त रेडियो और हिंदी

आज़ादी के पहले ही नहीं आज़ादी के बाद भी तथा बीसवीं सदी में ही नहीं इक्कीसवीं सदी में भी 'आवाज की दुनिया का दोस्त' अर्थात् रेडियो ने जनसंचार माध्यम के रूप में अपनी अहमियत बरकरार रखी है। जब चालीस करोड़ जनसंख्या में सत्तर प्रतिशत से ज्यादा जनता अनपढ़ थी और अब सौ करोड़ से ज्यादा जनसंख्या में भी करीब चालीस करोड़ अनपढ़ है तब अनुमान लगाया जा सकता है उसकी भाषिक क्षमता का। इस समय यह भी नहीं भूलना होगा कि अस्सी प्रतिशत लोग गाँवों में बसते रहे। रेडियो का आगमन इस पृष्ठभूमि में विशेष महत्त्वपूर्ण मानना पड़ेगा।

रेडियो का अतीत और वर्तमान इसका गवाह है कि भारत में देहाती आदमी किसान से लेकर महानगरों में बसे उद्योगपति, उच्चवेतनभोगी और मजदूर के रूप में कार्यरत सामान्य व्यक्ति तक को देखें कि आवाज की दुनिया के इस दोस्त पर सब-के-सब फिदा रहे हैं। अपनी बहुआयामी उपयोगिता को लेकर आया यह संचार माध्यम लोग-जीवन का अभिन्न अंग बना है। बँगलों तथा महलों में ही नहीं, झुग्गी झोपड़ियों, पहाड़ी अंचलों, वनों-जंगलों और दुनिया के कोने-कोने में इसने शिरकत की है। निम्न वर्ग में इसने मनोरंजन के साधन के रूप में ही स्थान पाया है। गीतों का प्रसारण इसकी लोकप्रियता का मुख्य कारण रहा है। भाव-गीत, भक्ति-गीत, लोक-गीत, राष्ट्रगीत, देशभक्ति-गीत और सब से ज्यादा फिल्मी-गीतों ने आम आदमी को रेडियो के साथ बाँधकर रखा है। कौन भूल पाया है कि बिनाका गीतमाला की हर बुधवार की शाम बच्चों, बूढ़ों और जवानों–सब के लिए कितनी प्रतीक्षित रहा करती थी ? यह गीतों का ही नहीं, अमीन सयानी के निवेदन का भी करिश्मा था। उनकी आवाज की हिंदी ने श्रोतागण के कानों को संस्कारित किया–सरल, सहज और प्रवाहमयी हिंदी को सुनने, जानने, पहचानने के लिए। अपने कानों में तन-मन-जान को बिठाकर रेडियो के सामने बैठनेवाली पीढ़ी उस बिनाका गीतमाला की महफिल को भूल गई हो तो आश्चर्य होगा।

रेडियो की उपयोगिता एवं लोकप्रियता दैनिक समाचार, बाजार समाचार, नाटक,

लघु नाटक, साक्षात्कार, संगीत, क्रीड़ा समालोचन, साहित्य, समाज और संस्कृति विषयक विभिन्न कार्यक्रमों के कारण बढ़ती गई। लेकिन इसकी लोकप्रियता का एक और कारण है इसकी भाषा। कहना जरूरी नहीं की राष्ट्रीय स्तर पर इसका श्रेय हिंदी को जाता है। रेडियो प्रादेशिक भाषाओं के साथ-साथ हिंदी को भी समान रूप से अपनाता रहा। इसने देशभर में हिंदी के सर्वाधिक श्रोता बनाए। कानों का ऐसा संस्कार किया कि वे हिंदी सुनने को लालायित होते रहे। रेडियो के श्रोताओं की संख्या में अद्भुत इजाफा नजर आता है। इस संदर्भ में रेडियो से जुड़े लीलाधर मंडलोई की मान्यता सही है कि ''अकेली दिल्ली में प्रति व्यक्ति श्रोताओं का झुकाव टी. वी. के 139 मिनट प्रतिदिन की तुलना में रेडियो के पक्ष में 118 मिनट आकलित किया गया है। यह एक हैरतपूर्ण बदलाव है।...अमीन सयानी फिर एक बार सुर्खियों में हैं। बाजार का रूख भी कुछ खास उत्पादों के विक्रय को लेकर रेडियो की तरफ तेजी से मुड़ा है।''[1]

रेडियो के जरिए हिंदी ने भौगोलिक सीमाओं को भी पार किया। इसके माध्यम से हिंदी विदेशों में भी पहुँच गई। बी. बी. सी. लंदन तक हिंदी ने रेडियो के जरिए अपनी जड़ें और शाखाएँ फैला दी। आवाज की दुनिया के इस दोस्त ने न केवल हिंदी के वर्तमान को सुगठित बनाया बल्कि उसका भविष्य उज्ज्वल बनाने में भी योगदान किया है। हिंदी के प्रसार को और उसकी स्थिति को अधिकाधिक गति देने में इसकी भूमिका महत्त्वपूर्ण माननी पड़ेगी। यही एकमात्र ऐसा जन-संचार माध्यम है कि इस पर हिंदी को बिगाड़ने का इल्जाम लगाने से पहले बार-बार सोचना पड़ता है।

लोकाचार का आईना समाचार पत्र और हिंदी

वस्तुतः सब जगह और सभी विषयों को लेकर समान रूप से पहुँचने, संचार करनेवाला पत्र 'समाचार पत्र' कहलाता है। अर्थात् समाचार पत्र अनेक स्तंभों का वाहक होता है। समाचार पत्र की हिंदी के अनेक रूप प्राप्त होते हैं, जैसे—साहित्यिक, आंचलिक, बोलचाल की, परिनिष्ठित, प्रादेशिक और विदेशी भाषाओं से प्रभावित आदि। 'नवभारत टाइम्स' में यज्ञ शर्मा की ओर से किया गया बम्बइया हिंदी का अच्छा-खासा प्रयोग 'खाली-पीली' स्तंभ की जान है। असल में बिगड़ी हुई हिंदी को पढ़-सुनकर नाक-भौं सिकोड़नेवालों को भी इसका अहसास होगा कि अपनी बात को सटीक और सही रूप में संप्रेषित करने में इस स्तंभ की भाषा सब से जानदार, खुरदरी, और गुदगुदी करनेवाली है। जैसे—''जब से रेल मंत्री लालू प्रसाद यादव ने घोषणा की है कि किसान भाई अपना मवेशी लेकर रेल में यात्रा कर सकता है, गाँव-गाँव में एक नया हलचल शुरू हो गया है।

एक किसान भाई ने अपना बैल लोग से पूछा—'क्यों हीरा, ओ मोती ! बोलो किधर का सैर करने चलना है ?'

बैल बोला—'हम का जानी किधर का सैर करना है ? हमने तो अब तक बस तोहरा

खेत देखा है या खलिहान। आपही तय करो किधर जाना है।'

किसान बोला—'पटना चलोगे...' पर पटना तो हम कई बार हो आया हूँ, लालूजी का रैला में। अइसा करत है, दिल्ली चलत है। अपना लालूजी भी आज कल उहाँ से रेलवा चला रहे हैं, हाँ, दिल्ली ही अच्छा रहेगा, घूमना भी हुई जाई और लालूजी का दरसन भी कर लेंगे'...जब से रेल मंत्री लालू प्रसाद यादव ने ये घोषणा किया है, जितना खुशी किसान लोग को हुआ है उससे जास्ती जानवर को हुआ है।''[2]

जिस बात पर व्यंग्य करने के लिए भारी-भरकम शब्दावली और शैली का पांडित्यपूर्ण प्रयोग करना पड़ता है उसे बोलचाल की, बम्बइया हिंदी के जरिए भी अधिक दमखम के साथ प्रस्तुत किया जा सकता है। 'नवभारत टाइम्स' के 'खाली पीली' स्तंभ का एक और उदाहरण देखिए—''हर बरसात में जितना पेड़ लगा दिया जाता है उससे तो कोई भी शहर जंगल बन जाना चाहिए। लेकिन शहर जंगल तो क्या बगीचा भी नहीं बनता। कारण नगर का महत्त्वपूर्ण लोग माली नहीं होता कि पेड़ भी लगावे और उसमें पानी भी देवे। वास्तव में तो बड़ा लोग जो पेड़ लगाता है उसको कोई पानी नहीं देता। बरसात का बाद वो सब सूख जाता है। वैसे पेड़ का सूखने से एक फायदा तो होता है। अगला साल वोईच जगह फिर से वृक्षारोपण का वास्ते उपलब्ध हो जाता है। जगह का कमी होवे तो काम इसी तरह चलाना पड़ता है। इस तरह वृक्षारोपण बार-बार होता रहता है, और उसका प्रचार भी। जिस चीज का प्रचार जास्ती होता है, हमारा देश में वोईच जास्ती सार्थक माना जाता है।''[3] असल में यही भाषा लोक-जीवन, लोक-व्यवहार एवं लोकाचार की होती है और इसीलिए इसकी शक्ति को कोई रोक नहीं सकता।

प्रादेशिक भाषा के प्रभाव और सरलता की ओर अग्रसर रहने के स्वभाव के कारण समाचार पत्रों की भाषा में अब सरलीकरण का दौर दिखाई देता है। इसे हिंदी का विकास कहें कि विनाश, इसमें दो राय हो सकती है। लेकिन दैनिक समाचार पत्र को अपने अस्तित्व के लिए लोकाभिमुख होना जितना जरूरी है उतना ही जरूरी लोक-भाषाभिमुख होना है। पाठक वर्ग समाचार पत्र का सही टॉनिक है। उसकी प्राप्ति-अप्राप्ति पर उसका जीना-मरना तय होता है। प्रायः 15 से 35 के बीच का पाठक ही समाचार पत्र को सही जीवन-सत्व देनेवाला वर्ग है जो दैनिक समाचार के साथ बीस-पच्चीस साल तक जुड़ता है। प्रायः यही वर्ग दार्शनिक एवं पांडित्यपूर्ण भाषा की अपेक्षा लोक-भाषा को जानता, मानता और अपनाता है। अतः मराठी के प्रसिद्ध दैनिक 'महाराष्ट्र टाइम्स' के संपादक भारतकुमार राऊत को अपने समाचार पत्र के लिए जन सामान्य की मराठी का प्रयोग करना आवश्यक लगता है। समाचार पत्रों की सरल, जनाभिमुख भाषा को भाषा विद्वान भ्रष्ट-बिगड़ी हुई भाषा समझते हैं जो व्याकरण-नियम को तोड़ती है। लेकिन साहित्यिक पत्र-पत्रिकाओं में व्याकरण के नियमों का उल्लंघन होता नहीं ऐसा नहीं। उदाहरण के रूप में 'हंस' पत्रिका के 'अक्षरशः' स्तंभ को देखा जा सकता है। अभिनव ओझा लिखित इस स्तंभ में प्रायः

साहित्यिक पत्रिकाओं में प्राप्त सदोष भाषा-प्रयोग पर उँगली उठाई है, मज़ाक भी उड़ाया है। जैसे—

" 'कथादेश'—जनवरी, 2004

'ब्लड ऐंड वायलेंस फॉर सोशल कॉल प्योरीफाईज अस' (पृ. 89)

—वाक्य को तो प्यारे (और प्यारा) रहने दीजिए, यहाँ 'प्योरीफाई' का प्रयोग होगा।"[4]

अभिनव ओझा भाषिक त्रुटियों का निर्देश ही नहीं मजाक भी किया करते हैं। इनसे जाने-माने संपादक भी नहीं बचते, जैसे—

" 'नया ज्ञानोदय'—जनवरी, 2004

'शक्ति का केंद्रीकरण'—संपादकीय

'इस दौर में सूचना प्रौद्योगिकी जिस तरह से अपने अधीन किया जा रहा है, वह कहीं अधिक चिंताजनक है...' (पृ. 7)

—प्रौद्योगिकी के बाद 'को' लगा दें, सब मंगल-ही-मंगल होगा।"[5]

भाषिक दोष का निर्देश ओझाजी कभी चुटकी लेकर करते हैं तो कभी आदेश देकर, जैसे—

" 'पुनर्नवा' (दैनिक जागरण की साहित्य वार्षिकी—2002)

कुंडलिनी—विजय मोहन सिंह

'नवीन हर रोमांटिक पोयट्स को खारिज कर चुका था' (पृ. 20)

—पहले 'पोयट्स' को खारिज कर, 'पोयट' का प्रयोग करें।"[6]

ओझाजी की दृष्टि से सदोष भाषा का प्रयोग तो साहित्यकार भी कर रहे हैं, जैसे—

" 'हंस' —फरवरी, 2004

यह क्या जगह है दोस्तों !—कृष्णा अग्निहोत्री

हालाँकि उनकी पत्नी शोभा से वे प्यार तो नहीं करते थे...' (पृ. 17)

—'अपनी' लिखिए मैडम; किसी और की पत्नी से तो प्यार नहीं करते थे न ?"[7]

स्पष्ट है कि साहित्यकार एवं साहित्यजगत् की भाषा भी जहाँ आलोचना से बचती नहीं वहाँ दैनिक समाचार पत्र की भाषा कैसे बचेगी ? लेकिन इसके बावजूद जैसे किसी बीमार आदमी का जीवित रहना महत्त्व रखता है, फिर व्याधियों को ढोते हुए क्यों न हो, वैसे भाषा का प्रयोग होना भी महत्त्व रखता है, फिर चाहे अशुद्धियों के साथ क्यों न हो। जैसे कोई व्यक्ति स्वस्थ-संपन्न हो किंतु उसके जीवन में उमंग, ऊर्जा और गतिमानता का अभाव हो तो कोई महत्त्व नहीं होता, वैसे कोई भाषा कितनी भी परिनिष्ठित हो परंतु जन-मन में रची-बसी न हो तो क्या मतलब ? जैसे व्याधिरहित व्यक्ति गतिमान जीवन जीता हो वैसे शुद्ध भाषा का प्रयोग अधिक होता हो तो सोने में सुहागा। लेकिन भाषा हो, चाहे आदमी, सच्चाई यह है कि इनका स्वस्थ रूप (अपवाद छोड़ दे तो) शांति की हिमायत करता है, जिससे ठहराव और स्थैर्य आ जाता है। लेकिन इनका अस्वस्थ रूप गतिशीलता और

क्रियाशीलता उत्पन्न करता है। अतः यह दूसरा रूप अधिक महत्त्वपूर्ण होता है इसे स्वीकारना पड़ेगा।

अहम् सवाल भाषा के बनने-बिगड़ने का नहीं, सवाल है उसके प्रयोग-अप्रयोग का, उसकी बढ़ती-घटती मात्रा का, उसमें नवनिर्माण के स्वीकारने-नकारने का और उसकी परिवर्तनशीलता-अपरिवर्तनशीलता का। अगर प्रयोग होता है और बड़ी मात्रा में होता है, नवनिर्माण का स्वीकार करने हेतु वह परिवर्तनशील है तो समझना चाहिए कि यह उसकी सार्थकता की निशानी है और जीवंतता की भी। ठीक इसके विपरीत बात दिखाई देती है उस भाषा की, जो केवल बड़े-बड़े ग्रंथों को सजानेवाले ग्रंथालय में कैद होकर रहती है, जिसका जबान पर कोई अस्तित्व नहीं होता और नवनिर्माण एवं परिवर्तन को स्वीकारने के लिए जिसमें कोई गुंजाइश नहीं होती।

ध्वनि एवं दृश्य का जादुई प्रदर्शन : दूरदर्शन और हिंदी

हिंदी को जन-जीवन के बीच पहुँचाने में अन्य संचार साधनों की तुलना में दूरदर्शन इन दिनों सबसे प्रभावी साधन सिद्ध हुआ है। ध्वनि और दृश्य का जादुई नजारा लेकर आनेवाला यह संचार साधन जन-जन की आवश्यकता बना है और आकर्षण भी। फिर भले ही विदेशों में इसे 'इडियट बॉक्स' क्यों न कहते हों। अब मध्यवर्गीय समाज की सीमा का उल्लंघन करते हुए इसने निम्नवर्गीय समाज में अपनी जड़ें फैलाई हैं। शहरों, नगरों, महानगरों की गंदी बस्तियों और झोपड़पट्टियों में ही नहीं तो दूर-दराज के गाँवों-बस्तियों में भी दूरदर्शन की जादुई शिरकत चकित कर देगी।

दूरदर्शन वस्तुतः आधुनिककालीन कल्पवृक्ष की भूमिका में दिखाई देता है। क्योंकि बच्चों से लेकर बूढ़ों तक, व्यापारी से लेकर वैज्ञानिकों तक, अनपढ़ से लेकर सुपढ़ तक—सभी वर्ग और उम्र के समाज की पसंद और आवश्यकता के अनुरूप इसके विभिन्न चैनलों ने सामग्री बना ली है। एक ओर आध्यात्मिक और पौराणिक सामग्री तो दूसरी ओर ज्ञानपरक एवं मनोरंजक सामग्री भी इससे प्रसारित होती रही है। यह न परंपरागत काल बाह्य संस्कृति से बच सका है और न ही फूहड़पन से। जैसे एक ही मुख से कोई राम और रावण की जय बोलता है, ठीक वैसी ही भूमिका दूरदर्शन की भी दिखाई देती है। दस-पंद्रह से लेकर पैंतीस इंच तक की विभिन्न साइज का दूरदर्शन नामक बक्सा अलग-अलग रूपों में हाजिर होता है, रिमोट के बटन दबाते ही मनचाहे चैनल और मनचाहे कार्यक्रम के साथ। प्रत्येक की रुचि का खयाल रखनेवाला और दर्शक को बाँधकर रखनेवाला यह संचार साधन ज्ञानेश्वर के पसायदान 'जो जे वांछिल, तो ते लाहो' (जिसकी जो कामना होगी, उसे वह प्राप्त हो) की याद दिलाता है। लेकिन इस पर सर्वाधिक प्रयोग हिंदी कार्यक्रमों का होता है। हिंदी को जन-जन तक पहुँचाने में इसका योगदान नकारा नहीं जा सकता। हाँ, यह अलग बहस का मुद्दा होगा कि इसने हिंदी को बनाने में योगदान किया है कि बिगाड़ने में ? लेकिन

इसके जरिए हिंदी समाज के हर वर्ग में पहुँची है इसे कौन नहीं जानता ?

जहाँ इसे संस्कृति को बिगाड़ने के लिए भी जिम्मेदार ठहराया जाने लगा है, वहाँ उसे हिंदी को बिगाड़नेवाला कहें तो आश्चर्य नहीं होना चाहिए। हम इस सच्चाई को भूलकर बेईमान नहीं हो सकते कि राजनीति ने हिंदी को प्रशासन-स्तर पर दर-दर की ठोकरें खाने के लिए विवश किया, किंतु दूरदर्शन ने उसे घर-घर पहुँचाया। अब चाहे उसमें भाषिक दोष भी दिखाई देता हो, उसको सुधारने का दायित्व हमें टालना नहीं चाहिए। सिर्फ 'हाय-हाय' करते रहने से दायित्व वहन नहीं हो सकता। आवश्यकता है सक्रिय होकर उसके सुधार हेतु दिशा निश्चित कर प्रयास करने की।

हिंदी का सर्वाधिक प्रयोग अब दूरदर्शन के विज्ञापनों में नजर आता है, जिसे देखकर लगता है दूरदर्शन से प्रसारित विज्ञापन में तो हिंदी के लिए कोई विकल्प नहीं। अब : ''मानो सूत्र-सा बना है कि 'हिंदी नहीं तो विज्ञापन नहीं।' लाखों-करोड़ों के हृदय, मन और मस्तिष्क पर हावी होनेवाले लक्स, लिरिल या संतूर जैसे साबुन हों अथवा कोलगेट, सिबाका या पेप्सोडेंट जैसे टूथपेस्ट-सबके सब अपने-अपने कारखानों और दुकानों में 'हिंदी के बिना बंदी' हैं।''[8] 'ढूँढ़ते रहोगे, 'ठंडा मतलब कोका कोला' और जाने ऐसे कितने वाक्य होंगे जो विज्ञापन के कारण लोगों के दिलो-दिमाग में गूँजते रहते हैं। दूरदर्शन के विभिन्न चैनलों की तो हिंदी के बिना कल्पना नहीं की जा सकती। विज्ञापन के लिए हो, चाहे धारावाहिकों के लिए या चाहे किसी भी प्रायोजित कार्यक्रम के लिए—हिंदी को अपनाना अब मानो एक मजबूरी बनी है। उद्योग-व्यवसाय की होड़ के परिणामस्वरूप हिंदी के लिए विकल्प नहीं बचता। राजभाषा के रूप में हमारे यहाँ हिंदी चाहे उपेक्षित हो लेकिन इतना निश्चित है कि जनभाषा के रूप में वह दूरदर्शन पर स्थापित होने जा रही है इसे स्वीकारना होगा।

सपनों की दुनिया का इल्म : फिल्म और हिंदी

'फिल्म' जनसंचार का अत्यंत मोहक माध्यम है। इसमें शक्ति है जो ढाई-तीन घंटों में विशाल जीवन-पट को खोल देती है। भाव-बोध और जीवन-बोध की यह रंगीन दुनिया अपने सुनहले जादू से दर्शक को ऐसा मोह लेती है कि वह उसका आशिक बने बिना नहीं रहता। यह किसी से छिपा नहीं कि फिल्म को समझ लेने के लिए हिंदीतर भाषी लोग हिंदी सीखने के लिए लालायित होते हैं। दक्षिण में हिंदी का विरोध भले ही आरंभ में ज्यादा रहा हो किंतु अब वहाँ हिंदी फिल्में धड़ल्ले के साथ चल रही हैं।

भाषा के पुरोधा मानते हैं कि फिल्मी हिंदी बिगड़ी हुई हिंदी है। लेकिन यह आधा सच है। परिनिष्ठित हिंदी के हिमायती फिल्म की हिंदी को चाहे सदोष बताते हों किंतु वास्तविकता यह है कि हिंदी को जन-मन तक पहुँचाने का कार्य जितना इस संचार साधन के कारण हुआ उतना शायद ही किसी दूसरे से हुआ हो। हिंदी का ज्ञानपीठ पुरस्कार से

सम्मानित कोई रचनाकार जितना हिंदी का प्रचार कार्य नहीं कर पाया उतना फिल्म के अभिनेता-अभिनेत्रियों तथा गायक-गायिकाओं के कारण हुआ है, इसे मानना होगा। मानते हैं कि फिल्मी हिंदी में अनेक दोष मिलते हैं परंतु इसी संचार साधन ने हिंदी को जनता की जबान पर स्थापित करने का, उसके दिल को जीतने का काम किया है। कमलेश्वर का कहना सही है कि ''सिनेमा जनसंचार और जनमनोरंजन की कला है। उसका जन के साथ जुड़ाव उसकी प्रकृति में है। वह एक साथ समाज के विविध लोगों—बच्चे, बूढ़े, अमीर, गरीब, औरत, मर्द, हिंदू, मुसलमान सब को एक साथ दिखाई देता है।''[9]

रही बात फिल्म के कारण हिंदी के बिगड़ जाने की। वस्तुतः वर्तमान काल में ऐसा कोई संचार साधन नहीं मिलता, जिसमें विशुद्ध भाषा का ही प्रयोग मिलता है। फिर भाषा के पुरोधा फिल्म की हिंदी को बिगड़ैल कहने में क्यों पीछे रहे ? उनकी नजर में यह बिगड़ाव फिल्मी भाषा का ही नहीं, नई पीढ़ी के प्रति हमारी संस्कृति का भी है। परिणामस्वरूप—'हाय-हाय क्या जमाना आ गया...हमारे जमाने में ऐसा नहीं था...' जैसी प्रतिक्रियाएँ पुरानी पीढ़ी से नई पीढ़ी को सुननी पड़ती हैं, फिर भी नई पीढ़ी अपनी राहों का अन्वेषक स्वयं बनती है। ठीक यही बात भाषा पर लागू होती है। चाहे शुद्ध भाषा के हिमायती 'फिल्मी हिंदी' के रूप को देखकर 'हाय-हाय' का विलाप करते हो किंतु हिंदी समयानुरूप परिवर्तन के साथ आगे चल ही पड़ी है। रूकना उसको गवारा नहीं। अतः उसे बिगड़ी हुई भाषा कहना भी विवाद का विषय होगा। जैसे 'फिल्म के कारण नई पीढ़ी बिगड़ गई, संस्कृति नष्ट हुई' कहकर लगाया गया इलजाम नया नहीं वैसे 'फिल्म से हिंदी बिगड़ गई' कहना भी पूर्णतः सही नहीं। सच तो यह कि आज निन्यानवे फीसदी फिल्मों में प्रेम और अंतर्जातीय विवाह को दिखलाया जाता है किंतु प्रत्यक्ष व्यवहार में दो फीसदी भी प्रेमविवाह या अंतर्जातीय विवाह हुए नजर नहीं आते।

अब उदारता से स्वीकारना होगा कि हिंदी के प्रचार में और उसे जन-ज़न तक पहुँचाने में फिल्मों का योगदान अवश्य रहा है। चाहे देशप्रेमी, क्रांति, भगतसिंह, दीवार और उपकार जैसी देशभक्तिपरक फिल्में हो, चाहे हीर-रांझा, लैला-मजनू और एक दूजे के लिए जैसी प्रेमपरक फिल्में हो, ये मानव-मन में निहित संवेदना को चुनौती देती रही हैं। यह कमाल फिल्म का भी है और उसकी भाषा का भी। अनेक फिल्मों के प्रभावी संवाद लोगों के कानों में गूँजते रहते हैं, जिससे उसकी भाषा से कान संस्कारित होते हैं। मानना पड़ेगा कि 'शोले' की शौहरत में हिंदी के संवादों का भी महत्त्व रहा है, जैसे—

''अरे ओ सांभा ऽऽऽ कितने आदमी थे ?''
''तीन...''
''और गोलियाँ कितनी थीं ?''
''तीन...''[10]

ऐसे संवादों ने फिल्म को ही नहीं, हिंदी को भी जानदार बना दिया है। अनेक फिल्मों

के संवादों और गीतों में प्रादेशिक भाषा का प्रभाव मिलना अस्वाभाविक नहीं लगता। 'अमर, अकबर, एंथनी' फिल्म के एंथनी की भूमिका में बच्चनजी के ये संवाद कि "अपुन पुलिस के पास नहीं जाएगा, थोबड़े से फंदेबाज लगता हूँ। अपुन के साथ इसका भी कम्प्लेंट करो, अपुन जो कमाता है उसका फिफ्टी परसेंट उसकी पेटी में डालता है। उसको भी गरीबों की चिंता है, अपुन को भी गरीबों की चिंता है।"[11] बम्बइया हिंदी का परिचय देते हैं। यह स्वीकारना होगा कि बच्चनजी जैसे अभिनेता के संवाद लोगों में हिंदी के प्रति आकर्षण पैदा करते हैं तो लताजी के गाये गीत हिंदी के प्रति अनुराग। पत्थर दिलवाला भी गुनगुनाने का मोह टाल नहीं सकता।

कहना गलत नहीं होगा कि हिंदी को जनता की जबान पर स्थापित करने में तथा उसे सर-आँखों पर सजाने में फिल्म का योगदान स्वीकार करना चाहिए। मनोरंजन का यह संचार साधन हिंदी को जन-मन में स्थापित करने में विगत छह-सात दशकों से अहम् भूमिका निभाता रहा, जिसका श्रेय उसे देना ही पड़ेगा।

सूचना एवं प्रौद्योगिकी और हिंदी

सूचना एवं प्रौद्योगिकी इन दिनों का बहुचर्चित विषय-क्षेत्र है। बिना आय. टी. (Information Technology) के ज्ञान के आज हर कोई पिछड़ा हुआ सिद्ध होता है। भाषा के संदर्भ में कहें तो सूचना, मनोरंजन और संचार से जुड़े सभी क्षेत्रों में हिंदी दिनों-दिन फैलती, मजबूत होती जा रही है। जनभाषा होने के कारण हिंदी को अपनाने में वाणिज्य विषयक और व्यावसायिक विवशता रही है और आगे भी रहेगी। साठ करोड़ शिक्षित भारतीयों में सिर्फ तीन करोड़ भारतीय ही अंग्रेजी बोल सकते हैं। बाकी सत्तावन करोड़ लोग शिक्षा के लिए अपनी-अपनी मातृभाषा अथवा हिंदी पर निर्भर हैं। मोबाईल फोन आय. टी. का अभिन्न अंग है जिस पर हिंदी का प्रयोग सुलभ हुआ है। मेलजोल और वेबदुनिया जैसे हिंदी मेल पोर्टल ने अपनी जड़ें जमा ली हैं। एम. एस. ऑफिस नामक सुप्रसिद्ध पैकेज का हिंदी रूपांतर माइक्रो सॉफ्ट ने बाजर में उतारा है। निजी क्षेत्र हिंदी सॉफ्टवेयर निर्माण में दिलचस्पी ले रहा है। किंतु संपूर्ण आय. टी. के क्षेत्र में हिंदी का असली जलवा क्या होगा, भविष्य ही बतलाएगा।

आज आय. टी. में हिंदी का आरंभ होना सुखद भविष्य का संकेत है। देवनागरी लिपि को संगणक के अनुकूल पाया जाना भी एक अहम् बात है। मानक हिंदी वर्णमाला में भी आवश्यकता के अनुरूप कुछ संशोधन करना पड़े तो हमें परहेज नहीं होना चाहिए। आय. टी. (सूचना एवं प्रौद्योगिकी) के जो मुख्य अंग हैं, जैसे—संगणक, इंटरनेट, ई-मेल, वाइस मेल और फैक्स आदि, उनमें अंग्रेजी के साथ स्पर्धा करने में हिंदी को पीछे नहीं हटना होगा। अब हिंदी में सॉफ्टवेयर बन रहे हैं, इंटरनेट पोर्टल बन रहे हैं और वेबसाइट का निर्माण किया जा रहा है। आज सूचना एवं प्रौद्योगिकी के विभिन्न उपकरणों में हिंदी को भले ही

प्रेमपूर्वक न अपनाकर उसकी व्यावसायिक आवश्यकता को देखकर अपनाया हो किंतु इससे जन-संचार के इलेक्ट्रॉनिक माध्यमों में हिंदी का प्रवेश उसके भविष्य के लिए सुखद सिद्ध होगा।

आज भले ही हिंदी सॉफ्टवेयर, पोर्टल और वेबसाइट का अस्तित्व प्रबल न हो, फिर भी यह तर्क भी अकाट्य है कि आनेवाले दिनों में इन पर हावी होने की शक्ति और क्षमता हिंदी में विकसित हो सकती है, बशर्ते कि हम सुनियोजित प्रयास करें।

ई-कॉमर्स और हिंदी

वैश्वीकरण की अवधारणा अभी अपना पूरा जलवा भी नहीं दिखा पाई है कि संचार साधनों में अपूर्व क्रांति नजर आ रही है। पूँजीवाद और उपभोक्तावाद के जन्मदाता वैश्वीकरण ने सपनों की दुनिया दिखानेवाले सौदागर और भोगवाद को अपनानेवाले ग्राहक पैदा किए हैं। ई-कॉमर्स का आविष्कार इसी का परिणाम है। यह इंटरनेट के जमाने का एक और महत्त्वपूर्ण कदम है कि व्यापारी और उपभोक्ता की आवश्यकता की पूर्ति के प्रयोजन ने ई-कॉमर्स को जन्म दिया है। अब विज्ञान, तकनीक, शिक्षा, स्वास्थ्य, जीवन शैली, मनोरंजन, अर्थ, व्यापार एवं साहित्य जैसे क्षेत्रों में इंटरनेट तथा ई-मेल की दखलंदाजी को भूला नहीं जा सकता। इंटरनेट के जरिए दुनिया के किसी भी कोने में, भौगोलिक सीमाओं को लांघकर व्यापार किया जा सकता है। अब ई-कॉमर्स से घर बैठे बस, रेल एवं हवाई जहाज के टिकट ही नहीं मँगवाए जा सकते बल्कि सिनेमा के टिकट, राशन, सब्जी, दवा एवं मिठाई भी मँगवाई जा सकती है। इससे दलालों को दिए जानेवाले कमीशन से भी बचा जा रहा है।

ई-कॉमर्स का जन्म बाजार की माँग का परिणाम है। अब ई-कॉमर्स से अच्छी उपभोक्ता सेवा पायी जा रही है। नई और महँगी-से-महँगी चीजों के आकार-प्रकार और मूल्य की जानकारी ई-कॉमर्स से प्राप्त की जा रही है। विविध कंपनियों का संगणकीकृत हो जाना समय, श्रम और धन के अपव्यय को बचाने और व्यवसाय में सफल होने की दृष्टि से महत्त्वपूर्ण है। बाजार में एक ही वस्तु के मूल्य में अंतर होता है परंतु ई-कॉमर्स से (इंटरनेट पर) यह अंतर तुरंत ज्ञात होता है। इससे ठगाने की संभावना नहीं रहती।

यह सच है कि ई-कॉमर्स का भविष्य उज्ज्वल है लेकिन इस सच्चाई से मुख नहीं मोड़ा जा सकता कि इसमें हिंदी की अपेक्षा अंग्रेजी का ही प्रयोग दिखाई देता है। ऐसे हिंदी सॉफ्टवेयर का निर्माण और प्रयोग होना आवश्यक है जो इंटरनेट एवं ई-कॉमर्स की सेवा का माध्यम बन सके। इस संचार साधन की उपादेयता हमारे लिए तब अधिक सुखद होगी जब इसमें हिंदी का प्रयोग होगा। हमें उस दिन की प्रतीक्षा है। समय तय करेगा कि प्रतीक्षा कितनी करनी होगी और हिंदी ई-कॉमर्स के अनुकूल कितनी बन पाएगी ?

आत्मकेंद्रित पीढ़ी एवं हिंदी

जनसंचार माध्यमों को जिन्होंने अपने जीवन का अभिन्न अंग बनाया है वह पीढ़ी युवा पीढ़ी है। यही वह पीढ़ी है जिसे अपने भविष्य की चिंता है। अपने 'कैरियर' की चिंता भी इसी वर्ग में दिखाई देती है। 'सेल्फ आइडेंटिटी' की सजगता भी इसी युवा पीढ़ी में उभरी है जिसने हिंदी पीछे छोड़ी है। एक समय था कि युवा पीढ़ी अपने जीवन के सारे निर्णय के लिए अभिभावकों पर निर्भर थी। 'क्या पढ़े, क्या न पढ़े' और 'क्या सोचे, क्या न सोचे' से लेकर 'शादी कब और किससे करे' तक के सारे फैसले उम्र के 35-35 साल पार करनेवाला व्यक्ति माँ-बाप पर सौंपता था। आज 15 साल का लड़का भी स्वयं निर्णय का अधिकार चाहता है, यद्यपि कानून उसे 18 साल के बाद इसका अधिकार देता हो।

अब ऐसी सजग एवं सतर्क पीढ़ी उभर रही है, जो आत्मचेतना और आत्मकेंद्रितता से युक्त है। कितु यह पीढ़ी उतनी ही व्यावहारिक बनती जा रही है इसे भूला नहीं जा सकता। यही वह पीढ़ी है जो आज रोजी-रोटी देनेवाली भाषा को अपना रही है। अतः हिंदी को हमें रोजी-रोटी के साथ जोड़ना होगा। यह स्वतंत्र विमर्श का विषय है कि आज युवा पीढ़ी को 'राजभाषा' से ज्यादा 'काजभाषा' को सीखना क्यों व्यावहारिक लगता है ? उसकी व्यावहारिकता और मानसिकता पर हिंदी का वर्तमान एवं भविष्य निर्भर होगा। क्योंकि देश का भविष्य भी इसी के कंधे पर होगा। आत्मकेंद्रित मानसिकता की युवा पीढ़ी को अपनी पड़ी है, अतः इसने नि:संकोच हिंदी पीछे छोड़ी और अंग्रेजी के पीछे पड़ी। इसने हिंदी से अपना संबंध फिल्म और फिल्मी गीतों तक ही रखा है। अतः सवाल है कि इसके भरोसे हिंदी का भविष्य कैसे सुरक्षित होगा ?

संचार माध्यम की हिंदी : दिशाएँ एवं संभावनाएँ

1. वर्तमान और भावी काल सूचना एवं प्रौद्योगिकी का है। अतः हिंदी को तद्नुकूल बनाने हेतु सुनियोजित प्रयास के लिए कोई विकल्प नहीं होगा।
2. एक ऐसे समिति का गठन हो जो आय. टी. के अनुरूप हिंदी को ढालने का निरंतर कार्य करती रहे। इसका दायित्व भाषा के विद्वान और आय. टी. के विशेषज्ञों को सौंपना अधिक उपयोगी होगा।
3. इलेक्ट्रॉनिक संचार माध्यमों के लिए हिंदी की सरल-सुगम पारिभाषिक शब्दावली बनाई जाए। यह करते समय बोलचाल की भाषा से परहेज न करे।
4. नवगठित शब्द अलग-अलग कार्यक्रमों के बहाने विभिन्न क्षेत्र के प्रतिभावान एवं असाधारण व्यक्तियों के मुख से संचार साधनों के जरिए बार-बार सुनाए जाए। इससे इन शब्दों के रूढ़ होने में देर नहीं लगेगी। अब्दुल कलाम, माशेलकर, वाजपेयी, कमलेश्वर, बच्चन, माधुरी, ऐश्वर्या, सचिन, सौरभ और राहुल

आदि के मुख से कहलवाने से अपरिचित / नवगठित शब्द रूढ़ होने में सुविधा होगी। जैसे—'कौन बनेगा करोड़पति' में निवेदक बच्चनजी के मुख से 'लॉक किया जाए' जैसा मुहावरा खूब चला। वैज्ञानिक तथा तकनीकी शब्दावली आयोग (नई दिल्ली) की भूमिका भी इसी मत की पुष्टि करती है, जैसे—''कोई भी नया शब्द चाहे वह व्याकरण और अर्थ की दृष्टि से कितना ही उत्कृष्ट और सटीक क्यों न हो, तब तक सार्थक नहीं होता जब तक वह प्रचलन में नहीं आ जाता।''[12]

5. सभी संचार माध्यमों में भाषा-सलाहकार/समन्वयक जैसा पद हो जिस पर संबंधित विषय एवं भाषा के विशेषज्ञ की नियुक्ति की जाए। इससे हर संचार माध्यम को भाषा एवं विषयज्ञान के साथ लोकाभिमुख बनाया जा सकेगा। साथ ही भाषिक प्रदूषण के नाम पर चिल्लानेवालों को कोई अवसर नहीं मिल सकेगा।
6. आवश्यकता के अनुरूप प्रादेशिक भाषाओं के शब्दों को भी बेहिचक स्वीकृत किया जाए। विशेषतः दैनिक समाचार पत्र और नियतकालिक के लिए यह आवश्यक है। इससे प्रादेशिक भाषा की भी गरिमा बढ़ेगी और हिंदी भी समृद्ध होगी।
7. जो लोग हिंदी की रोटी खाते हैं, वे हिंदी के प्रचार-प्रसार में योगदान कर प्रतिबद्धता, अस्मिता और ईमानदारी का परिचय दे दें तो हिंदी का रास्ता निश्चय ही प्रशस्त होगा।
8. जो स्वयं को भारतीय नागरिक समझते हैं, फिर चाहे वे किसी भी भाषा और प्रदेश के हो, अपने देश की राजभाषा हिंदी का प्रयोग करने में हीनता की मानसिकता छोड़ दें, खुद हिंदी को अपनाएँ और दूसरों को हिंदी अपनाने के लिए प्रवृत्त करने हेतु अपना योगदान करें। इससे हिंदी के विकास-अभियान में अवरोध नहीं बचेगा।
9. प्रादेशिक भाषाओं की तरह अंग्रेजी के बहुप्रचलित शब्दों को अपनाने में भी परहेज न हो। क्योंकि दुर्बोध और जटिल संस्कृत के शब्दों की अपेक्षा सुबोध तथा सरल अंग्रेजी शब्द संप्रेषण में अधिक उपयुक्त सिद्ध हुए हैं। भाषिक शुद्धता का अतिरिक्त आग्रह नहीं छोड़ेंगे और नवगठित, सर्वज्ञात शब्द को नहीं अपनाएँगे तो हिंदी और प्रादेशिक भाषाओं के नुकसान के लिए जिम्मेदार हम स्वयं रहेंगे। जैसे संगणक के शब्द 'सॉफ्टवयर' के लिए 'मृदु वस्त्र', 'मदर बोर्ड' के लिए 'मातृपटल' और 'माऊस' के लिए 'चूहा' जैसे हिंदी पर्याय आग्रहपूर्वक बना देंगे तो तय है कि हिंदी को हम हास्यास्पद बनाकर छोड़ेंगे।
10. हमें निष्क्रियता और तटस्थता को छोड़ना होगा। क्योंकि हमारे सक्रिय सहभाग से ही वांछित दिशा के साथ हिंदी के विकास में गति मिलेगी।

11. जो मीडिया की हिंदी की आलोचना का अधिकार चाहता है वह सहज-सुलभ हिंदी की संभावनाओं को सूचित करने के फर्ज से भी न मुकर जाए। तभी हिंदी के भविष्य को लेकर 'अल्ला जाने क्या होगा आगे ?' जैसी चिंता से मुक्ति मिलेगी।

समन्वित निष्कर्ष

संचार माध्यम के हिंदी परिप्रेक्ष्य पर विचार करते समय गंभीरता से सोचना होगा कि मूल मुद्दा भाषा की शुद्धता का है या उसकी प्रयुक्ति अथवा मुक्ति का ? यह सही है कि भाषा-प्रयुक्ति में अक्षम्य लापरवाही पर अंकुश रखने से उसे बिगाड़ने से बचा सकते हैं। हिंदी की वसीयत उनके कारण ही विवाद में होगी, जो यह समझते हैं कि शुद्ध, साहित्यिक, परिनिष्ठित और मानक हिंदी को अदूषित रखने का वसीयतनामा उन्हीं के नाम दर्ज है। वे अपने इस अधिकार को भले ही न छोड़े लेकिन हिंदी को किताबी कैद न फरमाए। भाषा शुद्धता का अतिरिक्त आग्रह जब सीमाओं को लाँघता है तब वह आग्रह नहीं दुराग्रह सिद्ध होता है, जो भाषा की उपयोगिता को खो बैठता है। अंग्रेजी दुनिया की सबसे Inpure (अशुद्ध) भाषा होते हुए भी मानना पड़ता है कि आज वह सबसे rich (समृद्ध) है। अनेक नियमों-अपवादों की अव्यवस्था को वहन करनेवाली इस भाषा ने दुनिया की किसी भी भाषा के नए, बहुप्रचलित शब्दों से परहेज नहीं किया। फलस्वरूप यह दिनों-दिन समृद्ध होती गई। यह उदारता हिंदी को भी सीखनी होगी।

आज हमें हिंदी को आय. टी. की भाषा बनाने की चुनौती स्वीकारनी होगी। सूचना एवं प्रौद्योगिकी तथा विज्ञान विषयक सामग्री को हिंदी में देना होगा—पढ़ेगा कौन, इसकी चिंता किए बिना। हिंदी को वैज्ञानिक आविष्कार की भाषा बनाना तथा वाणिज्य के अलावा विज्ञान और प्रशासन में उसे स्रोत भाषा के रूप में स्थान देना हमारी प्राथमिकता होनी चाहिए। क्योंकि राजभाषा हिंदी की स्थिति उस दासी / रखैल की संतान की तरह ही रही है जिसे वसीयतनामे के अनुसार अपने अमीर पिता की जायदाद में अधिकार तो मिला लेकिन उत्तराधिकारी तो पट्टरानी का राजकुमार ही बना रहा।

कौन नहीं जानता कि राजभाषा के रूप में हिंदी जितनी उपेक्षित रही, जनभाषा के रूप में आज उसका कोई सानी नहीं। मीडिया ने इसमें अहम् भूमिका निभाई है। बस, अब मीडिया का उपयोग उसे राजभाषा के रूप में स्थापित करने में होगा तो उस राष्ट्र का भी कल्याण होगा, जिसके हम नागरिक हैं। क्योंकि मीडिया ऐसा साधन है जिसमें अधिकार से वंचित हिंदी को वांछित रूप में स्थापित करने की शक्ति है। अब देखना यह है कि जिन हाथों में मीडिया की ताक़त है वे हिंदी को अपना अधिकार दिलाने में कितनी कारगर भूमिका निभाते हैं ? अगर ऐसा होगा तो शायरी के अंदाज में कहूँगा—

जिसे मिले स्वाती के बूँदों की राशि
उसे सावन की बूँदों से क्या वास्ता ?

संदर्भ-सूची

1. 'वागर्थ' मासिक, पृ. 50, लीलाधर मंडलोई के लेख "टी. वी. के लिए चुनौती खड़ी कर रहा है एफ. एम. रेडियो" से उद्धृत, जुलाई, 2004, कोलकाता।
2. 'नवभारत टाइम्स' दैनिक, पृ. 3, 24 जुलाई, 2004, मुंबई, यज्ञ शर्मा लिखित 'खाली पीली' स्तंभ से उद्धृत।
3. 'नवभारत टाइम्स' दैनिक, पृ. 3, 17 जुलाई, 2004, मुंबई, यज्ञ शर्मा लिखित 'खाली पीली' स्तंभ से उद्धृत।
4. 'हंस' मासिक, पृ. 14, मार्च, 2004, नई दिल्ली।
5. 'हंस' मासिक, पृ. 12, अप्रैल, 2004, नई दिल्ली।
6. 'हंस' मासिक, पृ. 14, मई, 2004, नई दिल्ली।
7. 'हंस' मासिक, पृ. 14, मई, 2004, नई दिल्ली।
8. 'उपलब्धि' पत्रिका, पृ. 63, महाराष्ट्र हिंदी परिषद के मुंबई अधिवेशन-विशेषांक से डॉ. अर्जुन चव्हाण लिखित 'जनसंचार माध्यम दूरदर्शन और हिंदी' शोध-निबंध से उद्धृत, अक्तूबर, 1997, मुंबई।
9. 'संचार माध्यम और हिंदी', पृ. 5, टी. जे. कॉलेज खडकी–पुणे में संपन्न राष्ट्रीय संगोष्ठी के विशेषांक में कमलेश्वर लिखित 'सूचना प्रौद्योगिकी की विस्फोटक क्रांति' से उद्धृत, जनवरी, 2003।
10. हिंदी फिल्म 'शोले' से उद्धृत।
11. हिंदी फिल्म 'अमर, अकबर, एंथनी' से उद्धृत।
12. प्रशासनिक शब्दावली, अंग्रेजी-हिंदी, भूमिका से, पृ. X भारत सरकार, नई दिल्ली, सं. 2002

5

जनसंचार माध्यम दूरदर्शन और हिंदी

आरंभिक बिंदु

जनसंचार माध्यमों के बृहत् समूहों का चरम विकास 20वीं सदी की महान घटनाओं में से एक है। इस शताब्दी में विश्वभर के देशों में जो परिवर्तन आये उनकी 'व्याख्या' जनसंचार माध्यम द्वारा ही संभव है। अब इस धरती पर न कोई ऐसा महाद्वीप बचा है जिसे खोजना बाकी है और न ही कोई ऐसा सागर अथवा पर्वत-शिखर है जिसकी जानकारी अप्राप्त है। यह जनसंचार माध्यमों का फल है कि जगत् के सारे ज्ञान-विज्ञान से मानव समाज परिचित ही नहीं अपितु लाभान्वित भी हुआ है।

1. जनसंचार माध्यम : अर्थ, प्रकार एवं प्रयोजन

जनसंचार शब्द 'जन' तथा 'संचार' के योग से बना है जिसका तात्पर्य है संदेश, सूचना अथवा जानकारी पहुँचाना। जनसंचार माध्यम का तात्पर्य है वह साधन कि जिसके जरिए संदेश, सूचना अथवा जानकारी पहुँचाई जाती है। अर्थात् दूर-दराज तक फैले जन-जन तक संदेश, समाचार, ज्ञान-विज्ञान या मनोरंजन को पहुँचानेवाला माध्यम ही 'जनसंचार माध्यम' कहलाता है। अंग्रेजी में इसके लिए Mass Media अथवा Mass Communication शब्द प्रयुक्त है। जनसंचार माध्यम मानव जीवन से उस काल से जुड़े हैं जिस काल में भाषा का भी जन्म नहीं हुआ था। सुपारी, कुंकुम जैसी अनेक चीजें सदियों से जनसंचार का कार्य करती आयी हैं। नाटक, भजन, कीर्तन, तमाशा, शायरी, सभा, लोक संगीत, लोकनृत्य, नौटंकी, रासलीला, रामलीला, कठपुतली का खेल, वस्तु, शिल्प, मूर्ति, चित्र या चित्रपट, पत्र-पत्रिकाएँ, समाचारपत्र, आकाशवाणी, विज्ञापन तथा दूरदर्शन जैसे दर्जनों साधन हैं जो जनसंचार का कार्य करते हैं। ये सभी साधन मुख्यतः तीन भागों (प्रकारों) में विभाजित हैं—

1. नेत्र ग्राह्य साधन (दृश्य माध्यम)
2. श्रोत ग्राह्य साधन (श्रव्य माध्यम)
3. नेत्र-श्रोत ग्राह्य साधन (दृश्य-श्रव्य माध्यम)

इनमें तीसरे प्रकार के अंतर्गत आनेवाले माध्यम अधिक प्रभावशाली सिद्ध होते हैं।

वर्तमान जनसंचार माध्यम का प्रधान प्रयोजन जन, राष्ट्र एवं विश्व का विकास है। सुविधा, उन्नति, मनोरंजन, कल्याण एवं सबके हित के लिए काम में आना जनसंचार माध्यम का मुख्य लक्ष्य है। ज्ञान-विज्ञान तथा व्यावहारिक से संबंधित परिचय कराना इसका मुख्य लक्ष्य है जो विश्व के विशाल प्रांगण में बिखर पड़े हैं। जैसे—इतिहास, भूगोल, कला, साहित्य, संस्कृति, विज्ञान, स्वास्थ्य, मानविकी, दर्शन, अध्यात्म, पुरातत्व, शिक्षा आदि को जन-जन तक संप्रेषित करने हेतु जनसंचार माध्यम आवश्यक तथा अनिवार्य है। जनसंचार माध्यम घटना और श्रोता के बीच का सेतु है। अतः यह मानना पड़ेगा कि जिस राष्ट्र के जनसंचार माध्यम अधिक उन्नत वह राष्ट्र उतना अधिक प्रगत होता है। दूरदर्शन विविध विषयों का संप्रेषण अन्य माध्यमों की तुलना में अत्यंत प्रभावपूर्ण रूप से और व्यापक मात्रा में करने की क्षमता रखता है।

2. दूरदर्शन : विविध भूमिकाओं का बहुरूपी

दूरदर्शन वह संचार माध्यम है जो एक कुशल अभिनेता अथवा बहुरूपी के समान विविध भूमिकाएँ निभाता है। यह मुख्यतः निम्नांकित भूमिकाओं का वाहक है—

1. माता-पिता की भूमिका
2. गुरु की भूमिका
3. सखी की भूमिका
4. भाषा के प्रचारक की भूमिका
5. दोस्त और दुश्मन की भूमिका

यह मीडिया हमारे उत्सव, त्यौहार, संस्कृति, लोक कलाएँ, लोकगीत और मानसिक तथा शारीरिक स्वास्थ्य के संवर्द्धन, पालन-पोषण में माँ-बाप की भूमिका वहन करता है। ज्ञानदान में वह गुरु की भूमिका निभाता है। सुख-दुख के समय वह एक प्रेमिका अर्थात् सखी के समान दिल बहलाने तथा उपदेश देने का कार्य करता है। विविध, कार्यक्रमों, धारावाहिकों के जरिए वह क्या करनीय तथा क्या अकरनीय है इसकी सलाह एक अच्छे मित्र के रूप में देता है। दूसरी तरफ हमारी सभ्यता और संस्कृति का हनन कर वह दुश्मन का दायित्व भी निभाता है। साथ ही बार-बार कानों पर भाषा की बंबारमेंट कर वह भाषा के प्रचारक की भूमिका वहन करता है। स्पष्ट है कि उसकी भूमिका में बहुरूपी-सी विविधता है। यह हम पर निर्भर है कि हमें उसके किस रूप से प्रभाव ग्रहण करना है।

3. दूरदर्शन : भाषा के परिप्रेक्ष्य में

3.1 व्यापकता का अनोखा आयाम

दूरदर्शन जिन विविध परिप्रेक्ष्यों में विविध दायित्व का पालक है उनमें भाषागत परिप्रेक्ष्य विशेष महत्त्वपूर्ण है। भाषा को व्यापक धरातल प्रदान करने में, उसके फलने-फूलने में तथा उसे जनाश्रय प्राप्त कराने में दूरदर्शन का महत्त्व निर्विवाद रूप से मानना होगा। हिंदी भाषा को राष्ट्रीय स्तर पर, विभिन्न भूप्रदेशों, विभिन्न भाषा-भाषियों तथा विभिन्न जाति-धर्मियों तक ले जाने का महत्त्वपूर्ण कार्य इस माध्यम से अधिक सरलता से संभव हुआ है। अतः हिंदी को व्यापक परिक्षेत्र प्रदान करने में यह माध्यम उपयोगी सिद्ध हुआ है इसे नकारा नहीं जा सकता। आदिवासी भूभाग तथा कुछ अंचल के अपवादों को छोड़ दें तो हमारे देश का शायद ही कोई नागरिक हो, जनमानस हो जहाँ इस 'मीडिया' ने हिंदी को न पहुँचाया हो। देश के कोने-कोने में, दूर-दराज तक, खेतों-खलिहानों, नदियों-पर्वतों, रेगिस्तानों-अंचलों, गाँवों-कस्बों तथा नगरों-महानगरों तक जिस माध्यम ने संदेश के लिए हो या समाचार के लिए, लोकरंजन के लिए हो या लोककल्याण के लिए—हिंदी को जन-जन तक पहुँचाया वह माध्यम दूरदर्शन ही है। अतः मानना पड़ेगा कि दूरदर्शन हिंदी की व्यापकता का अनोखा आयाम है।

3.2 क्षमता एवं बोधगम्यता का अजूबा

दूरदर्शन वह जनसंचार माध्यम है जिसकी क्षमता अपूर्व है। प्रभावान्विति की क्षमता की दृष्टि से यह माध्यम अन्य संचार माध्यमों की तुलना में बेजोड़ ही नहीं तो सौ कदम आगे है। इसका दूसरा कारण इसमें स्थित बोधगम्यता को मानना पड़ेगा। हर चीज को बोधगम्य बनाने की इसकी अपूर्व क्षमता के कारण ही अन्य संचार माध्यमों पर भी यह हावी है। क्या बच्चे और क्या बूढ़े, क्या स्त्री और क्या पुरुष—सब को प्रभावित करने एवं हिंदी से परिचित करने की इसमें अनोखी अदा है। बालमन, कुमारमन, युवामन, प्रौढ़मन, स्त्रीमन, पुरुषमन मन-मन को प्रभावित कराने तथा हिंदी से अवगत करने में दूरदर्शन पर्याप्त सफलता प्राप्त कर बैठा है। शिक्षित-अशिक्षित, अपढ़-सुपढ़, ग्रामीण-शहरी—समाज के सभी तबकों तक हिंदी को पहुँचाने तथा उन्हें अपने प्रति खींचने-आकर्षित करनेवाला दूसरा सक्षम बोधगम्य साधन दूरदर्शन के सिवा कौन-सा है ? यह वह मोहिनी है जो सबको बाँधकर रखती है और अपने सामने बिठा लेने को बाध्य करती है।

3.3 उपयुक्तता का खजाना

जनसंचार-माध्यम दूरदर्शन की उपयुक्तता उस समाज और राष्ट्र में अधिक है जहाँ अनपढ़ लोग अधिक मात्रा में हैं। भारत जैसे देश में, जहाँ आज़ादी के पचास साल बाद भी अनपढ़ों

की तादाद पचास फीसदी से कम नहीं हो पायी, हिंदी को जनसामान्य तक पहुँचाने के लिए दूरदर्शन के सिवा और क्या उपयुक्त माध्यम हो सकता है ? जासेफ फिशे के अनुसार "कई मामलों में तो टेलीविजन के कारण समाचार पत्रों की आमदनी और लाभ पहले की तुलना में काफी घट गए।"[1] हम इस सच्चाई को कैसे नजरअंदाज कर सकते हैं कि इस माध्यम में हिंदी भाषा को जितने श्रोता दिए उतने और किसी ने नहीं। हिंदी कार्यक्रमों को दर्शक प्रदान करने में इसकी भूमिका अपूर्व है, अद्वितीय है। इसने हिंदी को श्रोता तथा दर्शक ही नहीं प्रवक्ता भी प्रदान किए हैं, हिंदी धारावाहिक के लिए कथा, पटकथा तथा संवाद-लेखक दिए हैं, गीतकार, संगीतकार और गायक दिए हैं जिन्हें इस संचार माध्यम ने रोजी-रोटी अथवा गाड़ी-बँगला ही नहीं दिया अपितु इज्ज़त, शौहरत और सम्मान भी दिया है। इन सब को पाने के लिए तो निर्माता इन दिनों में मुख्यतः जिन दो चीजों का सहारा ले रहे हैं उनमें एक है भगवान और दूसरी है हिंदी। रामायण और महाभारत के अपार यश के उपरांत अब विष्णु, कृष्ण, शिव तथा हनुमान जैसे देवताओं पर 'विष्णुपुराण', 'श्रीकृष्ण', 'ओमनमो शिवाय' तथा 'जय हनुमान' जैसे अनेक धारावाहिक बन रहे हैं। मानो अब निर्माताओं को भगवान ही बचा रहा है और हकीकत यह कि ये सारे धारावाहिक हिंदी में बन रहे हैं। यदि किसी भारतीय अथवा विदेशी भाषा में ये बनते तो व्यापक सफलता में निश्चय ही समस्या खड़ी होती। अतः स्पष्ट है कि भगवान के साथ-साथ दूसरी कोई चीज अगर निर्माताओं को बचानेवाली हो तो वह हिंदी को मानना पड़ेगा।

4. दूरदर्शन : हिंदी भाषा के विविध रूपों का वाहक

कृष्णचंद्र 'शर्मा' के मत से "हिंदी जन्म से ही जनसंचार की भाषा रही है"[2] परंतु दूरदर्शन हिंदी के किसी एक रूप का ही वाहक नहीं है। इस संचार माध्यम से हिंदी के कई रूप प्रसारित होते हैं। अतः यह हिंदी के विविध रूपों का वाहक सिद्ध हुआ है। ये रूप मुख्यतः यों हैं—

4.1 साहित्यिक हिंदी

दूरदर्शन से अनेक श्रेष्ठ साहित्यिक रचनाओं का प्रसारण हुआ है। जिस रचना को पढ़ने के लिए लोगों ने हिंदी सीखी थी उस 'चंद्रकांता' को जाने कितने अनपढ़-सुपढ़ ने दूरदर्शन से प्रथम बार देखा है ? अपने मूल रूप से हटकर ही सही परंतु हिंदी के कारण ही वह जन-जन तक पहुँची। 'मैला आँचल', 'रागदरबारी', 'कर्मभूमि', 'निर्मला', 'कब तक पुकारूँ' तथा 'तमस' जैसी श्रेष्ठ साहित्य-कृतियों को दूरदर्शन का 'मीडिया' न मिलता तो ये साहित्य कृतियाँ ग्रंथालय की शोभा बढ़ाने के सिवा और किस काम में आती ? रामायण तथा महाभारत के रचयिता आदि कवि वाल्मीकि और महर्षि व्यास से लेकर प्रेमचंद, शरत्चंद्र, शिवाजी सावंत, वि. स. खांडेकर जैसी विभिन्न भारतीय भाषाओं की श्रेष्ठ प्रतिभाएँ हिंदी के जरिए इस माध्यम से जनता तक पहुँच पाई हैं।

4.2 वैज्ञानिक हिंदी

दूरदर्शन वैज्ञानिक हिंदी का भी वाहक बनकर आता है। वैज्ञानिक खोज तथा नये-नये आविष्कार को जन-जन तक ले जाने का दायित्व सिवा दूरदर्शन के और कौन-सा संचार माध्यम सहज रूप से निभा पाता है ? संगणक की जानकारी, वैज्ञानिक नये-नये शोध, अनुसंधान तथा धरती से लेकर आसमान तक की वैज्ञानिक जानकारी और उपग्रह आदि का सचित्र परिचय करा देनेवाला यह माध्यम अपने आप में एक अनोखा स्रोत है। 'भारत की खोज' से लेकर वैद्यकीय क्षेत्र के नये-नये आविष्कार तथा संगणक की क्षमता तक का परिचय करा देनेवाला यह माध्यम वैज्ञानिक हिंदी का वाहक बनकर भी सामने आता है।

4.3 प्रशासनिक हिंदी

हिंदी को जब से राजभाषा के रूप में स्वीकृति मिली तब से सरकारी कामकाज में उसको विशेष महत्त्व प्राप्त हुआ। हमारे यहाँ राष्ट्रीय स्तर पर जब कोई सरकारी नीति तय होती है, नियम अथवा अधिनियम बनते हैं तब उनकी जानकारी संपूर्ण देशवासियों को देना आवश्यक माना जाता है। चाहे गाँव के सुधार हेतु पंचायत राज की कल्पना हो, नेहरू रोजगार योजना हो या चुनाव संबंधी कोई नई या पुरानी नीति रही हो—यदि इनसे जनता को अवगत कराना हो तो इस माध्यम के सिवा दूसरा प्रभावशाली और सहज-सुलभ जरिया नजर नहीं आता। ऐसे समय पर इससे हमें जिस हिंदी के दर्शन होते हैं वह प्रशासनिक हिंदी है।

4.4 विज्ञापनी हिंदी

भारत के संदर्भ में विज्ञापन-क्षेत्र के लिए हिंदी की आवश्यकता निर्विवाद है। हिंदी भाषा विज्ञापन की अनिवार्यता है। मानो यह सूत्र-सा बना है कि 'हिंदी नहीं तो विज्ञापन नहीं'। लाखों-करोड़ों के हृदय, मन और मस्तिष्क पर हावी होनेवाले लक्स, लिरिल या संतुर जैसे साबुन हों अथवा कोलगेट, सिबाका या पेप्सोडेंट जैसे टुथपेस्ट—सबके सब अपने-अपने कारखानों और दुकानों में 'हिंदी के बिना बंदी' हैं। यह कहना गलत नहीं होगा कि ''हिंदी विज्ञापन का अभिन्न अंग है और विज्ञापन का अस्तित्व हिंदी के कारण रक्षित है।'' अतः यह स्पष्ट है कि हिंदी दूरदर्शन के विज्ञापन को 'थोक आश्रय' देती है और विज्ञापन से हर चीज 'लोक आश्रय' पाती है।

4.5 क्रीड़ा विषयक (खेलकूदी) हिंदी

हमारे देश में राष्ट्रीय स्तर पर खेली जा रही स्पर्धाएँ हों या अंतर्राष्ट्रीय स्तर पर, उसकी समालोचना अगर हिंदी में सुनाई जाती हो तो कहना न होगा कि स्थिति का संप्रेषण और अधिक उपयुक्त होता है। गोल चाहे फुटबॉल का हो या हॉकी का, दूरदर्शन से जब उसका 'आँखोदेखा हाल' हिंदी में सुनाया जाता है तब दर्शक उसका दुगुना आनंद लेते हैं। यह हिंदी

बोलचाल की, सामान्य या खिचड़ी हिंदी ही सही परंतु संप्रेषण क्षमता से परिपूर्ण होती है। राहुल या सचिन द्वारा लगाया गया चौका हो, चाहे सौरभ या वीरेंद्र सहवाग का छक्का, यदि समालोचक चौके-छक्के का आँखों देखा हाल हिंदी में चीखता हुआ सुनाता है तो दूरदर्शन के सामने बैठे सामान्य दर्शक भी ताली अथवा सीटी बजाने से अपने आप को रोक नहीं पाते। जिस तरह क्रिकेट में चौके-छक्के लगानेवाले खिलाड़ी अपनी टीम की शान हैं उस तरह हिंदी क्रिकेट समालोचना की जान है। अतः क्रीड़ा क्षेत्र की हिंदी दूरदर्शन की हिंदी का एक महत्त्वपूर्ण रूप है।

4.6 परिनिष्ठित हिंदी

ऐसा नहीं कि दूरदर्शन की हिंदी सदा-सदा के लिए बोलचाल की, खिचड़ी, अशुद्ध अथवा बिगड़ी हुई होती है। वस्तुतः जितने विविध रूप दूरदर्शन की हिंदी के प्राप्त होते हैं उतने शायद ही किसी संचार माध्यम में प्रयुक्त होते नजर आएँगे। सरकारी नीतियाँ, शासकीय सूचनाएँ, आदेश, निवेदन, संकल्प तथा समाचार जैसे कई कार्यक्रम हैं जो इस माध्यम की राष्ट्रीय वाहिका से (डी. डी. 1) से परिनिष्ठित हिंदी में प्रसारित होते हैं। अतः यह आरोप एकांगी है कि दूरदर्शन की हिंदी महज बिगड़ी और अशुद्ध है। कृष्णचंद्र 'शर्मा' का कथन सही है कि "हिंदी को दूरदर्शन के कार्यक्रमों में महत्त्वपूर्ण स्थान प्राप्त है जिनके माध्यम से हिंदी की अभिव्यक्ति क्षमता नए आयाम प्राप्त कर रही है।"[3]

4.7 फिल्मी हिंदी

दूरदर्शन जैसे सर्वाधिक सशक्त माध्यम के विविध चैनलों पर हिंदी का यह रूप अधिक हावी है। विविध प्रकार की हिंदी फिल्में और उनके गीत इस माध्यम के विविध चैनलों पर दिन-रात चलते रहते हैं। अब यह एक अलग विवेचन का विषय है कि ये फिल्में तथा गीत नई पीढ़ी को कितना बनाने का और कितना बिगाड़ने का काम कर रहे हैं ? किंतु इस सच्चाई से मुख मोड़ना बेईमानी है कि फिल्मी हिंदी को इस माध्यम ने न केवल घर-घर पहुँचाया बल्कि इस आधुनिक जमाने में यंत्रवत् जिंदगी जी रहे और हारे-थके मानव का मनोरंजन कर उसकी थकान को भी भगाया है। बौद्धिकता के हिमायती और भावुकता के पक्षपाति इस जमाने में व्यवस्था से पीड़ित मानव के मन और मस्तिष्क का बोझ, मानसिक पीड़ा तथा विविध प्रकार के दबावों से छुटकारा पाने का, उसके दिलबहलाव और मनोरंजन का एक साधन के रूप में भी फिल्म को देखेंगे तो इस माध्यम से हिंदी का प्रचार एवं प्रसार निर्विवाद रूप से मानना पड़ेगा।

5. चैनल की हिंदी : भाषा पर बलात्कार

दूरदर्शन के विविध चैनलों की हिंदी अब स्वतंत्र अनुसंधान का विषय है। दूरदर्शन के अनेक

चैनलों से जो हिंदी समाचार सुनाए जाते हैं उनमें क्रियाओं और गिनी-चुनी संज्ञाओं के अतिरिक्त हिंदी के कितने शब्द होते हैं ? इसकी भाषा कौन-सी है इसका पता कम-से-कम दो-चार वाक्य सुनने के बाद चलता है। जैसे—...चीफ मिनिस्टर के आराइवल-डिपार्चर की न्यूज होती है, कन्ट्री के रूरल इन्फास्ट्रक्चर पर सेमिनार आरेंज होते हैं, ब्रेक फास्ट, लंच फिर कोलड्रिंक नाइस, डिनर और राइस, नेशन के डेवलपमेंट के परपज से ऐसे कई विजन, रीजन और प्रोग्राम होते हैं, ऑफ्टर ऑल ड्यूटी ज्वाइन करते हैं, स्पीच, स्कीम, प्लॉन बनते हैं, सर्विस करनेवाली पब्लिक नेट पेमेंट का वेट करती है, जिसका रिलेशन लेटर, बेटर और मैटर से है। ऑल इंडिया में सोशल और पर्सनल लाइफ में चेंज हुआ है, न्यू जनरेशन मॉडर्न चॉइस करती है, क्लोज कॉन्टेक्ट के अंकल-आंटी और आदर रिलेटिव का आब्जेक्शन नहीं होता, एट होम मम-डैड भी परपजली अपोज नहीं, सपोर्ट करते हैं। यंग लेडिज एंड जेन्टलमन की थिंकिंग अपने कूरियर को लेकर है, उनके थॉट से एकेडमिक डेवलपमेंट फ्यूचर के लिए नेसिसरी है, चिंता न करेक्टर की है, न कल्चर की, एंबिशन डे-नाइट स्टडी या विविध सोर्स का युज कर मेरिट में हायर एजुकेशन और डिग्री पाने की है। स्वयं को डेवलप्ड, एबल, ऐक्टिव, एजुकेटेड, और मॉडर्न दिखाने का एनी टाइम ट्राय है। इस तरह नेशनल लैंग्वेज हिंदी के 'हिंडी' रूप से लव और कमिटमेंट है।

हमें इस भ्रम से मुक्त होना है कि दूरदर्शन के ऐसे चैनलों से हिंदी का विकास हो रहा है। इसमें जिस हिंदी का प्रयोग दृष्टिगोचर होता है उस पर अंग्रेजी का दिन-रात बलात्कार हो रहा है। यहाँ तक कि हिंदी शब्दों का अंग्रेजी अंदाज से उच्चारण एक गौरवशाली 'फैशन' बन गया है। जिस हिंदी पर अंग्रेजी अथवा अंग्रेजाना अंदाज हावी है, मीडिया के इस चैनल से उसके विकास की आशा करना बहुत बड़ा भ्रम है। हिंदी के नाम पर यह पिछले दरवाजे से अंग्रेजी सुस्थापित (वेल सेट) करने की ही साजिश है।

6. तिलस्मी-दास्तान दूरदर्शन : विवादों के घेरे में

अब इसमें संदेह नहीं कि तिलस्मी दास्तान दूरदर्शन आज विवादों के घेरे में है। इस संचार माध्यम के आज कई दोष बतलाए जा रहे हैं जिनमें मुख्यतः ये हैं—

1. इसकी हिंदी बिगड़ी हुई है, सदोष है। इसमें उच्चारण दोष है अतः शुद्ध उच्चारण पर बल दिया जाए।
2. इसकी हिंदी में लेखन दोष है, अनेक बार वर्तनी की अशुद्धियाँ रहती हैं अतः शुद्ध हिंदी में लिखी सामग्री का ही प्रसारण हो।
3. यह व्यसनों का प्रचारक है। सिगारेट तथा मद्य आदि के विज्ञापन विभिन्न क्रीड़ाओं के आँखों देखे हाल के प्रसारण के समय खुलेआम दिए जाते हैं जिन पर कड़े बंधन होना अनिवार्य है।
4. इस पर जिस प्रकार का समाज, संस्कृति, परिवर्तन, मूल्य तथा चेतना आ रही है

वह अत्यंत चिंतनीय है।

5. इसने पश्चिमी सभ्यता को ओढ़ लिया है।

6. यह पूँजीपतियों तथा व्यवसायियों के हाथ की कठपुतली बना है। आदि...आदि।

इनमें से अधिकतर दोष साधार होने के कारण सही हैं। इस मीडिया को इनसे मुक्त करने के प्रयास होना आवश्यक है। यदि इसमें सफलता मिलती हो तो इस मीडिया का ही नहीं उस राष्ट्र का भी सम्मान और कल्याण होगा जिसकी भाषा हिंदी है।

7. इडियट बॉक्स बनाम ज्ञानकोश

वैसे तो यह प्रयोगकर्ता पर निर्भर है कि दूरदर्शन माध्यम अभिशाप है या वरदान। हम उसका उपयोग यदि संयत और नियत कार्यक्रम के लिए करेंगे तो हमारे लिए वह ज्ञानकोश सिद्ध होगा। किंतु यदि उसका उपयोग अनियंत्रित रूप से होता हो तो निश्चय ही इडियट बॉक्स सिद्ध होगा। अगर इसका उपयोग विविध चैनलों से चौबीस घंटों फूहड़ फिल्में, कैबरे, सेक्स प्रदर्शन, क्लब, पार्टियाँ, ड्रिंक्स, पाश्चात्य संगीत, नंगा नाच-गान और सस्ते मनोरंजनप्रद कार्यक्रमों के लिए करेंगे तो निश्चय ही यह इडियट बाक्स है। यही नहीं नई पीढ़ी और छात्र समुदाय आदि के लिए तो यह इडियट बॉक्स ही नहीं तो वह भयानक राक्षस है जो जीवन का अत्यंत कीमती समय खाता है। किंतु यदि इसका उपयोग ज्ञान-विज्ञान, साहित्य, कला, संगीत, क्रीड़ा, कृषि, राष्ट्रीय तथा सामाजिक त्योहार, समाचार, साक्षरता अभियान और स्वास्थ्य आदि विषयक कार्यक्रमों को देखने हेतु करेंगे, राष्ट्रीय चरित्र निर्माण में योगदान करनेवाले 'युग', 'ग्रेट मराठा' तथा 'झाँसी की रानी' जैसे धारावाहिक देखने के लिए करेंगे तो निश्चय ही यह ज्ञानकोश है। तात्पर्य यह कि इस माध्यम को 'इडियट बॉक्स या ज्ञानकोश' मानना यह व्यक्ति सापेक्ष बात है।

निष्कर्ष

हिंदी भाषा के प्रचार एवं प्रसार की दृष्टि से तुलना में दूरदर्शन के सामने अन्य जनसंचार माध्यम म्लान-से हैं। यद्यपि इस माध्यम का स्वामित्व, चंद सुदृढ़ हाथों में है तथापि इसका अस्तित्व हिंदी के बिना नगण्य है। अपने अस्तित्व को बनाए रखने के लिए दूरदर्शन को हिंदी की आवश्यकता है और हिंदी को व्यापक धरातल पर, जन-जन तक पहुँचाने के लिए दूरदर्शन की। यह माध्यम विविध भूमिकाओं का बहुरूपी है और हिंदी के विविध रूपों का वाहक भी। कुछ चैनलों पर हिंदी का 'हिंडी' रूप अर्थात् हिंदी के नाम पर पिछले दरवाजे से अंग्रेजी के घुसपैठ की साजिश है। इस संदर्भ में 'तुम्ही से मुहब्बत, तुम्ही से लड़ाई' वाला एक अजीब-सा रिश्ता है दूरदर्शन और हिंदी भाषा में। हमें दूरदर्शन की बोलचाल की अथवा सामान्य हिंदी का विरोध नहीं करना चाहिए। दूरदर्शन की भाषा सुनकर आज भाषा विद्वानों तथा शुद्ध-साहित्यिक हिंदी के हिमायतियों के कान जरूर खड़े हो रहे हैं। किंतु उन्हें यह नहीं

भूलना चाहिए कि यदि हम भाषा को हद से ज्यादा व्याकरणबद्ध करेंगे और उसे अतिरिक्त नियमों में बाँध देंगे तो उसकी स्थिति भी वही होगी जो विदेश में ग्रीक और लैटिन की तथा भारत में संस्कृत की हुई, आज जबान पर जिनका अस्तित्व न के बराबर है और जो ग्रंथालयों या किताबों में ही बंद हैं। हिंदी के साथ वह दुर्व्यवहार न किया जाए जो संस्कृत के साथ किया जा चुका है। हमें याद रखना होगा कि व्याकरण के बंधनों के कठोर बाँध नदी की धारा के समान बहती भाषा को पोखर बना देते हैं। वैयाकरणिकों तथा विद्वानों के संस्कृत को विशुद्ध बनाए रखने के अतिरिक्त प्रेमपूर्ण प्रयास, नियमों के बंधन तथा अन्य भाषाओं के बहुप्रचलित शब्दों तक को न अपनाने का दुराग्रह आदि वे कारण हैं जिनसे संस्कृत भाषा बंदी बन गई और उसके मौखिक रूप की हत्या हुई। क्या हिंदी के साथ भी इस तरह का व्यवहार हमें गवारा होगा ? यदि ऐसा होगा तो इसमें संदेह नहीं कि हिंदी भाषा की अपरिमित हानि होगी और ऐसा न हो तो वह अपने आप में एक बेजोड़ तथा संप्रेषण के अत्यधिक सशक्त माध्यम के रूप में स्थान बना लेगी।

दिल्ली दूरदर्शन के राष्ट्रीय प्रसारण के कार्यक्रमों में हिंदी के सामान्य या बोलचाल के रूपों का प्रयोग तथा अन्य भाषाओं के बहुप्रचलित शब्दों को स्वीकारने की क्षमता निश्चय ही प्रशंसनीय है। इसलिए उसे भाषा को बिगाड़नेवाले न कहे। यदि इस तरह की भाषा के प्रयोग से दूरदर्शन को भाषा बिगाड़नेवाला कहे तो सबसे पहले कबीर को भाषा बिगाड़नेवाला कहना पड़ेगा। रही बात दूरदर्शन से सांस्कृतिक आक्रमण की। वस्तुतः विविध चैनलों को छोड़ दे तो, (डी. डी. 1) दूरदर्शन के कार्यक्रमों से सांस्कृतिक आक्रमण का डर खोखली चिंता है। क्योंकि वर्तमान युग में 99% फिल्मों में प्रेम-विवाह और अंतर्जातीय विवाह दिखलाए जा रहे हैं परंतु प्रत्यक्ष समाज में एक-दो प्रतिशत भी न तो प्रेम-विवाह हो रहे हैं और न ही अंतर्जातीय विवाह। अंततः हमारा यह विनम्र निष्कर्ष है कि सदियों की परंपराओं में जी रहे समाज और संस्कृति को यथावत् रखना अथवा कालानुरूप बदल देना मूलतः उस क्षमता और मानसिकता पर निर्भर है जिसको लेकर हम सब जी रहे हैं।

संदर्भ-सूची

1. 'यूनेस्को दूत' पत्रिका, पृ. 39, (हिंदी संस्करण) नवंबर, 1990, नई दिल्ली।
2. 'विश्व के मानचित्र पर हिंदी', अंक (तृतीय विश्व हिंदी सम्मेलन के उपलक्ष्य में), पृ. 61 विज्ञापन एवं दृश्य प्रचार निदेशालय—भारत सरकार, नई दिल्ली।
3. वही, पृ. 64

6

प्रयोजनमूलक हिंदी की उपयोगिता

वह दिन ऐतिहासिक था जब भारत स्वाधीन हुआ ! वह दिन महत्त्वपूर्ण था जब हिंदी को राजभाषा घोषित किया गया !! किंतु वह दिन निश्चय ही गौरवपूर्ण होगा जब संपूर्ण भारत का कामकाज हिंदी में होगा !!! प्रयोजनमूलक हिंदी ही उस गौरवपूर्ण दिन के दर्शन करा सकती है। भारतीय संविधान में हिंदी को राजभाषा के रूप में स्वीकार किए जाने के कारण हिंदी का अर्थ, स्वरूप एवं व्यवहार-क्षेत्र बृहत बन गया है।

1. प्रयोजनमूलक हिंदी से तात्पर्य

'प्रयोजन' में 'मूलक' प्रत्यय जोड़कर 'प्रयोजनमूलक' शब्द बनता है जिसका तात्पर्य है 'हेतु विशेषवाला'। प्रयोजन के लिए हिंदी में समान पर्यायी शब्द है हेतु, उद्देश्य, लक्ष्य, ध्येय आदि। प्रयोजनमूलक हिंदी का तात्पर्य है वह हिंदी जिसका अपना खास लक्ष्य, हेतु या प्रयोजन है। अंग्रेजी शब्द 'फंक्शनल' का हिंदी पर्याय है 'प्रयोजनमूलक' और 'फंक्शनल हिंदी' का पर्याय है 'प्रयोजनमूलक हिंदी'। प्रयोजनमूलक हिंदी का व्युत्पत्तिगत अर्थ होता है वह हिंदी जिसका प्रयोग प्रयोजन विशेष के लिए किया जाए, प्रयोजनमूलक हिंदी है।

2. प्रयोजनमूलक हिंदी : परिभाषा एवं स्वरूप

वस्तुतः देश की आवश्यकताओं के फलस्वरूप कोई भाषा किसी देश की प्रयोजनमूलक भाषा बनती है। वर्तमान कालीन शिक्षा के परिप्रेक्ष्य में विचार करें तो यह दृष्टिगोचर होता है कि हिंदी सीखने, अपनाने के पीछे 'संस्कार' की नहीं बल्कि 'उद्देश्य' के तत्त्व की प्रेरणा आधारभूत है। फलस्वरूप आज प्रयोजनिक या प्रयोजनमूलक हिंदी की प्रासंगिकता अपनी खास अहमियत रखती है। असल में वह विशिष्ट हिंदी जिसका उपयोग विशेष प्रयोजन हेतु किया जाए–प्रयोजनिक या प्रयोजनमूलक हिंदी है। वैसे तो इसके लिए समानार्थी शब्द–'व्यावहारिक हिंदी' अथवा 'कामकाजी हिंदी' भी अपनाए जा सकते हैं। परंतु इनसे संदिग्धता बनी रहती है। 'व्यावहारिक हिंदी' शब्द का प्रयोग करने से तात्पर्य निकलता है वह हिंदी जो रोजाना व्यवहार में प्रयुक्त होती है, दैनिक जीवन में कार्य-पूर्ति हेतु प्रयुक्त होती

है। अतः इससे अर्थगत भ्रम पैदा होने की गुंजाइश होती है। असल में रोजाना व्यवहार में प्रयुक्त भाषा में व्याकरण के नियम, भाषा-शुद्धता, भाषा-संरचना, आदर्शात्मकता, परिनिष्ठितता आदि की रक्षा के बदले व्यावहारिक उपयोगिता ही अधिक जुड़ी होती है। अर्थात् यह बोलचाल की, अशुद्ध और काम चलाऊ हिंदी होती है अतः अर्थ की भ्रामकता होने के कारण 'व्यावहारिक हिंदी' शब्द प्रयोग अधूरा प्रतीत होता है। 'कामकाजी हिंदी' नामकरण में भी भ्रामकता निहित है। वैसे तो अपने दैनिक कामकाज को निपटाने तथा रोजमर्रा के कार्य की पूर्ति के लिए जिस सामान्य और बोलचाल की हिंदी का प्रयोग होता है उसे 'कामकाजी हिंदी' समझा जाता है। यही वह भाषा है जिसे अनेक अनपढ़, गँवार और शिक्षित लोग भी बोली के रूप में प्रयुक्त करते हैं। यह प्रायः अशुद्ध हुआ करती है और परिनिष्ठित भाषिक संरचना तथा व्याकरणीय नियमों को कुचल देती है। अतः यह नाम भी परिपूर्ण प्रतीत नहीं होता। वस्तुतः अन्य नामों की तुलना में प्रयोजनमूलक या 'प्रयोजनिक हिंदी' नाम ही अधिक उपयुक्त प्रतीत होता है। क्योंकि इसमें भ्रामकता का अभाव है, वस्तुनिष्ठता, स्पष्टता, संक्षिप्तता तथा अर्थगत निश्चितता है।

'प्रयोजनिक हिंदी' के लिए अनेक विद्वानों ने 'प्रयोजनमूलक हिंदी' शब्द का प्रयोग किया है जो कि उसी का समानार्थी है। डॉ. ब्रजेश्वर वर्मा का कथन है कि "प्रयोजनमूलक विशेषण उसके व्यावहारिक पक्ष को अधिक उजागर करने के लिए प्रयुक्त किया गया है।"[1] डॉ. नगेंद्रजी ने भी इसके लिए 'प्रयोजनमूलक हिंदी' शब्द का प्रयोग करते हुए इसके बारे में कहा है कि "वस्तुतः प्रयोजनमूलक हिंदी के विपरीत अगर कोई हिंदी है तो वह निष्प्रयोजनमूलक नहीं वरन् आनंदमूलक हिंदी है। आनंद व्यक्ति सापेक्ष है और प्रयोजन समाज सापेक्ष। आनंद स्वकेंद्रित होता है और प्रयोजन समाज की ओर इशारा करता है। हम आनंदमूलक हिंदी के विरोधी नहीं हैं इसलिए आनंदमूलक साहित्य के हम भी हिमायती हैं। पर सामाजिक आवश्यकताओं के संदर्भ में हम संप्रेषण के बुनियादी आधार को भी अपनी नजर से ओझल नहीं करना चाहते।"[2] अर्थात् नगेंद्रजी के अनुसार 'प्रयोजनमूलक हिंदी' शब्द प्रयोग ठीक है और इसका जन्म सामाजिक आवश्यकताओं के परिणामस्वरूप है। अपनी निगाह में मैं इसके लिए 'प्रयोजनमूलक' या 'प्रयोजनिक हिंदी' नामकरण ही अधिक तर्कसंगत, संक्षिप्त, मार्मिक एवं युक्तियुक्त मानने के पक्ष में हूँ।

'प्रयोजनिक या प्रयोजनमूलक हिंदी' वह हिंदी है जिसका अर्जन ज्ञान विशेष की प्राप्ति और विशिष्ट सेवात्मक क्षेत्रों में कौशल, निपुणता एवं प्राविण्य हासिल करने हेतु किया जाता है। प्रयोजनिक हिंदी रोजाना व्यवहार, दैनिक कामकाज आदि में प्रयुक्त होनेवाली सामान्य हिंदी या बोलचाल की हिंदी से निश्चय ही भिन्न है जिसे पढ़ना-पढ़ाना वर्तमान युग की एक अनिवार्य आवश्यकता है। यह वह हिंदी है जिसके विविध रूपों को अधिकार के साथ आत्मगत करने से जीविकोपार्जन का अच्छा-सा साधन पा सकते हैं।

3. हिंदी—सामान्य, साहित्यिक, प्रयोजनमूलक : मूलभूत अंतर

हिंदी के सामान्य, साहित्यिक तथा प्रयोजनमूलक रूपों में जो मूलभूत अंतर है वह इस तरह है—

3.1 सामान्य हिंदी

यह प्रायः मौखिक रूप में होती है। इसका प्रयोग सामान्य जनता द्वारा दैनिक व्यवहार में हुआ करता है। जबान पर स्थित होने के कारण यह भाषा के बजाय बोली के अंतर्गत आती है। सामान्य भाषा में अधिकतर तद्भव तथा अपभ्रष्ट शब्दों का प्रयोग मिलता है। इसकी संरचना वैयाकरणिक दृष्टि से सदोष रहा करती है। भाषा के मानक रूप से यह सर्वथा पृथक होती है। यह रोजमर्रा के जीवन में सामान्य प्रयोजन हेतु प्रयुक्त होती है।

3.2 साहित्यिक हिंदी

इसका अभिव्यक्ति पक्ष सुंदर, आकर्षक एवं गरिमामयी होता है। इसकी भाषा आलंकारिक, लाक्षणिक, व्यंग्यात्मक, प्रतीकात्मक, गंभीर तथा कलात्मक रूप से युक्त होती है। हास्य एवं व्यंग्य की शक्ति इसी में समाहित होती है। कभी इसमें सामान्य जनता की भाषा का तथा मानक भाषा का प्रयोग भी दृष्टिगोचर होता है।

3.3 प्रयोजनमूलक हिंदी

प्रयोजनमूलक हिंदी सामान्य तथा साहित्यिक हिंदी से सर्वथा भिन्न होती है। यह भिन्नता प्रथमतः वाक्य-संरचना तथा प्रयुक्त शब्दावली को लेकर है। प्रयोजनिक भाषा में अभिधात्मक शब्द-प्रयोग होता है। इसमें आलंकारिक, लाक्षणिक, व्यंजक एवं गंभीर शैली का प्रयोग नहीं होता। प्रायः वाच्यार्थ प्रधान शैली प्रयुक्त होती है। यह स्पष्ट, सीधी, सरल, सूचनाप्रधान एव भाषा के मानक रूप के प्रति सतर्क रहती है। इसमें एकार्थी शब्द स्वीकार्य और अनेकार्थी शब्द त्याज्य होते हैं।

निष्कर्षतः सामान्य भाषा सहज है और प्रयोजनिक भाषा अर्जित तथा विशिष्ट प्रयोजन हेतु निर्मित है। सामान्य भाषा का प्रयोग क्षेत्र अत्यंत विशाल तो प्रयोजनिक भाषा का क्षेत्र सीमित होता है। साहित्यिक भाषा भाव-संवेदना की भाषा है अतः वह कभी-कभी साधन न रहकर साध्य बन जाती है। किंतु प्रयोजनिक भाषा कभी साधन से साध्य नहीं बनती। साहित्यिक भाषा का लक्ष्य जीवनानुभूति के साथ-साथ सौंदर्यानुभूति एवं रसास्वादन होता है तो प्रयोजमूलक भाषा का लक्ष्य सेवा-माध्यम होता है जो जीविकोपार्जन का साधन बनता है।

4. प्रयोजनमूलक हिंदी : विविध उद्देश्य

प्रयोजनमूलक हिंदी के बहुआयामी उद्देश्य को देखते हुए आज देश के अनेक विश्वविद्यालयों में प्रयोजनमूलक पाठ्यक्रम शुरू किया है। मूलतः प्रयोजनमूलक हिंदी के मुख्य उद्देश्य यों हैं—

1. हिंदी की व्यावहारिक उपयोगिता से परिचित कराना।
2. स्वयं रोजगार उपलब्ध कराने में युवकों की मदद करना।
3. विविध सेवा क्षेत्रों में युवक-युवतियों को सेवा के अवसर उपलब्ध करा देना।
4. रोजी-रोटी की समस्या हल करने में छात्र सक्षम हो इस दृष्टि से उसका पाठ्यक्रम तैयार करना।
5. अनुवाद कार्य को बढ़ावा देना तथा इसके जरिए सफल अनुवादक तैयार करना।
6. कार्यालयों में प्रयुक्त होनेवाली हिंदी भाषा का समग्र ज्ञान प्रदान करना।
7. दफ्तरी भाषा की पारिभाषिक शब्दावली बनाना तथा उसमें कौशल हासिल करना।
8. तकनीकी भाषा की पारिभाषिक शब्दावली तैयार करना तथा उसमें निपुणता प्राप्त करना।
9. साक्षात्कार, वार्तालाप, संभाषण आदि विषयक ज्ञानात्मक कौशल के विकास हेतु प्रयास करना।
10. शिक्षण-प्रशिक्षण आदि के माध्यम के रूप में हिंदी को सक्षम बनाना।
11. जनसंचार के साधनों के अनुकूल बनाने हेतु हिंदी को विकसित करना।
12. राष्ट्रभाषा के प्रचार एवं प्रसार के दायित्व का निर्वहन करना।
13. राष्ट्र तथा राष्ट्रभाषा के प्रति अपनी अस्मिता जीवित रखना।
14. सामाजिक तथा राष्ट्रीय आवश्यकताओं की संपूर्ति करना।
15. ज्ञान, विज्ञान के क्षेत्र में चरम विकास करना।
16. वैश्विक संदर्भ में अपने देश की भाषा का सम्मान करना, उसकी प्रतिष्ठा रखना।

डॉ. गोपाल शर्मा इसके उद्देश्य के बारे में कहते हैं कि ''प्रयोजनी हिंदी के स्वरूप और व्यापकता के प्रश्न का विवेचन बृहत्तर संदर्भ में होना चाहिए। आज जब हिंदी अपने एक स्थिर रूप की ओर संक्रमण कर रही है तो इस प्रकार के विवेचन का लक्ष्य हिंदी के प्रयोजनमूलक रूपों का उद्घाटन एवं व्याख्यान मात्र नहीं होना चाहिए बल्कि लक्ष्य यह भी होना चाहिए कि देश की आवश्यकताओं की दृष्टि से भाषा-योजना की युक्तियाँ और उपाय सुझाए जाएँ।''[3] इस व्यापक उद्देश्य के अलावा प्रयोजनमूलक हिंदी के तात्कालिक उद्देश्य के बारे में भी डॉ. गोपाल शर्मा के विचार हैं कि ''इसका तात्कालिक लक्ष्य यह है कि प्रयोजन के क्षेत्र के लिए जिस भाषा-कौशल की आवश्यकता होती है, नौसिखुए को उसमें दीक्षित किया जा सके। हमारा मंतव्य उसमें ऐसी क्षमता जगाना भी है कि अपने

विशिष्ट क्षेत्र में अथवा उससे संबद्ध क्षेत्र में नई स्थितियों के प्रति उसमें प्रभावी अनुक्रिया हो।"[4] स्पष्ट है कि प्रयोजनमूलक हिंदी का उद्देश्य बहुआयामी है।

5. प्रयोजनमूलक हिंदी : विविध रूप

विगत कुछ दिनों से प्रयोजनमूलक हिंदी का प्रयोग विविध क्षेत्रों में व्यापकता धारण कर रहा है। वस्तुतः प्रयोजनमूलक हिंदी के जितने अधिक क्षेत्र दृष्टिगोचर हो रहे हैं उतने ही अधिक उसके विविध रूप नजर आ रहे हैं। वैसे तो आज इसके अनेक रूप प्राप्त होते हैं परंतु मुख्यतः जो रूप दृष्टिगोचर होते हैं वे ये हैं—

1. प्रशासनिक हिंदी। (Administrative Hindi)
2. कार्यालयी हिंदी। (Official Hindi)
3. जनसंचार माध्यमों की हिंदी। (Mass Media Hindi)
4. विज्ञापनी हिंदी। (Advertiesmental Hindi)
5. तकनीकी हिंदी। (Technical Hindi)
6. वैज्ञानिक हिंदी। (Scientific Hindi)
7. वाणिज्यिक हिंदी। (Commercial Hindi)
8. शैक्षिक हिंदी। (Educational Hindi)
9. विधिक (कानूनी) हिंदी। (Legislative Hindi)
10. साहित्यिक हिंदी। (Literary Hindi)
11. व्यावसायिक हिंदी। (Professional Hindi)

आज अनेक क्षेत्रों में हिंदी प्रयुक्त होने लगी अतः उसके अनेक रूप भी उभर रहे हैं। डॉ. कृष्णकुमार गोस्वामी का कथन सही है कि "विभिन्न व्यवसायों के और काम-धंधों के लिए सेवा माध्यम के रूप में इस्तेमाल होने पर प्रयोजनमूलक भाषा के कई रूप सामने आते हैं।"[5] निष्कर्षतः प्रयोजनमूलक हिंदी के उपर्युक्त रूप ही उसके विविध क्षेत्र एवं महत्त्व को ध्वनित करते हैं। व्यवहार क्षेत्र एवं स्वरूप को देखने से प्रयोजनमूलक हिंदी की व्यापक मीमा का बोध अनायास ही होता है।

6. प्रयोजनमूलक हिंदी : बहुआयामी उपयोगिता

प्रयोजनमूलक हिंदी की उपयोगिता बहुआयामी है। नीचे उन विविध क्षेत्रों का विवेचन करते हैं जिनमें प्रयोजनमूलक हिंदी की उपयोगिता निरंतर बढ़ती जा रही है—

6.1 विदेश संबंधी कामकाज में हिंदी

विदेश के कई लोगों ने जब आश्चर्य व्यक्त किए कि भारत को आज़ादी मिले इतने साल हुए फिर भी सरकारी कामकाज अंग्रेजी में ही चल रहा है तब से हमारे यहाँ विदेश संबंधी

कामकाज हेतु हिंदी को अपनाना शुरू हुआ। विदेशी मंत्रालय, सचिवालय, राजदूतावास तथा तत्संबंधी सभी कार्यालयों में अन्य देशों से अधिकांश व्यवहार, पत्राचार, समाचार, संदेश आदि के लिए हिंदी का प्रयोग देश की अस्मिता हेतु बढ़ाया जा रहा है। अंतर्राष्ट्रीय कार्य-व्यवहार में प्रयोजनमूलक हिंदी इसी वजह से प्रयुक्त की जा रही है। भारतीय राजदूतावासों में अंग्रेजी के प्रति जो मोह था, वह इसी के परिणामस्वरूप कम होता दृष्टिगोचर होता है। प्रायः अन्य देश औपचारिक अवसरों पर अपने देश की भाषा का प्रयोग करना गौरव की बात मानते हैं। फलस्वरूप भारतीयों में भी इस तरह का देशाभिमान जागृत होना स्वाभाविक है। ''जब श्रीमती विजयलक्ष्मी पंडित रूस में भारतीय राजदूत नियुक्त हुईं और उन्होने अपना प्रत्ययपत्र अंग्रेजी में प्रस्तुत किया तब उन्हें रूसियों की ओर से यह सुनना पड़ा कि क्या आपके देश की कोई भाषा नहीं है।''[6] परिणामस्वरूप अब विदेश संबंधी कामकाज में प्रयोजनमूलक हिंदी की उपयोगिता उत्तरोत्तर बढ़ती जा रही है।

6.2 विधि क्षेत्र में हिंदी

स्वतंत्रता प्राप्ति के पश्चात् हमारे देश में कानून एवं कानून व्यवस्था को अत्यंत महत्त्व प्राप्त हुआ। विधि क्षेत्र में बाधाओं के होते हुए भी प्रयोजनमूलक हिंदी का व्यवहार बढ़ता जा रहा है। न्यायालय, मानक विधि शब्दावली, नियम, अधिनियम, विधेयक, कानूनी दस्तावेज, विधि संबंधी प्रकाशन, अधिकरण (ट्रिब्यूनलों), संहिता आदि में प्रयोजनमूलक हिंदी का अपना विशेष महत्त्व है। देश की जनता को अपने देश की भाषा में न्याय प्राप्त हो और कानून संबंधी संपूर्ण सामग्री देश की भाषा में प्राप्त हो इसी प्रयोजन से इस क्षेत्र में हिंदी का व्यवहार बढ़ना समय की माँग बन गया है।

6.3 विविध सेवा क्षेत्रों में हिंदी

प्रयोजनमूलक हिंदी की चरम उपयोगिता विविध सेवा क्षेत्रों में परिलक्षित होती है। पराधीनता के काल में और कुछ हद तक स्वाधीनता के आरंभिक काल में भी सभी सेवा क्षेत्रों में अंग्रेजी जाननेवालों को ही सेवा के अवसर उपलब्ध रहे। किंतु इन दिनों में सेवा क्षेत्रों में प्रयोजनमूलक हिंदी प्रयुक्त होने के कारण हिंदी पढ़नेवालों को भी अच्छे अवसर उपलब्ध हो रहे हैं। अपने परिक्षेत्र के आकाशवाणी केंद्र से लेकर बी. बी. सी. लंदन तक के आकाशवाणी केंद्र में हिंदी उद्घोषक की जगहें होती हैं। सितंबर, 96 के नवभारत टाइम्स में बी. बी. सी. लंदन के लिए हिंदी उद्घोषक के आवेदन मँगवाए गए किंतु पता नहीं कितने लोग आवेदन कर पाये। आज विविध सेवा क्षेत्रों में हिंदी व्यवहृत होने लगी, वह जीविकोपार्जन का अभिन्न अंग बनने लगी—वर्तमान काल के परिप्रेक्ष्य में प्रयोजनिक हिंदी की यह एक बड़ी उपलब्धि है। ''जीविकोपार्जन में सेवा-माध्यम के रूप में प्रयुक्त भाषा के विविध आयाम प्रयोजनमूलक हिंदी के व्यापक व्यवहार क्षेत्र की ओर संकेत करते हैं।''[7] विविध सेवा क्षेत्रों में प्रयोजनमूलक

हिंदी के विविध आयामों / रूपों का उपयोग होना प्रयोजनमूलक हिंदी के उज्ज्वल भविष्य के शुभ संकेत ही हैं। वैज्ञानिक तथा तकनीकी पारिभाषिक शब्दावली, कार्यालयीन पत्राचार, केंद्र तथा राज्य शासन का पत्राचार, सरकारी संकल्प, अधिसूचना, परिपत्रक, प्रेस विज्ञप्तियाँ, निविदा, सूचना, आवेदन, अनुस्मारक, विज्ञापन, व्यावसायिक पत्र, प्रमाणपत्र, सार लेखन, आलेखन, टिप्पणी, विविध पत्र लेखन, वार्तालाप, साक्षात्कार तथा अनुवाद जैसे प्रयोजनमूलक हिंदी के कई आयाम हैं जो न केवल वैयक्तिक, सामाजिक तथा राष्ट्रीय संदर्भ में बल्कि वैश्विक संदर्भ में भी काफी उपयुक्त साबित हुए हैं।

6.4 तकनीकी कार्यों में हिंदी

आज उन लोगों की यह धारणा गलत साबित हुई है जिन्हें लगता था कि तकनीकी विषयों का काम हिंदी में नहीं हो सकता। आज "भारत सरकार के कई इंजीनियर अपना सरकारी कामकाज हिंदी में करते रहे हैं।"[8] रेलवे, केंद्रीय बिजली प्राधिकरण, केंद्रीय जल आयोग आदि के नक्शे हिंदी में बनाए गए हैं। अनेक नगरों में तकनीकी विषयों पर हिंदी में शोध लेख एवं संगोष्ठियाँ संपन्न हुई हैं। केंद्रीय भवन अनुसंधान संस्थान, रूड़की में दिनांक 5 से 7 अक्टूबर, 1988 के दौरान अखिल भारतीय वैज्ञानिक सम्मेलन आयोजित किया गया था जिसमें प्रस्तुत शोध लेख हिंदी में थे। सभी तकनीकी कार्यों, जैसे—टंकण, मुद्रण, प्रेस, बढ़ईगिरी, लुहारी, ऊर्जा, गैस, बिजली, मिलें और सभी प्रकार के यंत्रों की निर्मिति एवं दुरूस्ती आदि में प्रयुक्त हिंदी तकनीकी हिंदी है जिसका महत्त्व उत्तरोत्तर बढ़ता जा रहा है। तकनीकी कार्यों में व्यवहृत भाषा का यह प्रयोजनमूलक रूप है।

6.5 रक्षा सेवाओं में हिंदी

वैसे तो "अंग्रेजों के शासन काल में भी सेना में हिंदी का व्यापक रूप में प्रयोग होता था।"[9] लेकिन आज यह प्रयोग अधिक मात्रा में हो रहा है। अहिंदी भाषी क्षेत्रों से आए जवानों को हिंदी पढ़ाई जाती है। सेना के जवानों को हिंदी में प्रशिक्षण दिया जा रहा है। अब जल, थल तथा वायु सेना में प्रशिक्षण का माध्यम हिंदी बनता जा रहा है। तीनों सेनाओं के प्रशासनिक कार्य हिंदी में हो रहे हैं। अस्त्र, शस्त्र, यंत्र आदि के नाम तक हिंदी रखे मिलते हैं, जैसे—अजीत वायुयान, शक्तिमान ट्रक, विजयंत टैंक, मिश्र धातु निगम आदि। वीरता संबंधी पुरस्कारों के नाम भी भारतीय अर्थात् हिंदी रखे मिलते हैं, जैसे—वीर चक्र, महावीर चक्र, परमवीर चक्र आदि। तात्पर्य यह कि रक्षा संबंधी सेवाओं में प्रयोजनमूलक हिंदी की उपयोगिता असाधारण है।

6.6 सूचना एवं प्रसारण कार्यों अर्थात् मीडिया में हिंदी

लोकशाही शासन व्यवस्था में सूचना एवं प्रसारण के माध्यमों का अपना विशिष्ट महत्त्व

होता है। आरंभ में सरकारी गतिविधियों की जानकारी प्रथमतः अंग्रेजी में दी जाती थी और तत्पश्चात् उसके हिंदी अनुवाद दिए जाते थे। यह स्थिति अब टूट रही है। आकाशवाणी, दूरदर्शन, समाचारपत्र, पत्र-पत्रिकाएँ आदि के जरिए आज सूचनाएँ आम जनता तक प्रभावी ढंग से पहुँच सकती हैं वह माध्यम हिंदी ही हो सकता है इसे समग्र देश ने अनुभव किया है। अतः सूचना एवं प्रसारण के कार्यों हेतु जनसंचार के सभी माध्यमों में प्रयोजनमूलक हिंदी का प्रचलन बढ़ता हुआ दीखता है। जनसंचार के प्रभावी माध्यम इसी हिंदी के माध्यम से अपने उद्‌देश्य की प्राप्ति तक पहुँच रहे हैं।

6.7 गोष्ठियों, सम्मेलनों तथा प्रदर्शनियों में हिंदी

अब साहित्यिक विषयों पर ही नहीं बल्कि साहित्येतर विषयों पर भी, जैसे-विज्ञान, तकनीकी शिक्षा, जनसंचार-माध्यम आदि, हिंदी में शोध लेख लिखे जा रहे हैं। हिंदी के माध्यम से संगोष्ठियाँ संपन्न हो रही हैं। पं. जवाहरलाल नेहरू की जन्मशताब्दी तथा स्वतंत्रता की 40 वीं वर्षगाँठ के उपलक्ष्य में विज्ञान भवन, नई दिल्ली में 16 सितंबर, 1988 को सम्मेलन का आयोजन किया था। इसमें "तीन विचार गोष्ठियाँ आयोजित की गईं। पहली विचार गोष्ठी का विषय था 'सरकारी कामकाज में हिंदी का विकास', दूसरी गोष्ठी 'कंप्यूटर और इलेक्ट्रॉनिक उपकरणों में हिंदी सुविधाएँ' तथा तीसरी गोष्ठी 'कर्मचारियों को हिंदी प्रशिक्षण तथा प्रशिक्षण में हिंदी माध्यम' से संबंधित थी।"[10] अब तो अनेक नगरों, महानगरों में ही नहीं छोटे-छोटे स्थानों पर भी हिंदी माध्यम की गोष्ठियाँ, सम्मेलन, प्रदर्शनियाँ आदि आयोजित की जा रही हैं। हिंदी-ग्रंथ, समाचारपत्र, पत्र-पत्रिकाएँ, देवनागरी लिपि का टेलीप्रिंटर, टाइपराइटर, पता लेखी मशीनें, हिंदी मुद्रण मशीनें, उनके चित्र, हिंदी के कोड, सदियों पुराने (राजकाज में प्रयुक्त) हिंदी पत्रों की फोटो प्रतियाँ, कंप्यूटर तथा हिंदी के अन्य प्रयोग-यंत्र आदि की प्रदर्शनियों का आयोजन प्रयोजनमूलक हिंदी की उन्नति का ही चरण है। 'हिंदी दिवस', 'हिंदी सप्ताह', संगोष्ठियाँ, सम्मेलन जैसे समारोहों के उपलक्ष्य में इस तरह की प्रदर्शनियाँ आयोजित की जा रही हैं। प्रयोजनमूलक हिंदी की उपयोगिता को सिद्ध करने का यह एक प्रभावी साधन है।

6.8 सिविल सेवा परीक्षाओं में हिंदी

हमारे देश में सेवा अर्जन हेतु जितनी भी स्पर्धात्मक परीक्षाएँ हुआ करती थीं पहले वे अंग्रेजी में ली जाती थीं। अब तो सिविल सेवा परीक्षा में हिंदी तथा अन्य भारतीय भाषाओं को भी वैकल्पिक माध्यम बना दिया गया है। संघ लोक सेवा आयोग तथा अन्य सिविल सेवा परीक्षाओं के माध्यम और साक्षात्कार के माध्यम के रूप में भी हिंदी को स्वीकृत किया है। "संघ लोक सेवा आयोग ने फरवरी, 1974 में डॉ. दौलतसिंह कोठारी की अध्यक्षता में एक विशेषज्ञ समिति का गठन किया। उस समिति ने 29 मार्च, 1976 को सिविल सेवा परीक्षा

की एक नई योजना आयोग के सामने रखी जो कुछ परिवर्तन के साथ सरकार द्वारा स्वीकृत हुई। इस योजना के अनुसार पहली सिविल परीक्षा 1979 में आयोजित हुई और उसमें विभिन्न विषयों के प्रश्नपत्रों के उत्तर अंग्रेजी के अलावा हिंदी अथवा अन्य भारतीय भाषाओं में देने की छूट दी गई। साक्षात्कार के लिए भी ऐसी ही छूट दी गई।''[11] अब तो लिपिक, आशुलिपिक, सहायक ग्रेड आदि की परीक्षाएँ हिंदी माध्यम में हो रही हैं। पिछले कई सालों से 'नेट' की परीक्षा का माध्यम भी अंग्रेजी के साथ हिंदी रखा गया है। यदि देश के भावी काल में सभी सेवा परीक्षाओं का माध्यम हिंदी बन जाए तो प्रयोजनमूलक हिंदी का भविष्य निश्चित उज्ज्वल होगा।

6.9 अनुवाद के क्षेत्र में हिंदी

आज अनुवाद केवल प्रयोजनमूलक हिंदी का अंग नहीं रहा बल्कि 'वसुधैव कुटुंबकम' की संकल्पना को साकार करने का एक सशक्त माध्यम बन गया है। वह समस्त मानव जाति में भाईचारे की भावना को बढ़ाने तथा मानवता और आपसी सद्भाव की वृद्धि करनेवाला प्रबल साधन बन गया है। हिंदी में साहित्यिक ही नहीं तो साहित्येतर सामग्री के अनुवाद संपन्न कराने की कोशिशें निरंतर जारी हैं। इसके संबंध में मानक शब्दावली, पारिभाषिक शब्दावली, बहुभाषा कोश आदि के निर्माण कार्य धड़ल्ले से चल रहे हैं जो कि प्रयोजनमूलक हिंदी के अंग हैं। आज मानव निर्मित ही नहीं मशीनी अनुवाद की आवश्यकता भी तीव्रता से महसूस की जा रही है। तकनीकी तथा साहित्येतर क्षेत्र की सामग्री के मशीनी अनुवाद इसी के परिणामस्वरूप हैं। विशुद्धता, एकरूपता, विपुलता तथा निष्पादन में त्वरा मशीनी अनुवाद के ही लाभ हैं। डॉ. सुरेशकुमार के शब्दों में ''बड़ी मात्रा में त्वरित गति से तीन लाख शब्द प्रति मिनट विशुद्ध और एकरूप अनुवाद के लिए मशीन अनुवाद का प्रयोग इस समय हो रहा है।''[12]

6.10 प्रशिक्षण क्षेत्र में हिंदी

केंद्र सरकार की विविध प्रशिक्षण संस्थाओं में अब हिंदी का भी प्रचलन हो रहा है। 27 मई, 1987 को हुई केंद्रीय राजभाषा कार्यान्वयन समिति की बैठक में यह विचार व्यक्त किया गया कि ऐसे केंद्रीय संस्थानों में जहाँ अखिल भारतीय स्तर के कर्मचारी प्रशिक्षण प्राप्त करने आते हैं उन्हें अंग्रेजी के साथ-साथ हिंदी भाषा के माध्यम से भी पढ़ाया जाना चाहिए।''[13] अतः अब प्रशिक्षण की सामग्री हिंदी में भी उपलब्ध कराई जा रही है। भारतीय सेना के अनेक प्रशिक्षण कोर्स हिंदी में चल रहे हैं। प्रशासन विभाग, पुलिस विभाग तथा रेल, डाक, तार जैसे अनेक विभागों की सेवाओं के प्रशिक्षण हिंदी में उपलब्ध कराने के प्रयास जोरों पर हैं। किंतु अब भी ऐसे कई सेवाओं के प्रशिक्षण हैं जिनका माध्यम अंग्रेजी है। अतः वहाँ पर माध्यम के रूप में हिंदी को व्यवहृत करने योग्य सुगठित बनाना तथा उसकी

तकनीकी पारिभाषिक शब्दावली बनाना आदि प्रयोजनमूलक हिंदी के सामने महत्त्वपूर्ण चुनौतियाँ हैं।

6.11 शैक्षिक क्षेत्र में हिंदी

शिक्षा क्षेत्र में जितने अलग-अलग विषय प्राप्त होते हैं उतने ही शैक्षिक हिंदी के अलग-अलग रूप मिलते हैं। उदाहरण—दर्शनशास्त्र, अर्थशास्त्र, राजनीतिशास्त्र, समाजशास्त्र, भाषाशास्त्र, काव्यशास्त्र, संगीतशास्त्र, ज्योतिषशास्त्र, मानसशास्त्र (मनोविज्ञान), इतिहास, भूगोल, योगशास्त्र, गृहशास्त्र आदि। इन सभी की शिक्षा में जो हिंदी प्रयुक्त होती है वह भी विभिन्न रूपों की होती है। अब तो विधि, वाणिज्य और विज्ञान तक की शिक्षा हिंदी के माध्यम से पाने की सुविधा उपलब्ध हो रही है। यदि भावी काल में संपूर्ण देश में इन विषयों के अध्ययन की हिंदी माध्यम से सुविधा प्राप्त होगी तो हमारे देश में घर-घर में वकील, डॉक्टर तथा इंजीनियर नजर आएँगे। इस दृष्टि से प्रयोजनमूलक हिंदी को अत्यंत अहम् भूमिका निभानी पड़ेगी।

6.12 विविध क्षेत्रों में हिंदी

वस्तुतः वर्तमान युग यंत्र का युग है। इस यंत्रयुग में यंत्र के अनुकूल हिंदी को बनाना हमारे सामने एक चुनौती ही थी। आज अनेक यंत्र हैं—जिनमें हिंदी का प्रयोग दृष्टिगोचर होता है। जैसे—साधारण टाइपराइटर, बिजली चालित टाइपराइटर, इलेक्ट्रॉनिक टाइपराइटर, पता लेखी मशीनें (सूचियाँ, बिजली, पानी के बिल, बीमा परिपत्रक, पहचान टोकन आदि बनाने का यंत्र), टेलीप्रिंटर, मुद्रण तथा कंप्युटर आदि यंत्रों में देवनागरी लिपि में हिंदी को व्यवहृत किया जाता है। डाक, तार, समाचारपत्र, शिक्षा क्षेत्र आदि में ये यंत्र बहुत ही महत्त्वपूर्ण स्थान रखते हैं। सभी प्रकार के बिल, परीक्षा के नतीजे, रेल आदि के आरक्षण तो अब कंप्युटर पर ही बनाए जा रहे हैं। वस्तुतः हिसाब-किताब के क्षेत्र में अब यंत्र का स्थान असाधारण है। विविध यंत्रों में इन सभी कारणों से अब प्रयोजनमूलक हिंदी का महत्त्व दिन-ब-दिन बढ़ रहा है।

6.13 विभिन्न कार्यालयों में हिंदी

हमारे देश के संदर्भ में कार्यालय मुख्यतः तीन प्रकार के मिलते हैं—(1) सरकारी कार्यालय, (2) अर्धसरकारी कार्यालय तथा (3) निजी (संस्था या व्यक्ति के) कार्यालय। वर्तमान काल में औद्योगीकरण, वैज्ञानिक प्रगति एवं भौतिक विकास के फलस्वरूप अनेक कार्यालयों का जन्म हुआ है। आज कार्यालय के बिना कार्य की कल्पना भी करना संभव नहीं रहा। अतः इन विविध कार्यालयों में कामकाज हेतु प्रयोजनमूलक हिंदी को विशेष महत्त्व प्राप्त हुआ है। बैंक, जीवन बीमा निगम, डाक, तार, रेल, आयकर, दूरसंचार,

भारत पेट्रोलियम गैस, विविध एजेन्सियाँ तथा इस तरह के अन्य कई कार्यालयों में हिंदी-प्रयोग को वरीयता मिल रही है। इन कार्यालयों में प्रयोजनमूलक हिंदी के प्रयोग हेतु हिंदी अधिकारी के स्वतंत्र पद रखे जा रहे हैं। अब आवश्यकता इस बात की है कि इन सभी कार्यालयों हेतु योजनाबद्ध रीति से तत्संबंधी शब्दावली तथा पारिभाषिक शब्दावली निर्माण का कार्य संपन्न हो। प्रयोजनमूलक हिंदी के उज्ज्वल भविष्य के लिए यह कार्य महत्त्वपूर्ण अवदान साबित होगा।

7. प्रयोजनमूलक हिंदी-शिक्षा : सफलता के कारक

प्रयोजनमूलक हिंदी उपयोगिता की दृष्टि से वर्तमान जीवन की अनिवार्य आवश्यकता बन गई है। तभी तो कई विश्वविद्यालयों के पाठ्यक्रमों में उसका स्थान मिल रहा है। प्रयोजनमूलक हिंदी युग की माँग के रूप में अस्तित्व में आई है। उसके प्रति नई पीढ़ी का खिंचाव वर्तमान युग के परिप्रेक्ष्य में सहज एवं स्वाभाविक है। वस्तुतः प्रयोजनमूलक हिंदी-शिक्षा की सफलता निम्नांकित तीन कारकों पर निर्भर है–

1. पाठ्यक्रम।
2. अध्यापन।
3. ज्ञानात्मक कौशल-अर्जन।

7.1 पाठ्यक्रम

पाठ्यक्रम को स्तरीय एवं सर्वसमावेशक बनाना प्रयोजनमूलक हिंदी की शिक्षा को सफल बनाने का पहला महत्त्वपूर्ण कारक है। क्योंकि प्रयोजनमूलक हिंदी के नाम पर 'क्या पढ़ाया जाता है' यह देखना पहली महत्त्वपूर्ण बात है। अपने देशकाल एवं आवश्यकताओं को दृष्टि में रखते हुए उन सारी बातों को पाठ्यक्रम में स्थान दे दें जिनकी अब आवश्यकता है। अब पाठ्यक्रम में केवल हिंदी भाषा के साहित्यिक तथा संरचनात्मक पक्ष पर ही ध्यान केंद्रित न कर उसके प्रयोजनिक पक्ष को मद्देनजर रखते हुए तदनुकूल विषय सामग्री को पाठ्यक्रम में स्थान देना जरूरी है। डॉ. कृष्णकुमार गोस्वामी के विचार हैं कि "आज तक भाषा के संरचनात्मक पक्ष पर अधिक ध्यान दिया गया है और प्रयोजनमूलक पक्ष का अध्ययन नगण्य-सा रहा है। हिंदी भाषा के संबंध में भी यही स्थिति रही है।"[14] वस्तुतः प्रयोजनमूलक हिंदी की प्रयुक्तियों के विविध परिक्षेत्रों के परिप्रेक्ष्य में उसके पाठ्यक्रम का निर्माण हो। यह कार्य योजनाबद्ध रीति से संपन्न होने पर ही प्रयोजनमूलक हिंदी की शिक्षा सफल होगी।

7.2 अध्यापन

प्रयोजनमूलक हिंदी की शिक्षा तब तक सफल नहीं होगी जब तक उसका अध्यापन पूरी क्षमता से नहीं होगा। अतः उसके लिए सक्षम अध्यापकों का होना जरूरी है। केवल रिक्त

स्थानों की पूर्ति करनेवाले, भाई-भतीजावाद अथवा किसी पहुँच की डोर को पकड़कर अध्यापन क्षेत्र में आनेवाले व्यक्ति से प्रयोजनमूलक हिंदी के अध्यापन के साथ कभी न्यायपूर्ण व्यवहार संभव नहीं होगा। असल में इसके अध्यापन के लिए निष्णात, कुशल, विषय के ज्ञाता, अनुभव संपन्न एवं प्रभावपूर्ण व्यक्तित्ववाले अध्यापक नियुक्त किए जाएँ। किसी भी विषय को प्रभावपूर्ण, सरलतम एवं बोधगम्य बनाने की क्षमता रखनेवाला अध्यापक ही इसका सफल अध्यापन कर सकता है। महज पाठ्यक्रम को परिपूर्ण बनाने से प्रयोजनमूलक हिंदी की शिक्षा न सार्थक होगी, न सफल बल्कि उसकी सार्थकता एवं सफलता उसके अध्यापन पर भी निर्भर होती है। डॉ. गोपाल शर्मा का कथन इस संदर्भ में दृष्टव्य है कि ''प्रयोजनी हिंदी-शिक्षण-कार्यक्रम की सफलता और प्रभाविता केवल पाठ्यक्रमों पर निर्भर नहीं होगी बल्कि इस बात पर भी निर्भर होगी कि वे पढ़ाए कैसे जाते हैं।''[15] स्पष्ट है कि प्रयोजनमूलक हिंदी की शिक्षा को सफल बनानेवाला दूसरा महत्त्वपूर्ण कारक अध्यापन है। क्योंकि 'क्या पढ़ाया जाता है' के साथ-साथ 'कैसे पढ़ाया जाता है' यह भी इसमें अत्यंत महत्त्वपूर्ण है।

7.3 ज्ञानात्मक कौशल-अर्जन

प्रयोजनमूलक हिंदी जिस क्षेत्र विशेष में प्रयुक्त होती है उसकी आवश्यक जानकारी अध्येता को होना तथा तत्संबंधी भाषिक कौशल को अर्जित करना ही 'ज्ञानात्मक कौशल-अर्जन' है। प्रयोजनमूलक हिंदी न तो पूर्णतः विज्ञान है और न ही पूर्णतः कला। वह तो अपनी विशिष्ट सीमा में विज्ञान भी है और कला भी। उसमें वस्तुनिष्ठता भी होती है और कलात्मकता भी। अतः प्रयोजनिक हिंदी की शिक्षा तभी सार्थक साबित होगी जब उसका अध्येता उसमें ज्ञानात्मक कौशल अर्जित करेगा। डॉ. द्विजराम यादव के विचार हैं कि ''कार्यालयी हिंदी का प्रयोजनमूलक स्वरूप भी सृजनात्मक स्थितियों से गुजर रहा है।...जनसंपर्क, की प्रयोजनमूलक हिंदी का स्वरूप ऐसा होना चाहिए जो भाव, विचार और विषय को सरलतम भाषा में बोधगम्य बनाए।''[16] प्रयोजनमूलक हिंदी की शिक्षा को सफल बनाना हो तो स्तरीय पाठ्यक्रम तथा प्रभावी अध्यापन के साथ-साथ उसमें तत्संबंधी क्षेत्र विशेष का ज्ञानात्मक कौशल-अर्जन अनिवार्य होता है। उदाहरणस्वरूप आलेखन, टिप्पणी, संक्षेपण अथवा सारलेखन आदि पाठों का कितना भी बढ़िया अध्यापन क्यों न किया गया हो, अध्येता अगर प्रत्यक्ष सेवा काल में कार्यालय में इन कार्यों के लिए सक्षम न हो तो प्रयोजनमूलक हिंदी की शिक्षा असफल सिद्ध होगी। यदि अध्येता को नौकरी का आवेदन पत्र लिखवा लेने के लिए दूसरों के पास जाना पड़ता है तो समझ ले कि प्रयोजनमूलक भाषा से वह अनभिज्ञ है। किंतु इसकी शिक्षा प्राप्ति के बाद कोई व्यक्ति सेवा के दौरान अपने कार्यालय में आलेखन, टिप्पणी, संक्षेपण अथवा सार लेखन आदि के कार्यों को इनका ज्ञानात्मक कौशल हासिल होने के कारण सफलता से संपन्न करता हो तो प्रयोजनमूलक

हिंदी की शिक्षा निश्चय ही सफल और सार्थक है।

सारांशतः प्रयोजनमूलक हिंदी की शिक्षा मुख्यतः उपर्युक्त तीन कारकों पर निर्भर होती है और उनके सफल निर्वहन से ही प्रयोजनमूलक हिंदी की शिक्षा सफल तथा सार्थक बनती है।

निष्कर्ष

प्रयोजनमूलक हिंदी वर्तमान युग की माँग है, अनिवार्य आवश्यकता है। वर्तमान जीवन की कटु सच्चाई यह है कि साहित्य का अध्ययन अत्यंत गहरी संवेदना, अखंड श्रद्धा एवं महत् उद्देश्य से भी क्यों न किया हो, उपाधि अर्जित करने के पश्चात् अध्येता जीवन की समस्याओं को सुलझाने में स्वयं को असमर्थ पाता है। हिंदी साहित्य की अमूल्य निधियों के रूप में जिन कृतियों को हिंदी साहित्य संसार ने सर-आँखों पर लिया, आज उनमें निहित दर्शन, चिंतन एवं चित्रण से जीवन की असंगतियाँ दूर करना, जीवन की समस्याएँ हल करना प्रायः असंभव-सा हुआ है। ऊँची-ऊँची उपाधियाँ प्राप्त करने के पश्चात् भी सबसे पहले बेकारी की लड़ाई लड़नी पड़ती है जिसमें वर्तमान युवक-युवतियों के नसीब हार ही आती है। कितना भी गहरा एवं सूक्ष्म अध्ययन क्यों न किया हो—वर्तमान जीवन की कटु सच्चाई है कि आज 'गोदान' न रोटी के काम में आ सकता है, न ओढ़ने-पहनने और बिछौने के काम में। जब तक पेट में रोटी नहीं होगी तब तक 'कामायनी' या 'चित्रलेखा' की दार्शनिकता किसी रसोई घर की चिमनी से छोड़े गए धुएँ के समान उपेक्षित एवं महत्त्वहीन होगी। क्योंकि कोरे दर्शन एवं चिंतन से पेट की आग बुझ नहीं सकती। उसके लिए आवश्यकता है रोटी की। प्रयोजनमूलक हिंदी वह हिंदी है जो उसके अध्येता को रोटी के साथ जोड़ सकती है और युग जीवन के संदर्भ में यही उसकी बहुत बड़ी उपयोगिता है।

वर्तमान काल के परिप्रेक्ष्य में वह हिंदी पढ़ाना कोरी सांस्कृतिक हिमायत है जो रोजी रोटी दिलाने में अक्षम हो। वस्तुतः आदर्श की कामना तथा रामराज्य का सपना आदि का कोई मायना नहीं है जब तक कि खाली पेट है अपना। हाँ, साहित्यिक हिंदी में निहित सांस्कृतिक तत्त्व को प्रयोजनमूलक हिंदी के विविध अंगों में से एक मूलभूत अंग (रूप) मानकर उसको भी प्रयोजनमूलक हिंदी के पाठ्यक्रम में समाविष्ट किया जाए तो उसका दोहरा लाभ होगा। एक तो प्रयोजनमूलक हिंदी तथा साहित्यिक हिंदी—इस तरह का विवाद खड़ा होने की कोई गुंजाइश नहीं होगी और दूसरी तरफ प्रयोजनमूलक हिंदी के अध्येता के जीवन में संस्काररहित कोरी प्रयोजनमूलकता को स्थान नहीं रहेगा। क्योंकि प्रयोजनमूलक हिंदी केवल व्यावहारिक आवश्यकताएँ पूरी करने का साधन बनकर रहेगी तो वह निश्चय ही पिछड़ जाएगी। वस्तुतः प्रयोजनमूलक हिंदी साहित्यिक हिंदी को भी अपना एक अंग मानकर अपने में समाहित करेगी तो उसके अध्येता का ही नहीं उस राष्ट्र का भी कल्याण होगा जिसकी भाषा हिंदी है।

संदर्भ-सूची

1. संपादक डॉ. रवींद्रनाथ श्रीवास्तव–प्रयोजनमूलक हिंदी, पृ. 67
2. वही, पृ. 69
3. 'भाषा' त्रैमासिक, प्रथम विश्व हिंदी सम्मलेन अंक, पृ. 64, डॉ. गोपाल शर्मा के 'प्रयोजनी हिंदी : स्वरूप और व्यापकता' लेख से, केंद्रीय हिंदी निदेशालय–भारत सरकार प्रकाशन, नई दिल्ली, 1975।
4. वही, पृ. 72।
5. डॉ. कृष्णकुमार गोस्वामी–प्रयोजनमूलक भाषा और कार्यालयी हिंदी, पृ. 13, कलिंगा प्रकाशन, दिल्ली, 1992।
6. हरिबाबू कंसल–राजभाषा हिंदी : संघर्षों के बीच, पृ. 113, सुधांशु बंधु प्रकाशन, नई दिल्ली, 1991।
7. डॉ. विनोद गोदरे–प्रयोजनमूलक हिंदी, पृ. 16, वाणी प्रकाशन, नई दिल्ली, 1991।
8. हरिबाबू कंसल–राजभाषा हिंदी : संघर्षों के बीच, पृ. 219।
9. वही, पृ. 201।
10. वही, पृ. 252।
11. वही, पृ. 244।
12. डॉ. सुरेशकुमार–अनुवाद सिद्धांत की रूपरेखा, पृ. 74, वाणी प्रकाशन, नई दिल्ली, 1986।
13. हरिबाबू कंसल–राजभाषा हिंदी : संघर्षों के बीच, पृ. 238।
14. डॉ. कृष्णकुमार गोस्वामी -प्रयोजनमूलक भाषा और कार्यालयी हिंदी, पृ. 7।
15. 'भाषा' त्रैमासिक, प्रथम विश्व हिंदी सम्मेलन अंक, पृ. 73।
16. डॉ. द्विजराम यादव–प्रयोजनमूलक हिंदी व्याकरण, पृ. 165, साहित्य रत्नाकर प्रकाशन, कानपुर, 1989।

7

दक्षिण भारत में हिंदी की स्थिति : स्वरूप एवं संभावनाएँ

1. दक्षिण में हिंदी : सिंहावलोकन

जैसे नयनों की पहचान की सुविधा के लिए व्यक्ति का दाँया और बाँया नयन संबोधित किया जाता है, वैसे कार्यक्षेत्र की सुविधा के लिए भारत के उत्तर तथा दक्षिण—ये दो अनुभाग मान लिए गए हैं। अतः इसे ''प्रांतीयता का दुराग्रह'' अथवा ''कौमी एकता का छेद'' कहने की भूल नहीं करनी चाहिए। यहाँ आरंभ में ही एक बात स्पष्ट कर देना अनिवार्य मानता हूँ कि ''दक्षिण भारत में हिंदी : स्थिति और गति'' जैसे विषय के विवेचन में महज अध्ययन की सुविधा को केंद्र में रखा है और विषय को अपने में सीमित कर दिया है। वरना 'दक्षिण' शब्द हटाकर ''भारत में हिंदी की स्थिति और गति'' विषय को लेकर भी संगोष्ठी हो सकती है, पी-एच. डी. तथा डी. लिट्. जैसी उपाधियों के लिए अनुसंधान हो सकता है।

दक्षिण भारत में प्रायः 13 वीं 14 वीं शताब्दी में हिंदी में साहित्य लिखना आरंभ हुआ था। यह वही काल था जबकि मुसलमान शासक ने देश के अन्य भागों के समान दक्षिण में भी अपना अधिकार जमाया था। दूसरा कारण यह कि सहस्रों उत्तर भारतीय दक्षिण भारत में आ बसे थे और तीसरा प्रधान कारण यह रहा था कि भारतीय साहित्य की एकात्मता के मूल में भारत की मूल अखिल भारतीय संस्कार भाषा संस्कृत का अद्वितीय योग। भारतीय भाषाओं—प्राकृत, अपभ्रंश, अरबी, फारसी तथा संस्कृत—इन सब के योगदान से दक्षिण में हिंदी लेखन का श्रीगणेश हुआ।

आज़ादी के उपरांत राष्ट्रीय भावना ने जोर पकड़ा, राष्ट्र-प्रेम, राष्ट्रभाषा-प्रेम, बलवत्तर होता गया। फलतः दक्षिण में भी उत्तरोत्तर हिंदी में लेखन-कार्य का विकास होता गया। आज तो दक्षिण भारत में जितनी श्रद्धा और निष्ठा से हिंदी में अध्ययन, लेखन तथा अनुवाद आदि का जो कार्य हो रहा है वह हिंदी भाषी प्रदेश-उत्तर भारत में भी हो रहा है कि नहीं यह एक अलग चिंतन का विषय होगा। क्योंकि दक्षिण की तुलना में उत्तर में अंग्रेजी पढ़ने और पढ़ाने में लोग अधिक रुचि लेते हुए नजर आते हैं। कॉन्वेंट स्कूलों की संख्या इसी

वजह से उत्तर भारत में उत्तरोत्तर वृद्धिगत होती जा रही है। यहाँ उत्तर और दक्षिण अथवा हिंदी और हिंदीतर जैसा विभाजन कर उनका हिंदी प्रेम या हिंदी के विकास में प्राप्त योगदान के मूल्यांकन के नाम पर इन दोनों में दूरी दिखाने का प्रयोजन है ऐसी गलत धारना कतई नहीं होनी चाहिए। किंतु दक्षिण भारत में हिंदी की स्थिति और गति की मीमांसा के मंच पर यह विषय अनायास ही तुलनात्मक अध्ययन का एक महत्त्वपूर्ण बिंदु बन जाता है। वस्तुतः यह विषय विभिन्न कोनों से तुलनात्मक दृष्टि से कई शोध-विषयों के स्वतंत्र लेखन की अपेक्षा रखता है। ये शोध-विषय हिंदी साहित्य के आदिकाल से लेकर आधुनिक काल तक भारत के दक्षिण तथा उत्तर के क्षेत्र में समानांतर कालखंड में प्राप्त हिंदी की स्थिति और गति, हिंदी साहित्य और उसकी प्रवृत्तियाँ, समानताएँ और भिन्नताएँ, सामाजिक और राजनैतिक आंदोलनों का प्रभाव, अपने-अपने क्षेत्रीय समाज जीवन का चित्रण और राष्ट्रीय चेतना जैसे विषयों को लेकर योजनाबद्ध रूप से कार्य करने की अपेक्षा रखते हैं। अब दक्षिण भारत में हिंदी में मौलिक लेखन करनेवालों की कमी कहाँ है ? "भारत के अन्य अहिंदी प्रांतों के समान ही दक्षिण भारत में भी योजनाबद्ध रूप से शोध करने पर हिंदी के अनेकानेक कवियों का पता लग सकता है।"[1] तात्पर्य यह कि दक्षिण भारत में प्रांतीय भाषाओं की सुदीर्घ परंपरा में आज हिंदी फलती-फूलती जा रही है जिसमें सामाजिकता के साथ-साथ राष्ट्रीय साहित्यिक परंपरा पुष्पित एवं पल्लवित हुई है।

अब सवाल यह है कि जिस हिंदी को शेवडेजी, शंकर शेष, आरिगपूडी, न. वी. राजगोपालन, चंद्रशेखरन नायर, नागप्पा, डॉ. विजयन तथा बालशौरी रेड्डी जैसे दक्षिण के कई साहित्यकारों ने अपनी अभिव्यक्ति का माध्यम बनाया, क्या वह सिर्फ उत्तर की ही भाषा कही जानी चाहिए ?

2. दक्षिण का लेखन : हिंदी का नया मुहावरा

दक्षिण के लेखकों से हिंदी को नया मुहावरा मिला है। तेलुगु भाषी लेखकों ने हिंदी में लेखन कार्य कर हिंदी के विकास में अपना महत्त्वपूर्ण योगदान किया है। आरिगपूडी और बालशौरी रेड्डी जैसे तेलुगु भाषी लेखकों ने हिंदी में सुंदर उपन्यास तथा कहानियाँ लिखीं। भीमसेन निर्मल, संगमेशम, जी. सुंदर रेड्डी जैसों ने हिंदी में निबंध लेखन किया। रीतिकालीन प्रसिद्ध हिंदी "कवि पद्‌माकर और लाल आंध्र निवासी तेलुगु भाषी थे।"[2] तेलुगु भाषी साहित्यकारों ने "हिंदी साहित्य के सामासिक चरित्र में आंध्र देश के सांस्कृतिक सूत्र बुने हैं।"[3]

तमिलभाषी लेखक न. वी. राजगोपालन, सरस्वती रामनाथन, शंकर राजू नायडू तथा एस. एन. गणेशन आदि ने हिंदी में मौलिक लेखन कर ख्याति अर्जित की है। दक्षिण में हिंदी को प्रचलित, स्थापित और बेहतर बनाने और अनुकूल माहौल प्रदान करने में इन रचनाकारों का योगदान भूल नहीं सकते।

मलयालम भाषी चंद्रशेखरन नायर, गुजराती के निलानंद पटेल, कन्नड़ के नागप्पा आदि के हिंदी लेखन से हिंदी की विकासोन्मुख स्थिति का परिचय मिलता है। मराठी के अनंत गोपाल शेवडे, डॉ. शंकर शेष, डॉ. प्रभाकर माचवे जैसे अनेक लेखकों ने हिंदी साहित्य में महत्त्वपूर्ण योगदान किया है। दक्षिण भारत के इन सभी साहित्यिकों की रचनाओं का महत्त्व केवल अपने-अपने क्षेत्रीय परिवेश को उभारने की दृष्टि से नहीं बल्कि समूचे राष्ट्र, राष्ट्रीयता, राष्ट्रीय संस्कृति तथा राष्ट्रभाषा के चरम विकास के अभियान में अपना विशेष योगदान करने की दृष्टि से भी महत्त्वपूर्ण मानना होगा। कहना सही होगा कि दक्षिण के इन लेखकों के हिंदी लेखन के फलस्वरूप हिंदी को नया मुहावरा प्राप्त हुआ है।

दक्षिण भारत में हिंदी को साहित्यिक भाषा के रूप में स्थापित / विकसित होने के मूल में अनेक सामाजिक, सांस्कृतिक और राजनैतिक कारण रहे हैं। किंतु इस विकास-आंदोलन के मूल में राष्ट्रभाषा प्रेम और राष्ट्रीयता की भावना आधारभूत है। जैसे हिंदी ऐतिहासिक संदर्भ में तथा वर्तमान स्थिति में हमारे देश की राष्ट्रभाषा है (राजभाषा के रूप में भले ही स्थापित न हो सकी हो) वैसे दक्षिण भारत का हिंदी साहित्य सही माने में भारत के राष्ट्रीय साहित्य के प्रमुख आधार स्तंभों में से एक है। शोधकर्ताओं तथा विद्वानों के निरंतर चले आए शोधकार्य से यह स्पष्ट हुआ है कि हिंदी के विकास में दक्षिण भारत के हिंदी लेखकों की अहम् भूमिका रही है। किंतु दक्षिण भारत के इस योगदान का राष्ट्रीय स्तर पर न शासन द्वारा मूल्यांकन हो पाया है, न किसी संस्था द्वारा। प्रो. माणिक गोविंद चतुर्वेदी का कहना बिल्कुल सही है कि "भारत सरकार या किसी अन्य संस्था ने योजनाबद्ध रूप से हिंदी साहित्य की अखिल भारतीय परंपरा के उद्‌घाटन का प्रयास नहीं किया है। विद्वानों के सतत शोध-प्रयासों के परिणामस्वरूप जो सामग्री प्रकाश में आई है उससे सिद्ध होता है कि हिंदी साहित्य की श्रीवृद्धि भारत के सभी प्रांतों के कवियों और लेखकों द्वारा हुई है।"[4] दक्षिण के विद्वान डॉ. विश्वनाथ अय्यर का यह कथन हमें विश्वास दिलाता है कि "हिंदी और केरल के संपर्क स्रोत बहुमुखी रहे हैं। राष्ट्रभाषा और राजभाषा के रूप में हिंदी के जम जाने एवं केरल में फैल जाने के पश्चात् केरल ने नये ढंग से हिंदी से संपर्क करना शुरू किया। मलयालम ने हिंदी से कई बातें लीं और हिंदी को थोड़ा बहुत दिया।"[5]

3. दक्षिण में हिंदी : स्थिति दर्शक कारक

दक्षिण भारत में हिंदी की स्थिति दर्शानेवाले कारक अनेक हैं जिनमें मुख्यतः ये हैं—

3.1 हिंदी फिल्में

दक्षिण भारत में हिंदी की स्थिति दर्शानेवाला सबसे महत्त्वपूर्ण कारक है हिंदी फिल्म। दक्षिण के चार राज्यों तथा महाराष्ट्र गुजरात तथा गोवा के शहरों, नगरों तथा महानगरों का सर्वेक्षण करने से स्पष्ट हुआ है कि इनमें स्थित सिनेमाघरों में अधिकतर हिंदी फिल्में चलती हैं।

दक्षिण के चार प्रांतों के सिनेमाघरों में करीब साठ प्रतिशत हिंदी फिल्में चलती हैं, गुजरात में सत्तर प्रतिशत और महाराष्ट्र तथा गोवा में अस्सी प्रतिशत। यह स्थिति इस बात का सबूत है कि इन प्रांतों के अधिकतर लोग हिंदी पसंद करते हैं। महाराष्ट्र जैसे प्रदेश में तो प्रादेशिक भाषा (मराठी) से ज्यादा राष्ट्रभाषा की फिल्म को अधिक पसंद किया जा रहा है। अतः इस सच्चाई से मुख नहीं मोड़ा जा सकता कि हिंदी फिल्मों के कारण दक्षिण में हिंदी का अच्छा-खासा प्रचार-प्रसार हो रहा है। वस्तुतः साहित्यिक रचनाओं से ज्यादा योगदान और प्रभाव इस मामले में हिंदी फिल्मों का ही मानना पड़ेगा।

3.2 हिंदी गीत

गीत मनुष्य के जीवन का अभिन्न अंग होता है। मनुष्य जन्म से ही गीत एवं संगीत को सुनता-गुनगुनाता रहता है। दक्षिण भारत में लोग अपने प्रादेशिक भाषाओं के गीत तो अवश्य सुनते हैं परंतु आश्चर्य की बात यह कि इनमें हिंदी गीतों को अधिक पसंद करने की प्रवृत्ति दृष्टिगोचर होती है। देशभक्तिपरक हिंदी गीतों से लेकर फिल्मी गीतों तक को पसंद करनेवालों की संख्या दक्षिण में साठ प्रतिशत से ज्यादा है। आशय यह कि दक्षिण में हिंदी को अच्छी-सी स्थिति और माहौल पैदा करने में हिंदी गीत महत्त्वपूर्ण कारक साबित हुए हैं। स्व. मुहम्मद रफी, मुकेश तथा तलत महमूद के गाये गीत, अनुप जलोटा के भजन तथा लता, आशा, अलका, सुमन जैसी गायिकाओं के गीतों को सुनकर क्या केवल उत्तरवाला ही सर हिलाता है ? क्या दक्षिण में इन्हें सुनकर गुनगुनानेवालों तथा इनके प्रेम में दीवाने बननेवालों की संख्या कम है ? कहना सही होगा कि दक्षिण में हिंदी गीतों को चाहनेवालों की संख्या उतरोत्तर बढ़ रही है। इससे अनायास हिंदी का प्रचार-प्रसार हो रहा है।

3.3 दूरदर्शन के हिंदी धारावाहिक

दक्षिण में अर्से से हिंदी के प्रति चले आए विरोध को नेस्तनाबूत करने में अब दूरदर्शन ने अहम् भूमिका निभाई है। आज दक्षिण की अधिकांश जनता दूरदर्शन के हिंदी धारावाहिक पसंद करती है। करीब सत्तर प्रतिशत से अधिक दक्षिणी लोग दूरदर्शन के हिंदी कार्यक्रम देखते हैं, हिंदी समाचार सुनते हैं, हिंदी में क्रिकेट का आँखों देखा हाल सुनते हैं। दक्षिण भारत में कौन ऐसा होगा जिसने रामायण, महाभारत के साथ-साथ चंद्रकांता तथा जय हनुमान जैसे हिंदी धारावाहिक देखने का अवसर छोड़ा हो ? निष्कर्ष यह कि दूरदर्शन के परिप्रेक्ष्य में देखें तो एक बात स्पष्ट है कि दक्षिण में हिंदी की स्थिति को सुधारने में दूरदर्शन की भूमिका को नजरअंदाज नहीं किया जा सकता। इसने दक्षिणवालों के कानों को संस्कारित किया है। हिंदी सुनने की आदत डलवाने का श्रेय दूरदर्शन को देना होगा।

3.4 व्यापार-क्षेत्र

दक्षिण भारत में हिंदी की स्थिति का एक और परिचायक कारक है-व्यापार क्षेत्र। देश के कोने-कोने में फैली सामान्य जनों की संपर्क भाषा के रूप में हिंदी को छोड़कर दूसरी किसी भी भाषा का नाम नहीं लिया जा सकता। दक्षिण के छोटे-बड़े सभी व्यापारियों में हिंदी का प्रयोग उत्तरोत्तर बढ़ता हुआ परिलक्षित होता है। व्यापार के कारण दक्षिण में हिंदी का संपर्क भाषा के रूप में उदय हुआ। अतः इससे हिंदी की स्थिति निश्चय ही तसल्लीदायक महसूस होती है। व्यापार दक्षिण के करनेवाले हो या दक्षिण में—दोनों को जनभाषा और संपर्क भाषा हिंदी का ही सहारा लेना पड़ता है। आज-कल व्यापार क्षेत्र से हिंदी की स्थिति दक्षिण में संतोषजनक रूप में दिखाई दे रही है इसे मानना होगा।

3.5 शिक्षा-क्षेत्र

दक्षिण भारत में शिक्षितों की मात्रा उत्तर की तुलना में ज्यादा दिखाई देगी। विशेषतः केरल जैसे राज्य में तो सौ प्रतिशत लोग शिक्षित मिलेंगे। किंतु उत्तर के किसी राज्य में यह स्थिति आने में न जाने कितने साल लगेंगे ? महाविद्यालयीन तथा विश्वविद्यालयीन स्तर पर हिंदी पढ़नेवालों की संख्या उत्तर में घटती जा रही है, जबकि दक्षिण में स्थिति सुखद नजर आएगी। हिंदी पढ़नेवालों की संख्या दक्षिण में उत्तरोत्तर बढ़ती हुई दिखाई देगी। स्नातक एवं स्नातकोत्तर स्तर पर हिंदी के अध्ययन-अध्यापन की पर्याप्त सुविधा दक्षिण के प्रत्येक राज्य में उपलब्ध है। हैदराबाद, विशाखापट्टणम, बेंगलोर, धारवाड़, गुलबर्गा, मैसूर, चैनई, शिमोगा, त्रिवेंद्रम, एरणाकुलम, कोचीन और कालिकत जैसे सैंकड़ों शहरों में हिंदी-शिक्षा की सुविधा उपलब्ध है। हिंदी माध्यम से शिक्षणशास्त्र (बी. एड.) विषय में की उपाधि दिलाने के लिए दक्षिण भारत हिंदी प्रचार सभा के अनेक केंद्र दक्षिण के अनेक शहरों में कार्यरत हैं। एम. ए., एम. फिल., पी-एच. डी. तथा डी. लिट्. जैसी उपाधि पाने की सुविधा दक्षिण के प्रत्येक राज्य में प्राप्त है। कहना सही होगा कि दक्षिण के शिक्षा-क्षेत्र में हिंदी की स्थिति सामान्य से होते हुए बेहतर की ओर अग्रसर दिखाई दे रही है।

3.6 संस्कृत शब्दों का प्रयोग

दक्षिण भारत की भाषाओं में संस्कृत शब्दों का प्रयोग करीब चालीस प्रतिशत से कम नहीं मिलेगा। ये संस्कृत के शब्द दक्षिणी तथा उत्तरी भाषाओं में समान रूप से प्रचलित मिलते हैं। इससे हिंदी सीखने में अधिकाधिक आसानी हुई है। अब स्थिति यह आ रही है कि उत्तर की तुलना में दक्षिणवालों की हिंदी भी अब उन्नीस नहीं रही है।

मराठी, कन्नड, तेलुगु, तमिल एवं मलयालम जैसी दक्षिण की भाषाओं में संस्कृत के तत्सम शब्दों का प्रचलन एक अहम बात सिद्ध हुई है। हिंदी को सीखने-समझने में यह

स्थिति अत्यंत उपयोगी सिद्ध हुई है। साथ ही तद्भव शब्दों का प्रयोग दक्षिण भारत की प्रायः सभी भाषाओं में दिखाई देता है। अतः हिंदी पर अधिकार पाने के लिए दक्षिणवालों को इस स्थिति का लाभ ही हुआ है।

4. दक्षिण में हिंदी : गति दर्शक कारक

उपर्युक्त कारक हिंदी की स्थिति के परिचायक हैं। यहाँ उन कारकों का विवेचन भी आवश्यक है जो हिंदी की गति के परिचायक हैं।

4.1 हिंदी के विकास केंद्र

4.1.1 दक्षिण भारत हिंदी प्रचार सभा—मद्रास

दक्षिण के राज्यों में हिंदी का प्रचार-प्रसार हो इस महत्त्वपूर्ण उद्देश्य से गांधीजी की प्रेरणा और मार्गदर्शन से 'दक्षिण भारत हिंदी प्रचार सभा' अस्तित्व में आई। इसकी स्थापना सन् 1918 में, मद्रास शहर के गोखले हॉल में, स्व. डॉ. सी. पी. रामस्वामी अय्यर की अध्यक्षता में स्व. डॉ. ऐनी बेसेंट ने की थी। इसकी शाखाएँ आंध्र, कर्नाटक, तमिलनाडु तथा केरला में स्थापित हैं जो दक्षिण में हिंदी की स्थिति सुधारने हेतु निरंतर अग्रणी हैं। अध्ययन, अध्यापन, अनुसंधान आदि संबंधी अनेक गतिविधियाँ इसके द्वारा संपन्न होती हैं। चैन्नई (मद्रास) में स्थित सभा का यह केंद्र दक्षिण में हिंदी की स्थिति को गतिमान बनाने में अहम् भूमिका निभाता आया है।

4.1.2 केरला हिंदी प्रचार सभा— तिरूवनंतपुरम

इसकी स्थापना सितंबर 1934 में स्व. के. वासुदेवन पिल्ले ने की। विविध परीक्षाओं के आयोजन के साथ-साथ लेखन, समीक्षा, पत्रिकाएँ आदि प्रकाशन की दृष्टि से केरला हिंदी प्रचार सभा दक्षिण भारत में महत्त्वपूर्ण है। हिंदी के विकास को गति देने में इस सभा के योगदान को स्वीकारना ही होगा।

4.1.3 कर्नाटक हिंदी प्रचार समिति— बेंगलूर

इस संस्था की स्थापना का प्रधान लक्ष्य भी कर्नाटक राज्य में हिंदी का प्रचार-प्रसार करना रहा है। इसकी स्थापना सन् 1939 में हुई है। अपनी ओर से यह संस्था हिंदी के विकास को गति देने में निरंतर योगदान कर रही है। यह समिति अपने विविध उपक्रमों के आयोज़न से हिंदी के प्रसार में गतिदायी सिद्ध हुई है।

4.1.4 मैसूर हिंदी प्रसार परिषद — बेंगलूर

राष्ट्रभाषा हिंदी के प्रचार तथा प्रसार जैसे पुनीत कार्य को संपन्न करने के उद्देश्य से सन्

1943 में इस परिषद की स्थापना हुई। इस परिषद ने भी हिंदी के विकास को गतिमान बनाने में महत्त्वपूर्ण भूमिका निभाई है। संगोष्ठियों, सम्मेलनों के आयोजन तथा हिंदी में पत्रिका के प्रकाशन जैसे उपक्रमों से इस परिषद ने दक्षिण में हिंदी को बेहतर गति देने में उल्लेखनीय कार्य किया है।

4.1.5 हिंदी प्रचार सभा–हैदराबाद

इस सभा की स्थापना सन् 1932 में हिंदी के प्रतिकूल माहौल में हुई। इसलिए आरंभ में सभा को अनेक कठिनाइयों का सामना करना पड़ा। क्योंकि तत्कालीन स्थिति में हिंदी का काम करना राजद्रोह माना जाता था। सन् 1948 के पुलिस एक्शन से हैदराबाद की राजनीतिक और सांस्कृतिक स्थिति में जो परिवर्तन आया उसका प्रभाव हिंदी प्रचार पर भी पड़ा। आज दक्षिण में हिंदी की सर्वाधिक गतिविधियाँ हैदराबाद शहर में दिखाई देंगी। हिंदी को गति देने में इस सभा ने भी अहम् भूमिका निभाई है।

4.1.6 कर्नाटक महिला हिंदी सेवा समिति

इसकी स्थापना सन् 1952 में हुई। इसकी स्थापना में श्री शिवानंद स्वामीजी तथा माता आऊबाईजी का योगदान रहा है। हिंदी के प्रति महिलाओं में अधिक जागृति लाने के उद्देश्य से यह समिति निरंतर कार्यरत है। इसके समस्त कार्यों में स्त्रियों के साथ-साथ पुरुष भी सहभागी हैं।

4.1.7 गुजरात विद्यापीठ–अहमदाबाद

इसकी स्थापना 18 अक्टूबर, 1920 को हुई। हिंदी के प्रचार-प्रसार में योगदान करना इसका भी प्रधान लक्ष्य है। गुजराती भाषी प्रदेश में हिंदी का अच्छा-खासा प्रचार-प्रसार करने के प्रयोजन से स्थापित इस संस्था ने अपनी तरफ से हिंदी को गति देने में अहम् भूमिका निभाई है।

4.1.8 बंबई हिंदी विद्यापीठ–बंबई

इसकी स्थापना 12 अक्टूबर, 1938 में महाराष्ट्र के बंबई में हुई। इसके जरिए हिंदी की अनेक परीक्षाएँ ली गई हैं। हिंदी के विकास को गति देने में इस संस्था ने अपना दायित्व पूरी क्षमता से वहन किया है।

4.1.9 महाराष्ट्र राष्ट्रभाषा सभा–पुणे

काकासाहेब कालेलकर की अध्यक्षता में 22 मई, 1934 को पूणा में कार्यकर्ताओं का सम्मेलन हुआ। उसमें एक समिति का गठन किया। फिर 12 अक्टूबर, 1945 को यह समिति

'महाराष्ट्र राष्ट्रभाषा सभा पुणे' नाम से काम करने लगी। हजारों स्त्री-पुरुषों को हिंदी पढ़ने का, हिंदी की विविध परीक्षाएँ पास होने का इससे अच्छा अवसर मिला। यह संस्था आज भी हिंदी के विकास को गति देने में सक्रिय रही है। महाराष्ट्र के औरंगाबाद, नागपुर, कोल्हापुर, नासिक तथा धुलिया जैसे अनेक शहरों में इस सभा के प्रचार केंद्र कार्यरत हैं, जिन्होने हिंदी के विकास को गति प्रदान की है।

4.1.10 हिंदुस्तानी प्रचार सभा—बंबई

इसकी स्थापना भी गांधीजी की प्रेरणा से सन् 1938 को हुई थी। इस सभा ने हिंदी प्रचार, अनुसंधान आदि का महत्त्वपूर्ण कार्य किया है। हिंदी के विरोध के दिनों में जिन संस्थाओं ने दमखम से हिंदी के विकास को गति देने का दायित्व वहन किया उनमें इस सभा का कार्य उल्लेखनीय कहना होगा।

4.2 विविध सेवा भावी संस्थाएँ

दक्षिण भारत में ऐसी अनेक सेवाभावी संस्थाएँ हैं जो समर्पण-भाव से हिंदी के प्रचार एवं प्रसार में योगदान कर रही हैं। आर्थिक अनुदान के अभाव के बिना भी कुछ सेवा भावी संस्थाएँ निरंतर हिंदी को अपने लक्ष्य की ओर ले जाने में कार्यरत हैं। इनमें उल्लेखनीय हैं—

4.2.1 शिवाजी विश्वविद्यालय हिंदी परिषद

इसकी स्थापना शिवाजी विश्वविद्यालय की स्थापना के साथ ही सन् 1962 में महाराष्ट्र के कोल्हापुर में डॉ. चंदूलाल दुबेजी की प्रेरणा से हुई। शिवाजी विश्वविद्यालय तथा उससे संलग्न महाविद्यालयों के लगभग तीन सौ हिंदी अध्यापक इसके सदस्य हैं। इस परिषद की ओर से प्रतिवर्ष विविध विषयों पर संगोष्ठियों का आयोजन कर उसमें व्यापक परिचर्चा होती है।

4.2.2 महाराष्ट्र हिंदी परिषद

इसकी स्थापना महाराष्ट्र के कोल्हापुर में सन् 1989 में हुई। महाराष्ट्र के नौ विश्वविद्यालयों तथा उनसे संलग्न महाविद्यालयों के हिंदी अध्यापकों की यह एक अत्यंत सक्रिय एवं पंजीकृत संस्था है। आज इसके करीब चार सौ से ज्यादा आजीवन सदस्य हैं। पिछले पंद्रह सालों से हिंदी के बारे में विचार-विमर्श के लिए एक व्यापक मंच प्रदान कर इस संस्था ने अपनी क्रियाशीलता का अच्छा-खासा सबूत दिया है। इसकी ओर से प्रतिवर्ष श्रेष्ठ सृजनात्मक एवं अनूदित रचना को पुरस्कार दिया जाता है। प्रतिवर्ष दो दिवसीय अधिवेशनों में विविध विषयों पर संगोष्ठियों का आयोजन किया जाता है। परिषद ने 'उपलब्धि' नामक पत्रिका बिना किसी सरकारी आर्थिक सहयोग के शुरू की है।

4.2.3 डॉ. बा. आं. मराठवाडा विद्यापीठ हिंदी परिषद

इस संस्था की स्थापना महाराष्ट्र के औरंगाबाद में सन् 1971 में हुई। मराठवाड़ा परिक्षेत्र के सभी हिंदी सेवकों की यह एक प्रबुद्ध संस्था है। इसने आरंभ में बड़ी तेजी से विविध संगोष्ठियों का आयोजन कर हिंदी सेवा भावियों को एक अच्छा मंच प्रदान किया।

4.2.4 कर्नाटक विश्वविद्यालय हिंदी परिषद

इस परिषद का लक्ष्य भी हिंदी के प्रचार-प्रसार से संबद्ध है। अपने महत् उद्देश्य से स्थापित इस परिषद का परिक्षेत्र है कर्नाटक विश्वविद्यालय तथा उसकी परिसीमा में आनेवाले महाविद्यालय। हिंदी के अध्यापक इसके सदस्य हैं और हिंदी की सेवा इसका महत्त्वपूर्ण प्रयोज़न है।

4.3 सृजनशील लेखक, समीक्षक, अनुवादक

दक्षिण भारत में यह एक स्वतंत्र खोज का विषय हो सकता है कि यहाँ हिंदी के कवि, लेखक, समीक्षक तथा अनुवादक भी पर्याप्त मात्रा में हिंदी की सेवा कर रहे हैं। उत्तर के समान दक्षिण में भी सृजनशील साहित्यकारों पर स्वतंत्र रूप से शोध कार्य होना अब युग की माँग बन गया है। दक्षिण के अहिंदी भाषी हिंदी सेवकों में से मौलिक लेखन और समीक्षात्मक लेखन में जिनका योगदान विशेष महत्त्व रखता है उनमें भीमसेन निर्मल (हैदराबाद), नागप्पा (बेंगलोर), बालशौरी रेड्डी (चेन्नई), प्रो. विजयन (कोचीन), विश्वनाथ अय्यर (त्रिवेंद्रम), निर्मला मौर्य, मधु धवन (चेन्नई), तंकमणि अम्मा (त्रिवेंद्रम), वेंकटेश्वर, शशि मुदिराज (हैदराबाद), सुरेश (त्रिवेंद्रम), काशीनाथ अंबलगे, परिमला अंबेकर (गुलबर्गा), अच्युतन (कालिकट), तेजस्वी कट्टीमणि (धारवाड़) और आदेश्वरराव (विशाखापट्टणम) आदि उल्लेखनीय हैं। अनुवाद कार्य में तो दक्षिण का सबसे महत्त्वपूर्ण योगदान कहना होगा। ये अनुवाद दक्षिण भारतीय सभी भाषाओं के अनुवादकों द्वारा हिंदी में और हिंदी से हुए हैं। दक्षिण की हर श्रेष्ठ तथा सुंदर रचना हिंदी में अनूदित करने का प्रयास विगत दो एक दशकों में ज्यादा हुआ है। अनुवाद क्षेत्र में डॉ. आरसु (कालिकट), तिप्पेस्वामी (मैसूर), मुहम्मद मेत्तर (त्रिवेंद्रम), विजयराघव रेड्डी (हैदराबाद), वेंकटरमन राव (हैदराबाद), डॉ. रामप्रकाश (शिमोगा), जी. गोपीनाथन (कालिकट), अरविंदाक्षण षड्मुख और शारी धरन (कोचीन) जैसे अनेक हिंदी विद्वानों का कार्य प्रशंसनीय कहना होगा। इन सबका कार्य देखने से मानना पड़ेगा कि दक्षिण में हिंदी के विकास की गति ने निश्चय ही बल पकड़ा है।

4.4 क्षेत्रीय भाषाओं के ज्ञानपीठ पुरस्कार प्राप्त साहित्यिक

मराठी, गुजराती, कन्नड़, तेलुगु, तमिल तथा मलयालम आदि क्षेत्रीय भाषाओं में जो श्रेष्ठ

साहित्यिक निर्माण हुए तथा जिन्हें ज्ञानपीठ पुरस्कार प्राप्त हुए, हिंदी के विकास को गतिमान बनाने में परोक्ष एवं प्रत्यक्ष रूप से इनका योगदान भी मानना पड़ेगा। मलयालम भाषी साहित्यिक गो. शंकर करूप (सन् 1965), शं. कु. पोट्टेक्काट (1980), तकषी शिवशंकर पिल्ले (1984), कन्नड़ भाषी साहित्यिक कु. वे. पुट्टप्पा (1967), द. रा. बेंद्रे (1973), शिवराम कारंत (1977), मास्ति व्यंकटेश अय्यंगार (1983), गिरीश कर्नाड (2000), तेलुगु के साहित्यिक विश्वनाथ सत्यनारायण (1970), तमिल के साहित्यिक प. वै. अखिलंदम् (1975), मराठी के साहित्यिक वि. स. खांडेकर (197 4), वि. वा. शिरवाडकर (1992), गुजराती के साहित्यिक उमाशंकर जोशी (1967), पन्नालाल पटेल (1985) तथा राजेंद्र शाह (2003) जैसे दक्षिण के श्रेष्ठ साहित्यिकों को ज्ञानपीठ पुरस्कार प्राप्त हुए। इनका लेखन हमारी राष्ट्रीयता और संस्कृति का परिचायक होने के कारण हिंदी में बड़ी मात्रा में अनूदित हुआ और हो रहा है। दक्षिण में हिंदी को गति देने की दृष्टि से ये सारे साहित्यिक और इनका साहित्य निश्चित रूप से सहायक साबित हुआ है इसे नकारा नहीं जा सकता।

4.5 अनुसंधान कार्य

दक्षिण भारत के सभी राज्यों में हिंदी में अनुसंधान कार्य करनेवाले तथा उनका मार्गदर्शन करनेवाले, दोनों की संख्या अब पर्याप्त है। शोधकर्ता तथा मार्गदर्शक, दोनों की लगन एवं निष्ठा से दक्षिण में जो भी हिंदी अनुसंधान हुआ है वह मौलिक तो है ही किंतु सराहनीय भी है। साधनों के अभाव में भी यहाँ निष्ठा से शोधकार्य करनेवालों की कमी नहीं है। यहाँ एम. ए., एम. फिल., पी-एच. डी. तथा डी. लिट्. जैसी उपाधियों के लिए काफी अनुसंधान हुआ है। विषय की विविधता, नवीनता तथा मौलिकता के कारण 'दक्षिण में संपन्न हिंदी अनुसंधान' विषय पर स्वतंत्र शोध हो सकता है। हिंदी अनुसंधान-क्षेत्र में दक्षिण का योगदान बहुत बड़ी उपलब्धि है। विविध विश्वविद्यालयों तथा उनसे संलग्न महाविद्यालयों के मान्यता प्राप्त मार्गदर्शक तथा शोधार्थी इस सफलता के पूरे हकदार हैं।

4.6 विविध पत्र-पत्रिकाएँ

दक्षिण के अनेक राज्यों में हिंदी की नियमित रूप से निकलनेवाली पत्रिकाएँ दक्षिण भारत में हिंदी की संतोषजनक गति के प्रमाण हैं। महाराष्ट्र से 'राष्ट्रवाणी', 'युगवाणी' (पुणे), कर्नाटक से 'भारतवाणी' (धारवाड़), बेंगलूर से 'हिंदी प्रचार वाणी', एर्णाकुलम से 'केरल भारती' और हैदराबाद से 'गोवलकोंड़ा दर्पण' जैसी कई पत्रिकाएँ एक ओर हिंदी प्रचार-प्रसार का महत्तर कार्य कर रही हैं तो दूसरी ओर हिंदी साहित्य संसार में अपना महत्त्वपूर्ण योगदान कर रही हैं। अतः यह बात स्पष्ट है कि दक्षिण भारत में हिंदी-प्रसार की गति निरंतर तेज होती जा रही है।

5. दक्षिण में हिंदी : संभावनाओं के आयाम

दक्षिण भारत में हिंदी की स्थिति एवं गति को देखने पर जो संभावनाएँ उभरकर आती हैं उनको रेखांकित करना अधिक प्रासंगिक सिद्ध होगा, जैसे—

1. दक्षिण भारत में हिंदीतर भाषी हिंदी लेखक, समीक्षक और अनुवादक के कारण हिंदी का प्रचार-प्रसार होने में अधिक अवसर मिला। लेकिन इन लोगों के सेवाकार्य का विशेष सम्मान नहीं होता, जिसका होना अब अवश्यक है। इससे हिंदी की सेवा के लिए ये सज्जन अधिक मनोयोग से बने रहेंगे और नई-नई प्रतिभाओं को भी इनसे प्रेरणा मिलती रहेगी।
2. दक्षिण के राज्यों में हिंदी का अध्ययन करनेवाले महाविद्यालय तथा विश्वविद्यालय के छात्रों को केंद्र सरकार की ओर से दी जानेवाली छात्र-वृत्ति में वृद्धि की जाए। इस तरह के प्रयासों की, इनके क्रियान्वयन की आज भी आवश्यकता है। हिंदी के उज्ज्वल भविष्य के लिए ऐसे उपक्रमों को बढ़ावा देने पर ही दक्षिण में हिंदी की स्थिति सुधर सकेगी।
3. दक्षिण के राज्यों में विकल्प के रूप में शिक्षा का माध्यम ही हिंदी रखा जाए और वैद्यकशास्त्र, विधि, वाणिज्य एवं विज्ञान के उन छात्रों को विशेष छात्र-वृत्ति देने का प्रावधान किया जाए जो हिंदी माध्यम से अपनी शिक्षा पूरी करते हैं। इससे दक्षिण में हिंदी का महत्त्व बढ़ेगा और हिंदी को अपनाने की प्रवृत्ति भी बढ़ती जाएगी।
4. हिंदी भाषी राज्य और लोग दक्षिण की कोई एक भाषा पाठ्यक्रम में अवश्य पढ़े/सीखें और दक्षिण में हिंदी के प्रचार-प्रसार में अपना योगदान करें। उनका सहयोग मिलने पर ही दक्षिण में हिंदी के विकास को और अधिक बल मिल सकता है। क्योंकि जब तक हिंदीवाले सच्चे मन से नहीं चाहेंगे तब तक हिंदी न राजभाषा के रूप में स्थापित होगी और न ही दक्षिण की भाषा के रूप में। हम यह कडुआ सच समझ लें कि हिंदी के राजभाषा के रूप में उपेक्षित रहने के लिए दक्षिणभाषी से ज्यादा हिंदीभाषी जिम्मेदार हैं। क्योंकि हिंदी के विकास में जितना योगदान दक्षिण से मिला उतना उत्तर से नहीं। अगर वह मिलेगा तो हिंदी के विकास को कौन रोक पाएगा ?
5. अनुवाद कार्य को अधिक बढ़ावा देने के लिए विशेष प्रयास एवं प्रलोभन की आवश्यकता है। ये अनुवाद श्रेष्ठ साहित्य कृतियों के करवाए जाएँ—हिंदी में और हिंदी से। इससे दक्षिण तथा उत्तर की संस्कृति की दूरी कम होगी, एक-दूसरे को जानने-पहचानने का अवसर मिलेगा और सद्भावपूर्ण माहौल बनेगा। हिंदी के प्रचार-प्रसार में भी यह अत्यंत उपयोगी सिद्ध होगा।

निष्कर्ष

दक्षिण भारत में लोगों ने हिंदी को यत्नपूर्वक सीखना आरंभ किया है। यही कारण है कि अब उनकी हिंदी में वर्तनी दोष की मात्रा भी कम दिखाई देने लगी है। मात्राओं की गलतियों को लेकर यह सुखद और आश्चर्यजनक सच मैंने विगत कई वर्षों में दक्षिण के शोध-प्रबंधों में और स्नातकोत्तर कक्षाओं के छात्रों की कापियों में अनुभव किया है कि जितने वर्तनी या मात्रा-दोष हिंदी तथा मराठी भाषी छात्रों की हिंदी में मिलते हैं उतने दक्षिण के छात्रों की हिंदी में नहीं मिलते। दक्षिण भारत में हिंदी की उत्तरोत्तर हो रही उन्नत्ति को सिद्ध करने के लिए इससे अलग प्रमाण और क्या चाहिए ? आरंभ में दक्षिण भारत के चार राज्यों में कम अधिक मात्रा में हिंदी का विरोध अवश्य हुआ और दक्षिण के कुछ राजनेताओं ने अपनी-अपनी क्षेत्रीय भाषाओं के प्रति अतिरिक्त प्रेम, अंग्रेजी का आकर्षण तथा हिंदी के सभी क्षेत्रों में हावी होने के डर के कारण हिंदी के प्रति दुराग्रह रखा। किंतु स्थिति आज बदल गई है। दक्षिणवाले हिंदी का महत्त्व पूरी तरह से समझ चुके हैं। फलतः वे बड़े चाव से हिंदी पढ़ने-पढ़ाने लगे हैं, सुनने, बोलने और लिखने लगे हैं। अब हिंदी को अनिवार्य कर देने का विचार तक दिमाग में लाना आवश्यक नहीं है। अतः भगवान न करे ऐसा हो; लेकिन मान लीजिए ऐसा हुआ और हिंदी को अनिवार्य कर दिया गया, राष्ट्रीय स्तर की सारी स्पर्धात्मक परीक्षाएँ, लेखन-पुरस्कार तथा विविध सेवा-क्षेत्र आदि में हिंदी का कोई विकल्प नहीं रखा गया तो मेरा यह विनम्र निष्कर्ष है कि इन सारे क्षेत्रों में दक्षिणवाले ही हिंदी में अग्रणी रहेंगे। आशय यह कि दक्षिण भारत ने हिंदी का महत्त्व समझ लिया है, फलतः वह इसे आत्मगत करता जा रहा है। अब समय ही बताएगा कि यह कार्य कितनी गति, नीति, भक्ति और शक्ति से संपन्न होगा।

संदर्भ-सूची

1. 'विश्व हिंदी'—पृ. 125, तृतीय विश्व हिंदी सम्मेलन की स्मारिका—प्रो. माणिक गोविंद चतुर्वेदी के "भारत की भाषिक एकता : परंपरा और हिंदी" लेख से, संस्करण 1983, नई दिल्ली।
2. 'सामयिकी'—पृ. 48, महाराष्ट्र हिंदी परिषद के धुलिया अधिवेशन की पत्रिका, डॉ. शशि मुदिराज के "तेलुगु और हिंदी : साहित्यिक आदान-प्रदान की दिशाएँ तथा संभावनाएँ" आलेख से, 1990, धुलिया।
3. वही, पृ. 50
4. 'विश्व हिंदी', पृ. 124, तृतीय विश्व हिंदी सम्मेलन की स्मारिका—प्रो. माणिक गोविंद चतुर्वेदी के "भारत की भाषिक एकता : परंपरा और हिंदी" लेख से, सं. 1983, नई दिल्ली।
5. 'विश्वभारती' त्रैमासिक, पृ. 38, सं. रामसिंह तोमर, डॉ. विश्वनाथ अय्यर के "केरल और हिंदी के संपर्क स्रोत" लेख से, विश्वभारती प्रकाशन, शांतिनिकेतन, पश्चिम बंगाल—अंक 1-4, मार्च, 1995.

8

अनुवाद : स्वरूप एवं समस्याएँ (मराठी, हिंदी, अंग्रेजी-संदर्भ)

1. अनुवाद शब्द की व्युत्पत्ति

'वद' धातु में 'अनु' उपसर्ग जोड़कर 'अनुवाद' शब्द बना है। इसमें 'वद' का अर्थ है 'कथन' और 'अनु' का अर्थ है 'पीछे, पुनः, समान अथवा अनुरूप'। इस आधार पर अनुवाद का व्युत्पत्तिगत अर्थ है 'पुनः कथन अर्थात् किसी के कहने के बाद कहना, समान कथन अर्थात् किसी के कथन के अनुरूप कहना'। याने एक भाषा में कही गई बात को किसी दूसरी भाषा में समान रूप से या उसके अनुरूप फिर से कहना अनुवाद है। अनुवाद के लिए अंग्रेजी पर्यायी शब्द Translation मिलता है जिसकी व्युत्पत्ति लैटिन शब्द Trans तथा Lation के योग से हुई है। Trans का अर्थ है 'पार' और Lation का अर्थ है 'ले जाने की क्रिया'। अर्थात् अंग्रेजी Translation का व्युत्पत्तिगत अर्थ है किसी सामग्री को 'एक भाषा से दूसरी भाषा तक ले जाना'।

2. अनुवाद : परिभाषा एवं स्वरूप

अनुवाद की अब तक शताधिक परिभाषाएँ दी गई मिलती हैं। उनमें कम अधिक मात्रा में समानता भी है और भिन्नता भी। परंतु अनुवाद की अब तक कोई ऐसी परिभाषा नहीं बनी जो सर्वमान्य हो। इसके प्रधान कारण ये हैं कि कुछ विद्वान अनुवाद को विज्ञान मानते हैं तो कुछ कला, कुछ विद्वान इसको पुनःसर्जन मानते हैं तो कुछ समानअभिव्यंजना का सृजन, कुछ विद्वान इसमें अर्थ को महत्त्वपूर्ण मानते हैं तो कुछ अर्थ के साथ-साथ शैली को भी, कुछ विद्वान इसमें कथ्य का प्रतीकांतरण बताते हैं तो कुछ कथ्य के साथ-साथ शिल्प का भी। अध्ययन के उपरांत मेरी यह विनम्र धारणा है कि अनुवाद में स्रोत भाषा की सामग्री का लक्ष्य भाषा में यथावत् संप्रेषण अपेक्षित है। सफल और श्रेष्ठ अनुवाद में यह संप्रेषण अर्थ एवं शैली, दोनों की दृष्टि से समतुल्य होता है। डॉ. भोलानाथ तिवारी के शब्दों में ''एक भाषा में व्यक्त विचारों को यथासंभव समान और सहज अभिव्यक्ति द्वारा दूसरी भाषा में व्यक्त

करने का प्रयास अनुवाद है।''[1] डॉ. तिवारी का अनुवाद को 'प्रयास' मानना अनुवाद की अपूर्णता को द्योतित करता है। डॉ. गार्गी गुप्ता के अनुसार ''अनुवाद का मूल अर्थ एक भाषा में निहित विचारों को दूसरी भाषा में यथासंभव ज्यों-का-त्यों व्यक्त करना है।''[2] अर्थात् गुप्त के विचार से अनुवाद में विचार प्रमुख हैं। वस्तुतः हमारे अध्ययन का निष्कर्ष यह कि एक (स्रोत) भाषा की सामग्री का दूसरी (लक्ष्य) भाषा में यथावत् संप्रेषण अनुवाद है जिसमें भाव, अर्थ, विचार, कथ्य, सामाजिक-सांस्कृतिक संदर्भ और शैली की सहजता, निकटता तथा समतुल्यता रक्षित हो और जो मूल के गुण-दोषों को समान रूप से संप्रेषित करे।

एक भाषा में कही गई कोई बात दूसरी भाषा में भावार्थ और शैली के स्तर पर सौ प्रतिशत समान और यथावत् अंतरित है ऐसा दावा करना संभवतः युक्तियुक्त नहीं। क्योंकि उसमें अभिव्यक्ति-शैली के स्तर पर ही नहीं अपितु भावार्थ के स्तर पर भी तनिक-सा अंतर अवश्य होता है। जैसे ''Half the glass is filled with water'' के हिंदी अनुवाद 'आधा ग्लास पानी से भरा है', 'आधे ग्लास में पानी नहीं है', 'आधा ग्लास पानी से रिक्त है' अथवा 'आधा ग्लास खाली है' आदि में मूल की भावार्थ और शैलीगत समतुल्यता आंशिक रूप से अवश्य रक्षित है परंतु वस्तुतः मूल मूल है और अनुवाद अनुवाद। प्रेमचंद की 'कफन' के जो विविध विदेशी भाषाओं में अनुवाद हुए तथा फिर विदेशी भाषा से हिंदी अनुवाद किया गया और उसे मूल कहानी से मिलाया गया तो विश्वास करना मुश्किल हुआ कि यह प्रेमचंद की कहानी है। स्पष्ट है कि अनुवाद में मूल की यथावत् अभिव्यक्ति कठिन कार्य है। क्योंकि हर भाषा की अपनी ऐसी अनेक विशेषताएँ होती हैं जो अन्य भाषाओं से पूर्णतः भिन्न होती हैं। फलतः अनुवाद में 'यथावत् अभिव्यक्ति' अत्यंत कष्ट साध्य बात है। यदि स्रोत भाषा की सामग्री का लक्ष्य भाषा में अनुवाद सुन या पढ़कर हम ठीक वही अर्थ ग्रहण न कर पाते हो, जो स्रोत भाषा में है तो वह अनुवाद अनुवाद नहीं बल्कि समझौता मात्र है। मोटे रूप से एक भाषा की सामग्री का दूसरी भाषा में 'अंतरण' अनुवाद है। परंतु यह 'अंतरण' का कार्य सरल नहीं होता। दुनिया की किन्हीं दो भाषाओं में अर्थ के स्तर पर अथवा रचना के स्तर पर कभी पूर्णतः समानता नहीं मिलती। प्रत्येक भाषा की एक भौगोलिक सीमा होती है, उसका अपना विशिष्ट माहौल (प्रकृति) होता है। हर भाषा की अपनी ध्वन्यात्मक, शब्दात्मक, पदात्मक (रूपात्मक), वाक्यात्मक, अर्थ विषयक तथा कहावतों-मुहावरों विषयक विशेषताएँ होती हैं। परिणामस्वरूप एक भाषा में व्यक्त विचार ठीक उसी रूप में दूसरी भाषा में व्यक्त करना अत्यंत कठिन कार्य है। फलतः अनुवाद का स्वरूप उतना सहज और सरल नहीं है, जितना ऊपरी तौर पर देखने से लगता है। अपने नियम, सूत्र, सिद्धांत तथा प्रक्रिया आदि के कारण अनुवाद विज्ञान बनता जा रहा है। साथ ही उसमें सृजन क्षमता और अभिव्यक्ति के स्तर पर कलात्मकता की गुंजाइश होती है। अतः इसे सीमित रूप में कला की कोटि में भी रखा जाता है। अतः अुनवाद का स्वरूप कला तथा विज्ञान, दोनों से युक्त मिलता है।

3. अनुवाद का प्रयोजन

दो विनाशकारी विश्वयुद्ध के उपरांत आज सारा संसार 'विश्वबंधुत्व' की संकल्पना को साकार करने की कामना कर रहा है। सारा विश्व 'वसुधैव कुटुंबकम्' की संकल्पना का महत्त्व जानकर उसकी आवश्यकता को तीव्रता से महसूस करने लगा है। इस हेतु देश-विदेश की अन्यान्य भाषा-भाषियों की संस्कृति, व्यक्ति-जीवन, समाज-जीवन तथा राष्ट्र-जीवन से परिचय पाना और आपसी सद्भाव बढ़ाना अनुवाद का प्रधान प्रयोजन रहा है। मानव जाति के कल्याण हेतु आधुनिक युग में जितने भी साधन प्राप्त हुए हैं उनमें अनुवाद का स्थान अग्रणी है। अन्यान्य भाषाओं के साहित्य-संसार में प्रवेश करने के लिए अनुवाद खिड़की नहीं बल्कि महाद्वार है। दो भिन्न भाषा भाषी समाज और राष्ट्र के बीच की दूरियों को मिटाना, तुलनात्मक अध्ययन और अनुसंधान का अवसर प्रदान करना और उन्नति का मार्ग प्रशस्त करना अनुवाद का प्रधान प्रयोजन है। किंतु वर्तमान काल में रोजगार के अवसर प्रदान करने की दृष्टि से अनुवाद का महत्त्व अधिक बढ़ गया है।

4. मराठी से हिंदी अनुवाद : विविध समस्याएँ

अनुवाद विषय आज जिस कारण बहुचर्चित तथा विवादास्पद बन गया है वह है अनुवाद की समस्याएँ। अनुवाद की विविध समस्याओं ने आज अनुवाद के प्रति सारी दुनिया का ध्यान आकर्षित किया है। यहाँ एक बात ध्यातव्य है कि अनुवाद मराठी से हिंदी में करना हो, हिंदी से मराठी में करना हो या अन्य किसी भी भाषा में—अनुवाद में समस्याएँ अनिवार्य रूप से आ ही जाती हैं और इन समस्याओं की संख्या कोई दो-चार, आठ-दस या पंद्रह-बीस इस तरह निश्चित नहीं होती। अनूदित सामग्री के जितने भी विविध प्रकार हैं और साहित्य के अंतर्गत जितनी भी अलग-अलग विधाएँ हैं उतनी ही अलग-अलग अनुवाद की समस्याएँ भी प्राप्त होती हैं।

मराठी से हिंदी में अनुवाद करते समय जो समस्याएँ परिलक्षित होती हैं उन्हें प्रमुखतः तीन भागों में विभाजित किया जाना आवश्यक है—(1) भाषागत समस्याएँ, (2) सामाजिक-सांस्कृतिक समस्याएँ और (3) अन्य समस्याएँ।

4.1 भाषागत समस्याएँ

4.1.1 ध्वनि की समस्या

जब अनुवाद में स्रोत भाषा की कोई ध्वनि लक्ष्य भाषा में नहीं होती तब उसे प्रस्तुत करना अत्यंत कठिन होता है। इससे लिप्यांतरण की समस्या खड़ी होती है। किसी ध्वनि के लिए सही ध्वनि न होने पर लक्ष्य भाषा की कोई समानार्थी ध्वनि प्रयुक्त करने से अर्थहानि भी हो जाती है। मराठी में 'ल' तथा 'ळ' दो स्वतंत्र ध्वनियाँ हैं हिंदी में केवल एकमात्र ध्वनि 'ल'

प्रयुक्त होती है। इसलिए मराठी के 'मुरळी' (एक स्त्री जो खंडोबा की भक्ति में नाच-गान करती है), 'माळ' (एक तरह का खेत जहाँ की भूमि पथरिली और असिंचित होती है), 'तळमळ' (एक भाव) आदि का हिंदी लिप्यांतरण क्रमशः 'मुरली' (बंशी), 'माल' (कोई सामान), 'तलमल' (नीचे की गंदगी) गलत अर्थ देता है। इस तरह यहाँ ध्वनि भी अनुवाद में समस्या बन गई है। मराठी तथा हिंदी में ट, ठ, त, थ तथा ड, ढ, द, ध आदि ध्वनियाँ स्वतंत्र हैं और इसके लिए लिपि चिह्न भी स्वतंत्र हैं। लेकिन अंग्रेजी में इन सभी ध्वनियों के लिए क्रमशः T, Th, D, Dh ध्वनियाँ प्रयुक्त हैं। इसीलिए मराठी तथा हिंदी के डटे, डाटे, डेट, दते, दाते आदि सभी शब्दों का अंग्रेजी लिप्यंतरण केवल Date ही होता है। तात्पर्य यह कि मराठी से हिंदी में अनुवाद करना हो या मराठी, हिंदी से अंग्रेजी में अनुवाद करना हो तो ध्वनि की समस्या निश्चय ही बाधा डालती है।

4.1.2 शब्दों की समस्या

मराठी और हिंदी में समान रूप से प्रयुक्त होनेवाले किंतु अर्थ पूर्णतः भिन्न देनेवाले शब्द भी अनुवाद में समस्या बनते हैं। यहाँ कुछ ऐसे शब्द उदाहरणस्वरूप देखते हैं जो मराठी और हिंदी में समान रूप में परंतु भिन्न-भिन्न अर्थ में प्रयुक्त मिलते हैं। जैसे–

शब्द	मराठी अर्थ	हिंदी अर्थ
संधी	अवसर	समझौता
बुवा	साधु (फकीर)	पिता की बहन
साक्षात्कार	ईश्वर के दर्शन (बोध)	इंटरव्यू
आपत्ति	संकट	आक्षेप
धावा	प्रार्थना, पुकार	हमला
चौपट	चौगुना	नष्ट
घास	कौर	तृण
चारा	तृण	उपाय, मार्ग
गर्व	दंभ	अभिमान
संसार	गृहस्थी	दुनिया, जगत्
प्रकृति	सेहत, स्वास्थ्य	निसर्ग
हस्ताक्षर	लिखावट	दस्तखत (सिग्नेचर)
अभ्यास	पढ़ाई, अध्ययन	आदत (प्रैक्टिस)
समाधान	संतोष	हल, उपाय
राग	क्रोध, गुस्सा	प्रेम
संशोधन	अनुसंधान	सुधार

ताई	बड़ी बहन	ताऊ की पत्नी (जेठी चाची)
राजीनामा	त्यागपत्र	स्वीकृति पत्र
हरकत	आपत्ति	चाल
ऊब	गरमी	ऊब जाना
वतन	जागीर, इनाम में मिली	जमीन, देश, अपना देश, स्वदेश

उपर्युक्त सभी शब्द मराठी तथा हिंदी में समान रूप में प्रयुक्त होते हैं किंतु इनमें अर्थगत भिन्नता मिलती है। यह अर्थगत भिन्नता और उसकी सूक्ष्मता की जानकारी के अभाव में अनुवाद में समस्या खड़ी होती है। निष्कर्ष यह कि समान रूप से प्रयुक्त होनेवाले परंतु भिन्न-भिन्न अर्थ देनेवाले शब्द भी मराठी से हिंदी में अनुवाद करते समय समस्या बन जाते हैं।

4.1.3 लिंग की समस्या

मराठी से हिंदी में अथवा हिंदी से मराठी में भी अनुवाद करते समय वाक्य में प्रयुक्त लिंग भी समस्या बनता है। क्योंकि हिंदी तथा मराठी में लिंग की संख्या समान नहीं है। मराठी में तीन लिंग हैं तो हिंदी में दो ही। हिंदी में केवल स्त्रीलिंग तथा पुल्लिंग—ये दो ही लिंग हैं किंतु मराठी में इन दो के अलावा नपुंसकलिंग भी प्रचलित है। कुछ संज्ञाएँ मराठी में पुल्लिंग में प्रयुक्त होती हैं परंतु हिंदी में स्त्रीलिंग में। जैसे–'देह', 'पोशाक', 'गंध', 'ध्वनि', 'आवाज', 'पतंग', 'अग्नि', 'जय', 'पराजय', 'मार', 'निधि' आदि शब्द मराठी में पुल्लिंग में प्रचलित हैं किंतु हिंदी में ये स्त्रीलिंग में प्रचलित होते हैं। कुछ संज्ञाएँ मराठी में स्त्रीलिंग में प्रयुक्त होती हैं परंतु हिंदी में पुल्लिंग में। जैसे–'व्यक्ति', 'आयात', 'कमाल', 'चक्कर', 'जादू', 'देवता', 'बाग', 'नशा', 'मजा', 'सफर', 'शिकार' आदि शब्द मराठी में स्त्रीलिंग में प्रचलित हैं लेकिन हिंदी में ये पुल्लिंग में प्रचलित होते हैं। मराठी की नपुंसकलिंगी संज्ञाओं में से कुछ संज्ञाएँ हिंदी में पुल्लिंग में प्रयुक्त होती हैं तो कुछ स्त्रीलिंग में। उदाहरण के लिए देखिए–'नाक', 'पुस्तक', 'सामर्थ्य' आदि शब्द मराठी में नपुंसकलिंग में मिलते हैं परंतु हिंदी में स्त्रीलिंग में। 'घर', 'पेड़', 'खेत', 'जंगल', 'पानी', 'यश' आदि शब्द मराठी में नपुंसकलिंग में और हिंदी में पुल्लिंग में प्राप्त होते हैं। तात्पर्य यह कि मराठी तथा हिंदी में प्रचलित लिंग तथा संज्ञा संबंधी जानकारी होना आवश्यक होता है। इसके ज्ञान के अभाव में अनुवाद सदोष हो सकता है।

4.1.4 सर्वनाम की समस्या

वस्तुतः सर्वनामों का प्रयोग प्रत्येक भाषा में उसकी अपनी प्रकृति तथा व्यवस्था के अनुसार होने पर अनुवाद सहज लगता है। परंतु इसकी जानकारी के अभाव में अनुवाद में भाव एवं अर्थ को क्षति पहुँचती है। उदाहरण के लिए एक सुशील बेटे का अपने शराबी बाप के प्रति

मराठी का यह कथन देखिए–"मी तुम्हाला सांगतो तुम्ही असं करू नका" अगर कोई अनुवादक मराठी के सर्वनामों के ज्ञान से अनभिज्ञ हो तो वह इस वाक्य का हिंदी अनुवाद "मैं तुमसे कहता हूँ कि तुम ऐसा ना करो" करेगा। किंतु हिंदी में 'तुम' सर्वनाम प्रायः अपने से छोटों के लिए, प्रेम से मित्र के लिए या तो दुश्मन के लिए प्रयुक्त होता है। विशिष्ट संदर्भ में तो यह 'गाली' से बढ़ अशिष्ट माना जाता है। लेकिन मराठी में यह आदर के अर्थ में बड़ों के लिए प्रयुक्त होता है। उपर्युक्त कथन में स्रोत भाषा में बेटे के बाप से आदर के साथ बात करने के भाव निहित हैं जो कि बाप को समझाने हेतु हैं। परंतु ये लक्ष्य भाषा में सर्वनाम के गलत प्रयोग के कारण रक्षित नहीं हैं। इन भावों की रक्षा के लिए 'तुम' सर्वनाम के स्थान पर 'आप' का प्रयोग आवश्यक है। जैसे–"मैं आपसे कहता हूँ कि आप ऐसा मत कीजिए।" उसी तरह मराठी वाक्य–"मी माझे कर्तव्य पूर्ण करीन" का हिंदी अनुवाद–"मैं मेरा कर्तव्य पूरा करूँगा" करना गलत होगा और "मैं अपना कर्तव्य पूरा करूँगा" सही।

अंग्रेजी के वाक्यों–"Are you chief Minister ?", "In which state you are chief minister ?", "He is a chief minister of Maharashtra" का सही हिंदी अनुवाद क्रमशः "क्या आप मुख्यमंत्री हैं ?", "आप किस राज्य के मुख्यमंत्री हैं ?", "वे महाराष्ट्र के मुख्यमंत्री हैं" होगा, न कि क्रमशः "क्या तुम मुख्यमंत्री हो ?", "तुम किस राज्य के मुख्यमंत्री हो ?", "वह महाराष्ट्र का मुख्यमंत्री है।" अंग्रेजी के you के लिए हिंदी में 'तू', 'तुम' तथा He के लिए 'वह' सर्वनाम प्रयुक्त मिलता है परंतु हिंदी भाषा की प्रकृति के परिप्रेक्ष्य में उपर्युक्त अंग्रेजी सर्वनामों का अनुवाद क्रमशः 'आप' तथा 'वे' करना हिंदी में सहज स्वाभाविक है। हिंदी में बड़ों के लिए (अन्य पुरुष में) 'वे' सर्वनाम आदर सूचक हैं, न कि 'वह'। लेकिन इन दोनों के लिए अंग्रेजी में He का ही प्रयोग मिलता है और 'तू', 'तुम', 'आप' के लिए केवल You का। फलतः स्रोत तथा लक्ष्य भाषा के वाक्यों में प्रयुक्त सर्वनामों की जानकारी अत्यंत जरूरी है, वरना अर्थ-क्षति अटल है।

4.1.5 वर्तनी की समस्या

अनुवाद मराठी से हिंदी में करना हो या हिंदी से मराठी में, वर्तनी की समस्या समान रूप से विद्यमान है। बहुत से ऐसे शब्द हैं कि जो भाव एवं अर्थ की दृष्टि से मराठी तथा हिंदी में समान रूप से प्रयुक्त हुआ करते हैं किंतु उनकी वर्तनी में अंतर अवश्य होता है। यह वर्तनी का भेद अनुवाद में समस्या बन जाता है। वर्तनी की भूलों के कारण कभी संपूर्ण वाक्य का अर्थ बदल जाता है, कभी वाक्य विपरीत अर्थ देता है तो कभी अर्थहीन बन जाता है। उदाहरण के लिए देखते हैं कि मराठी का 'जाती' शब्द हिंदी में जाने की क्रिया का अर्थ देता है किंतु 'जाति' ह्रस्व होने पर हिंदी में यह 'कास्ट' अर्थ में ग्रहण किया जाता है। मराठी का 'पीस' शब्द पंख, पर या डैना अर्थ का संवाहक है और हिंदी में 'पिस' ह्रस्व होने से अर्थ होता है रगड़कर पीसने की क्रिया। उसी प्रकार मराठी के 'पिसा' का अर्थ है पगला, पागल या विक्षिप्त और

हिंदी में 'पीसा' दीर्घ होने से अर्थ होता है चूर्ण किया, पीसा हुआ। मराठी का 'धंदा' शब्द कामकाज के साथ-साथ झमेला, झंझट, बुरा काम आदि अर्थों में भी प्रयुक्त होता है परंतु हिंदी का 'धंधा' शब्द पेशा, रोजगार या व्यवसाय के अर्थों में। निष्कर्ष यह कि वर्तनी की भूलों के कारण अर्थ विपर्यय, अर्थहानि या अर्थ परिवर्तन होता है। अतः अनुवाद में वर्तनी के प्रति अधिक सतर्क रहना पड़ता है। मराठी तथा हिंदी में भाव बोध एवं अर्थ की दृष्टि से समान रूप से प्रयुक्त शब्द भी मिलते हैं परंतु उनकी वर्तनी में अंतर होता है। जैसे–

मराठी	हिंदी
कठीण	कठिन
कागद	कागज़
ताकद	ताक़त
धंदा	धंधा
धाडस	ढाढ़स
धोका	धोखा
पसंत	पसंद
पोशाख	पोशाक
भीक	भीख
मदत	मदद
हात	हाथ
हत्ती	हाथी

इस तरह मराठी तथा हिंदी की वर्तनी में प्राप्त अंतर अनुवादक के सामने समस्या बनता है। अतः मराठी से हिंदी में अनुवाद करना हो या हिंदी से मराठी में, दोनों भाषाओं की वर्तनी से अनुवादक को भली भाँति परिचित होना आवश्यक ही नहीं बल्कि अनिवार्य भी है।

4.1.6 शीर्षक की समस्या

प्रत्येक रचना में शीर्षक का स्थान शीर्षस्थ होता है। जैसे किसी मंदिर या राजमहल की भव्यता उसके प्रवेश द्वार अर्थात् महाद्वार से ज्ञात होती है वैसे रचना की भव्यता और श्रेष्ठता उसके शीर्षक से ज्ञात होती है। रचना की श्रेष्ठता के जितने भी मानदंड हैं उनमें सर्वप्रथम महत्त्वपूर्ण है उसका शीर्षक। अतः अनूदित रचना का शीर्षक भी उन सभी गुणों से युक्त हो जो मूल रचना के शीर्षक में हैं। लेकिन मूल रचना के समान लक्ष्य भाषा में शीर्षक खोजना एक जटिल समस्या है। मराठी से हिंदी में अथवा हिंदी से मराठी में अनुवाद करना हो अथवा अन्य किसी भी भाषा से अनुवाद करना हो, ऐसे कई शीर्षक होते हैं जिन्हें लक्ष्य भाषा में समानार्थी शब्द ही नहीं मिल पाता। शीर्षक के अनुवाद में सामाजिक-सांस्कृतिक भिन्नता के कारण भी समस्या खड़ी होती है। सामाजिक-सांस्कृतिक विरासत के आधार पर अगर

किसी रचना का शीर्षक हो और लक्ष्य भाषा में वह विरासत न मिलती हो तो उसके शीर्षक का अनुवाद करना समस्यामूलक होता है। महाराष्ट्र के युवा दलित लेखक शरणकुमार लिंबाले की मराठी आत्मकथा 'अक्करमाशी' के लिए हिंदी में पर्यायी नाम मिलना दुर्लभ है। क्योंकि वह महाराष्ट्र के दलितों के नसीब आयी हुई घृणित सामाजिक-सांस्कृतिक परंपरा का जीवंत दस्तावेज है। हिंदी में 'अभंग' का अर्थ है अटूट या अखंडित और मराठी में 'अभंग' एक स्वतंत्र काव्य प्रकार है। मराठी में संत तुकाराम, नामदेव, एकनाथ, नरहरी सुनार, गोरा कुंभार, जनाबाई आदि ने अनेक 'अभंग' लिखे किंतु मराठी 'अभंग' के लिए हिंदी में उसी आशय का शीर्षक नहीं है। यही स्थिति मराठी के 'भारूड' की है जिसके लिए हिंदी में यशोचित शीर्षक मिल नहीं सकता। मराठी की बोलियों में लिखी कई रचनाओं अथवा दलित रचनाओं के शीर्षकों को पूर्णतः सही पर्याय देकर हिंदी में लाना अत्यंत जटिल कार्य है। जैसे—मराठी के 'उपरा' और 'उचल्या' आदि को हिंदी में क्रमशः 'बाहरी, पराया या अनाधिकारी' तथा 'उच्चका' आदि पर्याय संपूर्ण भावों के संवाहक शीर्षक नहीं हैं। मराठी 'बलुतं' के शीर्षक के पर्याय की स्थिति भी इससे अलग नहीं है। अनुवाद में प्रायः निम्नांकित चार प्रकार के शीर्षकों में से कोई एक शीर्षक चुना जाता है। जैसे—

(1) मूल शीर्षक का यथावत् पर्यायी अनूदित शीर्षक।

(2) मूल का भावानुवाद किया शीर्षक।

(3) मूल का लिप्यांतरण किया हुआ शीर्षक।

(4) संपूर्ण नया शीर्षक।

यह मूल रचना पर निर्भर होगा कि इन चारों में से उसके लिए कौन-सा शीर्षक यथोचित हो सकता है। मूल रचना के शीर्षक को संपूर्ण आशय एवं गरिमा के साथ लक्ष्य भाषा में लाना अपने आप में एक जटिल समस्या है जिसको हल करने के लिए अनुवादक को अत्यंत सतर्कता बरतनी पड़ती है।

4.2 सामाजिक-सांस्कृतिक समस्याएँ

प्रत्येक समाज की अपनी संस्कृति होती है। वस्तुतः संस्कृति का तात्पर्य है आचरणगत परंपरा। संस्कृति याने "किसी व्यक्ति, जाति, राष्ट्र आदि की वे सब बातें जो उसके मन, रुचि, आचार-विचार, कला-कौशल और सभ्यता के क्षेत्र में बौद्धिक विकास की सूचक होती हैं।"[3] संस्कृति से संबंधित प्रत्येक बात को लेकर प्रत्येक समाज की अपनी विशिष्टताएँ होती हैं और उनके अनुरूप ही भाषा में शब्द एवं अभिव्यक्ति हुआ करती है। अनुवाद में उसके लिए समान शब्द तथा अभिव्यक्ति न मिलने पर मूल भाषा की व्यंजकता, पैनापन, तीखापन आदि खत्म होता है। तात्पर्य यह कि अभिव्यक्ति में सांस्कृतिक संपृक्तता अनिवार्य रूप से मिलती है किंतु उसे लक्ष्य भाषा में लाना कठिन होता है। मराठी से हिंदी में अथवा अन्य किसी भी भाषा के अनुवाद में जो सामाजिक-सांस्कृतिक समस्याएँ

दृष्टिगोचर होती हैं, प्रायः वे निम्नांकित विषयों से संबंधित होती हैं–

4.2.1 विवाह संस्कार की शब्दावली

अनेक प्रांतों-जातियों में विवाह विषयक अनेक रीतियाँ प्रचलित मिलती हैं। महाराष्ट्र में विवाह के समय कभी-कभी विवाह के पूर्व या विवाह के पश्चात् भी वधू-वर को स्नेही जन अपने यहाँ न्योता देते हैं और उन्हें अच्छे-अच्छे पकवान बनाकर खिलाते हैं जिसे मराठी में पश्चिम महाराष्ट्र क्षेत्र में 'केळवण' कहते हैं तो मराठवाड़ा तथा विदर्भ में 'गडगणेर'। विवाह में सदा वर तथा वधू के साथ उनकी मदद या सेवा के लिए जो रहा करते हैं उनको मराठी में क्रमशः 'करवला' तथा 'करवली' नाम से अभिहित किया जाता है वर के हाथ में विशिष्ट धारदार शस्त्र रहता है जिसमें नींबू भोंका हुआ होता है उसे 'कट्यार' कहते हैं। विवाह में शामिल हुए रिश्तेदारों, मित्रों, निमंत्रितों और स्नेहीजनों की ओर से वर तथा वधू पक्षों को धन, वस्तुएँ, कपड़े, बंद पॉकेट में रुपए आदि दिए जाते हैं जिसके लिए मराठी में 'आहेर' शब्द प्रयुक्त होता है। वधू पक्ष की ओर से वर पक्ष को विभिन्न वस्तुएँ, खाद्यान्न-चीजें, दर्शनीय-सुशोभित चीजें आदि एक साथ दी जाती हैं जिसके लिए 'रूकवत' शब्द प्रचलित है। इन सभी शब्दों के लिए हिंदी में यथावत् पर्याय मिलना मुश्किल ही नहीं बल्कि असंभव है। स्पष्ट है कि विवाह संस्कार से संबंधित रीतियाँ तथा शब्दावली मराठी से हिंदी अनुवाद में समस्याएँ बन जाती हैं।

4.2.2 व्रत-उपवास तथा पूजा-पाठ की शब्दावली

वस्तुतः प्रत्येक समाज के अपने व्रत-उपवास तथा पूजा-पाठ विषयक विशिष्ट संस्कार हुआ करते हैं। भारतीय समाज में विभिन्न भाषा-भाषियों में इसके संबंध में किस्म-किस्म की परंपराएँ परिलक्षित होती हैं जो कि अनुवाद में समस्याएँ बनती हैं। महाराष्ट्र में 'वारकरी' शब्द खूब प्रचलित है जो यहाँ की सांस्कृतिक विरासत का परिचायक है। मराठी में इसका अर्थ है पंढरपुर की यात्रा करनेवाला, उपवास करनेवाला विठ्ठल भक्त, न कि आघात करनेवाला। हिंदी में 'वारकरी' का सही पर्याय उपलब्ध नहीं है। उसी प्रकार महाराष्ट्र में 'वार' का व्रत रखने की परंपरा, जैसे–सोमवार, मंगलवार, गुरुवार, शुक्रवार-सदियों से चली आयी है जिनके लिए हिंदी में सही पर्याय देकर अनूदित करना संभव नहीं। 'सत्यनारायण', 'अभिषेक' आदि नामों से मराठी में जो विशिष्ट पूजा-पाठ हुआ करते हैं उनके लिए हिंदी में यथावत् पर्याय खोजना भी समस्यामूलक है। तात्पर्य यह कि मराठी भाषियों में प्रचलित व्रत-उपवास तथा पूजा-पाठ विषय से संबधित जो शब्द प्राप्त होते हैं उनके लिए हिंदी में पर्याय खोजना अग्नि-परीक्षा-सा है।

4.2.3 वेशभूषा की शब्दावली

जिस समाज की जैसी संस्कृति होती है उसके अनुसार उसकी वेशभूषा रहा करती है। कोट-पैंट-टॉय, जीन-पैंट, टी-शर्ट, सफारी आदि के लिए हिंदी तथा मराठी में भी सही पर्याय संभव नहीं हैं। यदि इनके लिए शब्द गढ़ा भी लेंगे तो भी वे हास्यास्पद बनेंगे। हिंदी तथा मराठी में 'लंगोट' शब्द समान अर्थ में प्रयुक्त है किंतु मराठीवालों ने 'टॉय' के लिए 'कंठलंगोट' शब्द गढ़ा लिया है जो कि हास्यास्पद ही है। महाराष्ट्र में स्त्रियाँ एक विशिष्ट प्रकार की सारी पहना करती हैं जिसे मराठी में 'लुगडे' या 'नऊवारी लुगडे' कहते हैं किंतु इसमें और 'सारी' में अंतर है अतः हिंदी का 'साड़ी' शब्द इसका सही पर्याय हो नहीं सकता। ठीक इसी तरह स्त्रियों के एक कीमती रेशम वस्त्र को अर्थात् मराठी 'शालू' को हिंदी का 'साड़ी' शब्द अधूरा और अपर्याप्त है। मराठी के 'डोरलं', 'वज्रटीक', 'तोडा' जैसे गहनों के लिए भी हिंदी में सही पर्याय देकर अनूदित करना असंभव है। आशय यह कि स्रोत भाषा के अनेक वस्त्रों, आभूषणों आदि के नामों को लक्ष्य भाषा में (प्रचलित न होने के कारण) यथावत् पर्याय देकर लाना कठिन होता है।

4.2.4 खान-पान की शब्दावली

अपनी संस्कृति या भौगोलिक स्थिति के अनुसार हर व्यक्ति, हर समाज अथवा हर राष्ट्र का अपना खान-पान होता है। भोजन में होनेवाली चीजें सर्वत्र समान नहीं हुआ करती। यह खान-पान की विविधता और उसके विविध नामों के कारण स्रोत भाषा के तद्विषयक विविध शब्दों को समान रूप से अनुवाद में लाना समस्यामूलक होता है। मराठी में खान-पान से संबंधित कई ऐसे शब्द हैं जिनके लिए हिंदी (तथा अन्य भारतीय भाषाओं) में यथोचित पर्यायी शब्द मिलना दुर्लभ है। जैसे–

मराठी शब्द	हिंदी शब्द	अर्थ
डोहाळ -जेवण	X	गर्भिणी को सातवें महीने में दिया जानेवाला भोजन
इर्जिक या इरजिक	X	खेत के काम में सहयोग करनेवालों को दिया जानेवाला भोजन।
धपाटे	X	मोटी नमकीन रोटी।
घारी	X	मीठा बड़ा, खंडबरा।
मांडा	X	एक तरह का बहुत पतला पराँठा या मीठी रोटी।
थालीपीठ	X	सनजा के आटे की नमकीन रोटी।
माडगे	X	कुलथी आदि के बेसन की पतली कढ़ी।

मराठी में कुछ ऐसे शब्द भी मिलते हैं जिनको हिंदी में पूर्णतः नहीं बल्कि आंशिक रूप से पर्याय प्राप्त होते हैं। जैसे–मराठी के 'वरण' के लिए हिंदी में 'दाल' या पकायी हुई दाल (गाढ़ी या पतली) पर्याय हैं किंतु मराठी का 'वरण' पतला ही होता है और वह भी अरहर

की दाल से बनाया हुआ। लेकिन हिंदी में चने, मूँग, अरहर आदि की भी 'दाल' ही कहलाती है। मराठी के 'उसळ' के लिए हिंदी में 'घुँघनी' पर्यायी शब्द है परंतु मराठी के 'घुगऱ्या' के लिए भी हिंदी में पर्यायी शब्द 'घुँघनी' ही है, जब कि मराठी के 'उसळ' और 'घुगऱ्या' दो भिन्न-भिन्न खाद्य चीजें हैं। हिंदी के 'रायता' के लिए मराठी में 'कोशिंबीर' पर्याय है किंतु मराठी के 'भरीत' के लिए हिंदी में 'भुर्ता', 'भरता' तथा 'रायता' पर्याय हैं, जब कि मराठी 'भरीत' केवल बैंगन का ही होता है और हिंदी 'रायता' अनेक चीजों से बनता है। इस तरह हमारे यहाँ खान-पान संबंधी ऐसी अनेक चीजें हैं जिन्हें विदेशी ही नहीं बल्कि भारतीय भाषाओं में भी यथावत् पर्याय खोजना टेढ़ी खीर है।

4.2.5 रिश्ते-नाते की शब्दावली

रिश्ते-नाते तो प्रत्येक संस्कृति में प्राप्त होते हैं। लेकिन उनके लिए संबोधन शब्द सभी भाषाओं में समान नहीं मिलते। फलतः रिश्ते-नाते से संबंधित शब्दों के अनुवाद में समस्या खड़ी होती है। उदाहरण के लिए 'दादा' शब्द लीजिए—मराठी में इसका अर्थ है बड़ा भाई किंतु हिंदी में यह पितामह अर्थात् पिता के पिता के लिए प्रयुक्त होता है। मूल संदर्भ देखे बिना मराठी के 'काका' शब्द का हिंदी में सही अनुवाद करना भी समस्यामूलक है। क्योंकि हिंदी में इसका अर्थ है चाचा, जब कि मराठी में ताऊ, चाचा तथा मौसी के पति आदि को भी 'काका' ही कहा जाता है। उसी प्रकार मराठी के 'काकी या काकू' का भी हिंदी में सही अनुवाद करना संभव नहीं। क्योंकि मराठी में इसका प्रयोग चाची, ताई, काकी आदि के लिए होता है, जबकि हिंदी में केवल चाची के लिए। यहाँ मराठी तथा हिंदी के रिश्ते-नाते संबंधी कुछ ऐसे शब्द देखिए जिनके अर्थ प्रायः भिन्न हैं—

मराठी	**हिंदी**
ताई (बड़ी बहन, जीजी, दीदी)	ताई (ताऊ की पत्नी, जेठी चाची)
अक्का (बड़ी बहन, जीजी, दीदी)	अक्का (माता, जननी)
दादा (बड़ा भाई)	दादा (पितामह)
काका (ताऊ, चाचा, मौसी के पति)	काका (चाचा)
नाना (चाचा, पिता, पितामह, बड़े भाई जैसे बड़ों के लिए आदर सूचक संबोधन)	नाना (माता के पिता)
नानी (चाची, ताई, बड़ी बहन, दादी या बड़ी उम्र की स्त्री के लिए आदर सूचक संबोधन)	नानी (माता की माता)
काकू/काकी (ताई, चाची, काकी)	काकी (चाची)

यहाँ मराठी के कुछ ऐसे शब्द देखिए जिनका ठीक-ठीक हिंदी अनुवाद करना

मुश्किल ही नहीं तो असंभव है। जैसे–

आत्या - पिता की बहन, सास (पति की माँ)।

मामी - माँ के भाई की पत्नी, पत्नी की माँ, सास।

मामा - माँ का भाई, पत्नी के पिता, ससुर।

मेहुणी - पत्नी की बहन (साली), बहनोई की बहन।

मेहुणा - पत्नी का भाई (साला), बहन का पति (बहनोई)।

इस तरह जहाँ मराठी के एक ही संबोधन-शब्द के अनेक अर्थ परिलक्षित होते हैं वहाँ उनके हिंदी में ठीक-ठीक अनुवाद करना अत्यंत जटिल होता है। जैसे अंग्रेजी के 'अंकल' तथा 'आंटी' का हिंदी तथा मराठी में सही अनुवाद करना असंभव है वैसे मराठी के शब्दों को हिंदी में सही रूप से लाना असंभव है।

4.3 अन्य समस्याएँ

4.3.1 अत्यल्प पारिश्रमिक तथा वेतनमान की समस्या

मराठी से हिंदी में अथवा अन्य किसी भी भाषा में अनुवाद कार्य करनेवालों को यथोचित पारिश्रमिक या वेतन न मिलना अनुवाद के उज्ज्वल भविष्य की दृष्टि से प्रमुख समस्या है। नेशनल बुक ट्रस्ट, साहित्य अकादमी प्रकाशन विभाग जैसी कुछ ही संस्थाओं को छोड़ दें तो अन्य सभी जगह अनुवादक को अत्यल्प वेतन या पारिश्रमिक मिलता है। निजी क्षेत्र में वेतनमान या पारिश्रमिक की स्थिति अत्यंत दयनीय दिखती है। तुलना में दूतावासों से जो अनुवाद कार्य कराए जाते हैं उनकी पारिश्रमिक राशि काफी अच्छी होती है। अनुवाद का भविष्य तब तक उज्ज्वल नहीं हो सकता जब तक अनुवादकों को यथोचित पारिश्रमिक या वेतनमान नहीं दिया जाता। डॉ. प्रभाकर माचवे का यह कथन बिल्कुल सही है कि "अनुवादकों को पारिश्रमिक दिया जाता है वह बहुत कम है। इसलिए हिंदी में यह अनुवाद साहित्य पठनीय नहीं होता। बहुत से अनुवाद यांत्रिक और निर्जीव होते हैं।"[4] निष्कर्ष यह कि कम वेतन तथा पारिश्रमिक के कारण अनुवाद के स्तर पर भी असर दिखाई देता है। अनुवाद की ये वे मुख्य समस्याएँ हैं जिनके हल होने पर ही अनुवाद क्षेत्र का कल्याण हो सकता है और उसका भविष्य उज्ज्वल हो सकता है।

4.3.1 अनुवादक के सम्मान / प्रतिष्ठा का अभाव

वस्तुतः अनुवाद कार्य करनेवाले अनुवादकों का (कुछ अपवादों को छोड़ दें तो) अभी तक उचित सम्मान नहीं हुआ है। अनुवाद को यदि स्तरीय बनाना हो तो अनुवादक के यथोचित सम्मान एवं प्रतिष्ठा की अत्यंत आवश्यकता है। अनुवादक का उचित सम्मान करना याने अच्छे अनुवाद को बढ़ावा देना है। अनुवादक की प्रतिष्ठा उसे अपने काम के प्रति ईमानदार बनाती है। मूल साहित्यिक जिस तरह सम्मान का हकदार है, उसे जितनी प्रतिष्ठा प्राप्त

होती है, यदि यह सब अनुवादक को न मिले तो इसका असर अनुवाद पर हुए बिना नहीं रहता। वस्तुतः अनुवाद कार्य में अनुवादक को उतना ही परिश्रम करना पड़ता है या कभी-कभी उससे भी ज्यादा जितना मूल लेखक को करना पड़ता है। अतः अनुवादक भी उसी सम्मान और प्रतिष्ठा का अधिकारी है जो मूल रचनाकार को प्राप्त हैं। आज अनुवाद की आवश्यकता जिस तीव्रता से महसूस की जा रही है उस तीव्रता से अनुवादक को न सम्मान मिल पाया है, न प्रतिष्ठा। दक्षिण भारत के कन्नड़ भाषी विद्वान तथा अनुवादक डॉ. तिप्पेस्वामी की व्यथा इस संदर्भ में दृष्टव्य है। वे कहते हैं कि "दक्षिणी भाषाओं का जो अनुवाद हिंदी में आता है उसका सही मूल्यांकन हिंदी जगत् में नहीं हो रहा है।"[5] स्पष्ट है कि जहाँ अनुवाद का सही मूल्यांकन और सम्मान नहीं होता वहाँ अनुवादक का क्या सम्मान हो सकता है ? डॉ. प्रभाकर माचवे को भी यह बात खलती है। अतः वे लिखते हैं–"हिंदी में अभी भी अनुवादक की प्रतिष्ठा नहीं है।"[6] निष्कर्ष यह कि अनुवादक के सम्मान एवं प्रतिष्ठा का अभाव भी अनुवाद की मुख्य समस्या है।

4.4 प्रकाशन व्यवस्था संबंधी समस्याएँ

अनुवाद की प्रकाशन व्यवस्था संबंधी भी अनेक समस्याएँ हैं। प्रकाशक का उपलब्ध न होना, मुख्य पृष्ठ पर अनुवादक का नाम न देकर केवल मूल लेखक का नाम देना, विक्रय पक्ष की दुर्बलता, अनूदित रचना में प्रकाशक द्वारा अपनी इच्छा के अनुसार परिवर्तन करना आदि ऐसी अनेक समस्याएँ हैं जो प्रकाशन व्यवस्था से संबंधित हैं। एक तो अनुवाद करने के लिए बहुत कम लोग तैयार होते हैं, यदि कोई अनुवाद करने के लिए तैयार हो भी जाए तो उसको उचित पारिश्रमिक नहीं दिया जाता। कुछ प्रकाशक उसमें अपनी इच्छा के अनुसार कुछ परिवर्तन भी करते रहते हैं। किंतु इससे अनुवादक तथा मूल लेखक–दोनों को दुख होता है। शरणकुमार लिंबाले की आत्मकथा 'अक्करमाशी' को हिंदी में अनूदित किया गया किंतु प्रकाशक ने उसे आत्मकथा न कहकर उपन्यास नाम दिया जिससे उसके लेखक को बहुत पीड़ा हुई। स्वयं लेखक शरणकुमार लिंबाले के शब्दों में उनका अपना आक्रोश देखिए–"मेरा हिंदी प्रकाशक मूर्ख है। मैं उसे जानबूझकर गाली दे रहा हूँ। क्योंकि उसने मेरी आत्मकथा को उपन्यास कहकर छापा है। हिंदी में जो भी चर्चा हुई वह उपन्यास की चर्चा हुई। आत्मकथा की नहीं। उपन्यास काल्पनिक होता है, आत्मकथा सत्य। एक सत्य को काल्पनिक कहना, एक हरामी झूठ जिसके कारण मेरी आत्मकथा हिंदी में मराठी जैसी चर्चित नहीं हुई।"[7] अपना आक्रोश आगे लेखक इन शब्दों में प्रकट करता है–"मेरा तो यह मानना है कि ऐसे प्रकाशकों को सड़क पर खड़ा करके कोड़े मारने चाहिए, जो सच को भी कल्पना मानते हैं।"[8] स्पष्ट है कि प्रकाशन व्यवस्था से संबंधित ढेर सारी ऐसी समस्याएँ हैं जो अनुवाद में बाधा डालती हैं।

उपर्युक्त सभी समस्याओं के अतिरिक्त कहावतों-मुहावरों के अनुवाद की समस्या,

प्रशिक्षण के अभाव की समस्या, मिथक, प्रतीक और बिंब आदि की समस्याएँ भी हैं जो मराठी से हिंदी में अनुवाद करते समय गौण मात्रा में क्यों न हो किंतु बाधाएँ बन बैठती हैं। योजनाबद्ध अनुवाद कार्य का अभाव भी अनुवाद की एक समस्या है। इसके संबंध में डॉ. प्रभाकर माचवे का कहना है कि ''डॉ. भगवानदास तिवारी, हरीभाऊ उपाध्याय, रामचंद्र वर्मा जैसे थोड़े अपवाद छोड़कर बहुत कम हिंदी भाषियों ने मराठी से हिंदी अनुवाद किए हैं। दोनों भाषाएँ बहुत करीब (लिपि एक) होते हुए और पुराने मध्यप्रदेश मालवा से वर्धा आदि तक होते हुए भी बहुत कम लोगों ने योजना बद्ध काम किया है। वैशंपायन, कालेलकर, चोरघडे जैसे (जोडणी कोश गुजराती का है) कुछ कोशकार छोड़कर बहुत कम अच्छे संदर्भ ग्रंथ मराठी से हिंदी में आए हैं।''[9] माचवेजी का यह कथन सही है किंतु पिछले दो दशकों में कई अनुवादक मराठी से हिंदी में अनुवाद कार्य कर चुके हैं और कर रहे हैं। आवश्यकता इस बात की है कि अनुवाद क्षेत्र में साधनों का अभाव न रहे और समस्याओं की व्यापक खोजकर तद्‌विषयक समाधान सूचित करें। निष्कर्ष यह कि जब तक इन सभी समस्याओं का हल नहीं हो सकता तब तक अनुवाद का भविष्य उज्जवल नहीं हो सकता।

5. कार्यालयीन अनुवाद

5.1 कार्यालय : तात्पर्य एवं स्वरूप

मूलतः कार्यालय का अर्थ है काम करने का स्थान। किंतु अनुवाद में कार्यालय शब्द इतने व्यापक अर्थ में नहीं है। क्योंकि जीवन में मनुष्य अनेक स्थानों पर काम करता है। घर से लेकर वह मंडी में, दूकानों में, गोष्ठियों में तथा सभाओं में भी कोई-न-कोई काम अवश्य करता रहता है परंतु इन सभी स्थानों को कार्यालय नहीं कहा जा सकता। वस्तुतः यहाँ अनुवाद के संदर्भ में कार्यालय का तात्पर्य दफ़्तर से है जिसको अंग्रेजी में पर्यायी शब्द प्रयुक्त मिलता है Office।

भारत जैसे बहुभाषी देश में कार्यालयीन अनुवाद की आवश्यकता विशेष रूप से है। साथ ही दुनिया के अन्य देशों से संपर्क बनाए रखने हेतु भी कार्यालयीन अनुवाद उपयोगी सिद्ध होता है। हमारे देश में केंद्र सरकार, राज्य सरकार, संसद, विभिन्न मंत्रालय तथा प्रशासन आदि सभी क्षेत्रों के कार्यालयों में विविध प्रकार की सामग्री होती है जिसके अनुवाद को कार्यालयीन अनुवाद कहा जाता है। विधिपालिका, न्यायपालिका तथा कार्यपालिका के अंतर्गत आनेवाले अनेक प्रकार के कार्यालय होते हैं जिनकी सामग्री कार्यालयीन अनुवाद में आती है।

5.2 कार्यालयीन अनुवाद की स्रोत सामग्री

इसमें मुख्यतः प्रशासन संबंधी दस्तावेज, सरकारी पत्र, अर्धसरकारी पत्र, परिपत्र, सूचना, अधिसूचना, नियम, अधिनियम, प्रेस विज्ञप्ति, आलेखन, टिप्पणी, विज्ञापन, प्रतिवेदन, तार, प्रमाणपत्र तथा आवेदन आदि का अनुवाद करना पड़ता है। आवेदन भी अनेक प्रकार

के होते हैं, जैसे–नौकरी के लिए, छुट्टी के लिए, स्थानांतरण के लिए और पदोन्नति के लिए आदि। विविध प्रकार के प्रमाणपत्र, आदेश तथा संकल्प आदि कार्यालयीन अनुवाद की स्रोत सामग्री में आते हैं। उसी प्रकार निविदाएँ या निविदा सूचना, पूछताछ, अपील/सूचना, लायसेंस, परमिट तथा बिल जैसे महत्त्वपूर्ण सामग्री का अनुवाद करना पड़ता है। यह सारी सामग्री कार्यालयीन अनुवाद की स्रोत सामग्री है। डॉ. आलोककुमार रस्तोगी ने कार्यालयीन अनुवाद की स्रोत सामग्री को दो भागों में बाँटते हुए लिखा है–"भारत सरकार के अनुवाद कार्य को दो भागों में विभाजित कर सकते हैं–एक–स्थायी महत्त्व की सामग्री जैसे–नियमावलियाँ, रजिस्टर, फार्म, कार्यविधि से संबंधित संहिताएँ, मैनुअल आदि। दूसरी कोटि में वह सामग्री आती है जिसका स्थायी महत्त्व नहीं होता जैसे–संकल्प, सामान्य आदेश, अधिसूचनाएँ, प्रेस विज्ञप्तियाँ, प्रशासनिक रिपोर्ट, सदन के सम्मुख प्रस्तुत किए जानेवाले कागज, संधियाँ करार आदि।"[10] इससे कार्यालयीन अनुवाद के सामग्री की व्यापकता का स्पष्ट बोध होता है।

5.3 कार्यालयीन अनुवाद की आवश्यकता

कार्यालयीन अनुवाद की आवश्यकता मुख्यतः स्वतंत्र भारत की आवश्यकता है। एक लंबी दासता के उपरांत भारत को स्वतंत्रता मिली। स्वतंत्र भारत की सबसे महत्त्वपूर्ण घटना है भारतीय संविधान का निर्माण। इसी संविधान में जैसे ही हिंदी को राजभाषा के पद का गौरव प्रदान किया, हमारे यहाँ अनुवाद का महत्त्व उत्तरोत्तर बढ़ता गया। करीब डेढ़-दो शताब्दियों की अंग्रेजी शासन व्यवस्था में राजकारोबार की भाषा अंग्रेजी बनी थी। इस अंग्रेजी शासन काल में कार्यालयीन सामग्री अंग्रेजी में ही तैयार हुई थी। किंतु जैसे ही स्वाधीनता की प्राप्ति के उपरांत देशवासियों ने अपने देश के लिए लोकतांत्रिक प्रणाली का शासन स्वीकार किया और यह अनुभव किया कि शासन लोकतंत्रात्मक तभी हो सकता है जब उसका सारा कारोबार जन भाषा में हो, वैसे ही देश में कार्यालयीन अनुवाद की आवश्यकता बढ़ती गई। हिंदी के माध्यम से सरकारी कामकाज करने हेतु अंग्रेजी में स्थित सारी कार्यालयीन सामग्री को सुलभ हिंदी में लाना समय की माँग बन गई। 14 सितंबर, 1949 को हिंदी राजभाषा के रूप में स्वीकृत हुई और सहराजभाषा के रूप में अंग्रेजी को स्वीकार लिया। क्योंकि आज़ादी की प्राप्ति के तुरंत बाद अंग्रेजी में स्थित सारी कार्यालयीन सामग्री को झटके से (जैसे बटन दबाते ही प्रकाश पाया जाता है) हिंदी में लाना संभव नहीं था। सन् 1965 तक हिंदी को पूर्णतः राजकारोबार योग्य बनाना था और वह 1965 से राजभाषा के रूप में प्रतिष्ठित होनी थी। परंतु 1965 के बाद भी राजभाषा अधिनियमों के अनुसार अंग्रेजी का प्रयोग सहराजभाषा के रूप में जारी रखा गया।

लेकिन वास्तविकता यह है कि अधिकांश कामकाज, फिर चाहे वह देश की संसद का हो या सरकार का, विविध मंत्रालयों का हो या सचिवालयों का, आज भी अंग्रेजी में होता

है। हिंदी में अधिकांश कामकाज वे ही करते हैं जिनके लिए (अंग्रेजी के साथ) हिंदी का प्रयोग अनिवार्य कर दिया गया है। केंद्र में आज भी हमारे यहाँ कामकाज अधिकतर अंग्रेजी में चलता है। संसद में प्रस्ताव अंग्रेजी में रखे जाते हैं, उन पर बहस अंग्रेजी में होती है, विधेयक अंग्रेजी में बनाए जाते हैं, चर्चित होते हैं और पारित होते हैं। किंतु दूसरी तरफ हमारा संविधान, राजभाषा हिंदी की दुहाई प्रति वर्ष 14 सितंबर को देता आया है। फलतः कार्यालयों में हिंदी का प्रयोग भी धीरे-धीरे बढ़ता जा रहा है। हिंदी को राजाश्रय से ज्यादा जनाश्रय मिला है। लोकाश्रय में वह फलती-फूलती जा रही है। अतः लोकमानस की यह कामना स्वाभाविक कहनी पड़ेगी कि जिस देश ने लोकतंत्र प्रणाली स्वीकार ली है उसका राजकारोबार लोगों की भाषा में हो। हमारे देश में कार्यालयीन अनुवाद इसी व्यवस्था की उपज है। कार्यालयीन अनुवाद की आवश्यकता के जो मूल कारण हैं वे हैं–

1. संविधान के प्रति निष्ठा रखना और उसका गौरव बढ़ाने हेतु उसका पालन करना।
2. राजभाषा नियम-अधिनियम का क्रियान्वयन।
3. लोकतांत्रिक शासन प्रणाली में लोक-व्यवहार की सुविधा को देखना और उसके प्रति प्रतिबद्ध रहकर स्वीकृत प्रणाली को लोकतांत्रिक सिद्ध करना।

इन्हीं कारणों से आज की व्यवस्था में हमारे यहाँ कार्यालयीन अनुवाद की आवश्यकता बढ़ गई है। फलस्वरूप अब देश में प्रति वर्ष करीब साढ़े चार सौ अनुवादकों की आवश्यकता के विज्ञापन निकलते हुए नजर आते हैं। किंतु इतने अनुवादक उपलब्ध न होने के कारण बहुत से अनुवादक के पद रिक्त रहते हैं।

5.4 कार्यालयीन अनुवाद की समस्याएँ

कार्यालयीन सामग्री के अनुवाद में आनेवाली समस्याएँ साहित्यिक सामग्री के अनुवाद की समस्याओं से अलग प्रकार की होती हैं। इसका बुनियादी कारण यह कि कार्यालयीन सामग्री की भाषा मूलतः अभिधामूलक तथा अनालंकृत होती है तो साहित्यिक भाषा सिवा अभिधा के लक्षणा, व्यंजना अलंकार एवं मुहावरे से भी युक्त होती है।

साहित्यिक अनुवाद में अनुवादक कभी-कभी छूट पाता हुआ दिखाई देता है किंतु कार्यालयीन अनुवाद में अगर वह छूट लेगा तो इससे बड़ी हानि की संभावना होती है। कार्यालयीन अनुवाद में उसे एक तरफ प्रत्येक शब्द के साथ बाध्य रहना पड़ता है तो दूसरी तरफ ऐसे अनुवाद को कृत्रिमता एवं अटपटेपन से भी बचाना पड़ता है। डॉ. राजमणि तिवारी का कथन सही है कि ''कार्यालयी अनुवाद करते समय अनुवादक को छूट लेने की स्वतंत्रता नहीं है। उसे प्रत्येक शब्द का अनुवाद करने की बाध्यता-सी प्रतीत होती है। इसका परिणाम यह होता है कि अनुवाद की भाषा कृत्रिम और अटपटी बन जाती है।''[1] स्पष्ट है कि साहित्यिक अनुवाद कार्यालयीन अनुवाद से अलग है। अतः कार्यालयीन सामग्री के अनुवाद की समस्याएँ कुछ भिन्न हैं।

5.4.1 शब्द एक : अर्थ अनेक

कार्यालयीन अनुवाद में वस्तुतः एकार्थी शब्दों का प्रयोग अपेक्षित होता है। अनेकार्थी शब्द-प्रयोग साहित्यिक सामग्री में चल सकता है, वहाँ उसका प्रयोग अन्यान्य अर्थ ध्वनन के लिए गरिमामय सिद्ध होता है। जैसे बिहारी आदि के काव्य में अनेकार्थी शब्द प्राप्त हैं और वे उस काव्य को गरिमा प्रदान करते हैं। परंतु साहित्येतर सामग्री, विशेषतः कार्यालयीन सामग्री में अनेकार्थ देनेवाले शब्द हानिकारक बन सकते हैं। ऐसे शब्द अनुवाद में मुख्य समस्या बन जाते हैं। उदाहरणस्वरूप अंग्रेजी का 'Director' शब्द लीजिए। इसके हिंदी में क्रमशः अर्थ मिलते हैं–निदेशक, संचालक, दिग्दर्शक आदि। 'Interest' के लिए ब्याज, हित, स्वार्थ तथा अभिरुचि, 'Issue' के लिए मसला, समस्या, प्रश्न, संतान, जारी करना, प्रदान करना आदि। इस तरह अनेकार्थी शब्द प्रयोग से अनुवाद में समस्या खड़ी होती है। एक अधिकारी ने एक कार्यालय से अपने कार्यालयीन पत्र का उत्तर न मिलने पर अंग्रेजी में ज्ञापन भेजा जिसमें लिखा था कि हमारे फलाने-फलाने तिथि को लिखे फलने-फलाने संदर्भ पत्र के 'Issue' को लेकर हमें तुरंत उत्तर दे, तब पत्र के उत्तर में अनुवादक ने हिंदी में लिखा था कि आपका कोई बच्चा अब तक हमारे पास नहीं पहुँचा है, पहुँचने पर तुरंत भिजवा देंगे। कहना आवश्यक नहीं कि Issue का हिंदी पर्याय 'बच्चा' समझ लेने के कारण अनुवाद हास्यास्पद बना। यहाँ कुछ ऐसे शब्दों की तालिका देखिए जिनके अनेक अर्थ प्रचलित हैं–

शब्द	प्रचलित अर्थ			
	उत्तर प्रदेश	मध्य प्रदेश	महाराष्ट्र	अन्य क्षेत्र
1	2	3	4	5
Director	निदेशक	संचालक	संचालक	दिग्दर्शक (फिल्म क्षेत्र)
Dailywages	दिहाड़ी	रोजंदारी	रोजंदारी	दैनिक मजदूरी (केंद्रीय कार्यालय)
Estimate	अनुमान पत्रक	अनुमानिक		प्राक्कलन (केंद्रीय कार्यालय)
Grade	श्रेणी	कोटि	ग्रेड, श्रेणी	
Guarantee	गारंटी	खात्रि	खात्रि	
Points	बिंदु	कंडिकाएँ	मुद्दे	मद (केंद्रीय कार्यालय)
Query	जाँच करना	काड़ी		प्रश्न पूछना (केंद्रीय कार्यालय)
Recommendation	सिफारिश	अनुशंसा	सिफारिश	
Register	रजिस्टर	पंजिकानामावली	नामावली	पंजिका (केंद्रीय कार्यालय)
Technical	तकनीकी	तांत्रिक	तकनीकी	

उपर्युक्त् तालिका में दिए शब्द के अलावा कार्यालयीन सामग्री में ऐसे अनेक शब्द प्रयुक्त मिलते हैं जो अनेक अर्थ के वाहक हैं। अंग्रेजी का 'Problem' हिंदी में प्रश्न, समस्या, अड़चन तथा (अनुसंधान के क्षेत्र में) शोध-विषय आदि अनेक अर्थ देता है। उसी प्रकार 'Generation' के प्रजनन, सृजन, तथा पीढ़ी, 'Class' के वर्ग, कक्षा, दर्जा, 'Model' के प्रारूप, प्रतिमान, 'Step' के चरण तथा सोपान आदि अनेक अर्थ प्राप्त हैं। इस तरह कार्यालयीन अनुवाद में अनेकार्थी शब्द समस्या बनते हैं।

5.4.2 भाषा की प्रकृति / भाषा का मुहावरा

कार्यालयीन अनुवाद में समस्याएँ तब ज्यादा नहीं आती जब स्रोत तथा लक्ष्य भाषा की प्रकृति समान अथवा मिलती-जुलती होती है। उदाहरणस्वरूप गुजराती तथा मराठी से हिंदी में अनुवाद करना हो अथवा हिंदी से इन भाषाओं में अनुवाद करना हो तो विशेष कठिनाइयाँ नहीं आती। परंतु अंग्रेजी से हिंदी में अनुवाद करने में अनेक कठिनाइयाँ आती हैं। इसका मुख्य कारण है दोनों भाषाओं की भिन्न प्रकृति। अंग्रेजी तथा हिंदी का मुहावरा भिन्न होने के कारण अनुवाद में समस्या खड़ी होती है। अंग्रेजी में लिखे कार्यालयीन पत्र प्रायः "With reference to your letter no. so & so dated so and so, I am to say या I am directed to say that" आदि से आरंभ होते हैं। इसका "आपके अमुक तारीख के अमुक संख्यक पत्र के संदर्भ के अनुसार मुझे यह कहना है कि या "मुझे यह कहने का निर्देश हुआ है कि" हिंदी अनुवाद हिंदी भाषा के मुहावरे के अनुकूल बिल्कुल नहीं है। इसके बदले यदि लिखा जाए कि "आपका अमुक तारीख का अमुक संख्यक पत्र मिला। उत्तर में निवेदन है कि या इस विषय में मुझे यह कहना है कि" तो यह अनुवाद हिंदी के मुहावरे के अनुसार होगा। किंतु इसके लिए "मुझे यह कहने का निर्देश हुआ है कि "अनुवाद हिंदी के मुहावरे के विपरीत लगता है। कार्यालयीन कुछ पत्रों में, विशेषतः कार्यालय-ज्ञापन में "Undersigned Directed to say that" जैसी अंग्रेजी भाषा का प्रयोग होता है। इसका हिंदी अनुवाद–"अधोहस्ताक्षरी को यह कहने का निर्देश हुआ है कि" प्रायः अटपटा-सा लगता है। यह अनुवाद हिंदी की प्रकृति के अनुकूल कतई नहीं लगता। यदि लिखा जाए "निर्देश के अनुसार सूचित करना है कि, निदेशानुसार सूचित किया जाता है कि या निदेशानुसार निवेदन है कि" तो यह अनुवाद निश्चय ही हिंदी की प्रकृति के अनुसार होगा।

उदाहरण के लिए अपनी प्रकृति के अनुसार अंग्रेजी पत्रों के अंत में प्रायः लिखा होता है–"A Line in reply will be appreciated" इसके "उत्तर में एक पंक्ति प्रशंसित रहेगी", "उत्तर में एक पंक्ति के लिए आभारी रहेंगे" अथवा "एक पंक्ति के लिए कृतज्ञ रहेंगे" जैसे अनुवाद हिंदी भाषा की प्रकृति के अनुसार न होने के कारण दुर्बोध लगते हैं और बहुत ही औपचारिक भी। यदि इसका अनुवाद "उत्तर की प्रतीक्षा रहेगी", उत्तर भिजवाने की कृपा करें" या "उत्तर देकर अनुगृहित करें" किया जाता हो तो वह निश्चय ही हिंदी

भाषा की प्रकृति के अनुसार होगा।

इन दिनों में कार्यालयीन अनुवाद पर अंग्रेजी भाषा का गहरा प्रभाव दिखाई देता है जो न हिंदी के मुहावरे के अनुकूल है और न प्रकृति के। जैसे–

1. Early Orders are Solicited = शीघ्र आदेश प्रार्थित हैं।
2. I am directed to say = मुझे यह कहने का निर्देश हुआ है।
3. Has no comments to make = ...को कोई टीका नहीं करनी है।
4. For favour of doing the needful = यथावश्यक कार्यवाही की कृपा के लिए।
5. As early as possible = यथासंभव शीघ्र।
6. Approved as per remarks in the margin = हाशिए की अभ्युक्ति के अनुसार अनुमोदित।
7. Marked absent = अनुपस्थित लगा दिया गया।

इन उदाहरणों से यह स्पष्ट होने में देर नहीं लगती कि ये अनुवाद हिंदी की प्रकृति के अनुसार न होकर इन पर अंग्रेजी की प्रकृति हावी है। यदि उपर्युक्त सामग्री को हिंदी की प्रकृति के अनुसार अनूदित करना हो तो उसे क्रमशः इस प्रकार किया जा सकता है–

1. प्रार्थना है कि आदेश शीघ्र दें।
2. निदेशानुसार निवेदन है कि–
3. को कोई टीका-टिप्पणी नहीं करनी।
4. कृपापूर्वक आवश्यक कार्रवाही के लिए।
5. जितनी जल्दी संभव हो सके।
6. हाशिए में व्यक्त विचार के साथ अनुमोदित।
7. अनुपस्थित माना या मान लिया गया।

अंग्रेजी पत्र के अंत में कई बार Yours faithfully या Yours Sincerely का प्रयोग होता है, जो औपचारिक ही है और जिसके लिए हिंदी शब्द प्रयोग 'आपका' या 'आपका ही' सही नहीं लगता। इसके लिए 'भवदीय' शब्द प्रयोग अधिक सही और हिंदी के औपचारिक मुहावरे के अनुकूल है। कार्यालयीन अनुवाद में भी शब्द-दर-शब्द के अनुवाद की अपेक्षा भावार्थ का सही संप्रेषण महत्त्वपूर्ण होता है। हिंदी की प्रकृति के अनुसार अनुवाद करना हो तो आवश्यकतानुसार कभी दो वाक्यों का एक तो कभी एक वाक्य का दो वाक्यों में अनुवाद करना पड़ता है।

5.4.3 संरचना

कार्यालयीन अनुवाद में मूल सामग्री का भावार्थ महत्त्वपूर्ण होता है। यहाँ शाब्दिक अनुवाद भावार्थ को क्लिष्ट, दुरूह, बोझिल और उबाऊ बना देता है। इसलिए अनुवादक को याद रखना होता है कि वह मूल की सामग्री के प्रत्येक शब्द को लक्ष्य भाषा में पर्याय खोजकर

शब्दानुवाद के प्रति आग्रही न रहे। यहाँ उसका कर्तव्य बनता है कि वह स्रोत तथा लक्ष्य भाषा की संरचना को देखते हुए मूल के आशय को सरलता एवं स्पष्टता से अनूदित करे। भाषिक संरचना की दृष्टि से अंग्रेजी तथा हिंदी पूर्णतः भिन्न है। दोनों की प्रकृति भिन्न है, पदक्रम भिन्न है, वाक्य गठन तथा व्याकरण भी भिन्न है। अतः दोनों की संरचना का अलगाव अनुवाद में समस्या बन जाता है। उदाहरण के लिए अपनी संरचना के अनुसार अंग्रेजी में कार्यालयीन पत्र में लिखा जाता है–"I am to inform you" इसमें पहले कर्ता फिर क्रिया और अंत में कर्म है जब कि हिंदी में अपनी संरचना के अनुसार कर्ता, कर्म और अंत में क्रिया आती है। इसलिए उपर्युक्त अंग्रेजी वाक्य का हिंदी अनुवाद "मैं आपको सूचित करता हूँ" या "मुझे आपको सूचित करना है" करना पड़ता है और ऐसा किया भी जाता है। किंतु यह संरचना हिंदी भाषा की प्रकृति के अनुसार सही नहीं। यदि हिंदी में यह लिखें कि "आपको सूचित किया जाता है या आपको सूचित करना है" तो यह अनुवाद अधिक अर्थवान सिद्ध होता है।

5.4.4 लंबे-लंबे संश्लिष्ट वाक्य

संरचना के संदर्भ में आगे दूसरी महत्त्वपूर्ण बात यह कि अंग्रेजी में लंबे-लंबे वाक्यों की परंपरा हिंदी की तुलना में कुछ ज्यादा है। राजभाषा अधिनियम की शब्दावली देखे या कार्यालयों के अंग्रेजी पत्र देखें, उसमें यह वाक्यगत लंबाई अवश्य दृष्टिगोचर होती है और इनका हिंदी अनुवाद भी बड़े-बड़े लंबे वाक्यों में किया हुआ मिलता है। ऐसे अनुवादों पर अंग्रेजी भाषा की संरचना का प्रभाव स्पष्ट नजर आता है और यह पता लगने में देर नहीं लगती कि यह मूल नहीं बल्कि अनूदित सामग्री है, अनुवाद की भाषा है। अतः होना यह चाहिए कि जहाँ आवश्यक हो लंबे वाक्यों को छोटे-छोटे वाक्यों में अनूदित किया जाए जिससे कि अनुवाद स्पष्ट और सरल हो तथा हिंदी की संरचना के अनुसार सहज भी। इस संदर्भ में डॉ. भोलानाथ तिवारी का कथन सही है कि "अन्य सभी अनुवादों की तरह कार्यालयी अनुवाद में भी हिंदी की प्रकृति के अनुरूप जहाँ अपेक्षित हो एक वाक्य के दो या अधिक वाक्य अथवा दो या अधिक वाक्यों के एक वाक्य किए जा सकते हैं।

अंग्रेजी के लंबे-लंबे वाक्यों की संरचना का एक दाहरण देखिए–

"With reference to your letter No...dated...on the subject above I am to inform you that we are not interested to take membership of your society from 31st December, 1997."

"आपके पत्र सं...दिनांक...उपरोक्त संदर्भित विषय में सूचित करना है कि 31 दिसंबर, 1997 से हम आपकी संस्था की सदस्यता लेने के इच्छुक नहीं हैं।"

इसमें अनुवादक ने केवल शाब्दिक अनुवाद किया है और वह भी शिथिल तथा असंबद्ध वाक्य में। इसका दूसरा कारण यह कि वाक्य गठन हिंदी की संरचना के अनुसार न

कर अंग्रेजी की दीर्घ-वाक्य-संरचना के अनुसार किया गया है इसलिए यह अनुवाद है यह पहचानने में देर नहीं लगती। यदि हिंदी की संरचना के अनुसार अनुवाद करना हो तो वह इस तरह हो सकता है-

"आपका अमुक तारीख का अमुक संख्यक पत्र मिला। इस विषय में सूचित किया जाता है कि 31 दिसंबर, 1997 से हम आपकी संस्था की सदस्यता लेने के इच्छुक नहीं हैं।"

इस तरह हिंदी तथा अंग्रेजी की संरचना भिन्न होने के कारण कार्यालयीन अनुवाद में यह संरचनागत भिन्नता मुख्य समस्या बन जाती है। उससे अनुवाद अनुवाद लगता है। वह सहज एवं सरल नहीं, बोझिल तथा जटिल बन जाता है। साधारण वाक्य की अपेक्षा संयुक्त और मिश्र वाक्यों का प्रयोग कार्यालयीन भाषा में हिंदी की तुलना में अंग्रेजी में ज्यादा होता है। ये लंबे अैर संश्लिष्ट वाक्य भी अनुवाद में समस्या बनते हैं।

5.4.5 पारिभाषिक शब्दावली की कमी

कार्यालयीन सामग्री के अनुवाद में पारिभाषिक शब्दावली का स्थान अत्यंत महत्त्वपूर्ण होता है। हमारे यहाँ आज़ादी के बाद कार्यालयीन अथवा प्रशासन संबंधी पारिभाषिक शब्दावली के निर्माण की आवश्यकता तीव्रता से महसूस हो रही है। इसके बिना अनुवाद करना याने ठीक वैसा है जैसे निहत्था होकर लड़ाई के मैदान पर उतरना। वस्तुतः इस दृष्टि से, पारिभाषिक शब्दावली बनाने की दिशा में कुछ काम अवश्य हुआ है। केंद्रीय हिंदी निदेशालय, नई दिल्ली की ओर से समेकित प्रशासन संबंधी शब्दावली का तथा राजभाषा विभाग की ओर से इस तरह की शब्दावली बनाने का कार्य निश्चय ही प्रशंसनीय है परंतु कार्यालय की विविध प्रकार की सामग्री के लिए यह कार्य पर्याप्त नहीं है। कार्यालयीन विविध प्रकार के पत्रों में ऐसे अनेक पदबंध, वाक्यबंध या वाक्यांश प्रयुक्त मिलते हैं जिनके लिए पारिभाषिक शब्दावली में पर्याय उपलब्ध नहीं होते। यह काम होना अब भी बाकी है। केवल शब्द के लिए पर्याय देने से सही अनुवाद नहीं हो सकता। क्योंकि वाक्य में प्रयुक्त पदबंध, वाक्यबंध या वाक्यांश की मात्रा इतनी ज्यादा होती है कि अनुवाद में शब्द कोश से भी काम चल नहीं सकता। उसके लिए आवश्यकता है पर्यायवाची शब्दावली की जिसमें पदबंध, वाक्यबंध या वाक्यांश के पर्याय उपलब्ध होंगे। इसके उपलब्ध होने से कार्यालयीन अनुवाद में अत्यधिक सुविधा होगी।

5.4.6 अनेक पर्यायों का प्रचलन

कार्यालयीन सामग्री के अनुवाद की आवश्यकता को देखते हुए हमारे यहाँ पर्यायवाची कोश निर्माण -कार्य भी तत्परता से आरंभ हुआ। कई पर्यायवाची कोश भी बनाए गये। किंतु इसमें मुख्य कठिनाई यह कि एक शब्द के अनेक पर्याय प्रचलित मिलते हैं। जैसे–'डायरेक्टर'

कहीं निदेशक है तो कहीं 'संचालक', 'इंजीनियर' कहीं 'अभियंता' है तो कहीं 'यंत्री'। 'प्रेसिडेंट' के लिए तो हिंदी में अनेक पर्याय प्रचलित हैं, जैसे-सभापति, अध्यक्ष, राष्ट्रपति आदि। इसके लिए संदर्भ और प्रसंग के अनुसार अनुवाद में सही पर्याय खोजना पड़ता है। समारोह, संसद अधिवेशन, भारत तथा अमरीका के प्रसंग में 'प्रेसिडेंट' के क्रमशः पर्याय हैं–अध्यक्ष, सभापति, राष्ट्रपति तथा राष्ट्राध्यक्ष। वस्तुतः साहित्यिक सामग्री में ऐसे शब्दों का प्रयोग स्वाभाविक माना जाता है जिनके लिए अनेक पर्याय प्रचलित मिलते हैं और जो अनेक अर्थों के वाहक होते हैं। लेकिन कार्यालयीन सामग्री में यदि ऐसे शब्दों का प्रयोग हो जिनके लिए अनेक पर्याय प्रचलित मिलते हैं तब उनमें से सही पर्याय चुनना जरूरी होता है। गलत पर्याय चुनने से अर्थहानि अटल होती है। अंग्रेजी के उपर्युक्त 'प्रेसिडेंट' का ही उदाहरण देखिए कि उसके लिए अनेक पर्याय प्रचलित होने के कारण अनुवाद में सही पर्याय चयन करना समस्यामूलक है। उसी प्रकार Isolation (पार्थ्यक्य, एकाकीपन), Miscellaneous expenditure (के लिए अनुषंगिक व्यय, विविध व्यय), Credit (विश्वास, उधार, ऋण) तथा Article (अनुच्छेद, लेख, रचना) जैसे अनेक पद/पदबंध हैं जिनके विविध पर्याय प्रचलित हैं। ऐसे समय अनुवादक को काफी सतर्क होकर प्रयुक्त शब्द के संदर्भ एवं प्रसंग को मूल रूप से समझ लेना पड़ता है। इस संदर्भ में डॉ. काशीराम शर्मा का कहना सही है कि "इस बात को नहीं भूलना चाहिए कि प्रसंग भी अर्थ निश्चित करता है और कुछ अवकाश उसके लिए भी छोड़ना चाहिए।"[12] अनुवाद में अनेक पर्यायों का प्रचलन एक कठिन समस्या बन जाता है।

5.4.7 सीमित साधन

मूलतः अनुवाद-कार्य अत्यंत जटिल कार्य है। अतः उसे सहज, सुलभ और सफलता से संपन्न करना हो तो साधनों का उपलब्ध होना अनिवार्य होता है। साधन की उपलब्धता पर ही साध्य की प्राप्ति निर्भर होती है। कार्यालयीन अनुवाद में सब से महत्त्वपूर्ण बात मूल का भावार्थ होता है। उसका सही संप्रेषण अनुवादक का पहला और महत्त्वपूर्ण दायित्व है। इस हेतु उसे आवश्यक साधनों का सहारा लेना पड़ता है। किंतु यदि साधन सीमित हो अथवा साधनों का अभाव हो तो कार्यालयीन अनुवाद के साथ अनुवादक न्याय नहीं कर पाता।

अनुवाद-कार्य अधिक शीघ्रता से संपन्न करना हो तो भी साधन अधिक उपयुक्त सिद्ध होते हैं। कार्यालयीन अनुवाद में सर्वाधिक महत्त्वपूर्ण साधन हैं शब्दकोश (एक भाषी, द्विभाषी, बहुभाषी), संक्षिप्त कोश, पर्यायवाची कोश, पारिभाषिक शब्दावली, पदबंधों, वाक्यांशों के पर्याय तथा आवश्यकतानुसार संगणक और अन्य यंत्र आदि। उसी प्रकार पूरक सामग्री के रूप में अधिनियम तथा विधान (एक्ट एंड स्टॅट्यूट) की स्रोत सामग्री एवं तद्विषयक पूरक और सहायक सामग्री का साधन के रूप में उपयोग हो सकता है। किंतु इसके अभाव में सफल अनुवाद देना बहुत कठिन होता है।

5.4.7 प्रशिक्षण केंद्रों की कमी

आज देश में केंद्रीय कार्यालयों में प्रतिवर्ष सैंकडों अनुवादक-पदों के रिक्त स्थान भरने हेतु विज्ञापन आते हैं किंतु जितनी आवश्यकता है उतने (सुयोग्य) अनुवादक उपलब्ध नहीं होते। इसका प्रधान कारण है प्रशिक्षण केंद्रों की कमी। देश में जितनी मात्रा में कार्यालयीन अनुवाद हेतु अनुवादकों की जरूरत है उतनी मात्रा में प्रशिक्षण केंद्र न होने के कारण ये उपलब्ध नहीं होते। अनेक राज्यों में अनुवाद-प्रशिक्षण पूर्ण करने के लिए न पदवी (स्नातक) पाठ्यक्रम की सुविधा है और न ही पदविका पाठ्यक्रम की। जहाँ यह सुविधा उपलब्ध है वहाँ भी प्रवेश क्षमता अत्यल्प है। कहीं-कहीं पाठ्यक्रम भी सदोष हैं जहाँ अस्सी प्रतिशत से अधिक पाठ्यक्रम सैद्धांतिक विवेचन से संबंधित है और बीस प्रतिशत से कम व्यावहारिक से। अनुवाद कार्यालयीन सामग्री का हो या साहित्यिक सामग्री का, अभ्यास उसके लिए अनिवार्य है। अनुवाद के पाठ्यक्रमों में इस पर अधिक बल दिया हुआ परिलक्षित नहीं होता जो कि एक अभाव का द्योतक है।

प्रशिक्षण केंद्रों की कमी इस क्षेत्र की पहली महत्त्वपूर्ण समस्या है और उपलब्ध केंद्रों में एकांगी पाठ्यक्रम इसकी दूसरी समस्या है। भारत जैसे बहुभाषी और विशालकाय देश में, जो कि डेढ़ सौ-दो सौ वर्ष तक पराधीन था, अनुवाद के पर्याप्त प्रशिक्षण केंद्र उपलब्ध न होना अनुवाद क्षेत्र में अभाव सूचक है। आज हिंदी की स्नातक तथा स्नातकोत्तर उपाधि प्राप्त कर बेकार भटकनेवालों की संख्या कम नहीं। यदि इस तरह के प्रशिक्षण केंद्र खुल जाएँगे तो उनकी दृष्टि से तथा अनुवाद क्षेत्र की दृष्टि से यह अत्यधिक उपयुक्त सिद्ध होगा। अनेक सरकारी कार्यालयों में अनुवादक के पद सुयोग्य अनुवादक उपलब्ध न होने के कारण रिक्त दिखाई देते हैं। साथ ही अनुवादक के पद पर कार्यरत विद्यमान सेवकों के लिए भी अधिकतम योग्यता हासिल करने हेतु पुनः इस तरह के प्रशिक्षण की सुविधा उपलब्ध कराने की बात भी अधूरी है। फलतः प्रशिक्षण केंद्रों की कमी कार्यालयीन अनुवाद की महत्त्वपूर्ण समस्या है।

5.4.9 कार्यशालाओं का अभाव

किसी विषय की कार्यशाला का आयोजन उस विषय के अध्येता एवं सेवकों में कौशल अर्जन की दृष्टि से अत्यंत महत्त्वपूर्ण सिद्ध होता है। इससे अर्जित कौशल में निखार आता है। संबंधित विषय के कार्य को अधिक सुचारु रूप से संपन्न करने की कुशलता प्राप्त होती है। इससे कार्य का अभ्यास होता है और अभिज्ञान भी। अनुवाद जैसे जटिल और कष्ट साध्य विषय के लिए तो कार्यशालाओं का आयोजन बहुत ही उपयुक्त सिद्ध होता है। इससे नए अनुवादकों को अनुवाद-दृष्टि प्राप्त होती है जिससे उनमें अनुवाद कार्य की निश्चित दिशा और कौशल का विकास होता है तो पुराने अनुवादक ताजा होते हैं जिससे अनुवाद कार्य अधिक सफल और शीघ्रता से संपन्न करने के लिए उनमें नई ऊर्जा का संचरण होता

है। किंतु कार्यालयीन अनुवाद को लेकर कार्यशालाओं के आयोजन का अभाव दिखाई देता है। इस तरह का अनुवाद कार्य करनेवाले अनुवादकों के लिए इन दिनों में कार्यशाला का आयोजन लगभग न के बराबर है। अनुवादक अपना कर्तव्य करते रहते हैं, अपना कार्य करते रहते हैं, परंतु उनकी इस आवश्यकता पर न कोई सोचता है और इस कार्य के लिए न कोई विशेष आर्थिक प्रावधान है। अतः अनुवाद-कार्य की इस कमी पर गंभीरता से सोचना पड़ेगा। कार्यशालाओं में इस प्रकार की अनुद्य सामग्री लेकर स्रोत तथा लक्ष्य भाषा की प्रकृति, संरचना, पारिभाषिक शब्दावली, व्यक्तिनाम, पदनाम, आलेखन (प्रारूप) - टिप्पणी (Drafting & Noting) मजमून आदि का जो सोदाहरण विवेचन, निदर्शन (Demonstration) तथा अभ्यास होता है उससे कार्यशाला के अभाव के कारण अनुवादक वंचित रहता है। अतः कार्यशालाओं का अभाव कार्यालयीन अनुवाद की महत्त्वपूर्ण समस्या है।

निष्कर्ष

अनुवाद क्षेत्र का सबसे विवादास्पद प्रश्न है 'अनुवाद क्या है ?' इस विषय को लेकर विद्वानों में जितने मत-मतांतर मिलते हैं उतने किसी अन्य विषय को लेकर नहीं मिलते। "मौलिक लेखन आसान है पर अनुवाद करना बहुंत कठिन होता है" से लेकर "काव्य के अनुवाद का विचार ही विवेकहीन और असंभव है" अथवा "अनुवादक द्रोही होता है" तक के अनुवाद विषयक सारे विचार देखने से इस विषय की विवादास्पदता स्पष्ट होने में देर नहीं लगती। लेकिन सच तो यह है कि अनुवाद विषय का गंभीर और सूक्ष्म अध्ययन किए बिना ही अधिकतर लोगों ने अपने मत प्रकट किए हैं। ऐसे कई लोग रहे जिन्होने विशेष अध्ययन और अधिकार के न होते हुए भी अनुवाद जैसे जटिल विषय के बारे में टिप्पणियाँ लिखी, लेख लिखे, प्रसंगानुरूप कहीं पर वक्तव्य, भाषण दिए। परिणामस्वरूप इस विषय को लेकर भ्रम तथा विवाद बढ़ते गए। वस्तुतः अनुवाद न विशुद्ध विज्ञान है और न विशुद्ध कला। यह अपने सीमित अर्थ में विज्ञान है और कला भी। इस ग्रंथ के लेखक की मान्यता है कि "वस्तुतः अनुवाद को वैज्ञानिक कला कहना अधिक तर्कसंगत होगा। क्योंकि अनुवाद की प्रकृति ही ऐसी है कि उसमें सिर्फ विज्ञान, सिर्फ कला, सिर्फ शिल्प अथवा सिर्फ पुनःसर्जन का अंतर्भाव नहीं हो सकता बल्कि इनके सुचारु समन्वित रूप से उसकी प्रकृति अस्तित्व एवं आकार बना लेती है।"

अनुवाद का स्रोत और लक्ष्य भाषा पर समान अधिकार होना चाहिए। लेकिन इसके साथ-साथ स्रोत तथा लक्ष्य भाषा-भाषी समाज और उसकी संस्कृति का ज्ञान होना भी अनिवार्य होता है। तभी कोई व्यक्ति अनुवादक बन सकता है। अनुवाद कार्य में अनेक समस्याएँ आती हैं। वस्तुतः अनूद्य सामग्री जिस तरह की होगी, जिस विषय की होगी, अनुवाद में आनेवाली समस्याएँ भी उसके अनुरूप भिन्न-भिन्न मिलेंगी। साहित्यिक

सामग्री अनुवाद में आनेवाली समस्याएँ ठीक वे नहीं होंगी, जो कार्यालयीन सामग्री के अनुवाद में आती हैं। आवश्यक साधनों की उपलब्धि, विशेषज्ञों से परामर्श, उचित प्रशिक्षण, कार्यशालाओं का आयोजन और स्रोत तथा लक्ष्य भाषा और संस्कृति का अच्छा-खासा ज्ञान ही अनुवाद में आनेवाली विभिन्न समस्याओं को हल करने में उपयोगी सिद्ध होता है। जब अनुवाद में आनेवाली समस्याओं के समाधान की सुनियोजित खोज होगी तब अनुवाद कार्य को अधिकाधिक गति मिलेगी। इससे अनुवाद का भविष्य उज्ज्वल होगा इसमें संदेह नहीं।

संदर्भ-सूची

1. डॉ. भोलानाथ तिवारी—अनुवाद विज्ञान, पृ. 15 -16, शब्दकार प्रकाशन, दिल्ली, चतुर्थ संस्करण, 1984।
2. डॉ. गार्गी गुप्त तथा विश्वप्रकाश गुप्त—पश्चिम में अनुवाद काल के मूल स्रोत, पृ. 6, भारतीय अनुवाद परिषद प्रकाशन, नई दिल्ली, प्रथम संस्करण, 1992
3. सं. नवलजी—नालंदा विशाल शब्द सागर, पृ. 1388, आदीश बुक डिपो, नई दिल्ली, संस्करण, 1988।
4. 'विश्व के मानचित्र पर हिंदी'—तृतीय विश्व हिंदी सम्मेलन के अवसर पर प्रकाशित अंक, पृ. 111-112, डॉ. प्रभाकर माचवे के लेख 'हिंदी और अन्य भारतीय भाषाएँ : आदान-प्रदान' से, सूचना एवं प्रसारण मंत्रालय, भारत सरकार प्रकाशन, नई दिल्ली, 1983।
5. सं. डॉ. प्रभातशास्त्री—'राष्ट्रभाषा संदेश' पाक्षिक पत्रिका, पृ. 1, साहित्य सम्मेलन प्रकाशन, प्रयाग, इलाहाबाद, 31 अगस्त, 1993, भाग-13, अंक-24।
6. सं. जगदीश चतुर्वेदी—'भाषा', तृतीय विश्व हिंदी सम्मेलन अंक, पृ. 159, केंद्रीय हिंदी निदेशालय, शिक्षा तथा संस्कृति मंत्रालय, भारत सरकार प्रकाशन, नई दिल्ली, 1983।
7. सं. राजेंद्र यादव—'हंस' मासिक पत्रिका, पृ. 33, ओमप्रकाश वाल्मीकि द्वारा लिया शरणकुमार लिंबाले का साक्षात्कार, अक्षर प्रकाशन प्रा. लि., नई दिल्ली, दिसंबर, 1995।
8. वही, पृ. 33
9. 'विश्व के मानचित्र पर हिंदी'—तृतीय विश्व हिंदी सम्मेलन के अवसर पर प्रकाशित अंक, पृ. 109।

9

हिंदी के बूते पर रोजगार के अवसर

भारत में अब हिंदी बोलने-समझनेवालों की संख्या 75 से 80 करोड़ के करीब है। जिस भाषा को इतनी बड़ी तादाद में किसी देश की जनता जानती, मानती और समझती हो उस देश में वह भाषा रोजगार के विभिन्न क्षेत्रों से निष्कासित हो यह बात गले नहीं उतरती। भारत के संदर्भ में हिंदी को लेकर रोजगार-अर्जन की संभावनाएँ अनंत कहनी होंगी। प्रयोजनमूलक हिंदी का एक लक्ष्य रोजगारोन्मुख हिंदी का विकास इसी अनुपात का विषय मानना होगा। यहाँ कुछ ऐसे क्षेत्रों को स्पष्ट करते हैं जिनमें हिंदी का अध्ययन करनेवालों को रोजगार के अच्छे अवसर उपलब्ध हैं—

1. विज्ञापन-निर्माता

आज आदमी का सुबह से लेकर रात के सोने तक का सारा समय विज्ञापित वस्तुओं के साहचर्य में बीत जाता है। बिछौने से बाहर कदम रखते ही दाँत माँजने की पेस्ट, पीने के लिए चाय, भोजन के लिए दूध, दाल, चावल, आटा, घी, बालों को सँवारने के तेल, कपड़े धोने के साबुन/पावडर, बाहर निकलने के लिए गाड़ी, निवास के लिए मकान, प्लॉट और सौंदर्य प्रसाधन के विविध क्रीम, पावडर और सोते समय मच्छर से बचने के लिए साधन आदि से हमें जो अवगत कराता है वह विज्ञापन ही होता है। विज्ञापन जनसंचार के अनेक साधनों के जरिए मनुष्य पर प्रभाव डालता है। बिल्कुल सामान्य वस्तु को भी सुंदर रूप से विज्ञापित कर देने से ग्राहक उसे खरीदकर ही रहता है। विज्ञापन आज न केवल वस्तु की जानकारी देता है बल्कि उसके उपभोग की ऐसी ललक बढ़ाता है कि उपभोक्ता आवश्यकता हो न हो, उसे खरीद ही ले। विशेषणों का प्रयोग, गीतों की पंक्तियाँ, संगीतात्मक, दृश्यात्मक एवं मोहक प्रस्तुति विज्ञापन को अधिक जानदार बना देती है। उपभोक्ता वर्ग के मनोविज्ञान को जानकर निर्माण किया गया विज्ञापन अधिक प्रभावी बन जाता है।

किंतु विज्ञापन जैसे महत्त्वपूर्ण क्षेत्र को हिंदी भाषा का अध्ययन-अध्यापन करनेवाले कभी रोजगार अर्जन के क्षेत्र के रूप में पहचान नहीं पाए। भाषा पर अधिकार रखनेवाला कोई भी व्यक्ति इस क्षेत्र में रोजगार का अच्छा अवसर पा सकता है। भारत जैसे विशालकाय देश के जन-मन तक पहुँचना हो तो हिंदी के लिए दूसरा विकल्प नहीं। यही कारण है कि

हमारे यहाँ दूरदर्शन, रेडियो, अखबार और अन्य सभी अधुनातन विभिन्न जनसंचार माध्यमों के लिए बनाए जानेवाले अधिकतर विज्ञापन हिंदी में हुआ करते हैं। अतः विज्ञापन क्षेत्र में विज्ञापन निर्माता, विज्ञापन सलाहकार, विज्ञापन विशेषज्ञ जैसे विविध रूपों में सेवा कर अपनी प्रतिभा का परिचय देने और अच्छा-खासा रोजगार अर्जित करने का अवसर, हिंदी के कारण मिल सकता है। शासकीय सेवाओं में ही नहीं बल्कि वैश्वीकरण के परिणामस्वरूप बहुराष्ट्रीय कंपनियों के आगमन के कारण निजी क्षेत्र में भी अब विज्ञापन-क्षेत्र नई पीढ़ी को रोजगार अर्जन हेतु दावत दे रहा है। अब देखना है कि आनेवाली पीढ़ी इससे कितना कुछ लाभ उठा पाती है ?

2. निवेदक

निवेदन जीवन का अभिन्न अंग होता है। सफल निवेदन अपने उद्देश्य की पूर्ति किए बिना नहीं रहता। लेकिन ऐसा निवेदन कोई विरला ही कर पाता है। निवेदन प्रायः लिखित और मौखिक दोनों रूपों में होता है। लेकिन वर्तमान काल में मीड़िया के बढ़ते साधनों के कारण मौखिक निवेदन का अपना अलग महत्त्व बढ़ गया है। निवेदन करनेवाला ही निवेदक कहलाता है। रेडियो, फिल्म, दूरदर्शन, कैसेट और समारोह आदि की दुनिया में निवेदक की भूमिका महत्त्वपूर्ण बनी है। निवेदन सुस्पष्ट, सुबोध, प्रभावशाली, जीवंत, मोहक और आकर्षक होना चाहिए। ऐसा निवेदन करने के लिए निवेदक में भाषा प्रभुत्व, उच्चारण कौशल, समय-सूचकता, आरोह-अवरोह, संबंधित विषय का ज्ञान, श्रोता एवं दर्शक के मनोविज्ञान को जानने की योग्यता, अतिशीघ्र निर्णय लेने की क्षमता और औचित्य की पूरी पकड़ जैसे गुणों का होना अनिवार्य है। निवेदन के क्षेत्र में हिंदी भाषा के अध्येता को आज रोजगार के सर्वाधिक अवसर आमंत्रित कर रहे हैं। यह सच है कि बार-बार विज्ञापन देकर भी रेडियो के लिए अच्छे निवेदक उपलब्ध नहीं हो रहे हैं और दूसरी ओर एम. ए. (हिंदी) होकर युवा छात्र बेकार भटक रहे हैं। हमारे यहाँ सामाजिक, सांस्कृतिक एवं राष्ट्रीय उत्सवों तथा समारोहों के अवसर पर निवेदक का अपना अलग व्यक्तित्व एवं महत्त्व हुआ करता है। सभाओं, संगोष्ठियों, सम्मेलनों और तरह-तरह के आयोजनों की सफलता भी निवेदन पर ही अधिक निर्भर हुआ करती है। निवेदक भी अब प्रायः दो श्रेणी के मिलते हैं—(1) मासिक वेतन पर नियुक्त निवेदक और (2) व्यावसायिक निवेदक (प्रोफेशनल अनाउंसर) जो पारिश्रमिक लेकर निवेदन का काम करते हैं।

भाषा पर अधिकार रखनेवाला, संभाषण / निवेदन शैली में निष्णात, उच्चारण कौशल में निपुण तथा प्रासंगिकता की सूझ-बूझ रखनेवाला व्यक्ति निश्चय ही सफल निवेदन कर सकता है। निवेदक एक ओर दस-दस हजार से ज्यादा मासिक वेतन पाता है तो दूसरी ओर एक-एक कार्यक्रम के निवेदन के लिए दस-दस हजार रुपए पारिश्रमिक लेता है। अतः वर्तमान युवा पीढ़ी को हिंदी निवेदक के रूप में स्थान पाने के अवसर को स्वीकारना

चाहिए। स्पष्ट है कि हिंदी के बूते पर रोजगार अर्जन हेतु यह क्षेत्र निश्चय ही उपयुक्त है, जो रुपए ही नहीं रूतबा भी देता है।

3. अनुवादक

अनुवादक वर्तमान जीवन की आवश्यकता है और अनिवार्यता भी। वैश्वीकरण के बढ़ते माहौल ने तो अनुवाद क्षेत्र को और अधिक महत्त्व प्रदान किया। किसी समाज की सभ्यता और संस्कृति से परिचय पाना, किसी राष्ट्र की सभ्यता और संस्कृति को जानना, दूरियों को मिटाना, ज्ञान-विज्ञान का अर्जन करना, अपने विचारों को समृद्ध करना, भाषा और साहित्य को समृद्ध करना, तुलनात्मक अध्ययन और अनुसंधान करना, उन्नति का रास्ता पाना, व्यापार में वृद्धि होना, 'हम कितने पानी में हैं' को जानना, मानव जाति के कल्याण में सहयोग देना, आदान-प्रदान का मार्ग प्रशस्त बनाना, भावात्मक एकता का सेतु निर्माण करना, मनुष्य-मनुष्य के बीच की दूरियाँ मिटाना, राष्ट्रीय एकात्मता को बढ़ावा देना, मानव धर्म का महत्त्व बतलाना, अंतर्राष्ट्रीय सद्‌भावना को सुदृढ़ बनाना और 'वसुधैव कुटुंबकम्' का सपना साकार करना आदि की दृष्टि से अनुवाद अत्यंत उपयोगी सिद्ध हुआ है। लेकिन वर्तमान संदर्भ में अनुवाद की सर्वाधिक उपयोगिता रोजगार अर्जन के स्रोत के रूप में माननी पड़ेगी। अनुवाद का महत्त्व अब रोजगार दिलानेवाले साधन के रूप में भी स्वीकारना होगा। भाषा का अध्ययन करनेवाले छात्रों के लिए हमारे यहाँ रोजगार के अच्छे अवसर उपलब्ध हैं, बशर्ते कि हिंदी के साथ-साथ वे अंग्रेजी की भी समझ रखते हो। हमारे देश के कृषितर प्रत्येक विश्वविद्यालय में हिंदी पढ़नेवालों की संख्या ज्यादा है। केवल महाराष्ट्र की ही स्थिति देखेंगे तो पाएँगे कि यहाँ प्रत्येक विश्वविद्यालय में एम. ए. हिंदी होनेवालों की संख्या प्रति वर्ष करीब चार सौ से ज्यादा है और पूरे राज्य के नौ विश्वविद्यालयों से प्रति वर्ष यह संख्या साढ़े तीन हजार से ज्यादा है। लेकिन सच तो यह है कि एक-दो प्रतिशत छात्र भी नौकरी नहीं पा सकते। कारण यह कि यहाँ या तो बी.एड् किया जाता है या एम. फिल. और नेट/सेट कर कहीं अध्यापक-प्राध्यापक बनने के प्रयास होते हैं। लेकिन अनुवाद जैसे क्षेत्र में कोई आता नहीं। इस क्षेत्र की जानकारी का अभाव, प्रशिक्षण का अभाव, अनुवाद पदविका, पाठ्यक्रम की सुविधा का अभाव और उचित मार्गदर्शन का अभाव आदि इस के मूल कारण कहने होंगे।

सच तो यह है कि हमारे यहाँ अनुवाद क्षेत्र में रोजगार के अधिकाधिक अवसर मौजूद हैं। ''भारत देश के संबंध में कहें तो यहाँ के केंद्रीय कार्यालयों में प्रति वर्ष लगभग साढ़े चार सौ-पाँच सौ तक अनुवादक के पद निकलते हैं किंतु मुश्किल से दस-बीस अनुवादक मिलते हैं। क्योंकि देश में अब भी अनुवाद पदविका अथवा पदवी पाठ्यक्रम उतनी अधिक मात्रा में नहीं चलाए जाते हैं।''[1] अनुवाद बेकारी से छुटकारा दिलाकर रोजगार से जोड़ते हुए रोजी-रोटी की समस्या हल कर देनेवाला महत्त्वपूर्ण साधन बन गया है। हिंदी के बूते पर

बेकारी से लड़ने का और उस पर जय पाने का अच्छा-खासा साधन अनुवाद को ही मानना पड़ता है जो एक ओर रोजगार दे सकता है तो दूसरी ओर धैर्य एवं स्थैर्य। आयकर, दूरसंचार, बैंक, बीमा, रेल, डाक-तार, भविष्य निधि, इंश्योरेंस और विभिन्न शासकीय कार्यालयों तथा राजभाषा विभागों में हिंदी अनुवादक की आवश्यकता होती है। दूसरी तरफ उत्कृष्ट साहित्य कृतियों के अनुवाद हेतु भी हिंदी अनुवादकों की जरूरत होती है। मूलतः हिंदी के बूते पर अनुवाद क्षेत्र में रोजगार के अवसर दो प्रकार के रहा करते हैं—(1) मासिक वेतन भोगी अनुवादक, जो उपर्युक्त जैसे विभिन्न कार्यालयों में नियुक्त किए जाते हैं और (2) व्यावसायिक अनुवादक, जो पारिश्रमिक लेकर साहित्यिक एवं साहित्येतर सामग्री का अनुवाद करते रहते हैं।

स्रोत भाषा की सामग्री को लक्ष्य भाषा में अंतरित करना ही अनुवाद है। यह अंतरण प्रथमतः भावार्थ पर केंद्रित होना चाहिए और तत्पश्चात भाषा सौष्ठव एवं शैली पर। अर्थात् अनुवादक को मूल के भावों को लक्ष्य भाषा में यथावत सुरक्षित रखना पड़ता है और साहित्यिक सामग्री के अनुवाद में स्रोत भाषा की शैली को भी। इसलिए कि पाठक अनुवाद के जरिए मूल के भाषा सौष्ठ को भी जान सके। लेकिन मूल की शैली को लक्ष्य भाषा की प्रकृति के अनुरूप ही सुरक्षित रखना होगा। वरना अनुवाद बेढ़ंगा, हास्यास्पद लगेगा। जब किसी रचना का अनुवाद पढ़ते समय लगता ही नहीं कि हम अनुवाद पढ़ रहे हैं, लगता है कि मूल ही पढ़ रहे हैं तब समझना चाहिए कि यह एक सफल अनुवाद है। लेकिन जब पाठक को लगता है कि वह अनुवाद पढ़ रहा है तब समझ लें यह असफल अनुवाद है। वही अनुवाद आदर्श और सफल माना जाता है जो सहज, सरल, सुबोध और प्रवाहमयी होता है। साथ ही जो मूलनिष्ठ और समतुल्य होता है। सहजता और निकटता किसी भी अनूदित कृति को सफलता एवं विश्वसनीयता प्रदान करती है। स्रोत तथा लक्ष्य भाषा पर समान अधिकार रखनेवाला और दोनों भाषा-भाषी समाज और उसकी संस्कृति को जाननेवाला ही अनुवादक बन सकता है।

आज ज्ञान-विज्ञान की सामग्री, कार्यालयीन सामग्री, वाणिज्य विषयक सामग्री, तकनीकी सामग्री, सूचना एवं प्रौद्योगिकी की सामग्री और साहित्यिक सामग्री के अनुवाद होना दुनिया के प्रत्येक राष्ट्र एवं समाज की आवश्यकता बनी है। अतः अनुवाद-क्षेत्र वर्तमान युवा पीढ़ी के लिए रोजगार के अनेक अवसर प्रदान कर रहा है। विशेषतः हिंदी अनुवादक की आवश्यकता स्वाधीन भारत की और भारतवासियों की आवश्यकता है। जहाँ अधिक लोग हिंदी को जानते, मानते और समझते हैं, जहाँ की जनता हिंदी को अपनाती है और जहाँ का आम आदमी हिंदी का ही प्रयोग करता है और जहाँ जन-मन ही हिंदीमय बन गया है वहाँ ज्ञान-विज्ञान और श्रेष्ठ साहित्य कृतियों के अनुवाद की माँग होना स्वाभाविक कहना होगा। अतः यहाँ हिंदी अनुवादक की माँग होना भी स्वाभाविक है।

4. हिंदी अधिकारी

हिंदी के स्नातकों को अध्यापनेतर क्षेत्र में सेवा का एक और अवसर हिंदी अधिकारी पद पर सेवा पाने का है। विभिन्न सरकारी कार्यालयों में हिंदी का प्रयोग बढ़ता रहे इस हेतु हिंदी अधिकारी की नियुक्ति होती है। केंद्र सरकार अपने कार्यालयों में हिंदी का प्रयोग करने, सभी कर्मचारियों को हिंदी में व्यवहार के लिए मदद करने और कार्यालयीन दस्तावेज को हिंदी में लाने हेतु हिंदी अधिकारी की नियुक्ति करती है। प्रशासन से संबंधित पत्राचार में हिंदी का प्रयोग करने हेतु हिंदी अधिकारी को प्रयास करना पड़ता है। हिंदी अधिकारी को मुख्यतः निम्नांकित कार्य का दायित्व वहन करना पड़ता है—

1. अपने कार्यालय में हिंदी को बढ़ावा देना।
2. कार्यालय के कर्मचारियों को हिंदी सीखने के लिए प्रोत्साहित करना।
3. कार्यालय के अंग्रेजी दस्तावेज हिंदी के अनुरूप बनाना।
4. पत्राचार हिंदी में करने हेतु सहयोग देना।
5. हिंदी के प्रचार-प्रसार हेतु सेवकों के लिए प्रतियोगिताएँ आयोजित करना।
6. ग्राहकों को हिंदी में व्यवहार के लिए मदद करना।
7. अपने कार्यालय में हिंदी भाषा का माहौल बनाने का पूरा प्रयास करना।
8. एक कार्यालय का दूसरे कार्यालय से हिंदी में संपर्क बनाए रखने में मदद करना।
9. राज्य सरकार के विविध कार्यालयों से हिंदी में संपर्क या पत्राचार हेतु सहयोग देना।
10. अंग्रेजी की तरह हिंदी को भी कार्यालयीन भाषा के रूप में स्थापित करने का हर संभव प्रयास करना।
11. कार्यालयीन भाषा के रूप में हिंदी के विकास में योगदान करना।

इस तरह हिंदी अधिकारी को अपना बहुमुखी दायित्व वहन करना पड़ता है ताकि हिंदी के अनुकूल माहौल बन सके। हिंदी अधिकारी के रूप में नियुक्ति चाहनेवाले व्यक्ति में विशिष्ट योग्यता का होना अनिवार्य होता है, जैसे—हिंदी भाषा तथा साहित्य में गहरी पैंठ, संभाषण कौशल, राजभाषा विषयक नियमों-अधिनियमों का ज्ञान, संविधान में सन्निहित हिंदी के प्रावधान की जानकारी, प्रशासन से संबंधित अंग्रेजी-हिंदी पारिभाषिक शब्दावली और हिंदी के लिखित रूप पर जबरदस्त अधिकार आदि। साथ ही अंग्रेजी से हिंदी अनुवाद करने की क्षमता का होना भी जरूरी होता है।

दूरसंचार, आयकर, भविष्य निधि, बैंक, बीमा, इंश्योरेंस, रेल, डाक-तार और अन्य अनेक सरकारी कार्यालयों में हिंदी अधिकारी के रूप में नियुक्ति के अच्छे अवसर हुआ करते हैं। हिंदी विषय लेकर बी. ए. तथा एम. ए. करनेवाले छात्र ऐसे अवसरों से लाभान्वित हो सकते हैं। छात्र जीवन से ही यदि वे इसकी जानकारी लेते रहेंगे और दिशा निश्चित कर उसके लिए प्रयास करेंगे तो सफल होने में कोई संदेह नहीं बचेगा।

5. राजभाषा अधिकारी

'राजभाषा अधिकारी' पद स्वाधीन भारत की आवश्यकता की निर्मिति है। स्वतंत्रता प्राप्ति के बाद जैसे ही भारतीय संविधान ने हिंदी को (जनभाषा और राष्ट्रभाषा के रूप में प्रयुक्त होते देखकर) राजभाषा के रूप में स्वीकृत किया वैसे ही उसका महत्त्व और दायित्व अधिक बढ़ गया। हिंदी को संविधान सम्मत अधिकार के अनुरूप स्थापित करने के लिए अनेक योजनाओं एवं नीतियों को अपनाया गया। सरकारी कार्यालयों में राजभाषा अधिकारी पद का प्रावधान इसी अनुपात में किया हुआ दिखाई देगा।

केंद्र सरकार के विभिन्न कार्यालयों में विगत् कई वर्षों से राजभाषा अधिकारी पद पर नियुक्तियाँ हो रही हैं। अनेक हिंदी स्नातक एवं स्नातकोत्तर उपाधि धारियों को इस पद पर आज सेवा का अवसर निमंत्रित कर रहा है। हिंदी के साथ-साथ अंग्रेजी का कार्य साधक ज्ञान रखनेवाला छात्र इस अवसर से अधिक लाभान्वित हो सकता है। आज अगर हिंदी की सेवा करनी हो और हिंदी के बूते पर रोजगार अर्जन में सफल होना हो तो आवश्यकता इस बात की है कि हिंदी के प्रति भावुक प्रेम में आकर अंग्रेजी की निंदा करना छोड़ना होगा। हिंदी पढ़नेवाली युवा पीढ़ी को इस सच्चाई को भूलना नहीं चाहिए कि अंग्रेजी का (या किसी भी भारतीय भाषा का) विरोध करने से हिंदी का भला नहीं हो सकता। आज भारत में हिंदी के उन छात्रों को विकास के ज्यादा अवसर उपलब्ध हैं जो अंग्रेजी भी जानते हैं। 'राजभाषा अधिकारी' के रूप में वही व्यक्ति नियुक्ति पा सकता है जो हिंदी पर अच्छा-खासा अधिकार रखता हो और जिसे अंग्रेजी का कार्य साधक ज्ञान हो। जीवन बीमा निगम, इंश्योरेंस तथा न्यू इंडिया इंश्योरेंस कंपनी, बैंक, दूरसंचार, भविष्य निधि, आयकर जैसे अनेक कार्यालयों तथा केंद्र सरकार के विभिन्न कार्यालयों में राजभाषा अधिकारी की नियुक्ति होती है। कहना आवश्यक नहीं कि यह नियुक्ति अच्छे-खासे मासिक वेतन पर प्रथम श्रेणी के अधिकारी (क्लास वन ऑफिसर) के रूप में होती है। इस पद पर नियुक्त होने पर संबंधित अधिकारी को अपने कार्यालय में और अधीनस्थ परिक्षेत्र के विभिन्न कार्यालयों में हिंदी के प्रचार-प्रसार हेतु महत्त्वपूर्ण भूमिका निभानी पड़ती है। अपने क्षेत्रीय कार्यालय और संलग्न विभिन्न कार्यालयों में हिंदी में व्यवहार हो इसलिए राजभाषा अधिकारी को निम्नांकित दायित्व का वहन करना पड़ता है—

1. कार्मिकों के लिए हिंदी प्रशिक्षण की सुविधाएँ प्रदान करना।
2. हिंदी में कार्य करने के लिए प्रोत्साहन देने हेतु कार्यशालाओं का आयोजन करना।
3. शिविरों / अधिवेशनों को आयोजित कर हिंदी के अनुकूल माहौल बनाना।
4. हिंदी के विकास को प्रेरणा देने हेतु तत्संबंधी विविध प्रतियोगिताएँ लेना।
5. अपने अधीनस्थ क्षेत्रीय कार्यालयों में हिंदी से संबंधित उपक्रम बना देना।
6. अपने कार्यालय में बार-बार प्रयुक्त होनेवाली हिंदी की पारिभाषिक शब्दावली

बनाने में सहयोग देना।

7. पत्राचार में कार्यालयीन भाषा में बार-बार प्रयुक्त होनेवाले हिंदी वाक्यांश बनाने में योगदान करना।
8. अपने कार्य क्षेत्र से संबंधित अंग्रेजी पदनामों के हिंदी पर्याय निश्चित करने में मदद करना।
9. हिंदी में पत्राचार करने के लिए हर संभव प्रयास करना।
10. कार्यालय से संबंधित अंग्रेजी दस्तावेज को हिंदी में लाने हेतु कार्य करना।
11. हिंदी को राजभाषा अर्थात् कार्यालयीन भाषा के रूप में स्थापित करना।
12. संबंधित कार्य क्षेत्र में हिंदी के विकास की नीति निर्धारित करना।
13. हिंदी के प्रचार-प्रसार हेतु विविध योजनाएँ बनाना।
14. हिंदी संबंधी विविध योजनाओं के क्रियान्वयन में सहयोग देना।

निष्कर्षतः स्पष्ट है कि राजभाषा अधिकारी को अपने विविधांगी व्यक्तित्व से ऐसी जिम्मेदारी निभानी है जो हिंदी के अनुरूप माहौल बनाने में अलग अहमियत रखती है। हिंदी के अलावा अंग्रेजी का कार्यात्मक ज्ञान, राजभाषा अधिनियमों की जानकारी, हिंदी का संविधानिक प्रावधान और राष्ट्र एवं राष्ट्रभाषा प्रेम से सराबोर व्यक्तित्व संपन्न अधिकारी ही कुशल राजभाषा अधिकारी बन सकता है। अध्ययनशील, सृजनशील एवं तत्वशील युवा वर्ग को हिंदी के बूते पर राजभाषा अधिकारी के रूप में सेवा का अवसर प्रदान किया जाना न केवल युवा पीढ़ी के विकास के लिए बल्कि देश के विकास के लिए भी उपयुक्त सिद्ध होगा इसमें संदेह नहीं।

6. पटकथाकार

सच है कि भारत बहुभाषी देश है। यहाँ मनोरंजन के साधन सभी भाषाओं में विद्यमान हैं। किंतु यह भी सच है कि इनमें से अधिकतर साधनों की भाषा हिंदी है। रेडियो, वीडियो, टी. वी., टेपरेकार्डर एवं कंप्यूटर जैसे अनेक साधनों ने आज न केवल व्यक्ति और समाज के विकास में महत्त्वपूर्ण भूमिका अदा की है बल्कि मनोरंजन में भी। इनमें रचनात्मक दृष्टि के साथ मनोरंजन के जरिए प्रबोधन करनेवाला चिरस्थायी साधन फिल्म ही मानना पड़ेगा।

हमारे यहाँ फिल्मी दुनिया का सबसे बड़ा सच है हिंदी का प्रयोग। मराठी, कन्नड़, तेलुगु, तमिल, गुजराती तथा बंगाली जैसी भाषाओं में अत्यंत स्तरीय, कलात्मक और सशक्त फिल्मों का निर्माण हुआ है। लेकिन इन सब में हिंदी फिल्में ही संपूर्ण देश में अधिक मात्रा में पसंद की गई हैं, स्तर की दृष्टि से और कलात्मक ऊँचाई की दृष्टि से भी। आज देश में ही नहीं बल्कि विदेशों में भी हिंदी फिल्मों ने अपनी जड़े जमा ली हैं। 'मेरा नाम जोकर' जैसी फिल्म रूस जैसे देश में भी खूब चली। कहना गलत नहीं होगा कि हमारे देश में फिल्म का मतलब 'हिंदी फिल्म' समझा जाता है। भारत में सर्वाधिक फिल्में हिंदी में ही आती हैं।

देश के अहिंदी भाषी प्रदेशों का सर्वेक्षण करने पर सबसे बड़ा सच सामने आता है कि यहाँ प्रादेशिक भाषा से ज्यादा हिंदी फिल्में ही चलती हैं।

यही वह कारण है कि फिल्म जैसे व्यवसाय में हमारे यहाँ हिंदी के स्नातक के लिए रोजगार के अवसर उत्तरोत्तर बढ़ते जा रहे हैं। इस क्षेत्र में आज अच्छे पटकथाकार की आवश्यकता है लेकिन इसके अभाव में बंबइया हिंदी जाननेवालों से काम चला लिया जा रहा है। ऐसे लोग भी पटकथा लेखन के व्यवसाय में जुड़े हैं जिन्होने विशेष रूप से और विशेष स्तर पर हिंदी का अध्ययन किया ही नहीं। आज हिंदी में एम. ए., एम. फिल., तथा पी-एच. डी. जैसी उपाधियाँ लेकर बेकारों की भीड़वाले या रोजगार की तलाश में भटकनेवाले युवा वर्ग को अपने समय की माँग को पहचानना ही होगा। सवाल यह है कि हिंदी में उच्चतम उपाधि हासिल करने के बावजूद कोई युवक या युवती क्यों फिल्म के लिए पटकथा लेखन का क्षेत्र नहीं चुनता ? क्यों कोई पटकथाकार नहीं बन सकता ? अर्थात् इस क्षेत्र की जानकारी का अभाव, उचित मागदर्शन का अभाव, प्रशिक्षण का अभाव, पाठ्यक्रमों का अभाव, भाषा प्रभुत्व का अभाव और कल्पनाशीलता तथा अभ्यास के अभाव में हिंदी का ऊँची उपाधिधारी छात्र भी हिंदी फिल्म जगत् में पटकथा लेखन में आने का साहस नहीं कर पाता। आज फिल्मी दुनिया की आवश्यकता की पूर्ति हिंदी के विशेष अध्येता से ही संभव है बशर्ते कि उसे तत्संबंधी उचित मार्गदर्शन एवं प्रशिक्षण प्रदान करें।

आज हिंदी फिल्मों में पटकथाकार के रूप में कार्य कर रोजगार अर्जन करने के लिए युवा वर्ग को सर्वाधिक अवसर हैं। यह वह क्षेत्र है जिसमें मान ही नहीं बल्कि धन भी अपार मिलता है। राही मासूम रजा, कमलेश्वर, गुलजार, जावेद अख्तर, मनोहरश्याम जोशी, नरेंद्र शर्मा तथा भीष्म साहनी जैसे श्रेष्ठ प्रतिभाशाली सर्जकों ने भी अपने अभावग्रस्त जीवन को उबारने हेतु फिल्म के लिए पटकथा लेखन-संवाद लेखन का कार्य किया है।

निम्नांकित उपायों का क्रियान्वयन करने पर फिल्म के लिए अच्छे एवं सफल पटकथाकार प्राप्त हो सकते हैं।

1. पाठ्यक्रमों में पटकथा लेखन को स्थान देना।
2. पटकथा लेखन के लिए उचित मार्गदर्शन प्रदान करना।
3. पटकथालेखन हेतु बुनियादी प्रशिक्षण दिलाना।
4. कार्यशालाओं का आयोजन करना।
5. अनुभव संपन्न विशेषज्ञों से परामर्श करना।
6. सभी आवश्यक साधन सामग्री उपलब्ध करा देना।
7. अपने समय और समाज को समझने की दृष्टि का विकास करना।
8. अभिव्यक्ति क्षमता को दिशा देना।
9. भाषा की बारीकियों को समझा देना।
10. सृजनक्षमता को विकसित करना।

11. नव निर्माण की दृष्टि को तेज करना।

12. कथात्मक लेख को सरसता प्रदान करने हेतु अभ्यास करना।

13. व्यावसायिक दृष्टि के साथ-साथ सामाजिक दृष्टि दृढ़ करना।

उपर्युक्त बातों का ध्यान रखने पर हिंदी फिल्म के लिए बेहतर-से-बेहतर पटकथाकार उपलब्ध हो सकते हैं। इस क्षेत्र में जाने के लिए युवा पीढ़ी उक्त सभी उपायों को आत्मगत् कर सुंदर, सरस, कलात्मक और प्रभावशाली पटकथा दे सकती है। हिंदी के ज्ञान पर अब धनार्जन का यह एक नया क्षेत्र है जिसके भीतर डुबकी लगाने का साहस करने पर ही सफलता की सीढ़ियाँ प्राप्त हो सकती हैं।

फिल्म के अलावा दूरदर्शन तथा विभिन्न चैनलों से प्रसारित होनेवाले धारावाहिकों के लिए भी आज उत्कृष्ट पटकथा लेखन करनेवालों की अच्छी-खासी माँग है। इन क्षेत्रों में रोजगार अर्जन की संभावनाएँ भी अनंत कहनी होंगी।

7. संवादकार

किसी फिल्म को सफलता प्रदान करनेवाले जितने भी मुख्य कारक हैं उनमें से एक है संवाद। अगर संवाद उत्कृष्ट हो तो लोग फिल्म को सर-आँखों पर लेते हैं। सशक्त संवाद ही दर्शकों की तालियाँ लूट लेते हैं, इससे सिनेमा घर गूँजने लगता है और दर्शक के मन-मस्तिष्क पर उसकी अनुगूँज देर तक छायी रहती है। अतः संवाद सिनेमा की जान है कहना गलत नहीं होगा। हिंदी में 'शोले', 'दीवार', 'मुगल-ए-आज़म', 'देवदास', 'गाइड' तथा 'मदर इंडिया' जैसी सैंकडों फिल्में हैं जिनके संवाद दर्शकों के कानों में देर तक गूँजते रहते हैं।

आज जितनी मात्रा में हिंदी फिल्में आ रही हैं उसे देखते हुए लगता है कि हिंदी स्नातकों को रोजगार अर्जन की चिंता करना आवश्यक नहीं। फिल्म के लिए संवाद लेखन का काम करने में हिंदी में उच्चतम शिक्षा पानेवाले छात्र जितने सफल हो सकते हैं उतने सफल अन्य लोग होंगे यह संभव नहीं। इसके लिए कुछ अपवाद जरूर मिलेंगे लेकिन प्रायः भाषा और साहित्य का गहन अध्ययन करने पर उस पर प्रभुत्व प्राप्त करने में दिक्कत नहीं होती। अतः आज फिल्म क्षेत्र में संवाद लेखन के आधार पर रोजगार पाने का मौका छोड़ना नहीं चाहिए। विशेषतः नवागत हिंदी अध्येता तथा अनुसंधाता इस चुनौती का स्वीकार कर अपनी आमदनी को बढ़ा सकता है। आय के अच्छे साधन के रूप में आज इस विषय को देखने पर ही इसमें कौशल अर्जित हो सकता है। दूसरी बात यह कि संवाद लेखन केवल फिल्म के लिए नहीं किया जाता, दूरदर्शन एवं विभिन्न चैनलों के लिए लिखे जा रहे धारावाहिकों, टेली फिल्मों, ड्रामों और डॉक्यू ड्रामों आदि के लिए भी संवाद लेखकों की माँग बढ़ती जा रही है। उत्कृष्ट संवाद दर्शकों को खींच लेने में सफल होते हैं। किस तरह के संवाद सफल एवं प्रभावशाली होते हैं ? अर्थात् संवाद कैसे हो ? यहाँ इस बात पर प्रकाश डालना भी अनिवार्य लगता है। फिल्म हो चाहे टेली फिल्म, नाटक हो चाहे दूरदर्शन—इनमें प्रयुक्त होनेवाले

संवाद प्रायः इन गुणों से युक्त हो–

1. छोटे एवं संक्षिप्त संवाद।
2. आकर्षक संवाद।
3. प्रभावशाली संवाद।
4. व्यंग्यपूर्ण संवाद।
5. हास्यपूर्ण संवाद।
6. भावपूर्ण संवाद।
7. विवेकपूर्ण संवाद।
8. जोशपूर्ण संवाद।
9. मनोरंजक संवाद
10. सरल संवाद।
11. सहज संवाद।
12. सशक्त संवाद।
13. सरस संवाद।
14. नुकीलें / धारदार संवाद।
15. जीवंत संवाद।
16. पात्रानुकूल संवाद।
17. प्रसंगानुकूल संवाद।

उपर्युक्त लक्षणों से युक्त संवाद निश्चय ही फिल्म, टेली फिल्म, नाटक, दूरदर्शन के धारावाहिक तथा चैनलों के धारावाहिकों को अधिक जानदार बनाते हैं। संवादों के जानदार और प्रभावशाली बनने पर फिल्म की सफलता निर्भर हुआ करती है। हिंदी फिल्मों में कादरखान के संवाद गुदगुदी पैदा करनेवाले, हास्यपूर्ण तथा व्यंग्यपूर्ण होने के कारण विशिष्ट प्रभाव छोड़ते हैं।

फिल्म के लिए उत्कृष्ट संवादकार बनने हेतु निम्नांकित गुणों का होना आवश्यक है–

1. भाषा प्रभुत्व।
2. प्रतिभा।
3. कल्पनात्मकता।
4. सृजनशीलता।
5. संवेदनशीलता।
6. आकलन क्षमता।
7. अभिव्यक्ति कौशल।
8. रचनात्मक दृष्टि।
9. प्रासंगिकता की पकड़।

10. समाज मनोविज्ञान का ज्ञान।

11. कठोर परिश्रम की वृत्ति।

इन गुणों से युक्त संवादकार ही अपने प्रतिभा के बल पर किसी फिल्म के संवादों को आकर्षक, प्रभावशाली, रंजक एवं जीवंत बना सकता है। संवाद का यथोचित सर्जन मनोरंजक ही नहीं विचारोत्तेजक एवं बुद्धिवर्धक भी होता है। यहाँ 'दीवार' फिल्म के दो भाई की भूमिका में बच्चन और शशि कपूर के बीच के संवाद मिसाल के तौर पर देखने लायक हैं—

अमिताभ बच्चन : पहले मैं यह जानना चाहता हूँ कि मेरे साथ कौन बात कर रहा है ? एक भाई या एक पुलिस अफसर ?

शशि कपूर : जब तक एक भाई बोलेगा, एक भाई सुनेगा। जब एक मुजरिम बोलेगा तब एक पुलिस अफसर सुनेगा।

अमिताभ बच्चन : आज मेरे पास सब कुछ है। बँगला है। गाड़ी है। तुम्हारे पास क्या है ? क्या है तुम्हारे पास ?

शशि कपूर : मेरे पास माँ है।

कहना आवश्यक नहीं कि संवादों की ताक़त ही फिल्म को सफलता की मंजिल पर पहुँचाती है। ऐसे महत्त्वपूर्ण क्षेत्र में नवयुवकों को हिंदी के बूते पर रोजगार पाने के अनेक अवसर दावत दे रहे हैं। अगर हिंदी भाषा एवं साहित्य का गहन एवं गंभीर अध्ययन करते हो और अभिव्यक्ति कौशल को अर्जित करते हो तो फिल्म के संवादकार के रूप में मान-सम्मान, इज्जत और शौहरत के साथ दौलत भी कदमों को चूमती है इसे आजमाकर देखना होगा।

8. गीतकार

वस्तुतः भारत में जनपदीय भाषाओं में और खड़ीबोली हिंदी में विविध प्रकार के गीतों का अभाव न आज़ादी के पहले था, न आज है और न आगे रहेगा। हिंदी फिल्मों में भी जनपदीय भाषाओं के शब्दों / लोकगीतों की शैलियों का प्रयोग खूब मिलता है। विशेषतः भोजपुरी, मगही, मैथिली (बिहारी हिंदी की बोलियाँ / विभाषाएँ), अवधी, बघेली, छत्तीसगढ़ी (पूर्वी हिंदी की बोलियाँ / विभाषाएँ), हरियाणवी, बुंदेलखंडी, कन्नौजी, ब्रज (पश्चिमी हिंदी की बोलियाँ / विभाषाएँ), जयपुरी, मेवाती, मारवाड़ी, मालवी (राजस्थानी हिंदी की बोलियाँ / विभाषाएँ), नेपाली, डोगरी, गढ़वाली, कुमाऊँनी और कश्मीरी (पहाड़ी हिंदी की बोलियाँ / विभाषाएँ) आदि का प्रयोग हिंदी फिल्मों में धड़ल्ले से होता रहा है। इसके अलावा बंबइया हिंदी से लेकर बनारसी हिंदी तथा हैदराबादी हिंदी भी फिल्मों के संवादों तथा गीतों में नि:संकोच रूप से प्रयुक्त होती रही है। हिंदी में हरिवंशराय बच्चन तथा नीरज से लेकर नरेंद्र शर्मा, नौशाद और गुलजार तक ने फिल्मों के लिए उत्कृष्ट गीत लिखे हैं। हिंदी कविता फिल्मी गीतों के लिए मूल स्रोत सिद्ध हुई है। आदिकालीन से लेकर

आधुनिक कालीन हिंदी कविता ने, विशेषतः रीति-कालीन शृंगारी कविता ने फिल्मी हिंदी गीतों की रचना के लिए स्रोत-सामग्री प्रदान की है। विद्यापति, सूर, तुलसी, कबीर, मीरा और बिहारी जैसे प्रतिभा संपन्न साहित्यकारों का साहित्य गीत-लेखन के लिए स्रोत का खजाना कहना होगा।

हिंदी साहित्य का अध्ययन करनेवाली युवा पीढ़ी गीतों का लेखन कर स्वयं को गीतकार के रूप में स्थापित करने के अवसर का लाभ उठा सकती है। आज-कल, धार्मिक क्षेत्र, सामाजिक क्षेत्र, शिक्षा क्षेत्र, क्रीड़ा क्षेत्र तथा युद्ध क्षेत्र आदि में गीतों का अपना महत्त्व बढ़ता जा रहा है। गीतों के जरिए मानव ने हर क्षेत्र में बेहतर-से-बेहतर प्रभाव चाहा और परिणाम भी। फिल्म क्षेत्र की तो गीतों के बिना कल्पना ही नहीं की जा सकती। अपनी प्रतिभा, सृजनात्मकता, कल्पनात्मकता और भाषिक क्षमता का उचित दिशा में प्रयोग करने से उत्कृष्ट गीत की निर्मिति करने में देर नहीं लगती। चुस्त-दुरुस्त और प्रभावशाली फिल्मी गीतों का मिलना वर्तमान काल में तो दुर्लभ ही कहना होगा। इसका मूल कारण भाव, भाषा और अभिव्यक्ति की गरिमाहीन लोगों से फिल्म के लिए गीत लिखवाकर काम चलाया जा रहा है। अगर हिंदी विषय के उच्च विद्याविभूषित गीत, संगीत और कला प्रेमी छात्र इस क्षेत्र में आएँगे तो इसका दोहरा लाभ होगा। एक तो इससे आय का स्रोत उपलब्ध होगा, आमदनी बढ़ेगी और दूसरी ओर फिल्म क्षेत्र और समाज को अच्छे गीत मिलेंगे।

बीस-पच्चीस वर्ष पूर्व के अर्थात् बीसवीं सदी के सातवें, आठवें दशक के फिल्मी गीत सुनने के लिए लोग बेचैन होते थे। एक से बढ़कर एक गीत सुनकर कोई संगीत से अपरिचित, अनपढ़, और असंस्कारित व्यक्ति भी गीत के तर्ज पर अनायास अपना सर तथा हाथ-पाँव की उँगलियाँ हिलाया करता था—ताल से ताल मिलाने के लिए, मन की खुशियों के इजहार के लिए। पत्थर-दिल आदमी भी सुनी हुई गीतों की पंक्तियाँ गुनगुनाया करता था। इन दिनों के फिल्मी गीतों में यह स्थिति अपवाद के रूप में ही दिखाई देगी। पुराने फिल्मी गीत हृदय को स्पर्श करनेवाले थे इसलिए उनमें मन के भावों-विचारों को संस्कारित करने की अपार शक्ति थी। लेकिन वर्तमान फिल्मी गीत चमड़ी को छूनेवाले होने के कारण ये वासना की पूर्ति के लिए महज शरीर को उत्तेजित कर देते हैं। पश्चिमी गीत-संगीत के प्रभाव के परिणामस्वरूप भारतीय गीत-संगीत की उज्ज्वल परंपरा क्षीण, म्लान और दुर्बल बनती जा रही है, 'रीमिक्स' का आगमन उसी का एक नतीजा है।

कहना गलत नहीं कि हिंदी सिनेमा की दुनिया को अच्छे गीतकार की आवश्यकता है। रोजगार उपलब्धि का यह एक उपयुक्त साधन है। भाषा-प्रभुत्व और सर्जनशीलता के बल पर इस क्षेत्र में कई लोगों ने जीवन की संपन्नता एवं समृद्धि के लिए पर्याप्त धन पाया है और मान-सम्मान भी। वस्तुतः गीत कोई एक ही नहीं होता। उसके अनेक प्रकार हुआ करते हैं। जैसे—

1. भावगीत।

2. भक्तिगीत।
3. भजनगीत।
4. देशभक्तिपरक गीत।
5. राष्ट्रगीत।
6. प्रेमगीत / प्रणयगीत।
7. शृंगार गीत।
8. विरहगीत।
9. मिलनगीत।
10. युद्ध गीत।
11. प्रयाण गीत।
12. अभियानगीत।
13. शोकगीत।
14. लोकगीत।
15. प्रबोधनगीत।
16. लोकशिक्षणगीत।
17. संस्कार गीत।
18. संकल्प गीत।
19. गौरव गीत।
20. शौर्य गीत।
21. वीरगीत आदि।

स्पष्ट है कि गीतों में विविधता अधिक होती है। फिल्म, धारावाहिक तथा नाटक आदि में गीतों की रचना स्थल, काल और प्रसंग के अनुरूप हुआ करती है। परिवेश, पात्र, घटना तथा प्रसंग के अनुसार ही गीत लिखे जाने चाहिए। तभी कोई गीत अधिक सार्थक बन जाता है और प्रभावशाली भी।

गीतकार के लिए आवश्यक गुण

प्रभावशाली गीतों के निर्माण हेतु गीतकार में विशिष्ट क्षमता का होना जरूरी होता है। उत्कृष्ट गीत-लेखन के लिए निम्नांकित गुण अपेक्षित होते हैं—

1. संगीतात्मकता।
2. तालबद्धता।
3. लयात्मकता।
4. ध्वन्यात्मकता।
5. भावात्मकता।

6. प्रभावात्मकता।
7. कल्पनात्मकता।
8. सुबोधता।
9. सरलता।
10. सरसता।
11. कोमलता।
12. मधुरता।
13. ओजस्विता।
14. प्रासादात्मकता।
15. रागात्मकता।
16. श्रवणीयता।
17. रमणीयता।
18. कमनीयता।
19. लुभावनीयता
20. क्षिप्रता आदि।

किसी भी खूबसूरत गीत में उपर्युक्त में से कोई-न-कोई गुण अवश्य अंतर्निहित रहता है। इन दिनों अच्छे गीत की रचना करनेवाले गीतकार फिल्मी दुनिया की माँग है। युवा पीढ़ी, जो हिंदी की अध्येता है, इस माँग की पूर्ति कर आय के स्रोत को सुदृढ़ बना सकती है।

9. संपादक (Editor)

वर्तमान काल स्पर्धा का काल है और संचार साधनों की अपूर्व क्रांति का भी। ऊपर से वैश्वीकरण के माहौल ने प्रतियोगिता और जनसंचार माध्यमों में श्रीवृद्धि करने में अहम् भूमिका निभाई है। पत्र-पत्रिकाओं की दुनिया में इसी के परिणामस्वरूप होड़-सी लगी है। आज-कल स्थानीय, राज्यस्तरीय और राष्ट्रीय स्तर पर दैनिक अखबार और पत्र-पत्रिकाओं का प्रकाशन बढ़ता हुआ परिलक्षित होता है। दैनिक समाचार, पत्र-पत्रिकाओं के प्रकाशन में बाढ़-सी आई है। शिक्षा का प्रसार, साक्षरता में वृद्धि, उद्योग और व्यवसाय का फैलाव, बढ़ती आबादी, विज्ञान एवं तकनीकी क्षेत्र में उन्नति और भूमंडलीकरण के माहौल के कारण हमारे यहाँ पत्र-पत्रिकाओं की संख्या बढ़ती जा रही है। आज जिन संचार-माध्यमों ने अपना लोहा मनवाया है, समाचार पत्र उनमें प्रमुख दिखाई देता है। यह वह मीडिया है जिसने बड़े-से-बड़े राजनेता पर अंकुश रखा है, राजनीति को करवट बदलने के लिए विवश कर दिया है। इस मीडिया की ताक़त जिसके पास है, आज वही सब से शक्तिशाली है, सत्ता में है। आज मीडिया का मालिक ही व्यवस्था का निर्माता बन रहा है और नियंता भी। फलतः सत्ता के सौदागर अगर डरते हैं तो इस मीडिया से ही।

कहना गलत नहीं कि दैनिक समाचार एवं पत्र-पत्रिकाओं की दुनिया में आज रोजगार की अनेक संभावनाएँ हैं। संपादन कार्य इस मीडिया का सर्वाधिक अहम् कार्य है। सभी चीजों का संपादन करनेवाला ही संपादक कहलाता है। आज पत्रकारिता में सर्वाधिक महत्त्वपूर्ण भूमिका संपादक की ही हुआ करती है। किसी पत्र-पत्रिका की सफलता-असफलता उसके संपादक की क्षमता और दृष्टि पर ही निर्भर होती है। अतः सफल संपादन ही पत्रिका की शक्ति होती है सामर्थ्य भी। हमारे यहाँ पत्रकारिता के क्षेत्र में संपादक के रूप में कार्य करनेवाले को रोजगार की प्राप्ति के अच्छे अवसर उपलब्ध हैं। लेकिन उसमें संपादन कार्य की योग्यता होना आवश्यक है। भाषा के छात्र इस क्षेत्र में अधिक सफल हो सकते हैं इसमें संदेह नहीं।

हमारे यहाँ संपादक के रूप में कार्यरत ऐसे कई व्यक्ति दिखाई देंगे जिन्हें गाड़ी, बँगला, ड्राइवर, नौकर और पचास-साठ हजार रुपयों से ज्यादा मासिक वेतन मिलता है और मोबाईल, संगणक, फैक्स, इंटरनेट और ई-मेल जैसी साधन-सुविधाएँ प्रदान की जाती हैं। सामाजिक और राजनीतिक क्षेत्र में जो मान-सम्मान और इज्जत होती है सो अलग। ख्यातकीर्त समीक्षक नामवर सिंहजी से एक दिन बातों-ही-बातों में मालूम हुआ था कि 'सहारा समय' में प्रधान संपादक के रूप में कार्य देखने पर उनको जो पारिश्रमिक मिलता है सो अलग लेकिन सालभर के लिए उनको हवाई जहाज की पच्चीस यात्राएँ (कहीं की भी) मुफ्त प्रदान की गई हैं। भारत जैसे विशालकाय देश में हिंदी के उच्च विद्याविभूषित व्यक्ति को पत्रकारिता के क्षेत्र में संपादक के रूप में स्थापित होने के अच्छे अवसर उपलब्ध हैं। नई पीढ़ी चाहे तो इसका लाभ जरूर उठा सकती है।

भारतेंदु, महावीरप्रसाद द्विवेदी और प्रेमचंद के जमाने में संपादन का कार्य 'मिशन' का कार्य माना जाता था। लेकिन आज यह 'कमीशन' का कार्य बन गया है। तब की चुनौतियाँ अलग थीं, स्वाधीनता के बाद की चुनौतियाँ भी अलग रही किंतु वर्तमान काल की चुनौतियाँ अपने पूर्ववर्ती काल की तुलना में पूर्णतः भिन्न है। हिंदी के बड़े-से-बड़े लेखक ने संपादक का कार्य किया है। धर्मवीर भारती, कमलेश्वर, विद्यानिवास मिश्र, राजेंद्र यादव, नामवर सिंह, ज्ञानरंजन और मंगलेश डबराल आदि इसके उदाहरण हैं। एकाध अपवाद छोड़ दें तो अधिकतर लेखकों ने वैतनिक / पारिश्रमिक रूप में ही संपादक के रूप में कार्य किया है। नई पीढ़ी के हिंदी-अध्येता इससे जरूर सबक ले सकते हैं।

कुशल संपादक के लिए गुण / योग्यता

पत्रकारिता की दुनिया में साधन-सुविधाएँ एवं मान-सम्मान जरूर है लेकिन हर कोई उसे पा नहीं सकता। संपादक का पद जितना सम्मानदायी है उतना ही या उससे अधिक यातनादायी भी। अतः एक सफल और सुयोग्य संपादक के लिए निम्नांकित गुणों / योग्यताओं का होना अनिवार्य है—

1. भाषा पर जबरदस्त प्रभाव।
2. समकालीन गतिविधियों का ज्ञान।
3. नीर-क्षीर विवेक एवं विवेचन।
4. वस्तुनिष्ठ विचार प्रस्तुति।
5. अपने दायित्व का बोध।
6. लोक-शिक्षण की सूक्ष्म दृष्टि।
7. जन-जागरण, प्रबोधन की क्षमता।
8. लोक कल्याण की भावना।
9. बेबाक विवेचन की क्षमता।
10. निडर एवं साहसी मनोवृत्ति।
11. कुशल अन्वेषक की दृष्टि।
12. उचित दिशा देने की दृष्टि।
13. वैज्ञानिक एवं विधायक दृष्टि।
14. निष्पक्ष अभिव्यक्ति।
15. कला-प्रिय मनोवृत्ति।
16. गुणग्राहक / गुणशोधक वृत्ति।
17. जनाभिमुख मनोवृत्ति।
18. सकारात्मक / समीक्षात्मक सोच।
19. नेतृत्व निर्माण की क्षमता।
20. जीवन मूल्यों का अंगीकार।
21. सत्य के प्रति निष्ठा।
22. न्यायप्रिय मनोवृत्ति।
23. सामाजिक प्रतिबद्धता।
24. रचनात्मक / नवनिर्माण की दृष्टि।
25. पाठकीय रुचि-संस्कार की दृष्टि।

संपादन कार्य में कौशल अर्जन करने हेतु अभ्यास की आवश्यकता निर्विवाद है। जितना अधिक संपादन का अनुभव होगा उतना अधिक संपादन सफल होने की संभावना होती है। स्तरीय एवं लोकप्रिय संपादन के लिए निम्नांकित बातों को अपनाना अनिवार्य होता है–

1. पत्रकारिता का पाठ्यक्रम पढ़ना।
2. पत्रकारिता का प्रशिक्षण प्राप्त करना।
3. कार्यशालाओं के आयोजनों में सहभाग लेना।
4. अनुभव संपन्न संपादक से मार्गदर्शन पाना।

5. मीडिया के अन्य साधनों की जानकारी होना।

6. संपादन-सिद्धांत और कला से अवगत होना।

अगर हिंदी के अध्येता हिंदी के बल-बूते पर धन पाना चाहते हैं तो पत्रकारिता जैसे क्षेत्र में संपादक जैसे पद पर सेवा का अवसर पाकर यह संभव हो सकता है। भाषा के सही ज्ञान के अभाव में आज कई पत्र-पत्रिकाओं में अयोग्य लोग भी संपादक बनकर कार्य कर रहे हैं। यदि ऐसे पद पर सुयोग्य और उसी भाषा का पारंगत व्यक्ति आसीन होता है तो यह दोनों अर्थों में लाभदायी सिद्ध होगा--पत्रकारिता के लिए तथा उस व्यक्ति के लिए भी। जिस देश में सर्वाधिक प्रयुक्त होनेवाली भाषा को पढ़नेवाले हों और पत्रकारिता में उसी का सर्वाधिक प्रयोग होता हो उस देश में उसी भाषा के अध्येता को बेरोजगार रहना पड़ता है यह बात गले नहीं उतरती। आशय यह कि हिंदी के छात्र अगर आँखें खोलकर, सोच-समझकर और सुनियोजित होकर वर्तमान काल की आवश्यकताओं को देखते हुए उपाधि पाते हों तो उनका भविष्य उज्ज्वल है इसमें संदेह नहीं।

10. समाचार लेखक / संवाददाता (News Writer / Reporter)

संचार माध्यमों के लिए आज जिन मानव संसाधनों की आवश्यकता है उनमें सर्वाधिक संख्या में समाचार लेखक / संवाददाता (न्यूज रायटर / रिपोर्टर) की आवश्यकता होती है। दुनिया के कोने-कोने से अद्यतन समाचार तलाश कर उसे वृत्त संस्था के लिए लिखने / पहुँचा देने का काम करनेवाला समाचार लेखक या संवाददाता के रूप में जाना जाता है। यह कार्य भाषा का जानकार व्यक्ति जितनी क्षमता और कुशलता से कर सकता है उतना दूसरे के लिए संभव नहीं होता। भारत जैसे विशालकाय देश में प्रायः सभी संचार माध्यमों में हिंदी का प्रयोग सर्वाधिक होने के कारण यहाँ हिंदी समाचार लेखक / संवाददाता की माँग सबसे ज्यादा होती रही है। अतः स्वाभाविक रूप से हमारे यहाँ हिंदीवालों को इस क्षेत्र में रोजगार उपलब्ध कराने का अवसर भी सबसे अधिक हुआ करता है। संवाददाता / वृत्त लेखक के रूप में हिंदी के स्नातकों को मीडिया के सभी साधनों में सेवा के अवसर आमंत्रित कर रहे हैं। मुख्यतः जिन संचार माध्यमों के लिए आज वृत्त लेखकों या संवाददाताओं की जरूरत है वे हैं—

संवाददाता

अखबार हेतु	आकाशवाणी हेतु	दूरदर्शन तथा विभिन्न चैनल हेतु	अन्य वृत्त संस्थाएँ
पत्र-पत्रिकाओं	एफ.एम. रेडियो	स्थानिक, प्रादेशिक राष्ट्रीय	शासकीय निजी
के लिए	के लिए	अन्यान्य चैनल के लिए	वृत्त-संस्थाओं वृत्त-
		संस्थाओं के लिए	के लिए

योग्यता

उपर्युक्त सभी संचार साधनों में संवाददाता / समाचार लेखक के रूप में कार्य करने के लिए

व्यक्ति में मुख्यतः दो प्रकार की योग्यता का होना अपेक्षित है—(1) भाषिक और (2) व्यावसायिक / भाषा का अच्छा खास ज्ञान, अभिव्यक्ति कौशल और व्यावसायिक गुणों के कारण ही कोई व्यक्ति सफल संवाददाता / समाचार लेखक बन सकता है।

भाषिक योग्यता

1. अभिव्यक्ति-क्षमता।
2. संप्रेषण-कला।
3. जनपदीय भाषा का ज्ञान।
4. स्थानीय बोली का ज्ञान।
5. मानक भाषा का ज्ञान।
6. भाषा प्रभुत्व।
7. संक्षेपण में निपुणता।
8. नपे-तुले शब्द प्रयोग की शक्ति।
9. चुस्त-दुरुस्त भाषा प्रयोग की शक्ति।
10. मार्मिक शीर्षक योजना की कला।

व्यावसायिक योग्यता

संवाददाता का काम जितना महत्त्वपूर्ण उतना ही जिम्मेदाराना हुआ करता है इसे भूलना नहीं चाहिए। अतः एक निडर, निष्पक्ष और सफल संवाददाता बनने के लिए निम्नांकित व्यावसायिक योग्यता का होना जरूरी होता है—

1. व्यावसायिक क्षमता।
2. समाजभिमुखता।
3. आकलन क्षमता।
4. निडरता / साहसिकता।
5. निष्पक्षता / तटस्थता।
6. विवेकशीलता।
7. संतुलित दृष्टिकोण।
8. विधायक दृष्टिकोण।
9. नैतिक क्षमता।
10. मूल्य केंद्रितता।
11. तत्व निष्ठता।
12. अन्वेषक दृष्टि।
13. न्यायप्रियता।

14. वस्तुनिष्ठ सोच।
15. आधुनिक दृष्टि।
16. विकासोन्मुखता।
17. अज्ञात को ज्ञात करने की क्षमता।
18. अलक्षित को लक्षित / प्रकाशित करने की वृत्ति आदि।

उपर्युक्त योग्यता को अर्जित करना भाषा के अध्येता के लिए जितना सहज संभव होगा उतना अन्य विषय के अध्येता को संभव हो सकेगा ऐसा नहीं। अतः हिंदी के छात्रों को इस क्षेत्र में अर्थार्जन के अच्छे अवसर हैं इसे मानना होगा। किंतु विगत् कुछ वर्षों में यह स्पष्ट हुआ है कि भाषा के स्नातक बेरोजगार बनकर भटक रहे हैं और इधर मीडिया जैसे-तैसे लोगों से काम निपटा रहा है। योग्य व्यक्ति योग्य स्थान पर काम करता हो तो इसका दोहरा लाभ होता है—(1) व्यक्तिगत लाभ और (2) संस्थागत लाभ। इन दोनों के लाभ में ही समाज और राष्ट्र का लाभ तथा विकास निहित होता है इसे कौन नहीं जानता ?

11. वर्तनी दोष संशोधक (Proof Reader)

जनसंचार के जितने में मुद्रित माध्यम हैं उनमें वैतनिक नियुक्ति कर या पारिश्रमिक देकर प्रूफ रीडिंग का काम करवा लिया जाता है। आज बड़ी-बड़ी प्रकाशन संस्थाएँ जैसे राजकमल, राधाकृष्ण, नेशनल बुक ट्रस्ट, वाणी, किताब घर, साहित्य अकादमी, लोकभारती तथा ज्ञानपीठ आदि की ओर से वैतनिक कर्मचारियों की नियुक्ति होती है, उचित पारिश्रमिक दिया जाता है और ग्रंथों के प्रूफ रीडिंग का काम करवा लिया जाता है। राष्ट्रीय स्तर के विभिन्न दैनिक समाचार पत्रों में भी प्रूफ रीडर की जरूरत होती है। लेकिन कुछ अपवाद छोड़ दें तो अधिकतर ऐसे लोग ही इस काम के लिए नियुक्त किए गए मिलते हैं जिन्होने न हिंदी का विशेष अध्ययन किया है और न वे हिंदी के स्नातक हैं। कमसिखुयों, अल्प शिक्षितों, हिंदीतर विषयों और औसत दर्जे के शिक्षितों की ओर से ही वर्तनी दोष-संशोधन का कार्य संपन्न हुआ करता है। परिणामतः अनेक बार प्रकाशित ग्रंथों, पाठ्यपुस्तकों तथा दैनिक समाचार पत्रों में भयंकर वर्तनी दोष दिखाई देते हैं।

हिंदी विषय का उच्च विद्याविभूषित युवक अगर इस काम को छोटा न मानकर स्वीकार लेगा और अभ्यास से इस काम में कौशल अर्जित करेगा तो स्वयं उसका ही नहीं तो उस संस्था का भी भला होगा जिसमें वह सेवारत है। इससे हिंदी के अध्येता को बेकारी से छुटकारा मिलेगा और मुद्रित सामग्री को मुद्रण दोष से मुक्ति मिलेगी।

वर्तनी दोष संशोधक / प्रूफ रीडर की योग्यता

मुद्रित सामग्री के दोषों को सुधारने / दुरुस्त करने का काम करनेवाला वर्तनी दोष संशोधक कहलाता है। अंग्रेजी में इसे प्रूफ रीडर कहते हैं। प्रूफ रीडिंग का काम जितना लगता है उतना

आसान नहीं होता। यह कार्य अत्यंत सूक्ष्म होता है और जिम्मेदाराना भी। एक वर्तनी की भूल भी बात का बतंगड़ बना देने के लिए पर्याप्त होती है। वह मूल विषय को विकृत, हास्यास्पद और असीम हानिकारक बना सकती है। अतः गंभीरता से किया गया प्रूफ रीडिंग ग्रंथ को गरिमा प्रदान करता है और प्रूफ रीडर को आय का स्रोत। मुद्रित सामग्री, यथा ग्रंथों, पाठ्यपुस्तकों, कैलेंडरों, पोस्टरों, कार्यालयीन रसीदों-दस्तावेजों, दैनिक समाचार पत्रों और अन्य पत्र-पत्रिकाओं का प्रूफ रीडिंग करने के लिए प्रूफ रीडर में विशिष्ट योग्यता का होना अनिवार्य होता है। एक उत्कृष्ट वर्तनी दोष संशोधक या प्रूफ रीडर में निम्नांकित योग्यता का होना अनिवार्य होता है–

1. भाषा का अच्छा-खासा ज्ञान।
2. व्याकरण के नियमों की जानकारी।
3. भाषा की प्रकृति का परिचय।
4. हिंदी की वर्तनी का ज्ञान।
5. लेखन के नियमों का ज्ञान।
6. मानक हिंदी वर्णमाला का ज्ञान।
7. सूक्ष्म निरीक्षण-परीक्षण की दृष्टि।
8. कठोर परिश्रम करने की प्रवृत्ति।
9. कार्य के प्रति निष्ठा की प्रवृत्ति।
10. देवनागरी तथा रोमन के कुंजीपटल की जानकारी।
11. वर्तनीदोष सुधार विषयक चिह्नों का ज्ञान।

प्रूफ रीडिंग में सहायक साधन

प्रूफ रीडर में भले ही उपर्युक्त गुण हों, यदि उसे इस कार्य हेतु सहायक साधन न उपलब्ध कराए जाएँ तो संभवतः यह कार्य निर्दोष रूप में संपन्न नहीं होगा। वर्तनीदोष में संशोधन करने हेतु संशोधक के लिए कुछ साधनों का उपलब्ध होना अत्यंत उपयोगी सिद्ध होता है। यहाँ वे साधन प्रस्तुत हैं जो प्रूफ रीडिंग जैसे जटिल कार्य को सरल एवं सुगम बना सकते हैं–

1. बहुभाषी शब्दकोश।
2. मानक हिंदी वर्णमाला।
3. व्याकरण के उपयुक्त ग्रंथ।
4. प्रूफ रीडिंग विषयक पुस्तिकाएँ।
5. वर्तनी सुधार विषयक पुस्तिकाएँ।
6. विद्वानों से परामर्श करना।
7. समृद्ध ग्रंथालय उपलब्ध कराना।
8. मुद्रण विषयक जानकारी की पुस्तिकाएँ।

9. भाषा संरचना विषयक सी. डी.।

10. स्पेल चेकर-सॉफ्टवेअर।

अपने कार्य को निष्ठा और ईमानदारी से वहन करनेवाला हिंदी स्नातक निश्चय ही स्वाभिमान से रोजी-रोटी को अर्जित करने में सफल होगा इसमें संदेह नहीं। फिर भले ही उसे प्रूफ रीडिं ग का काम भी क्यों न करना पड़े। अगर ऐसे कार्य उसकी निगाह में छोटे नहीं होंगे तो तय है कि उस पर बेकार, बेरोजगार भटकने की नौबत नहीं आएगी। जब आत्मानुभूति होगी कि हिंदी रोजी-रोटी देनेवाली भाषा भी है तब नई पीढ़ी इन नई राहों को मनोयोग से अपनाएगी इसमें दो राय नहीं।

12. पर्यटक मार्गदर्शक (Tourist Guide)

भारत पर्यटन-स्थलों का खजाना है। हमारे यहाँ धार्मिक, ऐतिहासिक, प्राकृतिक, सांस्कृतिक, सागरतटीय एवं पर्वतीय स्थलों का ऐसा नजारा उपलब्ध है जो दुनिया के बहुत कम देशों में मिलेगा। यह वही देश है जहाँ बड़े-बड़े महलों, बड़े-बड़े संगम स्थलों, बड़े-बड़े मस्जिद-मकबरों एवं मंदिरों का अनूठा संचय है। दुनिया के अनेक आश्चर्यों में से ताजमहल, कुतुबमीनार, चारमीनार जैसे आश्चर्यपूर्ण स्मारक तो भारत में ही मिलेंगे। चारों धाम, सुवर्ण मंदिर, विश्वनाथ मंदिर, सूर्य मंदिर, विठ्ठल, महालक्ष्मी तथा बालाजी मंदिर एक ओर, तो लाल किला, प्रतापगढ़, गोवलकोंड़ा तथा पन्हाला जैसे दुर्ग दूसरी ओर। अजंता-एलोरा की गुफाएँ, विजापुर का गुंबद, हैदराबाद का सालारजंग म्यूजियम एक तरफ, तो अरविंदाश्रम, पौनार आश्रम, सेवाग्राम तथा फतेहपुर सिकरी दूसरी तरफ। मैसूर, बैंगलोर, ऊटी एक ओर तो दिल्ली, आगरा, जम्मू कश्मीर, उत्तरांचल तथा पंजाब दूसरी ओर। मुंबई, गोवा, कन्याकुमारी एक ओर तो हिमालय, सह्याद्री, महाबलेश्वर एवं कैलाश दूसरी ओर। अतः कहना सही होगा कि भारत जैसा विशाल राष्ट्र पर्यटन स्थलों का भंडार है।

सच तो यह है कि ऐसे दर्शनीय, मोहक और सुंदर-सुंदर स्थलों को देखने के लिए अपने देश के ही नहीं बल्कि विदेशी लोग भी तरसते हुए मिलेंगे। ये सभी खूबसूरत नजारे कश्मीर से कन्याकुमारी तक देश के विभिन्न प्रांतों में बिखरे हुए हैं। किंतु वहाँ की सैर करनेवाले यात्री / पर्यटक देश और दुनिया के विभिन्न भागों के होते हैं, जो स्थानीय / प्रादेशिक भाषा नहीं जानते। अतः कहना गलत नहीं कि पर्यटन क्षेत्र में हमारे यहाँ हिंदी के सिवा चारा नहीं। प्रसंगानुसार अंग्रेजी का प्रयोग भी उपयोगी सिद्ध होता है। पर्यटन-केंद्रों में पर्यटकों को मार्गदर्शन करनेवालों की अर्थात् 'टूरिस्ट गाइड' की आवश्यकता होती है। वरना दर्शनार्थियों को उक्त पर्यटन-स्थल की सही जानकारी से वंचित रहना पड़ता है।

इधर शासकीय स्तर पर अनेक ऐतिहासिक एवं दर्शनीय स्थलों की मरम्मत कर दर्शनार्थियों को सुविधा प्रदान करने हेतु विशेष आर्थिक अनुदान का प्रावधान करा देने से

इस क्षेत्र के लिए उज्जवल भविष्य का संकेत मिलता है। इन दिनों में 'टूरिस्ट गाइड' की रोजाना अच्छी आमदनी होती है। कुछ स्थानों पर विशिष्ट मौसम में पर्यटकों / दर्शनार्थियों की ऐसी भीड़ होती है कि उस एक 'सीजन' के बूते पर 'गाइड' का काम करनेवाले सालभर ऐशो-आराम से रहते हैं। कुछ पर्यटन स्थलों पर ऐसी संस्थाएँ भी हैं जो 'गाइड' उपलब्ध करा देती हैं। हिंदी विषय को लेकर पारंपरिक रूप से अध्ययन करनेवाले छात्र हिंदी साहित्य के अध्ययन तक ही सीमित रहते हैं जिसके परिणामस्वरूप उन्हें बेरोजगारी का शिकार होना पड़ता है। यदि वे 'टूरिस्ट गाइड' के रूप में कार्य करने के लिए प्रवृत्त होंगे तो रोजगार प्राप्ति की दृष्टि से उपयुक्त सिद्ध होगा।

कुशल पर्यटक-मार्गदर्शक के लिए योग्यता

यात्रियों / पर्यटकों / दर्शनार्थियों का उचित मार्गदर्शन करनेवाला ही पर्यटक-मार्गदर्शक (टूरिस्ट गाइड) कहलाता है। सफल 'टूरिस्ट गाइड' बनने के लिए मुख्यतः दो प्रकार की योग्यताएँ अर्जित करनी पड़ती हैं—(1) भाषागत योग्यता और (2) व्यावसायिक योग्यता। इन दोनों के सुचारु समन्वय से कोई व्यक्ति निश्चय ही कुशल पर्यटक मार्गदर्शक बन सकता है। हिंदी विषय के उच्च विद्याविभूषित स्नातक इस क्षेत्र में आकर अपनी आमदनी बढ़ा सकते हैं और इज़्ज़त की जिंदगी जी सकते हैं। एक ओर यात्रियों की सेवा का आनंद और दूसरी ओर सेवा के प्रतिदान में मेवा की प्राप्ति का आनंद। लेकिन इस कार्य के लिए उसमें निम्नांकित योग्यता का होना अनिवार्य है—

टूरिस्ट गाइड की भाषिक योग्यता

1. बहुभाषी।
2. मृदुभाषी।
3. मितभाषी।
4. कुशल मौखिक भाषी।
5. उच्चारण में स्पष्टता।
6. वाक् चातुर्य।
7. धारा प्रवाही वक्तृत्व।
8. प्रसंगानुरूप शेर-शायरी का प्रयोग।
9. अलंकारिक भाषा-प्रयोग की क्षमता।
10. संप्रेषणीय भाषा-क्षमता।
11. सरल, सहज, शैलीदार भाषा-क्षमता।

टूरिस्ट गाइड की व्यावसायिक योग्यता

पर्यटक-मार्गदर्शन के लिए 'टूरिस्ट गाइड' में भाषिक योग्यता के अलावा व्यावसायिक योग्यता का होना भी आवश्यक है। तभी कोई व्यक्ति एक सफल गाइड बन सकता है। व्यावसायिक दृष्टि से उसमें निम्नांकित गुणों का होना जरूरी होता है–

1. उचित मार्गदर्शन की क्षमता।
2. व्यवहार कुशलता।
3. मिलनसार स्वभाव।
4. नम्रतापूर्ण बर्ताव।
5. पर्यटन स्थल के इतिहास की जानकारी।
6. पर्यटन स्थल के भूगोल की जानकारी।
7. स्थानीय होटलों की जानकारी।
8. स्थानीय भोजनालयों की जानकारी।
9. स्थानीय अस्पतालों की जानकारी।
10. स्थानीय मौसम की जानकारी।
11. विनोदी / मजाकी मनोवृत्ति।
12. पर्यटकीय मनोविज्ञान का ज्ञान।
13. ईमानदार व्यवहार।
14. सात्विक आचरण।
15. रंजक एवं रक्षक वृत्ति।
16. सेवाभावी मनोवृत्ति।
17. औचित्य का ज्ञान।
18. प्रसंगानुरूप निर्णय क्षमता।

उपर्युक्त गुणों से परिपूर्ण व्यक्ति एक अच्छा, कुशल और सफल 'टूरिस्ट गाइड' बन सकता है इसमें संदेह नहीं। भाषिक क्षमता, व्यवहार कुशलता और संबंधित क्षेत्र में रुचि रखनेवाला व्यक्ति इसमें अपने लिए अवश्य जगह बना सकता है और अपने श्रम का प्रतिदान पाकर सफल जीवन जी सकता है। हिंदी के अध्येता को इस नए क्षेत्र की नई जमीन को नापने की ताक़त अपने कदमों में पानी है और अपने इरादों एवं सपनों को साकार करने का साहस जुटाना है। तभी वह अपना भाग्य विधाता स्वयं बन सकेगा, खुद का खुदा खुद बनेगा।

13. प्रलेख लेखक (Documentary Writer)

'प्रलेख' अंग्रेजी 'डॉक्यूमेंट्री' का हिंदी पर्याय है। वर्तमान काल में प्रलेख-लेखन कार्य हेतु भाषा के जानकार व्यक्ति की आवश्यकता बढ़ती जा रही है। प्रलेख का मूल अर्थ है किसी

विशिष्ट विषय का प्रामाणिक दस्तावेज। प्रायः प्रामाणिक जानकारी देने के लिए जो प्रमाण के साथ प्रस्तुत किया जाता है उसे 'प्रलेख' या 'डॉक्यूमेंट्री' कहा जाता है। प्रलेखीय लेखन विभिन्न विषयों पर किया जा सकता है, जैसे महत्त्वपूर्ण घटना, ऐतिहासिक स्थल, प्राकृतिक स्थल, पुरातत्व, उत्सव, पर्व त्योहार आदि के अलावा महान विभूतियों, यथा–गांधी, नेहरू और अब्दुल कलाम जैसों की जीवनियाँ आदि। प्रलेख लेखन मुख्यतः दृश्य-श्रव्य माध्यम के प्रसारण हेतु किया जाता है, जो प्रायः दूरदर्शन, विभिन्न चैनल और फिल्म आदि से प्रसारित होता है। डॉक्यू ड्रामा, टेली ड्रामा, डॉक्यूमेंट्री फिल्म और डॉक्यूमेंट्री कैसेट आदि के लिए प्रलेख लेखन (डॉक्यूमेंट्री रायटिंग) किया जाता है। संगणक और इंटरनेट के जमाने में आज देश-विदेश की ऐतिहासिक, प्राकृतिक, सामाजिक, सांस्कृतिक, धार्मिक, वैज्ञानिक एवं तकनीकी विषयक जानकारी को दुनिया के कोने-कोने में डॉक्यूमेंट्री लेखन के जरिए ही आसानी से पहुँचाया जा रहा है। लेकिन ऐसे विषयों के लेखन का दायित्व वही व्यक्ति वहन कर सकता है जो भाषा पर अधिकार रखता हो और जिसमें संबंधित विषय को समझने की क्षमता हो। इस क्षेत्र में आने और इसमें सफल होने के लिए प्रलेख लेखक (डॉक्यूमेंट्री रायटर) में निम्नांकित गुणों का होना अपेक्षित है–

डॉक्यूमेंट्री लेखक के लिए भाषिक गुण (योग्यता)

1. भाषा प्रभुत्व।
2. सर्जनशील व्यक्तित्व।
3. प्रभावशाली अभिव्यक्ति।
4. सुस्पष्ट अभिव्यक्ति।
5. संप्रेषणीय अभिव्यक्ति।
6. सरस अभिव्यक्ति।
7. भाषा सौष्ठव।
8. सूचनात्मक भाषा का प्रयोग।
9. नाटकीय भाषा का प्रयोग।
10. निवेदन शैली का सफल प्रयोग।

डॉक्यूमेंट्री लेखक के लिए व्यावसायिक गुण (योग्यता)

प्रलेख-लेखन हेतु लेखक में भाषिक क्षमता के अलावा व्यावसायिक क्षमता का होना भी जरूरी होता है। संबंधिक विषय की जानकारी, वस्तुनिष्ठ विचार और व्यावसायिक दृष्टिकोण जैसे गुण 'डॉक्यूमेंट्री रायटर' को अपने कार्य में सिद्धहस्त बनाने हेतु उपयुक्त सिद्ध होते हैं। यहाँ वे गुण प्रस्तुत हैं जो 'डॉक्यूमेंट्री रायटर' को सफल बना देते हैं–

1. वस्तुनिष्ठ सोच-विचार।

2. व्यावसायिक दृष्टिकोण।
3. सकारात्मक दृष्टिकोण।
4. सप्रमाण विषय प्रस्तुति की वृत्ति।
5. कठोर परिश्रम की प्रवृत्ति।
6. कार्य के प्रति आस्था एवं निष्ठा।
7. प्रलेख लेखन में रुचि।
8. रंगमंच की तकनीकी जानकारी।
9. फिल्म की तकनीकी जानकारी।
10. दृश्य-श्रव्य माध्यम की बुनियादी जानकारी।
11. संबंधित विषय को समझने की क्षमता।
12. सीमित समय में कार्य पूर्ति की क्षमता।
13. आकलन क्षमता।
14. सत्य के उद्‍घाटन की क्षमता।
15. नये-पुराने विषय का ज्ञान।

बाढ़ के चपेट की घटना, भूकंप से हुई जीवित एवं वित्त हानि की घटना, रेल की भयंकर दुर्घटना जैसी घटनाओं के अलावा ऐतिहासिक किलों, स्थलों, दुर्गों, उत्सव-पर्वों, महत्त्वपूर्ण प्राकृतिक स्थलों और महान विभूतियों के जीवनपट आदि पर दूरदर्शन, चैनल और लघु चित्रपट के लिए डॉक्यूमेंट्री लेखन किया जा सकता है। यह कार्य हिंदी का वह स्नातक ही अधिक क्षमता से कर सकता है जिसने हिंदी का विशेष स्तर पर अध्ययन किया है और जिसकी भाषा पर अच्छी-खासी पकड़ है। ऐसे युवाओं को हिंदी के बूते पर रोजगार हासिल करने में जरा-सी जहमत उठाने पर कामयाबी-ही-कामयाबी मिल सकती है। खुद की लियाकत को आजमाकर देखने का खतरा उठानेवाला ही जिंदगी में कामयाबी पा सकता है। क्योंकि अब खतरे से खेलनेवाला ही मंजिल पाता है और वंचित वही रहता है जो खतरे का खिलाड़ी न हो।

14. फीचर लेखक

फीचर लेखन का कार्य करनेवाला ही फीचर लेखक कहलाता है। यह कार्य प्रायः रेडियो के लिए किया जाता रहा है। बी. बी. सी. से फीचर प्रसारण की परंपरा दशकों पुरानी माननी पड़ेगी। रेडियो का नाटक विभाग तकनीक के नये-नये प्रयोग करता रहा। अनेक 'प्रोग्राम' बनते गए। ऐसे 'प्रोग्राम' 'फीचर प्रोग्राम' नाम से जाने जाने लगे। आज बी. बी. सी. में भी तकनीकी विकास के कारण ऐसे अनेक उपक्रम आयोजित करने हेतु स्वतंत्र विभाग मिलेंगे। भारत के संदर्भ में बात करनी हो तो शुरू में यहाँ रेडियो केंद्रों की संख्या उंगलियों पर गिनने योग्य थी। आज पूरे देश में सैंकड़ों की संख्या में रेडियो केंद्र मिलेंगे। ऊपर से 'लोकल रेडियो'

(एफ. एम. रेडियो) केंद्र ने तो अलग धूम मचा दी है। अब प्रायः प्रत्येक बड़े शहर या जिला स्तर के शहर में 'लोकल रेडियो' केंद्र मिलेगा। ऐसे रेडियो केंद्र से सामान्यतः मनोरंजनपरक 'प्रोग्राम' ही प्रसारित होते हैं। नये-पुराने फिल्मी गीतों के प्रसारण के फलस्वरूप ये रेडियो केंद्र अत्यधिक लोकप्रिय बनते जा रहे हैं। मनोरंजन के अलावा सूचनात्मक सामग्री के प्रसारण ने भी अपनी जड़ें जमाना शुरू किया है। अतः 'फीचर लेखन' का महत्त्व निसंदेह बढ़नेवाला है।

'फीचर' शब्द के लिए हिंदी में 'रूपक' शब्द प्रचलित मिलता है। भारतीय नाट्यशास्त्र में 'रूपक' को दृश्यकाव्य के एक भेद के रूप में स्वीकार लिया गया है। लेकिन 'रेडियो रूपक' अंग्रेजी के 'रेडियो फीचर' के पर्याय के रूप में ही स्वीकारना होगा। क्योंकि इसके लिए 'रेडियो फीचर' शब्द ही आज रूढ़ हुआ है और सुपरिचित भी। सफल एवं प्रभावी हिंदी फीचर लेखन वही कर सकता है जिसकी हिंदी में गहरी पैठ है। फीचर लेखन को भी आज रोजगार अर्जन का एक स्रोत मानना पड़ेगा। फीचर लेखन के लिए चुस्त एवं दुरुस्त शब्द प्रयोग, भाषा पर पकड़, मनोरंजक अभिव्यक्ति क्षमता, विषय को रोचकता तथा सरसता से प्रस्तुत करने की क्षमता और मूल विषय की तथ्यात्मक जानकारी होना अनिवार्य है।

सफल फीचर लेखन के तत्व

फीचर लेखन मूलतः रचनात्मक कार्य ही है। कोई प्रतिभासंपन्न भाषा का छात्र ही फीचर लेखन में कामयाबी हासिल कर पाता है। किंतु इसमें अभ्यास से भी कौशल अर्जन होता है। एक सफल फीचर लेखन के लिए निम्नांकित तत्वों पर ध्यान देना जरूरी है—

1. सरसता।
2. सजीवता।
3. सारगर्भितता।
4. संक्षिप्तता।
5. सतर्कता।
6. शब्दात्मक सौंदर्य।
7. संगीतात्मकता।
8. ध्वन्यात्मक प्रभाव।
9. नाटकीयता।
10. प्रभावशीलता।
11. रोचकता।
12. कथात्मकता।
13. तथ्यात्मकता।

14. आकर्षकता।
15. सूचनात्मकता।

फीचर लेखन के विषय

वस्तुतः फीचर लेखन के लिए विषय का कोई बंधन नहीं होता। आशय यह कि फीचर लेखन किसी भी विषय पर किया जाता सकता है। फिर भी रेडियो फीचर मूलतः समाचार, विशिष्ट घटना, अत्यावश्यक सूचना, महापुरुष या महनीय व्यक्तित्व तथा विभिन्न महत्त्वपूर्ण सामाजिक विषयों पर लिखा जाता है। यहाँ वे विषय प्रस्तुत हैं जो प्रमुख रूप से फीचर लेखन के लिए चुने जाते हैं—

1. महत्त्वपूर्ण समाचार पर आधारित।
2. विशेष घटना पर आधारित।
3. सामाजिक विषय पर आधारित।
4. ऐतिहासिक विषय पर आधारित।
5. शैक्षिक विषय पर आधारित।
6. वैज्ञानिक आविष्कार पर आधारित।
7. कला, क्रीड़ा, संस्कृति पर आधारित।
8. सूचनात्मक जानकारी पर आधारित।
9. महापुरुष के व्यक्तित्व पर आधारित।
10. वास्तविक घटना पर आधारित।
11. प्रसंग विशेष पर आधारित।
12. प्राकृतिक जानकारी पर आधारित।
13. अज्ञात विषय पर आधारित।
14. वैश्विक विषय पर आधारित।
15. ज्ञान-विज्ञान से संबंधित विषय पर आधारित।

किसी विषय को सारगर्भित, संक्षिप्त और रोचक रूप में प्रस्तुत करने के लिए संबंधित भाषा पर पूरी पकड़ होना अत्यंत आवश्यक होता है। रेडियो फीचर में संगीतात्मकता और नाटकीयता की वजह से जीवंतता आती है। लेकिन यह कार्य हिंदी का वह छात्र ही अधिक क्षमता से कर सकता है जिसने हिंदी भाषा का विशेष अध्ययन किया है। इससे वैतनिक तथा पारिश्रमिक—दोनों रूपों में धन की प्राप्ति हो सकती है। नई पीढ़ी ही इस नई राह को अपना सकती है और स्वयं के विकास के लिए आय के नये स्रोत पाकर चिंतामुक्त जीवन जी सकती है। आज-कल रेडियो फीचर के अलावा टी. वी. तथा विविध चैनलों पर फीचर फिल्म का प्रसारण होने लगा है। इससे फीचर लेखक की माँग बढ़नेवाली ही है। उपर्युक्त तत्व एवं विषय को आधार बनाकर सफल फीचर लेखन किया जा सकता है। दृश्य-श्रव्य माध्यमों

के लिए फीचर लेखन करना अब तकनीकी विकास के कारण अधिक सुगम एवं सुकर हुआ है। संचार माध्यमों में जैसे-जैसे वृद्धि होगी, वैसे-वैसे फीचर लेखक की माँग बढ़ती रहेगी। अतः यह क्षेत्र नई पीढ़ी के लिए उज्ज्वल भविष्य लानेवाला आनेवाला सिद्ध होगा इसमें संदेह नहीं।

15. क्रीड़ा समालोचक (Commentator)

बीसवीं सदी ने क्रीड़ा के महत्त्व को रेखांकित करने में अहम् भूमिका निभाई है। स्वाधीनता की प्राप्ति के उपरांत भारत में विद्यालयों, महाविद्यालयों तथा विश्वविद्यालयों में क्रीड़ा जैसे विषय पर विशेष ध्यान देना आरंभ हुआ। शैक्षिक संस्थाओं में छात्रों के लिए अनेक प्रकार के खेलों की सुविधाएँ प्रदान कराई गईं। स्कूल, कॉलेज तथा युनिवर्सिटी के स्तर पर विविध खेलों की प्रतियोगिताएँ आयोजित होती रही। खिलाड़ी छात्र का उचित सम्मान होने लगा। अब राज्य, राष्ट्रीय एवं अंतर्राष्ट्रीय स्तर पर विभिन्न क्रीड़ा-स्पर्धाओं के बड़े-बड़े आयोजन सफलता से संपन्न होने लगे हैं। खेल-कूद के बहाने दुनिया के विभिन्न देशों में सद्‌भावपूर्ण एवं सामंजस्यपूर्ण माहौल बनाने के प्रयास निरंतर चलने लगे हैं। आज वैश्विक स्तर पर अनेक क्रीड़ा-प्रतियोगिताओं का धूम-धाम से संपन्न होना खेल जगत् की दृष्टि से ही नहीं बल्कि सामाजिक, राजनैतिक और आर्थिक जगत् की दृष्टि से भी महत्त्व रखता है। खेल से खिलाड़ी का शरीरिक, मानसिक और आर्थिक विकास तो हो ही जाता है, साथ-साथ उस समाज और राष्ट्र का भी विकास होता है जिसमें वह रहता है। शैक्षिक संस्थाओं में शारीरिक शिक्षण के जरिए खेल जैसे विषय को अनिवार्य और ऐच्छिक बनाना इसी उद्‌देश्य से है।

भारत जैसे बहुभाषी देश में राज्य, राष्ट्रीय एवं अंतर्राष्ट्रीय स्तर पर अनेक खेल-प्रतियोगिताओं का आयोजन अत्यंत सफलता से संपन्न हुआ है। यहाँ न अच्छे और गुणवत्ताधारी खिलाडियों की कमी है और न ही खेल के मैदानों की। इससे भी महत्त्वपूर्ण बात क्रीड़ा प्रेमियों की है। हमारे यहाँ जैसे खेलनेवालों की कमी नहीं वैसे खेल प्रेमियों की भी कमी नहीं। भारतीय खेल जगत् का यह कडुवा सच है कि 'क्रिकेट मैच' देखने के लिए यहाँ का कर्मचारी महँगा टिकट खरीद लेता है और अपने कार्यालय से छुट्टी लेकर खेल देखने चला जाता है। विशेषतः क्रिकेट, हॉकी, फुटबॉल और बैडमिंटन जैसे खेल के दर्शकों की संख्या हमारे यहाँ उत्तरोत्तर बढ़ती जा रही है। खेल के मैदानों पर अब दर्शकों की संख्या, लाखों में दिखाई देती है। घर बैठे दूरदर्शन पर मुकाबला देखनेवालों की तथा अपने कार्यालयों, यात्राओं आदि में रेडियो से आँखों देखा हाल सुननेवालों की संख्या तो करोड़ों में है।

कहना आवश्यक नहीं कि खेल का आँखों देखा हाल बताना ही क्रीड़ा समालोचना है और यह बतानेवाला क्रीड़ा समालोचक कहलाता है। क्रीड़ा समालोचक शब्द अंग्रेजी 'कॉमेंटेटर' का हिंदी पर्याय है। भारत में स्थानीय भाषा की अपेक्षा हिंदी तथा अंग्रेजी में

बारी-बारी से क्रीड़ा समालोचना प्रसारित करने की सुदीर्घ परंपरा मिलती है। यह समालोचना सीधे खेल के मैदान से रेडियो तथा टेलीविजन से प्रसारित होती है। इन दिनों अंतर्राष्ट्रीय स्तर की स्पर्धाओं की क्रीड़ा समालोचना रेडियो तथा टी. वी. दोनों से अंग्रेजी और हिंदी में समान रूप से प्रसारित मिलती है। मुकाबला फुटबॉल का हो चाहे क्रिकेट का, हॉकी का हो चाहे बैडमिंटन का, क्रीड़ा समालोचक अपनी धाराप्रवाही समालोचना से दर्शकों को मोहित कर लेता है इसमें दो राय नहीं। यह कार्य भाषा का अध्येता ही सफलता से कर सकता है। हिंदी का विशेष अध्ययन करनेवाला तथा वक्तृत्व कला में कुशलता अर्जित करनेवाला छात्र निश्चय ही क्रीड़ा समालोचक के रूप में नाम कमा सकता है। आज जैसे-जैसे खेल का महत्त्व बढ़ता जा रहा है वैसे-वैसे खेल का आँखों देखा हाल बतानेवाले प्रभावी समालोचक (कॉमेंटटर) की माँग भी होने लगी है। इस क्षेत्र में कॉमेंटटर के रूप में काम करनेवाले को सम्मान के साथ-साथ उचित पारिश्रमिक भी मिलने लगा है। अतः हिंदी के उच्च विद्याविभूषित युवकों के लिए खेल जगत् में कॉमेंटेटर का कार्य याने सम्मान और संपत्ति के अर्जन का एक स्रोत कहना होगा। धाराप्रवाही वक्तृत्व, मौखिक भाषा पर प्रभुत्व, संबंधित खेल की जानकारी और प्रसंगानुरूप निवेदन करने की क्षमता रखनेवाला ही उत्कृष्ट क्रीड़ा समालोचक बन सकता है। यह कार्य हिंदी भाषा का स्नातक जितनी सफलता से कर सकता है उतना अन्य विषय का स्नातक अपवाद के रूप में ही कर सकेगा। भाषा के अध्येता को इस दिशा में उचित मार्गदर्शन की आवश्यकता है। उनके लिए इस तरह की कार्यशालाओं, प्रशिक्षणों और उचित दिशा-निर्देशों की सुविधाएँ प्रदान की जाएँ तो समाज और संचार माध्यमों के लिए सक्षम क्रीड़ा समालोचक (कॉमेटेटर) उपलब्ध होंगे इसमें दो राय नहीं।

श्रेष्ठ क्रीड़ा समालोचक (कॉमेंटेटर) के लिए आवश्यक गुण

आज उत्कृष्ट कॉमेंटेटर को मान एवं धन भी उत्कृष्ट मिलने लगा है। लेकिन इस कार्य को सुंदरता से वहन करनेवालों में विशिष्ट क्षमता का और आवश्यक गुणों का होना नितांत आवश्यक है। श्रेष्ठ समालोचक के लिए जो गुण अपेक्षित हैं वे इस प्रकार हैं—

1. मौखिक भाषा पर प्रभुत्व।
2. धाराप्रवाही वक्तृत्व।
3. उच्चारण में सुस्पष्टता।
4. आवाज में आरोह-अवरोह।
5. खेल-कूद में अभिरुचि।
6. खेल के नियमों की जानकारी।
7. संबंधित खेल का ऐतिहासिक ज्ञान।
8. समीक्षात्मक दृष्टिकोण।
9. उचित शब्द प्रयोग की क्षमता।

10. चुस्त-दुरुस्त भाषा प्रयोग की क्षमता।
11. आँखों देखे हाल की अभिव्यक्ति क्षमता।
12. खेल के मैदान को पढ़ने की क्षमता।
13. दृश्य एवं श्रवणेंद्रीय की सतर्कता।
14. निर्णय लेने की क्षमता।
15. खिलाड़ी मनोवृत्ति।
16. प्रसंगानुरूप निवेदन करने की सूझ-बूझ।
17. खेल के सभी साधनों का परिचय।
18. खिलाड़ियों के नामों का परिचय।
19. खेल के साथ तन्मय होने की वृत्ति।
20. जिंदादिल व्यक्तित्व।

एक कुशल क्रीड़ा समीक्षक बनने के लिए उपर्युक्त क्षमता को अर्जित करना आवश्यक होगा। यह क्षेत्र भाषा के सक्षम और तेज-तर्रार छात्र के लिए अत्यंत उपयुक्त कहना होगा। क्योंकि इसमें पैसा ही नहीं प्रतिष्ठा भी मिलती है। आज कल रवि शास्त्री, मनिंदर सिंह तथा संजय मांजरेकर जैसे पूर्व खिलाड़ी भारत के बाहर विदेशों में भी कॉमेंटेटर के रूप में सम्मान के साथ निमंत्रित किए जाते हैं और अच्छा-खासा पारिश्रमिक भी पाते हैं। हिंदी का विशेष अध्ययन करनेवाला छात्र क्रीड़ा जैसे नए क्षेत्र में नई चुनौती को स्वीकार कर स्वयं को नई जमीन पर ला सकता है—विस्थापित स्थिति को खत्म कर अपने को सुस्थापित करने के लिए।

16. अन्य क्षेत्र

उपर्युक्त के अलावा रोजगार के अवसर दिलानेवाले ऐसे अनेक क्षेत्र हैं जहाँ हिंदी के प्रतिभाशाली अध्येता की आवश्यकता है। कोश हमारा खजाना होता है। विभिन्न कोशों के लेखन, संपादन तथा निर्माण के लिए भाषा के जानकार की ही जरूरत होती है। अब कोश का कोश बनाना साहित्य, समाज और शिक्षा क्षेत्र की माँग है। इसमें भाषा को जाननेवाला ही काम कर सकता है। रंगमंच के क्षेत्र में भी रोजगार की संभावनाएँ पर्याप्त मात्रा में कहनी होंगी। उपन्यास, कहानी, जीवनी, आत्मकथा और महाकाव्य जैसी साहित्य-विधाओं का नाट्य रूपांतरण, पटकथा लेखन, संवाद लेखन, संपादन आदि के लिए तो भाषा का अधिकारी ही कार्य कर सकता है। पुरानी पांडुलिपियाँ, अप्रकाशित साहित्य, लोकगीत, देशभक्तिपरक गीत, प्रेमगीत, जनपदीय भाषाओं का साहित्य, लोक साहित्य आदि की सामग्री हमारे यहाँ सागर के समान फैली हुई मिलती हैं जिसके सर्वेक्षण, पुनर्लेखन, संपादन और प्रकाशन हेतु रोजगार की अनंत संभावनाएँ सन्निहित हैं। विज्ञापन की दुनिया में मीडिया के अलावा पोस्टर, स्टीकर, बैनर और कैलेंडर के साथ-साथ ग्रीटिंग कार्ड, इन्विटेशन

कार्ड, विजिटिंग कार्ड, लेटर हेड, नेम प्लेट, बायोडाटा, स्लोगन और बोर्ड आदि के निर्माण में भाषा की सूझ-बूझ रखनेवाले को ही रोजगार प्राप्ति की संभावनाएँ बलवत्तर होती रहेंगी इसमें संदेह नहीं।

निष्कर्ष

भारत में हिंदी राजभाषा के रूप में भले ही जहाँ और जैसी भी हो लेकिन जनभाषा के रूप में उसका लोहा कौन नहीं मानता ? आज औपचारिक रूप में ही उसका अस्तित्व, राज हृदय-सिंहासन पर क्यों न दिखाई देता हो, जन हृदय-सिंहासन पर तो वही अखंड़, अभंग और अटल रूप से विराजमान है इसे मानना होगा। भले ही मजबूरी या व्यावसायिक जरूरत से क्यों न हो लेकिन आज बहुराष्ट्रीय कंपनियाँ भी अपने उत्पाद को जन-मन तक पहुँचाने के लिए हिंदी को अपना रही हैं। देश की पचहत्तर से अस्सी करोड़ जनता हिंदी को जानती और मानती है। परंतु हिंदी के स्नातक को बेरोजगार भटकते हुए देखकर ताज्जुब हुए बिना नहीं रहता। क्योंकि आज दैनिक समाचार पत्र, पत्र-पत्रिकाएँ, आकाशवाणी, दूरदर्शन और विविध चैनल, फिल्म-जगत्, नाट्य जगत् (रंगभूमि), गीत-संगीत, कला-क्रीड़ा, पर्यटन, साहित्य, संस्कृति, अनुवाद, मुद्रण, संपादन, निर्देशन और प्रकाशन जैसे क्षेत्रों में रोजगार की सर्वाधिक संभावनाएँ हिंदी के विशेष अध्येता को ही दिखाई देती हैं। लेकिन दुर्भाग्य यह कि विगत् कई वर्षों से हिंदी का अध्ययन याने हिंदी साहित्य का अध्ययन करना ही समझ लिया गया और सबसे ज्यादा उपेक्षा हिंदी के प्रयोजनमूलक पक्ष की हुई। आज हिंदी का अनुप्रयुक्त और व्यावहारिक अध्ययन-अध्यापन होना वर्तमान समय की आवश्यकता है। याद रखना होगा कि साहित्य के अध्ययन-अध्यापन तक सीमित रहने से अब काम नहीं चलेगा। अब उसके आगे की जमीन नापनी ही होगी। शैक्षिक संस्थाओं को, विश्वविद्यालयों को, पाठ्यक्रम निर्माताओं को, संपूर्ण शिक्षा व्यवस्था को और विशेषतः हिंदी की रोटी खानेवाले अध्यापकों-प्राध्यापकों को युग की माँग को देखते हुए भाषा के प्रयोजनीय पक्ष पर अधिक बल देना होगा। तभी समाज को कुशल निवेदक, संपादक, संवाददाता, पटकथाकार, संवादकार, गीतकार, फीचर लेखक, डॉक्यूमेंट्री लेखक, क्रीड़ा समालोचक, अनुवादक, दुभाषिए, निर्देशक तथा भाषाविद मिलेंगे जिनके अभाव और आवश्यकता की पूर्ति आज लल्लू-पंजू को लेकर की जा रही है। तभी यह सिद्ध होने में भी देर नहीं लगेगी कि हिंदी राजभाषा ही नहीं बल्कि रोजी की भाषा है और रोजगार की भी।

10

संगणकीय हिंदी : सामान्य स्वरूप

1. संगणक : संकल्पना एवं अर्थ

'संगणक' अंग्रेजी शब्द 'कंप्यूटर' का हिंदी पर्याय है। अतः संगणक का मूल आशय समझने के लिए 'कंप्यूटर' शब्द को समझ लेना आवश्यक होगा। अंग्रेजी में प्रयुक्त मिलनेवाला आज का 'कंप्यूटर' शब्द मूलतः ग्रीक भाषा के 'कंप्यूट' शब्द से बना है जिसका मूल अर्थ है—गणना। यह बात सही है कि इस यंत्र की निर्मिति शुरू में गणना करने हेतु ही हुई थी। अतः स्वीकार करना होगा कि 'कंप्यूटर' शब्द की व्युत्पत्ति 'कंप्यूट' से हुई जिसका आशय है गणना या गिनती। लेकिन आज यह केवल गणना ही नहीं करता बल्कि संख्याओं को घटाने, जोड़ने, सुरक्षित रखने और जानकारी का संग्रह कर उसके आधार पर सही-सही सूचना देने या दिखाने का काम करता है। अतः कहना होगा कि संगणक या कंप्यूटर आज अपने व्युत्पत्तिमूलक अर्थ के अलावा अत्यंत व्यापक आशय को अपने में अंतर्निहित रखने लगा है। यह एक मात्र ऐसी संकल्पना का नाम है जिसमें कैलकुलेटर, टाइपरायटर, टेलीफोन एवं टेलीविजन का समन्वित रूप मिलता है। इन सबके मिले-जुले रूप को ही अब संगणक कहा जाने लगा है। कहना आवश्यक नहीं कि यह वह यंत्र है जो बहुमुखी क्षमता का वाहक है।

2. संगणक : सामान्य परिचय

मानव मस्तिष्क और तमाम तांत्रिक ताक़त के यांत्रिक रूप का दूसरा नाम संगणक है। अर्थात् मानव बुद्धि और यंत्र सिद्धि का सुचारु संगम संगणक है। इसे बुद्धि का संचय और सूचना संस्करण का आज्ञापालक यंत्र कहना गलत नहीं होगा। यह मानव की तरह सूचनाओं को प्राप्त करता है, उनको स्मृति में रखता है, उनके आधार पर निष्कर्ष निकालता है और उनको प्रस्तुत करता है। दी गई सूचना को प्राप्त करने से लेकर तद्विषयक परिणाम को सुव्यवस्थित रूप से प्रस्तुत करने का काम संगणक के द्वारा संपन्न होता है। सूचना का संस्कार करनेवाले इस आज्ञाकारी यंत्र को 'सूचना संस्कारक आज्ञाधारक यंत्र' कहना ही अधिक सार्थक होगा।

आरंभ में केवल 'गणना' करने के प्रयोजन से निर्माण किए गए इस यंत्र द्वारा आज जिस तरह दुनियाभर की सूचनाएँ प्राप्त कर (उन पर संस्कार कर) उनके परिणामों को जाना जा सकता है उसी तरह उसकी संरचना भी उत्तरोत्तर विकास की अग्रसर दिखाई देती है। जो आज 'Up To Date' बनकर सामने आता है, कल वह 'Out of Date' बन जाता है। अर्थात् संगणक दिनों-दिन बहुउद्देश्यी बनने के क्रम में नित्य नूतन रूप धारण करता जा रहा है। अतः उसकी रूप-रचना एवं संरचना भी इससे प्रभावित होती जा रही है। यहाँ उसकी मूल संरचना का परिचय प्रस्तुत है—

2.1 संगणक की संरचना

वस्तुतः संगणक अनेक इकाइयों का सामूहिक रूप है। जिस तरह संगणक कार्य की उपयोगिता बहुआयामी और असीम होती जा रही है उसी तरह उसका अंतर्बाह्य रूप एवं इकाइयाँ भी असीम की ओर अग्रसर हैं। एक ओर उसके बाह्य रूप के संशोधित, परिवर्धित संस्करण आ रहे हैं तो दूसरी ओर नये-नये सॉफ्टवेयर। भविष्य में भी यह क्रम निरंतर जारी रहेगा। प्रतिपल परिवर्तित होती जा रही सृष्टि में संगणक जैसे अद्यतन संस्कारक यंत्र की संरचना बाहरी एवं भीतरी, दोनों रूपों में परिवर्तनोन्मुख रहेगी इसमें संदेह नहीं। परिवर्तन विकास का दूसरा नाम है। संगणक की संरचना भी इसके लिए अपवाद नहीं। लेकिन ऐसा नहीं कि उसकी कोई निश्चित रूप-रचना-संरचना ही न हो। संगणक की रूप-रचना-संरचना को हम दो भागों में बाँटकर उसका सामान्य परिचय पा सकते हैं। इस तरह के विभाजन का मूल आधार है उसका दृश्य एवं अदृश्य भाग। संगणक की संपूर्ण संरचना का एक हिस्सा वह है जो दीख पड़ता है अर्थात् दृश्य रूप। दूसरा हिस्सा वह है जो दीखता नहीं अर्थात् अदृश्य रूप। संगणक की संरचना को यदि हम दो भागों में बाँटेंगे तो पहला वह भाग जो आँखों से दिखाई देता है—यथावस्तु या हार्डवेयर कहलाता है। दूसरा वह भाग जो दिखाई नहीं देता परंतु संगणक को क्रियाशील रखता है—परावस्तु या सॉफ्टवेयर कहलाता है। उदाहरणस्वरूप कहना हो तो मानव शरीर और आत्मा में एक दृश्य है और दूसरा अदृश्य। ठीक इन्हीं दो अंगों की तरह संगणक का एक अंग शरीर है तो दूसरा उसकी आत्मा। शरीर से मतलब है बाहरी अंग जो दृश्य रूप होता है और आत्मा से मतलब है भीतरी अंग जो अदृश्य होता है। निष्कर्ष यह है कि संगणक के मुख्यतः दो भाग मिलते हैं। यथावस्तु अर्थात् हार्डवेयर और परावस्तु अर्थात् सॉफ्टवेयर। यहाँ इनका सामान्य परिचय प्रस्तुत है—

2.1.1 यथावस्तु अर्थात् हार्डवेयर

संगणक के बाहरी अंग को 'हार्डवेयर' कहते हैं। हार्डवेयर के अंतर्गत वह भाग आता है जो विभिन्न आकारों में दृश्य स्वरूप होता है। ये वे पुर्जे हैं जो आँखों से दिखाई पड़ते हैं और जिन्हें छू सकते हैं। जैसे मॉनिटर, की बोर्ड, माऊस, सी.पी.यु., प्रिंटर, डिस्क, सी.डी.

तथा फ्लॉपी आदि। यहाँ कंप्यूटर के हार्डवेयर का परिचय पाते समय ध्यान रखना होगा कि इसका प्रत्येक पुर्जा महत्त्वपूर्ण है अतः इसमें सब का अस्तित्व समान महत्त्व रखता है। केवल अध्ययन की सुविधा के लिए एक-एक क्रम में इन सब का सामान्य परिचय प्रस्तुत है–

2.1.1.1 मॉनिटर

मॉनिटर संगणक का सर्वप्रथम दर्शनी अंग है। यह वह हिस्सा है जो सबसे पहले आँखों के सामने आता है और ध्यान खींचता है। जो स्थान मानव शरीर में चेहरे का होता है वही संगणक में मॉनिटर का मानना होगा। मन, मस्तिष्क और हृदय के सारे भाव और विचार जैसे चेहरे पर देखे जा सकते हैं वैसे ही दी गई सूचनाएँ और उसके परिणाम मॉनिटर पर पाए जाते हैं। संगणक या कंप्यूटर शब्द के उच्चारण के साथ हमारे मनस्पटल पर और आँखों के सामने प्रथमतः जो चित्र उभरकर आता है वह मॉनिटर का ही होता है। संगणक में सर्वाधिक एवं बारंबार जिस औजार का उपयोग किया जाता है वह मॉनिटर ही है। मॉनिटर की रचना और स्तर के बारे में उल्लेखनीय बातें निम्नांकित हैं–

1. रचना (Structure)
2. आकार (Size)
3. एक रंगी या बहुरंगी (Monochrome or Colored)
4. स्तर (Standards)
5. पुनश्चर्या दर (Refresh Rate)
6. पर्दा नियंत्रण (Screen Control)

1. रचना (Structure)

संगणक का प्रथम दर्शनी औजार मॉनिटर है। मॉनिटर की रचना प्रायः दो प्रकार की मिलती है–(1) कैथॉड-रे-ट्यूब (सी.आर.टी.) मॉनिटर और (2) फ्लैट मॉनिटर। सी.आर.टी. मॉनिटर का प्रयोग प्रायः निजी कार्यालय, निवास स्थान और छोटे-मोटे काम को निपटाने हेतु रखे गए संगणकों में होता है। यह मॉनिटर सूक्ष्म संगणक (Micro computer) के लिए होता है। इस तरह के मॉनिटर का मुख्य लाभ यह कि ये कम खर्चीले और रेजोल्यूशन की

दृष्टि से भी उत्कृष्ट होते हैं। फ्लैट मॉनिटर की रचना नाम की तरह सीधी-सपाट होती है। खड़ी-सी रचनावाला यह मॉनिटर आँखों के लिए भी सुखकर लगता है। इसमें दिखाई देनेवाला चित्र या किसी भी प्रकार की जानकारी सी. आर. टी. मॉनिटर की तुलना में सुस्पष्ट एवं आकर्षक होती है। फ्लैट मॉनिटर में भी दो प्रकार मिलते हैं–(1) अग्र भाग से फ्लैट मॉनिटर और (2) अग्र एवं पृष्ठ (पश्च) दोनों ओर से फ्लैट मॉनिटर। इनमें दूसरे प्रकार का मॉनिटर पतला दीखता है जिसकी चौड़ाई कम होती है। इसके भी दो प्रकार मिलते हैं–(1) पैसिव मैट्रिक्स मॉनिटर और (2) एक्टिव मैट्रिक्स मॉनिटर। पैसिव मैट्रिक्स या ड्युअल स्कॉन मॉनिटर जब चित्र / प्रतिमा बनाता है तो संपूर्ण पर्दे (स्क्रीन) की छलनी बनाकर ही। इसके चित्र या प्रतिमाएँ अधिक स्पष्ट, यथावत् और पूर्णतः सही होंगी ऐसा नहीं। लेकिन इस प्रकार के मॉनिटर के लिए बिजली बहुत कम लगती है। एक्टिव मैट्रिक्स अथवा थिन-फिल्म ट्रांजिस्टर (टी. एफ.टी.) मॉनिटर चित्र/प्रतिमा बनाते समय संपूर्ण पर्दे (स्क्रीन) की छलनी नहीं बनाता। इसमें हर एक पिक्सेल स्वतंत्र रूप से कार्यान्वित किया जाता है जिससे चित्र अधिक स्पष्ट, सही-सही और उभरे हुए दिखाई देते हैं। इन दिनों में माइक्रो कंम्प्यूटर तथा टेलीविजन के संयोग से पी. सी./टी.वी., एच. डी. टी. वी. (हाय डेफिनिशन टेलीविजन) का निर्माण भी किया गया है जिससे चित्र अत्याधिक स्पष्ट, बृहत् और प्रभावकारी बन जाता है। इस तरह का मॉनिटर प्रभावशाली तथा आकर्षक होता है जो ग्राफिक कलाकार, लेखक, प्रकाशक और अध्यापक आदि के लिए उपयुक्त सिद्ध होता है। स्पष्ट है कि मॉनिटर की रचना पर कंप्यूटर की प्रभावान्विति तथा उपर्युक्तता निर्भर होती है।

2. आकार (Size)

रचना के बाद मॉनिटर में आकार का स्थान महत्त्व रखता है। शुरू में मॉनिटर प्रायः 14 या 15 इंच के आकार के हुआ करते थे। लेकिन आज-कल 17, 19 और 21 इंच के आकार में भी मॉनिटर उपलब्ध हो रहे हैं। इससे बड़े आकार के मॉनिटर बनाने के लिए भी अनेक प्रयोग किए हुए मिलते हैं। लेकिन एक बात माननी होगी कि आकार से छोटा मॉनिटर जिस जानकारी, प्रतिमा या चित्र को पर्दे पर दिखाता है वह उतना प्रभावशाली नहीं होता जितना कि बड़े आकार के मॉनिटर का होता है। आकार से बड़ा मॉनिटर पर्दे पर अधिक सामग्री प्रस्तुत कर सकता है। एक साथ ज्यादा जानकारी या चित्र को दिखाने का श्रेय बड़े आकार के मॉनिटर को ही जाता है। अतः कहना होगा कि कंप्यूटर की स्पष्टता एवं प्रभावकारिता मॉनिटर के आकार पर भी निर्भर होती है।

मॉनिटर की प्रभावकारिता या सुस्पष्टता उसके पिक्सेल्स या रिजोल्यूशन से नापी / जाँची जाती है। बड़े आकार के मॉनिटर पर जितने ज्यादा पिक्सेल्स अथवा रिजोल्यूशन होते हैं उसकी स्पष्टता भी उतनी ही अधिक होती है। अर्थात् आकार से बड़े मॉनिटर के

लिए चित्र या सामग्री को अधिक स्पष्ट रूप से प्रस्तुत करने हेतु पिक्सेल या रिजोल्यूशन का भी अधिक होना आवश्यक होता है। निष्कर्ष यह कि स्पष्टता एवं प्रभावकारिता की दृष्टि से बड़े आकार का मॉनिटर उपयुक्त सिद्ध होता है। लेकिन यह महँगा भी पड़ता है।

3. रंग-रूप

रंग-रूप के आधार पर मॉनिटर के दो प्रकार मिलते हैं–(1) एकरंगी मॉनिटर (Monochrome Monitor) और बहुरंगी मॉनिटर (Colored Monitor) आरंभ में एकरंगी मॉनिटर का प्रयोग अधिक होता था। किंतु इन दिनों में बहुरंगी मॉनिटर का प्रयोग बढ़ता जा रहा है। मूल्य की दृष्टि से एकरंगी अथवा मोनोक्रोम मॉनिटर बहुत सस्ते में मिलते हैं। विशेषतः वे मोनोक्रोम डिस्प्ले एडेप्टर (एम. डी. ए.) सबसे सस्ते होते हैं जो आई. बी. एम. द्वारा निर्मित हैं। इनसे आलेख का डिस्प्ले तो संतोषजनक होता है लेकिन चित्रों के डिस्प्ले में उतनी स्पष्टता नहीं होती। एकरंगी या मोनोक्रोम मॉनिटर भले ही सस्ते हो परंतु ऐसे कई नये प्रोग्राम हैं जो इस मॉनिटर पर चल नहीं पाते। दूसरी बात यह कि ऐसे मॉनिटर से सभी प्रकार के कार्यों की पूर्ति संभव नहीं होती। अतः आज-कल बहुरंगी मॉनिटर अधिक पसंद किए जा रहे हैं। वी. जी. ए. (वीडियो ग्राफिक्स ऐरे) और एस. वी. जी. ए. (सुपर वीडियो ग्राफिक्स ऐरे) के डिस्प्ले अधिक नयन मनोहर होते हैं। इनके जरिए सभी प्रकार के कार्य किए जा सकते हैं। अतः ये अधिक प्रिय बने हैं।

रंग-रूप के आधार पर मॉनिटर के कुछ गुण मिलते हैं। मॉनिटर के अग्र भाग पर अनेक नॉब लगी होती हैं जो चालू-बंद, तेज-मंद और कंट्रास्ट कंट्रोल हेतु होती हैं। कंट्रास्ट से तात्पर्य दो भिन्न रंग के बिंदुओं में रंगों का अंतर होता है। अंतर जितना अधिक, चित्र उतना ही सुस्पष्ट होता है। श्वेत और श्याम रंग की अपेक्षा आज-कल रंगीन और मोहक मॉनिटर ही अधिक पसंद किए जा रहे हैं इस सच्चाई को याद रखना होगा।

4. स्तर (Standards)

मॉनिटर के पर्दे (स्क्रीन) पर आनेवाले चित्र की स्पष्टता और निरंतरता की क्षमता ही मॉनिटर का स्तर (Standards) है। जिससे चित्र अधिक स्पष्ट और निरंतर दिखाई देते हैं वह मॉनिटर अधिक स्तरीय माना जाता है। अर्थात् चित्र या प्रतिमा की 'स्पष्टता' तथा 'निरंतरता' किसी भी मॉनिटर का स्तर निश्चित करते हैं। बाजार में मॉनिटर विभिन्न स्तर के मिलते हैं। आज-कल मुख्यतः निम्नांकित स्तर के मॉनिटर पिक्सेल के साथ प्रयुक्त हो रहे हैं–

स्तर		पिक्सेल
1. वी. जी. ए. (Vedio Graphics Array)	=	600 x 400
2. एस. वी. जी. ए. (Super Vedio Graphics Array)	=	800 x 600

3. एक्स. जी. ए. (Extended Graphics Array) = 1024 x 768
4. एस. एक्स. जी. ए. (Super Extended Graphics Array) = 1280 x 1.024
5. यु. एक्स. जी. ए. (Ultra Extended Graphics Array) = 1600 x 1.200

मॉनिटर की दृश्य-क्षमता चित्र की स्पष्टता एवं निरंतरता को निर्धारित करती है, जो उसका स्तर कहलाती है। यह स्तर तय करनेवाली क्षमता पिक्सेल पर निर्भर होती है। जितने ज्यादा 'पिक्सेल्स', उतना ज्यादा स्तरीय मॉनिटर। क्योंकि पिक्सेल अधिक हो तो चित्र अधिक स्पष्ट उभरता है।

1. वी. जी. ए. स्तर के मॉनिटर के लिए 600 x 400 पिक्सेल प्रयुक्त होते हैं। यह मॉनिटर का आरंभिक स्तर रहा है, जो सामान्य कोटि के मॉनिटर में हुआ करता है। प्रायः 14 इंच के मॉनिटर के लिए इस स्तर का प्रयोग होता रहा है।
2. एस. वी. जी. ए. स्तर के मॉनिटर के लिए 800 x 600 पिक्सेल प्रयुक्त होते हैं। शुरू में इस स्तर के मॉनिटर बहुत पसंद किए जा रहे थे। आज-कल इस स्तर का प्रयोग 15 इंच के मॉनिटर के लिए होता है।
3. एक्स. जी. ए. स्तर के मॉनिटर के लिए 1024 x 768 पिक्सेल प्रयुक्त होते हैं। इस स्तर के मॉनिटर को भी खूब पसंद किया गया। अब यह स्तर विशेष रूप से 17 से 19 इंच के मॉनिटर के लिए प्रिय बना है।
4. एस. एक्स. जी. ए. स्तर के मॉनिटर के लिए 1280 x 1024 पिक्सेल प्रयुक्त होते हैं। चित्र की सुस्पष्टता और निरंतरता के लिए निर्मित यह स्तर अधिक प्रिय बनता जा रहा है। यह स्तर प्रायः 19 से 21 इंच के मॉनिटर के लिए पसंद किया गया है।
5. यु. एक्स. जी. ए. स्तर के मॉनिटर के लिए 1600 x 1200 पिक्सेल प्रयुक्त होते हैं। इस स्तर के मॉनिटर नवीनतम और उच्चतम स्तर के समझे जाते हैं। प्रायः 2 इंच के मॉनिटर के लिए इस स्तर को पसंद किया है। ऐसा मॉनिटर प्रायः आलेख और 'ग्राफिक आर्ट्स' के लिए उपयोगी सिद्ध होता है।

मॉनिटर के स्तर की विकास यात्रा को देखने से भविष्य में विविध स्तर के मॉनिटर के आने के संकेत मिलते हैं इसमें दो राय नहीं।

5. पुनश्चर्या दर (Refresh Rate)

मॉनिटर के पर्दे पर चित्र / प्रतिमा निरंतर और सुस्पष्ट रूप में बने रहने के लिए जिसकी आवश्यकता होती है उसे पुनश्चर्या दर (Refresh Rate) कहते हैं। मॉनिटर किसी भी प्रकार का हो, उस पर पुनश्चर्या दर प्रति सेकंड 30 से 60 के बीच होना चाहिए। जब पुनश्चर्या दर इससे कम होता है तब मॉनिटर पर चित्र हिलता हुआ दिखाई देता है। अर्थात् पुनश्चर्या दर के निरंतर बने रहने पर ही किसी भी प्रकार के मॉनिटर पर चित्र या प्रतिमाएँ

निरंतर रूप में सुस्पष्ट दिखाई देती हैं।

पुनश्चर्या दर (Refresh Rate) में दो बातों का विशेष महत्त्व होता है–(1) आड़ी स्कैन रेखा अर्थात् वर्टिकल स्कैन लाइन और (2) खड़ी स्कैन रेखा अर्थात् हॉरिजंटल स्कैन लाइन। मॉनिटर के पर्दे पर चित्र या प्रतिमाएँ उभरने और सुस्पष्ट दिखाई देने के लिए हॉरिजंटल तथा वर्टिकल स्कैन लाइन, दोनों एक के उपरांत एक के रूप में निरंतर कार्यान्वित रहती हैं। जब तक इनका कार्य जारी रहता है तब तक मॉनिटर पर प्रतिमा या चित्र डिस्प्ले होते रहते हैं। पुनश्चर्या दर मुख्यतः (1) रास्टर स्कैन डिस्प्ले (Raster Scann Display) और (2) रेंडम स्कैन डिस्प्ले (Random Scann Display), इन दोनों में कार्यान्वित रहना आवश्यक होता है। कहना होगा कि मॉनिटर के पर्दे पर चित्र स्थिर, निरंतर और सुस्पष्ट रूप में उभरने के लिए पुनश्चर्या दर (Refresh Rate) का विशेष महत्त्व है।

6. पर्दा नियंत्रण (Screen Control)

मॉनिटर के पर्दे पर चित्र को नियंत्रित रखना ही पर्दा नियंत्रण या 'स्क्रीन कंट्रोल' है। चित्र को मॉनिटर के पर्दे पर उस हद तक स्थायी, संयत और नियंत्रित करना जिससे वह आँखों को कष्टकर न लगकर सुखकर लगे, इस हेतु कार्यरत व्यवस्था 'स्क्रीन कंट्रोल' कहलाती है। मुख्यतः मॉनिटर के पर्दे (स्क्रीन) के अग्रभाग में नीचे की ओर 'स्क्रिन कंट्रोल' के लिए प्रायः 2-3 बटन होते हैं। इनमें एक मॉनिटर शुरू या बंद करने (ON/OFF) के लिए, दूसरा ब्राइटनेस के लिए और तीसरा कॉन्ट्रास्ट के लिए होता है। 'स्क्रीन कंट्रोल' हेतु मॉनिटर पर कुछ बटन ऐसे भी होते हैं जो पर्दे (स्क्रीन) को आड़े-खड़े (वर्टिकल एंड हॉरिजंटल) रूप में सुस्थित बनाये रखते हैं। स्पष्ट है कि 'स्क्रीन कंट्रोल' मॉनिटर का एक महत्त्वपूर्ण अंग है।

उपर्युक्त सभी अंग मॉनिटर का स्तर निश्चित करते हैं। इनमें सभी का महत्त्व समान है। अतः इनका सुस्थित होना मॉनिटर की स्तरीयता को बनाये रखने हेतु अत्यंत आवश्यक है। जैसे मानव चेहरे को सुस्थित और सुंदर बनाये रखने के लिए उसके हर हिस्से की हिफाजत जरूरी है वैसे मॉनिटर को बेहतर स्थिति में रखने हेतु उसके हर हिस्से का बेहतर होना जरूरी है। मॉनिटर की बाहरी देखभाल भी महत्त्वपूर्ण है। मॉनिटर को धूल-धक्कड़ से बचाना चाहिए। स्क्रीन को गंदगी से बचाना चाहिए। उस पर धूल, नमी ऊँगलियों के निशान आदि नहीं होने चाहिए। ऐसा न होने पर मॉनिटर बेहतर परिणाम दे नहीं पाता। अतः मॉनिटर के बाहरी हिस्से को सुरक्षित रखना अत्यंत आवश्यक है। काम पूरा होने पर मॉनिटर बंद करे, फिर बिजली बंद करे। आवश्यकता के अनुसार मॉनिटर को 'क्लिनर' से अर्थात् अँटिस्टॅटिक सी. आर. टी. से साफ करें, कपड़े से नहीं। क्योंकि कपड़ा मृदु और साफ न हो तो उससे स्क्रीन पर निशान या कभी-कभी खरोंच आने की संभावना होती है। कार्य संपन्न होने पर मॉनिटर को साफ आवरण से ढँक देना अधिक उचित होता है।

2.1.1.2 कुंजी पटल (Key Board)

अर्थ एवं आवश्यकता

'कुंजी पटल' शब्द अंग्रेजी 'की बोर्ड' का हिंदी पर्याय है। संगणक के हार्डवेयर के अंतर्गत आनेवाले अंगों में इसका स्थान महत्त्वपूर्ण है। यह वह अंग है जो संगणक के भीतर सूचना भेज देता है। 'की बोर्ड' के जरिए 'डेटा' 'इनपुट' किया जाता है। अर्थात् संगणक से अपेक्षित काम करवा लेने के लिए 'डेटा' भरने (इनपुट) और आवश्यक परिणाम पाने (आउटपुट) के लिए प्रयुक्त किया जानेवाला साधन 'की बोर्ड' कहलाता है। 'की बोर्ड' के जरिए ही परिणाम की प्राप्ति के लिए संगणक में 'डेटा' भर दिया जाता है। अर्थात् यह वह साधन है जिसके माध्यम से जानकारी, सूचना और संदेश आदि को संगणक के भीतर भेजा जाता है। कंप्यूटर की पारिभाषिक शब्दावली में इसे 'इनपुट' कहते हैं और भीतर भेजी (रखी) गई सामग्री के आधार पर जो परिणाम (रिजल्ट) हम पाते हैं उसे 'आउटपुट' कहते हैं। अर्थात् जानकारी, सूचना और संदेश देने तथा उनके परिणाम पाने की प्रक्रिया जिन यंत्रों के जरिए होती है उनमें 'की बोर्ड' मुख्य है। कहना होगा कि 'की बोर्ड' के बिना जानकारी, सूचना एवं संदेश का लेन-देन (इनपुट-आउटपुट) संभव नहीं।

प्रकार

आज-कल 'की बोर्ड' के भी अनेक प्रकार मिलते हैं। दूसरी बात यह कि प्रत्येक कुंजी (की) का अपना स्वतंत्र कार्य एवं प्रभाव होता है। अब जैसे-जैसे कंप्यूटर में विकास होता जा रहा है वैसे-वैसे 'की बोर्ड' में कम अधिक मात्रा में परिवर्तन होता जा रहा है। टंकण यंत्र और संगणक के कुंजीपटल में अंतर मिलता है। वैसे तो संगणक के प्रकारों के अनुसार कुंजी पटल के प्रकार भी अनेक दिखाई देने लगे हैं। फिर भी यहाँ कुंजियों की संख्या के आधार पर कुंजीपटल के निम्नांकित तीन प्रकार महत्त्वपूर्ण मानने पड़ते हैं—

(1) 84 कुंजियों का कुंजीपटल (Key Board of 84 Keys)

(2) 101 कुंजियों का कुंजीपटल (Key Board of 101 Keys)

(3) 104 कुंजियों का कुंजीपटल (Key Board of 104 Keys)

भविष्य में भी कुंजियों की संख्या में परिवर्तन होने की संभावना से इनकार नहीं किया जा सकता। कार्य के आधार पर कुंजियों के निम्नांकित प्रकार किए जा सकते हैं–

(1) एस्केप की (Escape Key)
(2) फंक्शन कीज (Function Keys)
(3) न्यूमेरिक की-पैड (Numeric Key Pad)
(4) विंडोज की (Windows Key)
(5) स्पेस बार (Space bar)
(6) नेविगेशन या कर्सर कीज (Navigation or Cursor Keys)
(7) टाइपिंग कीज (Typing Keys)
(8) एंटर की (Enter Key)
(9) शिफ्ट की (Shift Key)
(10) केप्सलॉक की (Caps Lock Key)
(11) डिलीट की (Delete Key)
(12) स्क्रॉल लॉक की (Scroll Lock Key)
(13) प्रिंट स्क्रीन की (Print Screen Key)
(14) पॉज की (Pause Key)
(15) टेब की (Tab Key)
(16) पेजअप की (Pageup Key)
(17) पेजडाउन की (Page Down Key)
(18) होम की (Home Key)
(19) एंड की (End Key)
(20) इन्सर्ट की (Insert Key)
(21) नमलॉक की (Num Lock Key)

कुंजियों के कार्य :

1. एस्केप की (Escape Key)

इस कुंजी को 'क्रिया छोड़ कुंजी' नाम दिया जा सकता है। क्योंकि उसका प्रयोग शीघ्रता हेतु प्रोग्राम की कुछ अनावश्यक क्रियाओं को छोड़ने के लिए, गलती को सुधारने के लिए या क्रिया के आरंभ होने पर उसे यथास्थिति में छोड़ने के लिए हुआ करता है। इस कुंजी से वैशिष्ट्यपूर्ण किए गए चयन अथवा प्रणाली को निरस्त / रद्द किया जाता है।

2. फंक्शन कीज (Function Keys)

ये वे कुंजियाँ हैं जिनके कारण विशेष प्रकार के कार्य का मार्ग आसान होता है। अतः इनको 'कार्यक्रम कुंजियाँ' नाम दिया जा सकता है। अर्थात् ये कुंजियाँ वैशिष्ट्यपूर्ण काम का एक आसान रास्ता है। एफ 1 का तात्पर्य ही ऑनलाइन मदद होता है। एफ 1 से लेकर एफ 10 या एफ् 12 तक की ये सारी कुंजियाँ विशिष्ट क्रियाओं को संपन्न करने हेतु संगणक को अधिदेश देने के लिए प्रयुक्त की जाती हैं। ये क्रियाएँ निर्धारित होती हैं संगणक के प्रोग्राम द्वारा।

3. न्यूमेरिक की-पैड (Numeric Keypad)

इसे 'सांख्यिक / गणित कुंजीपट' नाम देना अधिक उचित होगा। यह 17 कुंजियों का समूह होता है। इनका कार्य मुख्यतः सांख्यिकी जानकारी भर देना है। गणित से संबंधित संकेत देना, दर्शक या कर्सर पर नियंत्रण रखना और सांख्यिकी जानकारी भर देना इनका मुख्य कार्य है। इन कुंजियों को सांख्यिकी जानकारी भरनेवाला केंद्र कहा जा सकता है।

4. विंडोज की (Windows Key)

इसे 'खिड़कीवाली कुंजी' नाम देना अधिक सार्थक लगता है। यह वह कुंजी है जो संगणक के भीतर प्रवेश करने के लिए खिड़की खोल देती है। शुरूआत की सूची (मेनू) दिखाने का कार्य यही कुंजी करती है। इसी कुंजी से 'स्टार्ट मेनू' को दिखाने का काम (डिस्प्ले) होता है।

5. स्पेस बार (Space bar)

इसे 'रिक्त या खाली पट्टिका' कहना अधिक सार्थक लगता है। यह वह कुंजी है जो दो अक्षरों के बीच रिक्त या खाली जगह को भर देने का काम करती है। संगणक पर कार्य करते समय इस कुंजी का प्रयोग सर्वाधिक होता है। अतः इसे आकार की दृष्टि से सबसे लंबा बनाया गया है। 'स्पेस बार' को एक बार दबाने से कर्सर दाँई ओर आगे बढ़ता है। रिक्त स्थान को भर देने की जितनी आवश्यकता होती है उसके अनुसार ही इसका प्रयोग किया जाता है।

6. नेविगेशन या कर्सर कीज (Navigation or Cursor Keys)

इनका 'नियंत्रण या संयमन कुंजियाँ' नाम सार्थक लगता है। कुंजीपटल (की बोर्ड) पर चार कुंजियाँ ऐसी हैं जिन पर तीर का चिह्न होता है उनको कर्सर कुंजिस कहते हैं। चार कुंजियों का यह समूह 101 तथा 104 कुंजीपटल पर होता है। तीर की दिशाओं में ये कुंजियाँ कर्सर को पर्दे पर ऊपर, नीचे, दाँये और बाँये की ओर ले जाया करती हैं। जिस दिशा में कर्सर ले जाना जरूरी होता है वहाँ पर उसी (दिशा की ओर चिह्नांकित) कुंजी का प्रयोग किया

जाता है। जैसे—कर्सर को ऊपर ले जाना हो तो ऊपर की ओर तीर-चिह्नांकित कुंजी का प्रयोग करना पड़ता है। अर्थात् इन कुंजियों का प्रयोग कर्सर को आवश्यकता के अनुरूप ले जाने के लिए किया जाता है। इस दृष्टि से ये कुंजियाँ भी महत्त्वपूर्ण होती हैं।

7. टाइपिंग कीज (Typing Keys)

इनके लिए 'टंकण कुंजियाँ' शब्दप्रयोग काफी रूढ़ हुआ है। 'की बोर्ड' पर इनकी संख्या सब से ज्यादा मिलती है। ये वे कुंजियाँ हैं जिनका प्रयोग टंकण कार्य हेतु होता है। इन कुंजियों के दो वर्ग मिलते हैं—(1) ए से जेड तक के 26 अक्षरों की कुंजियाँ और (2) सांख्यिकी और व्याकरण चिह्नांकित 22 चरित कुंजियाँ। टंकण की हर कुंजी से दो चरितों (अक्षरों या भागों) का टंकण किया जा सकता है—(1) स्वतंत्र रूप से अकेले में टंकण और (2) शिफ्ट कुंजी की मदद से टंकण। ये कुंजियाँ जब अकेले या स्वतंत्र (स्वयंपूर्ण) रूप से टंकण करेंगी तब 'स्माल लेटर' अर्थात् छोटे अक्षर टाइप होंगे और शिफ्ट कुंजी की मदद से टंकण करेंगी तब 'कैपिटल लेटर' अर्थात् बड़े अक्षर। 'केप्सलॉक' कुंजी के प्रयोग से अक्षर कुंजियाँ अंग्रेजी के बड़े अक्षरों (कैपिटल लेटर) का टंकण करती हैं। शिफ्ट कुंजी के प्रयोग से ऊपर अंकित चरित (अक्षर) टंकित होता है और स्वयंपूर्ण या अकेली कुंजी के प्रयोग से नीचे अंकित चरित (अक्षर) टंकित होता है तथा स्वयंपूर्ण या अकेली कुंजी के प्रयोग से नीचे अंकित चरित (अक्षर)। देवनागरी लिपि में टंकण करना हो तो टंकण-कुंजियों के प्रयोग में परिवर्तन करना पड़ता है।

8. एंटर की (Enter Key)

संगणक पर काम करते समय इस कुंजी का योगदान सबसे ज्यादा महत्त्व रखता है। इस कुंजी के प्रयोग से ही संगणक सूचना या आदेश को स्वीकारता है। किसी आदेश या सूचना को अंकित करने के बाद इस कुंजी का प्रयोग करना पड़ता है वरना संगणक उसका स्वीकार नहीं करता। टंकण कार्य में अनुच्छेद परिवर्तन हेतु भी इसी कुंजी का प्रयोग किया जाता है।

9. शिफ्ट की (Shift Key)

यह वह कुंजी है जो हर एक टंकण-कुंजी को प्रभावित करती है। वस्तुतः टंकण की हर कुंजी दो तरह का टंकण कार्य करती है—(1) स्वयंपूर्ण रूप से या अकेले और (2) शिफ्ट कुंजी के सहयोग से। अर्थात् शिफ्ट कुंजी टंकण कार्य में अपना विशेष महत्त्व रखती है। साथ ही उन कार्यों को संपन्न करने में भी शिफ्ट कुंजी उपयोगी सिद्ध होती है जो प्रोग्राम के जरिए निर्धारित किए हुए होते हैं। कहना होगा कि यह कुंजी भी, विशेषतः टंकण कार्य में बहुत महत्त्वपूर्ण भूमिका निभाती है।

10. केप्सलॉक की (Caps Lock Key)

'यह वह कुंजी है जो अंग्रेजी टंकण में उपयोगी होती है। इस कुंजी को एक बार दबाने से अंग्रेजी के बड़े (कैपिटल) अक्षरों का टंकण होता है और इसे दुबारा दबाने से छोटे (स्मॉल) अक्षरों का। अर्थात् आवश्यकता के अनुरूप 'कैपिटल' तथा 'स्माल' अक्षरों के टंकण हेतु इसी कुंजी का प्रयोग किया जाता है। केप्सलॉक कुंजी को टॉगल कुंजी कहते हैं। क्योंकि एक ही कर्म से दो विरुद्ध प्रभाव (अर्थात् पहली बार एक और दूसरी बार अलग) पैदा करना ही टॉगल कहलाता है। इस दृष्टि से यह कुंजी भी अपना अलग महत्त्व रखती है।

11. डिलीट की (Delete Key)

मॉनिटर के पर्दे पर, कर्सर के दाँयी ओर की टंकित सामग्री को या अन्य सामग्री को मिटाने का काम 'डिलीट की' करती है। अर्थात् इस कुंजी का प्रयोग अनावश्यक सामग्री को मिटा देने / निकाल देने हेतु होता है।

12. स्क्रॉल लॉक की (Scroll Lock Key)

यह वह कुंजी है जो मॉनिटर के पर्दे पर दिखाई देनेवाले अक्षर, चित्र या प्रतिमा को यथावत् स्थिर रख देती है। अर्थात् इसका उपयोग पर्दे पर स्थित सामग्री को अचल रखने हेतु होता है।

13. प्रिंट स्क्रीन की (Print Screen Key)

यह वह कुंजी है जो मॉनिटर के पर्दे पर दिखाई देनेवाले अक्षर या सामग्री को यथावत् मुद्रित करने के लिए प्रयुक्त होती है। अर्थात् टंकित सामग्री को मुद्रित रूप में पाने के लिए इस कुंजी का प्रयोग किया जाता है।

14. पॉज की (Pause Key)

यह वह कुंजी है जो संगणक के जरिए की जा रही क्रिया को (अस्थायी) विराम देने के लिए प्रयुक्त होती है। थोड़ी देर ठहरने या रुकने के लिए इसी कुंजी का प्रयोग किया जाता है।

15. टेब की (Tab Key)

यह वह कुंजी है जिसका प्रयोग कर्सर को निर्धारित जगह पर एक साथ ले जाने हेतु होता है। साथ ही कर्सर को आगे और पीछे ले जाने हेतु इसी का उपयोग होता है। कर्सर को आगे ले जाना हो तो अकेली यह कुंजी प्रयुक्त की जाती है और पीछे ले जाना हो तो 'शिफ्ट की' के साथ इसको प्रयुक्त करना होता है।

16. पेजअप की (page up Key)

इस कुंजी की सहायता से मॉनिटर के पर्दे पर स्थित टंकित सामग्री (चित्र या प्रतिमा) के अगले भाग को पर्दे पर ला सकते हैं।

17. पेज डाउन की (Page Down Key)

इस कुंजी की सहायता से मॉनिटर के पर्दे पर स्थित टंकित सामग्री (चित्र या प्रतिमा) के पिछले भाग या हिस्से को पर्दे पर ला सकते हैं।

18. होम की (Home Key)

यह वह कुंजी है जिसका प्रयोग कर्सर को पंक्ति के (या चुने गए भाग के) प्रथम चरित (अक्षर) पर ले जाने हेतु होता है।

19. एंड की (End Key)

यह वह कुंजी है जिसका प्रयोग कर्सर को पंक्ति के (या चुने गए भाग के) अंतिम चरित (अक्षर) के बाद के स्थान पर ले जाने हेतु होता है।

20. इन्सर्ट की (Insert Key)

इस कुंजी का प्रयोग तब किया जाता है कि जब पर्दे पर स्थित टंकित सामग्री में कुछ नई सामग्री (बीच में ही) जोड़नी है या मिटानी है। इस कुंजी के एक बार प्रयोग करने से कर्सर पर स्थित पहली सामग्री आगे खिसकाकर उसमें नई सामग्री जोड़ी जाती है अथवा पुरानी सामग्री को मिटाकर वहाँ पर नई सामग्री जोड़ी जाती है। इस कुंजी का एक बार प्रयोग करने से विधा बदल जाती है और दुबारा प्रयोग करने से विधा मूल स्थिति में (यथावत्) आती है। 'पेज मेकिंग' जैसे कार्य के लिए भी आवश्यकता के अनुरूप इस कुंजी का प्रयोग किया जाता है।

21. नमलॉक की (Num Lock Key)

यह वह कुंजी है जो सांख्यिकी की कुंजियों (न्यूमेरिक की पेड) के प्रभाव में परिवर्तन करने के लिए प्रयुक्त होती है।

2.1.1.3 मुद्रक / प्रिंटर (Printer)

मुद्रण सामग्री को मुद्रित करनेवाला यंत्र मुद्रक कहलाता है। कंप्यूटर की पारिभाषिक शब्दावली में इसे 'प्रिंटर' कहते हैं। आज बाजार में तरह-तरह के प्रिंटर उपलब्ध हैं। उनको

डॉट मैट्रिक प्रिंटर और लेजर प्रिंटर, इन दो प्रकारों में बाँटा गया है। लेकिन अब तक के उपलब्ध प्रिंटर को देखने से इनके मुख्यतः निम्नांकित चार प्रकार मानने पड़ते हैं—

(1) इंकजेट प्रिंटर (Ink-Jet Printer)
(2) लेजर प्रिंटर (Laser Printer)
(3) थर्मल प्रिंटर (Thermal Printer)
(4) अन्य प्रिंटर (Other Printers)

1. इंक जेट प्रिंटर (Ink-Jet Printer)

यह वह प्रिंटर होता है जो कागज पर अतिसूक्ष्म आकार के एक-एक बिंदु से स्याही (Ink) को अत्यंत गतिमान रूप से फुहारें की तरह छोड़ता है। इस तरह के प्रिंटर की प्रक्रिया में न केवल अक्षरों की प्रतिमाएँ बनती हैं बल्कि इससे अनेक रंगों में छपाई करना भी सुलभ होता है। अतः जहाँ मुद्रित सामग्री विविध रंगों में छापना जरूरी होता है वहाँ इसी प्रिंटर का प्रयोग किया जाता है। आज-कल बाजार में इसका प्रयोग खूब होने लगा है। सुंदर, आकर्षक और रंगीन छपाई के लिए इसी प्रिंटर को लिया जाता है। विशेषतः विज्ञापन, प्रकाशन, साहित्य, शिक्षा, वैद्यक और अभियांत्रिकी आदि क्षेत्रों में जैसी सामग्री मुद्रित करवाई जाती है उसके लिए इंकजेट प्रिंटर को अंधिक उपयुक्त पाया गया है। इसमें प्रिंटिंग के समय आवाज अत्यल्प होती है। अतः इसके प्रयोग से ध्वनिप्रदूषण से भी बचा जा सकता है। यह प्रिंटर आर्थिक दृष्टि से भी सस्ता पड़ता है।

2. लेज़र प्रिंटर (Laser Printer)

लेजर (लेसर) प्रिंटर में लेजर (लेसर) प्रकाश किरणों का प्रयोग कर अक्षर या चित्र को अत्यंत स्तरीय रूप में प्रिंट किया जाता है। जिस तरह का तंत्रज्ञान फोटो कॉपी के लिए प्रयुक्त किया जाता है उसी तरह का तंत्रज्ञान लेजर प्रिंटर में भी प्रयुक्त होता है। लेजर प्रिंटर के भी दो प्रकार मिलते हैं—(1) व्यक्तिगत लेजर प्रिंटर और (2) शेअर्ड लेजर प्रिंटर। व्यक्तिगत लेजर प्रिंटर प्रायः शेअर्ड लेजर प्रिंटर की तुलना में सस्ता होता है। अतः इसका प्रयोग अधिक मात्रा में किया जाता है। इसमें प्रति मिनट करीबन चार-छह पृष्ठों की छपाई होती है। शेअर्ड प्रिंटर अधिक महँगा होता है। लेकिन इसकी मुद्रण क्षमता अधिक होती है। अतः यह किफायती साबित होता है। इस प्रिंटर में प्रति मिनट लगभग तीस से अधिक पृष्ठों की छपाई (प्रिंटिग) होती है। व्यक्तिगत कार्य की अपेक्षा सार्वजनिक या व्यावसायिक कार्य के लिए यह प्रिंटर अधिक उपयुक्त सिद्ध होता है।

3. थर्मल प्रिंटर (Thermal Printer)

विशिष्ट प्रक्रिया से बनाए गए कागज का प्रयोग जिसमें होता है वह थर्मल प्रिंटर कहलाता

है। थर्मल प्रिंटर ऊँची श्रेणी का प्रिंटर होता है। औष्णिक प्रक्रिया से बनाए गए खास दर्जे के कागज पर ही इसमें प्रिंटिंग होने के कारण इसे औष्णिक प्रिंटर भी कहते हैं। यह अत्यंत श्रेष्ठ कोटि का प्रिंटर है। इसकी गुणवत्ता अधिक होने के कारण इसका प्रयोग भी खास या विशिष्ट सामग्री के मुद्रण के लिए होता है। इसमें श्रेष्ठ दर्जे के चित्र अथवा सामग्री की छपाई होती है। श्रेष्ठ कला-कृतियों तथा महत्त्वपूर्ण आलेखों के मुद्रण के लिए थर्मल प्रिंटर का प्रयोग किया जाता है। लेकिन यह प्रिंटर महँगा होने के कारण लोकप्रिय नहीं हो पाया। दूसरी बात यह कि इसके लिए विशिष्ट प्रक्रिया से निर्मित कागज का ही इस्तेमाल होता है। इसलिए यह बात एक दिक्कत बनती है। क्योंकि इस तरह का कागज सर्वत्र उपलब्ध नहीं हो पाता। अतः यह प्रिंटर भी ज्यादा व्यावहारिक सिद्ध नहीं हो पाया।

4. अन्य प्रिंटर (Other Printers)

मुद्रण जगत् में आजकल अनेक मुद्रक (प्रिंटर्स) मिलते हैं। इनको अन्य प्रिंटर के अंतर्गत रखना उचित होगा। किंतु अन्य प्रिंटर में मुख्यतः दो प्रिंटर उल्लेखनीय लगते हैं—(1) डॉट मॅट्रिक्स प्रिंटर और (2) चेन प्रिंटर।

4.1 डॉट मैट्रिक्स प्रिंटर (Dot Matrix Printer)

जो मुद्रण क्रिया (प्रिंटिंग वर्क) प्रिंटिंग हेड द्वारा होती है उसे डॉट मैट्रिक्स प्रिंटर कहते हैं। इस तरह के प्रिंटर में मुद्रण हेड (प्रिंटिंग हेड) पर सूक्ष्म बिंदुओं की मालिका का प्रयोग कर अक्षर या चित्र बन जाते हैं। छपाई हेड या मुद्रण हेड पर छपाई या मुद्रण हेतु बिंदुओं के लिए एक खड़ी पंक्ति में नौ या चौबीस पिन होते हैं। पिन के हिसाब से कागज पर एक-एक बिंदु अंकित होता जाता है और छपाई होने लगती है। जिस प्रिंटर में नौ पिन होते हैं उससे एक खड़ी पंक्ति से नौ बिंदु अंकित (प्रिंट) होते हैं और जिसमें चौबीस पिन होते हैं उससे एक खड़ी पंक्ति से चौबीस बिंदु अंकित होते हैं। इस प्रकार डॉट मैट्रिक्स प्रिंटर से मुद्रण कार्य होता है। इसमें छपाई का स्तर या गुणवत्ता मुद्रित बिंदु की मात्रा पर निर्भर होता है। प्रिंटर में बिंदुओं की मुद्रित मात्रा जितनी ज्यादा वह उतना ही ज्यादा स्तरीय और बिंदुओं की मुद्रित मात्रा जितनी कम, उसका स्तर भी उतना ही कम रहा करता है। आज-कल बाजार में डॉट मैट्रिक्स प्रिंटर सस्ते होने के कारण सामान्य स्तर की सामग्री की छपाई के लिए इसी का प्रयोग हो रहा है। लेकिन प्रिंटिंग के समय इस प्रिंटर की ऊँची आवाज आती रहती है। फिर भी इस प्रिंटर का प्रयोग पर्याप्त मात्रा में होता है।

4.2 चेन प्रिंटर (Chain Printer)

चेन प्रिंटर मूलतः मायक्रो कंप्यूटर के लिए बनाया गया था। यह बहुत गति से चलनेवाला प्रिंटर है। अतः इससे छपाई का कार्य भी जल्द गति से होता है। लेकिन आज-कल इसका

प्रयोग बहुत कम होता जा रहा है। क्योंकि यह प्रिंटर ज्यादा महँगा होता है। इसलिए इसका इस्तेमाल बड़ी-बड़ी संस्थाओं, कंपनियों आदि में ही होता है।

प्रिंटर पर विचार करने पर सार रूप में एक तथ्य सामने आता है कि आज-कल बाजार में जो विविध प्रकार के प्रिंटर उपलब्ध हैं उनको देखकर कहना मुश्किल है कि प्रिंटिंग की दुनिया में कितनी उन्नति होनी है। क्योंकि मुद्रण यंत्र (प्रिंटिंग मशीन) उत्तरोत्तर विकासोन्मुख रहा है। इसलिए इतना निश्चित है कि भविष्य में प्रिंटर के अधुनातन मॉडेल आते रहेंगे, जो अत्यधिक सुविधा संपन्न होंगे।

2.1.1.4 माउस (Mouse)

संगणक के 'हार्डवेयर' के अंतर्गत माउस का स्थान महत्त्वपूर्ण है। माउस शब्द मूलतः अंग्रेजी है जिसका आशय है चूहा। लेकिन संगणक के संदर्भ में हिंदी में भी माउस शब्द ही रूढ़ हुआ है। इसका नामकरण सार्थक लगता है जो वैशिष्ट्य एवं आकार के आधार पर ही हुआ है इसे मानना पड़ेगा। एक तो इसका मूल वैशिष्ट्य है कि इसके प्रयोग से मॉनिटर के पर्दे पर (तीर के आकर का) जो स्थान दर्शक (Pointer) है वह माउस अर्थात् चूहे जैसा ही इधर-उधर दौड़ता है। दूसरा यह कि मॉनिटर के सामने टेबल पर रखे गए इस औजार का आकार भी माउस अर्थात् चूहे जैसा ही दिखता है। हो सकता है भविष्य में इसके आकार में भी परिवर्तन हो लेकिन विश्वास है कि इसका प्रचलित नाम 'माउस' बदलेगा नहीं।

कार्य

संगणक को उचित निर्देश देने का कार्य माउस द्वारा होता है। मॉनिटर के पर्दे पर जो स्थान दर्शक (Pointer) रहता है उस पर माउस का नियंत्रण होता है। यह स्थान दर्शक तीर के आकार का होता है जिसे माउस के द्वारा संचालित कर संगणक को शुरू और बंद (Start and Shut Down) किया जाता है। माउस से संगणक का कार्यान्वियन गतिमान होता है। किसी प्रोग्राम का चयन करने, निकट का विकल्प खोजने, सही संदेश भेजने तथा मेनू देखने-खोलने हेतु माउस का उपयोग किया जाता है। अतः माउस संगणक का बहुत उपयोगी साधन माना है।

प्रकार

आज-कल माउस की रूप-रचना में भी समानता नहीं मिलती। अतः रूप-रचना के आधार पर अब माउस के निम्नांकित दो प्रकार मानने पड़ेंगे–

(1) बटन-माउस (Button-Mouse)
(2) बॉल-माउस (Ball-Mouse)

1. बटन-माउस (Button-Mouse)

यह वह माउस है जिस पर आगे की ओर दो बटन हुआ करते हैं–(1) दाँया बटन (Right Button) और (2) बाँया बटन (Left Button)। विशिष्ट हेतु से दाँये बटन को एक बार दबाने (क्लिक करने) से विशेषतः 'मेनू' के विकल्पों के लिए निकट का रास्ता खोजा जा सकता है। किसी प्रोग्राम के चयन के लिए बाँये बटन को एक बार दबाया (क्लिक किया) जाता है। चित्र क्रमांक 10.4 देखिए–

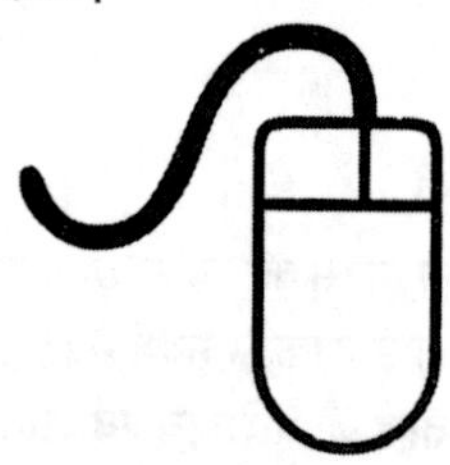

आगे की ओर माउस को 'सिस्टम युनिट' से जोड़नेवाला केबल होता है जो इलेक्ट्रॉनिक संदेश भेजता है।

2. बॉल-माउस (Ball-Mouse)

यह वह माउस है जिसके ऊपर बीचों-बीच एक छोटी-सी गेंद (Ball) होती है। यह गेंद चाहे जिस दिशा में घूम सकती है। माउस पर हाथ रख इस गेंद पर केवल एक उंगली रखनी होती है जो गेंद को वांछित दिशा की ओर आसानी से घुमा सकती है। यह वही गेंद है जो अपनी हलचल को इलेक्ट्रॉनिक संदेश में बदलती है। मॉनिटर के पर्दे पर स्थित स्थान दर्शक (Pointer) को यथास्थान ले जाने के लिए इस गेंद को घुमाना पड़ता है। देखिए चित्र–

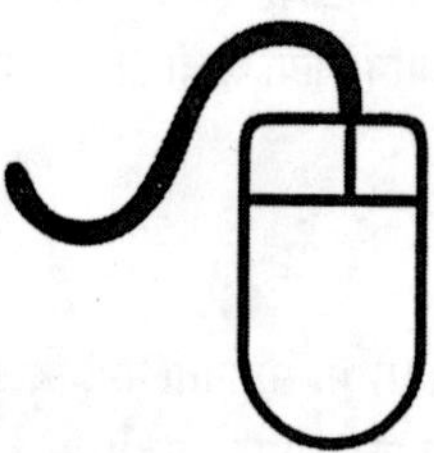

इस माउस को भी 'सिस्टम युनिट' से जोड़नेवाला केबल होता है। साथ ही माउस के ऊपर

स्थित गेंद को पकड़कर रखने हेतु एक चकती होती है। इस माउस का आकार भी लगभग बटन-माउस के आकार जितना होता है। आज-कल इसे अधिक पसंद किया जा रहा है।

2.1.1.5 सी. पी. यु. पेटी (Central Processing Unity Box)

यह वह औजार है जिस पर संगणक की स्तरीयता निर्भर होती है। संगणक की कार्य पद्धति के सभी मुख्य भाग इसमें सुव्यवस्थित, सुसज्जित एवं सुरक्षित रखे हुए होते हैं। यह वही भाग है जिसे संगणक-कार्य प्रणाली की क्रेंद्रीय परिष्कारण इकाई अर्थात् सी. पी. यु. नाम से जाना जाता है। सी. पी. यु. पेटी में मुख्यतः निम्नांकित भाग सन्निहित होते हैं–

(1) विद्युत पूर्ति इकाई अर्थात् पावर सप्लाय युनिट (Power Supply Unit)
(2) मातृपटल अर्थात् मदर बोर्ड (Mother Board)
(3) अपनेयी चकती संचाली अर्थात् फ्लॉपी डिस्क ड्राइव (Floppy Disk Drive)
(4) स्थायी चकती संचाली अर्थात् हार्ड डिस्क ड्राइव (Hard Disk Drive)
(5) अनुकूलक पत्र अर्थात् ऐडाप्टर कार्ड (Adapter Card)
(6) तोरण अर्थात् पोर्ट (Power Supply Unit)

सी. पी. यु. पेटी में सुस्थित उपर्युक्त सभी भागों का योगदान संगणक के विविध कार्यों को सुचारु रूप से संपन्न कराने में महत्त्वपूर्ण होता है।

(1) विद्युत पूर्ति इकाई (Power Supply Unit)

यह वह इकाई है जो संगणक के विभिन्न भागों को विद्युत ऊर्जा प्रदान करती है। अतः संपूर्ण संगणक के परिचालन के लिए इस इकाई का अपना महत्त्व मानना होगा। सी. पी. यु. में स्थित सभी भागों को परिचालित करने के लिए 12 वोल्ट विद्युत शक्ति की जरूरत पड़ती है। मातृपटल (मदर बोर्ड) पर स्थित अवयवों को परिचालित करने के लिए 3 से 5 वोल्ट की आवश्यकता होती है। सार यह कि सी. पी. यु. पेटी में सुसज्जित सभी भागों को सक्रिय रखने हेतु इस इकाई का विशेष महत्त्व मानना होगा।

(2) मातृ पटल (Mother Board)

यह वह इकाई है जिसके सहयोग पर संपूर्ण संगणक का संचालन निर्भर होता है। संगणक के प्रमुख अवयव मातृपटल पर ही सुसज्जित होते हैं। अतः मातृपटल के स्तर पर संगणक का स्तर निर्भर होता है। मातृपटल पर अनेक अवयवों का समूह होता है जिनमें से निम्नांकित अवयवों का विशेष महत्त्व होता है–

(1) सूक्ष्म संस्कारक / परिष्कारक अर्थात् मायक्रो प्रोसेसर (Micro Processor)

(2) यादृच्छिक पहुँच (पठन-लेखन) स्मृति अर्थात् रैम (Random Access Memory)

(3) विस्तार-छिद्र (खाँचा) अथवा एक्सपान्शन स्लॉट (Expansion Slot)
(4) वाहन (संयुज्जी) अथवा बस (Bus)
(5) अंतर्गतन-बहिर्गतन प्रणाली अथवा बाओस रोम
(BIOS = Basic Input Output System)
(ROM = Read Only Memory)

1. सूक्ष्म संस्कारक (Micro-Processor)

मातृपटल के भीतर स्थित यह वह आश्चर्यजनक अवयव है जिस पर कैपेसिटर, ट्रांजिस्टर तथा डॉयोड जैसे हजारों विद्युत-अवयव सिलिकॉन की बनाई सुंदर परत पर स्थापित किए हुए होते हैं। ये सभी विद्युत्यिक अवयव एक साथ मिल-जुलकर कार्यरत रहते हैं। यहीं पर ए. एल. यु. (Arthmatic Logic Unit) होता है जिसे घटाने-जोड़ने का काम करनेवाला कैलकुलेटर माना जाता है। डेटा संकेत और संयमन संकेत, दोनों की बिटें संस्कारित होने के लिए 'मायक्रो प्रोसेसर' से प्रवाहित होती हैं। आज-कल सर्वाधिक गति से बिटों को संस्कारित करनेवाला 'मायक्रो प्रोसेसर' पी-4 (पेंटियम-4) उपलब्ध है जिसमें एक सेकंड में करीब करोड़ बिटों को संस्कारित कर पाने की क्षमता होती है। स्पष्ट है कि 'मदर बोर्ड' में निहित इस अवयव पर संगणक की स्तरीयता निर्भर होती है।

2. यादृच्छिक पहुँच (लेखन-पठन) स्मृति अर्थात् रैम (Random Access Memory)

यह वह अवयव है जिसे 'मायक्रो प्रोसेसर' का कार्य क्षेत्र मानना पड़ेगा। इसी अवयव पर सूचना अंकित होती है तथा 'मायक्रो प्रोसेसर' की हर क्रिया इसी से सूचना पा लेती है। इस स्मृति या 'रैम' के दो वैशिष्ट्य हैं—(1) इस पर सूचना का अंकन अति शीघ्रता से होता है और (2) जब तक विद्युत प्रवाह अर्थात् संगणक शुरू रहता है तब तक इस पर सूचना बिटें सुरक्षित रहती हैं।

3. विस्तार-छिद्र (खाँचा) अथवा एक्सपान्शन स्लॉट (Expansion Slot)

यह वह अवयव है जो मातृपटल पर स्थित होता है। इसमें एडेप्टर कार्ड खिसकाकर लगाया जाता है ताकि सूचना संकेतों का आदान-प्रदान हो सके।

4. वाहन (संयुज्जी) अथवा बस (Bus)

यह वह अवयव है जो विद्युत प्रवाह का वहन करता है। मदर बोर्ड पर स्थित ताँबे की परत की रेखाएँ सूचना बिटों को एक अवयव से दूसरे अवयव तक ले जाने का काम करती हैं। ये अवयव बिटों का आदान-प्रदान करते हैं।

5. अंतर्गतन-बहिर्गतन प्रणाली अथवा बाओस रोम (BIOS = Basic Input-Output System, ROM=Read Only Memory)

यह वह अवयव है जिस पर संगणक का प्रोग्राम अंकित होता है। यह प्रोग्राम तब शुरू होता है जब संगणक की विद्युत पूर्ति इकाई शुरू होती है। इससे अंतर्गतन-बहिर्गतन प्रणाली (इनपुट-आउटपुट सिस्टम) सुव्यवस्थित होती है।

(3) अपनेयी चकती संचाली (Floppy Disk Drive)

सी. पी. यु. का यह वह अंग है जहाँ चकती (फ्लॉपी) को लगाया जाता है। यह सी. पी. यु. पेटी में आगे की ओर होता है। देखिए सी. पी. यु. पेटी चित्र क्रमांक 10.5। प्रत्येक संगणक तंत्र में कम-से-कम एक और ज्यादा-से-ज्यादा दो फ्लॉपी ड्राइव होते हैं। आजकल अद्यतन संगणक में अधिकतम चार फ्लॉपी ड्राइव उपलब्ध हो सकते हैं। एक रिबन केबल द्वारा 'मदरबोर्ड' या 'ऐडाप्टर' से फ्लॉपी डिस्क ड्राइव को जोड़ा हुआ होता है। फ्लॉपी डिस्क ड्राइव का सीधा संबंध विद्युत पूर्ति इकाई से होता है, जहाँ से इसे विद्युत ऊर्जा प्राप्त होती है।

(4) स्थायी चकती संचाली (Hard Disk Drive)

यह वह अवयव है जो सी. पी. यु. पेटी में स्थायी रूप में होता है। यह सी. पी. यु. पेटी के भीतर स्थित होता है। इसे बाहर से देख नहीं सकते। इसकी व्यवस्था भी फ्लॉपी डिस्क के समान ही रहती है। हार्ड डिस्क ड्राइव को भी सूचना संकेत और केबल से विद्युत ऊर्जा पहुँचाई जाती है।

(5) अनुकूलक पत्र अर्थात् ऐडाप्टर कार्ड (Adapter Card)

यह वह अवयव है जो सूचना संकेतों को 'हार्डवेयरर्स' के अनुकूल बनाता है। अनुकूलक पत्र अथवा 'ऐडाप्टर कार्ड' मातृपटल (मदरबोर्ड) पर विस्तार-छिद्र/खांचा (एक्सपान्शन स्लॉट) में खिसकाकर लगाया जाता है और यहीं से वह सूचना संकेतों का आदान-प्रदान करता है।

(6) तोरण अर्थात् पोर्ट (Port)

यह वह अवयव है जो सी. पी. यु. पेटी के पिछले पटल पर होता है। सी. पी. यु. पेटी के पिछले पटल पर एक नहीं, अनेक संबंधक लगे होते हैं जो तोरण (पोर्ट) संबंधक कहलाते हैं। तोरण का मूल अर्थ है सजावट के लिए लगाई गई मालाएँ। सी. पी. यु. पेटी के पिछले पटल पर तोरण की स्थिति कुछ ऐसी ही है कि जिनके जरिए बाह्य 'हार्डवेयरर्स' के संबंध स्थापित होते हैं। तोरणों के ये संबंध 'ऐडाप्टर कार्ड' के जरिए होते हैं।

2.1.1.6 चकतियाँ अर्थात् डिस्क (Disks)

संगणक में हार्डवेयर के अंतर्गत सूचना संग्रह के लिए मुख्यतः निम्नांकित तीन प्रकार की चकतियाँ (डिस्क) मिलती हैं–

(1) चुंबकीय चकतियाँ (Magnetic Disk)
(2) चुंबकीय फीते (Magnetic Tape)
(3) संपुट चकतियाँ (C. D.)

चुंबकीय चकतियों के भी दो प्रकार मिलते हैं–(1) फ्लॉपी चकतियाँ (फ्लॉपी डिस्क) और (2) स्थायी चकतियाँ (फिक्स डिस्क)। जो चकतियाँ अलग की जा सकती हैं उन्हें 'फ्लॉपी डिस्क' और जिसे अलग नहीं किया जा सकता या जो स्थायी (फिक्स्ड) होती हैं उसे फिक्स्ड अथवा 'हार्ड डिस्क' कहते हैं। 'फ्लॉपी डिस्क' के भी दो प्रकार मिलते हैं–(1) 5.25 इंच की डिस्क और (2) 3.5 इंच की डिस्क। प्रायः 5.25 इंच की डिस्क की क्षमता 1.2 मेगावाइट होती है तो 3.5 इंच की डिस्क की क्षमता 1.44 मेगावाइट। 'फ्लॉपी डिस्क' प्लास्टिक की होती है जिस पर डेटा बिटों के अंकन हेतु दोनों ओर चुंबकीय तह होती हैं।

1.2 फ्लॉपी

1.44 फ्लॉपी

'फ्लॉपी डिस्क' की तुलना में 'हार्ड डिस्क' अधिक गति से घूमती है। इसका पठन-लेखन बहुत तीव्र गति से होता है। 'हार्ड डिस्क' पूर्णतः सुरक्षित वातावरण में प्रयुक्त की जाती है तो 'फ्लॉपी डिस्क' खुले वातावरण में। 'फ्लॉपी डिस्क' की तुलना में 'हार्ड डिस्क' अधिक समय तक बनी रहती है और इसकी सूचना संगृहण क्षमता भी ज्यादा होती है।

इस प्रकार संगणक में हार्डवयर के अंतर्गत अनेक भाग आते हैं जिनमें से महत्त्वपूर्ण भागों का विवेचन ऊपर दिया है। अब सॉफ्टवेयर का परिचय पाना भी जरूरी है।

2.1.2 सॉफ्टवेयर

संगणक के 'प्रोग्राम' का दूसरा नाम सॉफ्टवेयर है। संगणक अपना काम कैसे करें, इसके बारे में सूचनाओं का समूह निर्देश देता है। सूचनाओं का यह समूह ही सॉफ्टवेयर कहलाता है। सभी सूचनाएँ 'प्रोग्राम' में होती हैं। डेटा का परिवर्तन जानकारी में करना सॉफ्टवेयर का मूल उद्देश्य होता है। यदि संगणक के संदर्भ में 'हार्डवेयर' को शरीर मान ले तो 'सॉफ्टवेयर' को 'आत्मा' मानना पड़ेगा। 'हार्डवेयर' को हम छू सकते हैं (टचेबल) लेकिन 'सॉफ्टवेयर' को छू नहीं

सकते (अनटचेबल)। 'सॉफ्टवेयर' और कुछ नहीं संगणक का संपूर्ण 'प्रोग्राम' है। डेटा के आधार पर संगणक को किस तरह की प्रक्रिया करनी है इसके बारे में लिखी हुई सूचनाएँ ही 'प्रोग्राम' है और यही 'प्रोग्राम' शब्द 'सॉफ्टवेयर' का पर्याय बनता जा रहा है। सॉफ्टवेयर के मुख्यतः दो प्रकार होते हैं—(1) सिस्टम सॉफ्टवेयर और (2) एप्लिकेशन सॉफ्टवेयर।

1. सिस्टम सॉफ्टवेयर

यह वह सॉफ्टवेयर है जिसके कारण संगणक अपने अंतर्गत साधनों का उचित प्रयोग कर पाता है। सिस्टम सॉफ्टवेयर के कारण एप्लिकेशन सॉफ्टवेयर संगणक के हार्डवेयर के साथ आदान-प्रदान कर पाता है। मूलतः सिस्टम सॉफ्टवेयर यह पृष्ठभूमि (बैकग्राउंड)सॉफ्टवेयर होता है।

सबसे महत्त्वपूर्ण सॉफ्टवेयर प्रोग्राम है 'ऑपरेटिंग सिस्टम'। इस सिस्टम का आदान-प्रदान एप्लिकेशन सॉफ्टवेयर और संगणक के बीच होता है। सूचनाओं के अनुसार प्रक्रिया करना, डेटा संचय करना और डेटा पर प्रक्रिया करना जैसे कार्य 'ऑपरेटिंग सिस्टम' से संपन्न होते हैं। आज-कल बाजार में विंडोज 2000 नामक सुप्रसिद्ध 'ऑपरेटिंग सिस्टम' खूब पसंद की जा रही है।

2. एप्लिकेशन सॉफ्टवेयर

यह वह सॉफ्टवेयर है जो 'वर्ड प्रोसेसिंग' और 'डेटा अॅनॅलिसिस' (विश्लेषण / पृथक्करण) जैसे सामान्य उद्देश्य से संबंधित काम करता है। संगणक 'प्रोग्राम' अथवा सूचनाएँ अतिसाधारण उद्देश्य से संबंधित होती हैं, जिनका प्रयोग लगभग सभी व्यावसायिक क्षेत्रों में बहुत बड़ी मात्रा में किया जाता है। संगणक में कुशल एवं सक्षम होना हो तो इन सूचनाओं (प्रोग्राम) की जानकारी होना अत्यंत जरूरी होता है। 'एप्लिकेशन सॉफ्टवेयर' में निम्नांकित एप्लिकेशन सामान्य कामकाज के लिए उपयोगी सिद्ध हुए हैं—

विंडोज

यह एक खिड़की के आकार की ऐसी चौखट होती है जिसमें दस्तावेज, जानकारी या संदेश होता है। संगणक के पर्दे पर एक साथ अनेक विंडोज को खोला जा सकता है। जैसे—एक विंडो में प्रोसेसिंग प्रोग्राम तो दूसरी में ब्राउझर तथा तीसरी में ग्राफिक इमेज आदि। आवश्यकता के अनुसार विंडोज को खिसकाना, बंद करना और उसके आकार को बदल पाना संभव है।

मेनू

यह वह भाग है जो लगभग सभी सॉफ्टवेयर पैकेजों में होता है। सूचनाएँ या प्रोग्राम की सूची

मेनू में निहित होती है। जब चयन किया जाता है तब पर्दे पर मेनू ऊपर से नीचे आता है, जिसमें सूचनाओं की सूची होती है।

टूलबार

टूलबार मेनू के नीचे होता है। उसमें बटन होते हैं, साथ ही साधारण रूप से प्रयुक्त किए जानेवाले प्रोग्राम के चयन हेतु मेनू होता है। टूलबार के दो प्रकार मिलते हैं–(1) स्टैंडर्ड टूलबार और (2) फॉरमॅटिंग टूलबार। स्टैंडर्ड टूलबार का उपयोग निकट के रास्ते से जाने हेतु और फॉरमेटिंग टूलबार का उपयोग दस्तावेज को प्रभावशाली रूप में प्रस्तुत करने हेतु होता है।

हेल्प

सूचनाओं के मेनू में एक सूचना 'हेल्प' (मदद) नाम से होती है। 'हेल्प' का चयन करने से अनेक पर्याय या विकल्प उपलब्ध होते हैं। इसमें अनुक्रमणिका, विषय सूची और आवश्यक जानकारी कहाँ है इसकी शोध-सूची होती है। अर्थात् जानकारी का उगम स्थान बताने तथा आवश्यकतानुसार मदद करने हेतु 'हेल्प' का महत्त्व मानना पड़ेगा।

वर्ड प्रोसेसर

वर्ड प्रोसेसर का प्रयोग टेक्स्ट पर आधारित दस्तावेज तैयार करने हेतु होता है। प्रतिवेदन, पत्राचार और अन्य सामग्री से संबंधित दस्तावेज बनाने के लिए वर्ड प्रोसेसिंग सॉफ्टवेयर का प्रयोग किया जाता है। छात्र, अध्यापक, अनुसंधाता, अन्वेषक, व्यावसायिक और संस्था प्रमुख अपने विविध कार्यों के लिए, जैसे–आवेदन पत्र, प्रतिवेदन, समाचार, पत्राचार और शोधपरक सामग्री आदि को सुव्यवस्थित बनाने हेतु वर्ड प्रोसेसर का प्रयोग किया जाता है। स्पेलचेकर, ग्रामरचेकर आदि के प्रयोग से इसके जरिए वर्तनी एवं व्याकरण-दोषों को सुधार सकते हैं। इस दृष्टि से वर्ड प्रोसेसर का अपना महत्त्व होता है।

स्प्रेडशीट

स्प्रेडशीट वह प्रोग्राम है जो इलेक्ट्रॉनिक कामकाज से संबंधित होता है। इसका प्रयोग डेटा संगठन, परिवर्तन और चित्राकृति बनाने आदि के लिए किया जाता है। पहले इसका प्रयोग केवल लेखापरीक्षक, लेखापरीक्षण और हिसाब-किताब हेतु करते थे। लेकिन अब अध्यापक, छात्र, व्यापारी तथा व्यावसायिक आदि भी इसका खूब प्रयोग कर रहे हैं। विशेषतः सांख्यिक डेटा संगठन, संकलन और परिवर्तन हेतु स्प्रेडशीट का प्रयोग किया जाता है।

डेटाबेस मैनेजमेंट सिस्टम

यह वह प्रोग्राम है जो डेटा बेस बनाता है। इससे रेकार्ड तुरंत खोजना संभव होता है। इसमें डेटा का वर्गीकरण, विश्लेषण और विभाजन आदि किया जाता है। 'डेटा बेस मैनेजमेंट सिस्टम' में अधिक मात्रा में प्रयुक्त किए जानेवाली तीन सिस्टम हैं–(1) मायक्रोसॉफ्ट अॅक्सेस, (2) कोरेल पॅरॅडॉक्स और (3) लोट्स अॅप्रोच।

प्रेजेटेशन ग्राफिक्स

यह वह सॉफ्टवेयर है जिससे चित्राकृति को अत्यंत आकर्षक तथा मोहक रूप में प्रस्तुत किया जा सकता है। चित्र, आलेख, प्रतिमाएँ, भाषण के प्रमुख मुद्दे और अन्य ध्यानाकर्षक संदेश आदि को इसी सॉफ्टवेयर के जरिए प्रभावशाली रूप में प्रस्तुत किया जाता है। आजकल जिन तीन प्रमुख प्रजेटेशन ग्राफिक प्रोग्राम का प्रयोग बड़े पैमाने पर किया हुआ मिलता है वे हैं–(1) मायक्रोसॉफ्ट पावर पॉइंट, (2) कोरल प्रजेटेशन और (3) लोटस फ्रीलांस ग्राफिक्स।

सॉफ्टवेयर सूट्स (सॉफ्टवेयर समूह)

अनेक एप्लिकेशन प्रोग्राम का समूह ही सॉफ्टवेयर सूट्स कहलाता है। विविध एप्लिकेशनों की एक साथ ही बिक्री की जाती है और उसे सॉफ्टवेयर समूह के रूप में बेचा जाता है। लेकिन सॉफ्टवेयर समूह को खरीद लेना सस्ते में पड़ता है। इन दिनों सबसे लोकप्रिय सॉफ्टवेयर समूह है 'मायक्रोसॉफ्ट ऑफिस 2002'। इसका अधुनातन व्यावसायिक संस्करण खूब पसंद किया है जिसमें एक्सेल, अॅक्सेस, पॉवर पॉइंट और वर्ड आदि को प्रविष्ट किया गया है।

इंटेग्रेटेड पैकेजेस

यह एक ऐसा प्रोग्राम है जिसमें वर्ड प्रोसेसर, स्प्रेडशीट, डेटाबेस मैनेजर और अन्य उपयुक्त चीजें होती हैं। अनेक सॉफ्टवेयर को इकट्ठा करके बनाए गए इस पैकेज के प्रत्येक भाग का उपयोग किया जा सकता है। जैसे–वर्ड प्रोसेसर के प्रयोग से प्रतिवेदन बनाना, स्प्रेडशीट का प्रयोग कर डेटा प्रस्तुति हेतु चित्रालेख दिखाना, डेटा बेस के प्रयोग से बिक्री विषयक सांख्यिकी जानकारी प्रस्तुत करना आदि। इंटेग्रेटेड पैकेज में जो दो पैकेज अधिक प्रसिद्ध हुए हैं उनमें एक है मायक्रोसॉफ्ट वर्क्स और दूसरा है अॅपल वर्क्स।

निष्कर्षतः कहना होगा कि सॉफ्टवेयर संगणक की जान है इसमें नये-नये प्रयोग हो रहे हैं। सॉफ्टवेयर निरंतर विकास की ओर अग्रसर है। भविष्य में भी यह विकासोन्मुख रहेगा इसमें संदेह नहीं।

3. संगणक के प्रकार

संगणक विकासोन्मुख यंत्र है। अब तक के विकास को देखते हुए मानना पड़ेगा कि भविष्य में भी उसके और अधिक विकसित रूप मिलेंगे। आज बाजार में अनेक प्रकार के संगणक उपलब्ध हैं लेकिन आकार और सामर्थ्य के आधार पर संगणक के निम्नांकित चार प्रकार मानने पड़ेंगे–

(1) मायक्रो कंप्यूटर (अति सूक्ष्म आकार के संगणक)
(2) मिनी कंप्यूटर (सूक्ष्म आकार के संगणक)
(3) सुपर कंप्यूटर (अति उच्च श्रेणी के संगणक)
(4) मेनफ्रेम कंप्यूटर (मानव निर्मित संगणक)

3.1 मायक्रो कंप्यूटर

यह संगणक आकार से छोटा होता है। इसे टेबल के एक कोने में भी बिठाया जा सकता है। एक स्थान से दूसरे स्थान तक ले जाने में सुविधाजनक होने और सस्ता होने के कारण इस प्रकार के संगणक का प्रयोग खूब बढ़ता जा रहा है। मूल्य, जगह, बोझ और बिजली आदि भी कम लगने के कारण लोग इसे व्यक्तिगत उपयोग के लिए लेते हैं। विदेश में इसका प्रयोग खूब होता है। मायक्रो कंप्यूटर के भी मुख्यतः तीन प्रकार मिलते हैं–

(1) डेस्क टॉप कंप्यूटर–जो घर में केवल छोटे से टेबल पर कोने में या बाजू में बिठाया जा सकता है।
(2) नोटबुक कंप्यूटर–जो केवल नोटबुक के आकार का होता है और जिसे ब्रीफकेस या छोटी-सी चमड़े की थैली (बैग) में से कहीं भी ले जाया जा सकता है।
(3) पर्सनल डिजिटल असिस्टंट्स कम्प्यूटर (पी. डी. ए. कम्प्यूटर)–जो एक हथेली में पकड़ा जा सकता और जिसे हैंडहेल्ड कम्प्यूटर अथवा पात्रटॉप कम्प्यूटर नाम से भी जाना जाता है।

सीमाएँ

मायक्रो कम्प्यूटर व्यक्तिगत उपयोग के लिए भले ही सुविधाजनक है लेकिन इसकी मुख्यतः दो कमियाँ या सीमाएँ मिलती हैं–

(1) इसकी डेटा संचयन क्षमता कम रहती है।
(2) इसकी कार्य-गति धीमी होती है।

3.2 मिनी कम्प्यूटर

मिनी कम्प्यूटर मायक्रो कम्प्यूटर की तुलना में आकार की दृष्टि से बड़ा होता है। इसकी संचयन क्षमता और कार्य की गति भी मायक्रो कम्प्यूटर से ज्यादा होती है। इसे बहुउपयोगी

(मल्टी यूज़र) संगणक माना जाता है। छोटी-बड़ी कंपनियों / कारखानों के विविध विभागों, खातों और अन्य कार्यों के लिए इस संगणक का उपयोग किया जाता है। बस, रेल, विमान आरक्षण, बैंकिग और विविध वित्तीय संस्थाएँ आदि में इस संगणक का उपयोग किया जाता है। आज-कल ऐसे मिनी कम्प्यूटर का भी निर्माण किया गया है जिसकी संचयन-क्षमता, संसाधन-गति तथा कार्य-गति अधिक है।

3.3 सुपर कम्प्यूटर

यह सबसे अधिक शक्तिशाली संगणक है। यह सर्वोच्च श्रेणी और क्षमता का संगणक इसलिए है कि इसके सभी यंत्र खास (स्पेशल) बनाए गए होते हैं। इसकी संचयन क्षमता, संसाधन-गति एवं कार्य-गति सर्वाधिक होती है। अतः बड़ी-बड़ी संस्थाएँ, जैसे—वैज्ञानिक शोध-संस्थाएँ, अंतरिक्ष शोध-संस्थाएँ जानकारी लेने, नये प्रयोग करने तथा नियंत्रण रखने हेतु सुपर कम्प्युटर का प्रयोग करती हैं। पुणे विश्वविद्यालय में स्थित 'सी-डॅक' नामक भारतीय संस्था ने भारत में पहला सुपर कम्प्यूटर निर्माण किया जिसे 'परम 1000' नाम से जाना जाता है। इसी संस्था ने इसके बाद और अधिक क्षमता रखनेवाला एक और सुपर कम्प्यूटर बनाया है जिसे 'परम 10000' नाम दिया गया है। इसकी क्षमता सबसे अधिक होने के कारण वैज्ञानिक शोध और अंतरिक्ष-अनुसंधान तथा विविध प्रयोगों जैसे कार्यों में यह संगणक निश्चय ही अधिक उपयुक्त सिद्ध होगा इसमें संदेह नहीं।

3.4 मेन फ्रेम कम्प्यूटर

यह संगणक आकर की दृष्टि से बड़ा होता है। इसके लिए अधिक विद्युत ऊर्जा और वातानुकूलित कमरे की आवश्यकता होती है। मेन फ्रेम कम्प्यूटर यह सुपर कम्प्यूटर जितना शक्तिशाली नहीं होता, फिर भी इसकी डेटा संचयन क्षमता, संसाधन-गति एवं कार्य-गति बहुत ज्यादा होती है। बड़े-बड़े बैंकों तथा बीमा कंपनियों में अधिकाधिक डेटा संचयन, हिसाब-किताब और लाखों-करोड़ों खाता या पॉलिसी धारकों संबंधी जानकारी पर प्रक्रिया करने हेतु मेनफ्रेम कम्प्यूटर का प्रयोग किया जाता है।

4. संगणक के वैशिष्ट्य

संगणक का प्रयोग आज सभी क्षेत्रों में क्यों दिखाई देता है ? इसका मूल कारण है उसके विभिन्न वैशिष्ट्य या उसमें निहित मूल विशेषताएँ। यहाँ उन विशेषताओं / वैशिष्ट्यों को प्रस्तुत करते हैं जिनके कारण संगणक को महत्त्व प्राप्त हुआ है—

4.1 शक्तिशाली (Powerful)

संगणक आज एक शक्तिशाली यंत्र के रूप में उभरकर आया है। इस एक यंत्र में सौ व्यक्तियों

के कार्य की क्षमता निहित है। इसे न थकान आती है और न ही नींद। सैंकड़ों मनुष्यों का काम यह अकेला कर देता है। इससे इसके शक्ति का पता चलने में देर नहीं लगती।

4.2 शीघ्रता (Quickness)

संगणक की सर्वाधिक मुख्य विशेषता है शीघ्रता। जिस कार्य की पूर्ति के लिए बताने पर मनुष्य को कई घंटों, दिनों या महीनों की अवधि लग सकती है, संगणक उसे कुछ ही मिनटों या घंटों में कर देता है। अर्थात् अतिशीघ्र रूप से संगणक द्वारा बड़ा-से-बड़ा कामकाज, जैसे—कार्यालयीन, सांख्यिकी और अन्य कार्य को तुरंत संपन्न किया जा सकता है जो उन्नति या विकास के लिए महत्त्व रखता है।

4.3 मात्रा (Quantity)

मात्रा संगणक के कार्य का प्रधान वैशिष्ट्य है। कम समय में अधिक मात्रा में काम निपटाने की क्षमता केवल इसी यंत्र में है। बड़ी मात्रा में कार्य को संपन्न करने की शक्ति रखनेवाला यह यंत्र इसी वैशिष्ट्य के कारण हर क्षेत्र में लोकप्रिय बन गया है। विशेषतः बढ़ती हुई जनसंख्या के देशों में 'मात्रा' (Quantity) के वैशिष्ट्य के कारण ही कार्यालयीन कामकाज को संगणकीकृत किया जा रहा है।

4.4 गुणवत्ता (Quality)

मात्रा के साथ संगणक के कार्य में गुणवत्ता भी जुड़ी है। मनुष्य द्वारा संपन्न कार्य में किसी कारणवश कभी-कभी त्रुटियाँ, दोष, अभाव, अपूर्णता और स्तरहीनता आना स्वाभाविक है। परंतु संगणक द्वारा संपन्न कार्य गुणात्मक रूप से ही संपन्न होता है जिसमें उपर्युक्त दोषों का कोई स्थान नहीं होता। जो भी कार्य इससे पूर्ण किया जाता है, गुणवत्ता मानव द्वारा संपन्न कार्य से अधिक होती है।

4.5 निरंतरता (Continuity)

संगणक का यह मुख्य वैशिष्ट्य है। संगणक कभी विश्राम या आराम की आवश्यकता महसूस नहीं करता। थकान उसे मालूम नहीं होती। यह निरंतरता से कार्य करता ही रहता है। बिना किसी आलस या नाराजगी के वह निरंतर रूप से कार्य करता है। उसकी यह विशेषता मानव समाज तथा राष्ट्रीय विकास में अत्यंत उपयोगी सिद्ध हो रही है।

4.6 सफलता (Successness)

संगणक की यह एक उल्लेखनीय विशेषता है। वस्तुतः कोई काम करते समय कर्मचारी का प्रयास होता है कि कार्य में सफलता मिले। लेकिन हर बार उसे सफलता मिलती है ऐसा नहीं।

अनेक बार असफलता या परेशानियों का सामना करना पड़ता है परंतु संगणक द्वारा कोई काम करवा लिया जाता है तो उसमें कार्य की सफलता निर्विवाद रूप से रहती है। कार्य में असफल होना संगणक को मालूम ही नहीं। हर तरह की सामग्री पर प्रक्रिया कर सही परिणाम प्रस्तुत करने में संगणक जितनी सफलता किसी को भी संभव नहीं लगती।

4.7 सुविधा (Convenience)

संगणक कभी उपलब्ध नहीं हुआ ऐसा नहीं होता। वह संभव, हर वक्त और हर कहीं उपलब्ध होता है जिससे बहुत बड़ी सुविधा होती है। वह रात-दिन कार्य के लिए तत्पर रहता है। उसका हर समय उपलब्ध होना अत्यंत सुविधाजनक सिद्ध होता है। अतः किसी भी कार्य को समय पर संपन्न करने की दृष्टि से 'सुविधा' नामक विशेषता संगणक का महत्त्व रेखांकित करती है।

4.8 परिशुद्धता (Accuracy)

परिशुद्धता का तात्पर्य है परिणाम का पूर्णतः सही होना। संगणक द्वारा संपन्न करवा लिए गए कार्य सौ फीसदी सही अर्थात् परिशुद्ध होते हैं। जब 'इनपुट' की गई सामग्री या डेटा सही होता है तब उसका 'आउटपुट' अर्थात् परिणाम भी परिशुद्ध (सही) होता है। अतः परिशुद्धता (एक्यूरसी) संगणक का अभिन्न वैशिष्ट्य बना है। आजकल कार्यालयीन कर्मचारी से संपन्न कार्य में सौ प्रतिशत परिशुद्धता मिलेगी इसकी कोई गारंटी नहीं रहती। परंतु यह गारंटी संगणक ही से संभव है।

4.9 बहुमुखी (Versatile)

संगणक का यह सर्वाधिक महत्त्वपूर्ण वैशिष्ट्य है। इसी वैशिष्ट्य के कारण संगणक की उपयोगिता बढ़ती जा रही है। विविध क्षेत्रों, विषयों एवं कार्यों के सॉफ्टवेयर / प्रोग्राम उपलब्ध होने के कारण संगणक कार्य भी बहुमुखी बनता जा रहा है। आज शिक्षा से लेकर रक्षा क्षेत्र तक, खेल से लेकर रेल तक, बैंक से लेकर बाजार तक और बीमा से लेकर सीमा तक के विभिन्न क्षेत्रों में संगणक का प्रयोग खूब हो रहा है। परिणामस्वरूप उसका बहुमुखी होना इसी से अनायास स्पष्ट हो जाता है।

4.10 स्वचालित (Automatic)

स्वचालित का अर्थ है स्वयंमेव चालित रहनेवाला या स्वयंपूर्ण चलनेवाला। यदि एक बार निर्देश दिया जाता है तो उसके अनुसार संगणक अपने आप ही चलता रहता है और निर्देशानुसार कार्य कर अपने आप ही बंद हो जाता है। उसका यह बिना किसी हस्तक्षेप या बाधा के सूचनानुसार चलते रहना और कार्य पूर्ति करना उसकी स्वयंचालित प्रवृत्ति या

शक्ति को स्पष्ट करता है। लगातार निर्देश-पालन कर कार्य करते रहना संगणक की अलग विशेषता है।

4.11 कर्मठ / परिश्रमी (Diligent)

संगणक ऐसा यंत्र है जो प्राप्त निर्देशानुसार निरंतर परिश्रम करता है। वह कार्य करते समय न थकता है, न रुकता है, न आहत् होता है न राहत चाहता है। बिना किसी खंड के कार्य में अखंड रूप से बने रहना ही उसे कर्मठ / परिश्रमी सिद्ध कर देता है। कार्यालयीन सेवक या कर्मचारी थकान के मारे विश्राम चाहते हैं, छुट्टी चाहते हैं लेकिन संगणक है कि न आराम चाहता है, न विराम। दी गई सूचना के अनुसार कर्मरत रहना संगणक का अत्यंत महत्त्वपूर्ण वैशिष्ट्र्य मानना होगा।

4.12 गति (Speed)

कार्य को गति से संपन्न करना संगणक की बहुत बड़ी विशेषता है। प्राप्त सूचना के अनुसार संगणक किसी भी प्रकार के कार्य को कम-से-कम समय में संपन्न करता है। सौ व्यक्तियों से संपन्न होनेवाला काम एक संगणक अत्यल्प समय में पूर्ण करता है तो अपनी गति के कारण ही। आजकल पी.4 (पेंटियम-4) क्षमता का संगणक गति की दृष्टि से सर्वश्रेष्ठ संगणक मानना पड़ेगा। विज्ञान, शोध, प्रकाशन और सांख्यिकी आदि विषयक सामग्री को वही संगणक आसानी से अल्पावधि में पूरा करता है जिसकी गति (Speed) ज्यादा होती है। संगणक की यह कार्य-गति राष्ट्रीय तथा सामाजिक उन्नयन में सहायभूत सिद्ध हो रही है इसे स्वीकारना होगा।

5. संगणक के उपयोग

एक समय था कि संपूर्ण समाज को साक्षर एवं निरक्षर इन दो श्रेणियों में विभाजित किया जाता था। लेकिन आज समाज की श्रेणियाँ अक्षरज्ञान तक सीमित नहीं रही। समाज को अब संगणकीय ज्ञान के आधार पर श्रेणीबद्ध किया जा रहा है, जैसे—(1) संगणकीय साक्षर (Computer Literate) समाज और (2) संगणकीय निरक्षर (Computer Illiterate) समाज। कहना आवश्यक नहीं कि वर्तमान जीवन में संगणक के बढ़ते उपयोग के कारण उसका महत्त्व माना जा रहा है। ज्ञान और जानकारी का संकलन, संचयन, संयमन एवं संस्करण करना तथा उसके आधार पर सही परिणाम को ज्ञात कर लेना संगणक के कारण ही संभव हुआ है। इस यंत्र का निर्माण भले ही मानव द्वारा हुआ हो लेकिन इसकी कार्यक्षमता उससे हजार गुणा ज्यादा है। संगणक आज मानव जीवन का अभिन्न अंग बना है, वह मानव श्रम, शक्ति और बुद्धि का पर्याय बन रहा है। यहाँ संगणक के प्रमुख उपयोग प्रस्तुत हैं—

5.1 नाम एक, काम अनेक

संगणक नाम एक है लेकिन यह काम अनेक करता है। सच है कि किसी भी विषय की कारगर कार्य-शक्ति सब में नहीं होती। हर विषय का ज्ञान और कार्य-कौशल एक व्यक्ति के लिए संभव नहीं होता। लेकिन यह केवल संगणक से ही संभव हुआ है। आज हर क्षेत्र में विशेषीकरण बढ़ता जा रहा है। क्योंकि सभी विषयों में सभी को महारथ हासिल होना न संभव है और न ही स्वाभाविक। लेकिन सभी विषयों में कार्य करने की क्षमता अकेले संगणक नामक यंत्र में है इसे कौन नहीं जानता ? शिक्षा, रक्षा, ज्ञान, विज्ञान, वाणिज्य, विधि, बैंक, बीमा, रेल, डाक, तार, प्रशासन, अनुशासन, स्वास्थ्य और संचार माध्यम जैसे अनेक क्षेत्रों का कार्य प्राप्त सूचनाओं के तथा आदेशों के अनुसार संपन्न करने की क्षमता इस अकेले यंत्र में है। अतः इसका नाम भले ही एक (संगणक/कम्प्यूटर) हो लेकिन इसका काम अनेक क्षेत्रों में उपयोगी सिद्ध हुआ है।

5.2 सूचना/सामग्री/डेटा संचयन

संगणक दीखने में छोटा यंत्र है लेकिन इसमें सैंकड़ों, हजारों ही नहीं तो लाखों फाइलों, फोल्डरों और पुस्तकों की सामग्री का संग्रह किया जा सकता है। कार्यालयों में जो फाइलों का ढेर होता है, ग्रंथालयों में जो पुस्तकों की राशि होती है और प्रकाशकों के पास जो पांडुलिपियों की भीड़ होती है उससे निश्चय ही कहीं-न-कहीं असुविधा की स्थिति खड़ी होती है। लेकिन संगणक के कारण यह समस्या कम हुई है। क्योंकि संगणक में सामग्री संचयन की बहुत बड़ी क्षमता होती है। एक 'फ्लॉपी डिस्क' पर करीब पाँच सौ पृष्ठों की सामग्री का और एक सी. डी. पर दस हजार पृष्ठों की सामग्री का संचय (संग्रह) करना सहज संभव है। साथ ही सांख्यिकी सामग्री के संचयन की दृष्टि से भी संगणक को अत्यधिक उपयोगी पाया गया है।

5.3 सामग्री संस्करण

संगणक का मूल उपयोग प्राप्त सामग्री या डेटा पर सही संस्करण करने और सही परिणाम को प्रस्तुत करने के लिए है। जानकारी अथवा सूचना को प्राप्त करने के पश्चात् उसके परिणाम को प्रस्तुत करने का कार्य संगणक से करवा लिया जाता है। चाहे जितनी सूचना-सामग्री हो, उसे सही रूप में संस्कारित करने की दृष्टि से संगणक अत्यंत उपयोगी होता है। डेटा संस्करण के लिए आज संगणक जैसा उपयोगी साधन दूसरा नहीं मिलता।

5.4 लेखांकन

संगणक का सर्वाधिक उपयोग आज इसी कार्य के लिए किया जा रहा है। शुरू में लेखांकन कार्य लेखांकन विशेषज्ञों से कराया जाता था। उसके लिए समय ही नहीं, श्रम भी अधिक

लगता था। बावजूद इसके उसमें त्रुटियाँ भी रह जाती थीं। लेकिन संगणक के आगमन के साथ यह कार्य अधिक गति से और निर्दोष रूप से संपन्न होने लगा है। इसमें कोई दोष रहता हो तो इसकी सूचना भी संगणक से प्राप्त होती है।

5.5 एक यंत्र, अनेक तंत्र

संगणक भले ही एक यंत्र का नाम है लेकिन इसमें अनेक तंत्र कार्यरत हैं। इस यंत्र की तंत्रगत् उन्नति ने सारे क्षेत्रों की सीमाओं को तोड़ दिया है। हर कार्यालयीन कामकाज के लिए संगणक के विविध तंत्रज्ञान का प्रयोग किया जा रहा है। उन्नत तंत्र के कारण इस यंत्र ने प्रायः हर क्षेत्र के विकास में अपना योगदान किया है और करता रहेगा।

5.6 ई-मेल प्रेषण और प्राप्ति

वर्तमान काल में संदेश वहन का सबसे उपयुक्त साधन ई-मेल माना जा रहा है। लेकिन ई-मेल द्वारा संदेश भेजने और प्राप्त करने के लिए संगणक की आवश्यकता होती है। अपने जरूरी संदेश को सुदूर प्रेषित करना हो या स्वजनों, परिजनों या कार्यालयों से संदेश पाना हो तो उसके लिए पहले अपने पास संगणक होना चाहिए। ई-मेल भेजने-पाने की सुविधा संगणक द्वारा ही हो सकी है। यदि हम ई-मेल पाने के लिए कभी घर में न रहे हों तो भी अपने पास संगणक होने से भेजा गया ई-मेल संदेश संचिका में जमा होता है और घर लौटने पर उसे कभी भी पढ़ा ज़ा सकता है। यह सुविधा संगणक के कारण ही उपलब्ध हो पाती है।

5.7 इंटरनेट सुविधा

आज दुनिया की सारी जानकारी इंटरनेट के जरिए हम घर बैठे पा सकते हैं। दिल्ली, मुंबई या कोलकाता के ग्रंथालय से किसी संदर्भ ग्रंथ का कोई अंश पाना / पढ़ना हो या भारत के किसी भी कोने में बड़े-से-बड़े अखबार को पढ़ना हो अथवा किसी श्रेष्ठ साहित्यिक पत्रिका के किसी लेखक को देखना हो तो यह इंटरनेट सुविधा से ही संभव है। परंतु इस सेवा के लिए पहले अपने पास संगणक का होना जरूरी है। तभी हम इंटरनेट सुविधा पा सकते हैं। आज-कल संगणक के कारण ही इंटरनेट ने अनेक सुविधाएँ प्रदान की हैं जिनका लाभ हर क्षेत्र में हो रहा है।

5.8 ई-कॉमर्स सुविधा

ई-कॉमर्स का अर्थ है इलेक्ट्रॉनिक व्यापार। आज हमें व्यापार के लिए चीजों को खरीदने-बेचने के लिए बाजार या बाहर जाना भी जरूरी नहीं होता। घर या दुकान में बैठकर हम खरीदने-बेचने का काम ई-कॉमर्स के जरिए कर सकते हैं। दैनिक उपयोग की चीजें, मनोरंजन के साधन ही नहीं तो मिठाई और सब्जी तक का व्यापार अब ई-कॉमर्स के जरिए

होने लगा है। लेकिन इसके लिए संगणक का होना जरूरी है। संगणक के विकसित तंत्र का ही परिणाम ई-कॉमर्स है। इससे हमें घर बैठे अनेक कंपनियों की चीजों के दाम भी मालूम होते हैं। फलतः वस्तुओं को खरीद लेने हेतु निर्णय करने में भी सुविधा होती है।

5.9 मौसम का अनुमान

वैज्ञानिक विकास के फलस्वरूप मानव अब जल, स्थल और आकाश में भी विविध उद्देश्यों से भ्रमण कर रहा है। कभी उसे हवाई जहाज से यात्रा करनी पड़ती है तो कभी मछलियाँ पकड़ने सुदूर सागर के भीतर जाना पड़ता है। जंगलों-पहाड़ों की यात्राएँ भी अब उसके जीवन का अभिन्न अंग बन गया है। लेकिन इसके लिए मौसम अनुकूल होना चाहिए। यदि ऐसा नहीं होता तो जीवित हानि को टाला नहीं जा सकता। अतः मौसम का पूर्वानुमान ज्ञात होना जरूरी होता है। अब यह कार्य संगणक के द्वारा सुलभ हुआ है। वर्षा, नमी, बादल, कोहरा, हवा और धूप आदि विषयक मौसम का मिजाज संगणक के जरिए ही अब अवगत हो रहा है। इससे दुर्घटनाओं से भी बचने में सुविधा हुई है।

5.10 क्रीड़ा

संगणक खेल के एक साधन के रूप में भी उपयोगी है। बच्चों के लिए इसमें विविध प्रकार के खेल उपलब्ध हैं। क्रीड़ा विषयक आकर्षण होने और नये-नये खेल मिलने के कारण छोटे बच्चे ही नहीं बल्कि बड़े लोग भी संगणक के प्रति आकर्षित होते हैं। इससे दोहरा लाभ होता है–(1) खेल के प्रति रुचि बढ़ना और (2) संगणक के प्रति आकर्षण बढ़ना। आज बाजार में सुंदर-सुंदर खेल विषयक अनेक सी. डी. उपलब्ध हैं।

5.11 मनोरंजन

संगणक की उपयोगिता केवल जीवन को सुगमन एवं सुविधापूर्ण बनाने में ही नहीं। वह मनोरंजन का उपयुक्त साधन भी सिद्ध हुआ है। इन दिनों संगणक पर काम करते समय उससे सुंदर-सुंदर गीत भी सुनने की सुविधा है। यही नहीं, उस पर फिल्म भी देख सकते हैं। प्रबंध करने पर उस पर दूरदर्शन के कार्यक्रम भी देख सकते हैं। गीत सुनना, फिल्म देखना, विविध कार्यक्रम देखना, खेल खेलना, बौद्धिक एवं वैज्ञानिक जानकारी के कैसेट देखना तथा मित्रता बढ़ाना आदि से अच्छा-खासा मनोरंजन संगणक की महत्त्वपूर्ण उपलब्धि है।

5.12 अनुसंधान-साधन

संगणक अनुसंधान का अत्यंत उपयुक्त साधन बन पड़ा है। ई-मेल तथा इंटरनेट जैसी सुविधाएँ संगणक के कारण ही उपलब्ध होने से अनुसंधान कार्य को सुचारु रूप से संपन्न करना सुलभ हुआ है। दुनिया के किसी भी कोने में स्थित उपयोगी शोध-सामग्री संगणक के

जरिए प्राप्त कराई जा सकती है। डेटा संकलन, संचयन एवं परिष्कारण संगणक से ही अत्यंत गति से हो पाता है। आज-कल शोध-प्रबंध की फ्लॉपी डिस्क या सी. डी. बनाकर परीक्षकों के पास भेजी जा रही है। शोध-प्रबंध के प्रतिवेदन (रिपोर्ट) ई-मेल से भेजे जा रहे हैं। फलतः अनुसंधान कार्य भी गति से संपन्न होता है। इस माने में संगणक को अनुसंधान का उपयुक्त साधन मानना पड़ेगा।

5.13 प्रकाशन साधन

संगणक प्रकाशन व्यवसाय के लिए अत्यंत उपयुक्त साधन बना है। पहले पांडुलिपि का टंकण, प्रूफ शोधन और मुद्रण जैसी विविध प्रक्रियाओं से गुजरकर पुस्तक रूप प्राप्त होता था। इसके लिए समय और शक्ति की अधिक आवश्यकता होती थी। संगणक के कारण इन सारी प्रक्रियाओं को किनारे किया गया है और टंकित सामंग्री का सीधे पर्दे (स्क्रीन) पर देखकर 'प्रूफ रीडिंग', 'डिजायनिंग' तथा 'पेज मेकिंग' कराया जाता है। इससे प्रकाशन कार्य अत्यंत शीघ्र और सुचारु रूप से संपन्न होने लगा है। अनेक कृतियों का संचयन और आवश्यकतानुसार उसका संस्करण करना भी संगणक से सुलभ होने के कारण प्रकाशन व्यवसाय में यह बहुउपयोगी बन बैठा है।

5.14 वैद्यकीय व्यवसाय

अब संगणक सिर्फ विज्ञान में ही नहीं तो वैद्यक क्षेत्र में भी महत्त्वपूर्ण भूमिका निभा रहा है। बीमारी की जाँच-पड़ताल, निरीक्षण-परीक्षण और विश्लेषण कर इलाज की दिशाओं को निश्चित करने में संगणक का अच्छा-खासा प्रयोग किया जा रहा है। मज्जा-संस्था, श्वसन-संस्था, हजम-संस्था, रक्ताभिसरण, रक्तचाप और हृदय गति आदि संबंधी संपूर्ण (जाँच-पड़ताल) चिकित्सा संगणक से सुलभ हुई है। ऑपरेशन का संपूर्ण दृश्य संगणक पर देखने की सुविधा होने के कारण चिकित्सा कार्य निर्दोष होने में सहायता मिली है। मरीज के बीमारी संबंधी पूर्व इतिहास का संचय भी संगणक से अधिक सुलभ हुआ है। नये-नये मेडिसिन की जानकारी, विशेषज्ञों की जानकारी और उनका मार्गदर्शन पाने में भी संगणक उपयुक्त सिद्ध हुआ है। वैद्यक क्षेत्र में इससे अपूर्व क्रांति हुई है।

5.15 बीमा और बैंकिंग क्षेत्र

संगणक का अधिकाधिक उपयोग अब बीमा तथा बैंकों में हुआ है। संगणक का निर्माण ही मूलतः गणना के लिए हुआ है। बैंकों में तो रुपयों के हिसाब-किताब का ही प्रमुख कार्य होता है। भुगतान, खाता संचालन, अंतरण, धनादेश, ब्याज, कर्जा, राशि का घटाना-बढ़ाना, दावा, वेतन और बचत आदि संबंधी सभी व्यवहार बैंकों तथा बीमा कार्यालयों से होते हैं। संगणक से ये सभी कार्य अधिक सुलभ हुए हैं। क्रम-से-कम समय में आर्थिक व्यवहार संपन्न

होने लगे हैं। रेकॉर्ड को अद्यतन बनाए रखना इससे आसान हुआ है। भविष्य के नफा-नुकसान का पता लगाने में भी यह अधिक उपयुक्त सिद्ध हुआ है। दुनिया के सभी बैंकों के व्यवहार में भी इससे पारदर्शिता आ सकती है। इससे दोषों और हानियों से बचने में भी सुविधा हुई है।

5.16 यात्रा-आरक्षण-सेवा

भारत जैसे विशालकाय देश में विविध स्थानों की और विविध वाहनों की यात्राओं का आरक्षण अब संगणक से होने लगा है। विशेषतः रेल तथा हवाई जहाज की यात्राओं के अग्रिम आरक्षण संगणक के कारण ही संभव हुए हैं। यही नहीं, हवाई जहाज की विदेशी यात्राओं के आरक्षण भी अब संगणक से हो रहे हैं। प्रतीक्षा सूची की आरक्षण विषयक स्थिति का पता लगाना, यात्राओं के टिकट दर मालूम कराना, दूर की अपेक्षा निकटस्थ मार्ग (रूट) का पता लगाना और मार्ग व्यय तथा समय को बचाकर अपनी यात्रा सुलभ एवं सुकर बनाना आदि कार्यों में संगणक का सहयोग मानना पड़ेगा।

5.17 सी. डी. पुस्तकें

आज संगणक के प्रयोग से चार-चार सौ और पाँच-पाँच सौ पृष्ठों की संपूर्ण पुस्तक का छोटी-सी सी. डी. पर संचयन किया जाने लगा है। आवश्यकता के अनुसार संगणक के पर्दे पर पढ़कर इस सी. डी. (पुस्तक) को सुरक्षित रखा जाता है। इससे जगह की समस्या भी हल होती है। क्योंकि आज-कल बड़ी-बड़ी पुस्तकों को रखने के लिए, विशेषतः महानगरीय लोगों के पास न इतनी जगह है, न धन। सी. डी. के रूप में बनाई पुस्तक इस दृष्टि से भी महत्त्व रखती है। लेकिन यह केवल संगणक के कारण संभव हो पाया है। लेखक, प्रकाशक, पाठक और संग्राहक—इन सब के लिए सी. डी. पुस्तक भावी काल में विशेष उपलब्धि सिद्ध होगी।

5.18 सी. डी. पत्रिकाएँ

भारत में विभिन्न भाषाओं में हजारों की संख्या में पत्र-पत्रिकाएँ छापी, बेची और पढ़ी जा रही हैं। संगणक के कारण इन पत्रिकाओं के क्षेत्र में भी अपूर्व क्रांति होने लगी है। पत्रिकाओं के लिए लेख इंटरनेट, ई-मेल से भेजे जा रहे हैं। उनको यथाशीघ्र संपादित कर सी. डी. पत्रिका के रूप में उपलब्ध कराया जा रहा है। एक छोटी-सी सी. डी. पर सौ-सौ, दो-दो सौ और तीन-तीन सौ पृष्ठों की पत्रिका ली जा रही है। इससे मुद्रण, कागज, जिल्द और मुखपृष्ठ आदि के लिए रुपयों के होनेवाले व्यय और लगनेवाले समय से बचना संभव हुआ है। केवल सी. डी. पर संपूर्ण पत्रिका ली जाती है और उसे अपने पाठकों के पास भेजा जाता है। अब सी. डी. पत्रिकाओं की संख्या भी बढ़ती जा रही है। लेकिन इसका श्रेय संगणक को जाता है।

5.19 ग्रंथालय-क्षेत्र

ग्रंथालय शिक्षा क्षेत्र का हृदय स्थल होता है। इसे तरोताजा और अद्यतन रखना शिक्षा क्षेत्र के अच्छे स्वास्थ्य के लिए अनिवार्य होता है। अतः यह संगणक से लाभ न उठाता तो ही आश्चर्य होता। देश के श्रेष्ठ ग्रंथालयों को एक-दूसरे के साथ जोड़ने, अनुपलब्ध सामग्री को उपलब्ध कराने, ग्रंथों की अद्यतन सूची बनाने, विषयानुरूप उनका वर्गीकरण करने, ग्रंथों को सुव्यवस्थित रखने और ग्रंथालय-सागर से तुरंत वांछित ग्रंथ उपलब्ध कराने के लिए संगणक ही उपयोगी सिद्ध हुआ है। ग्रंथालयीन सुविधाएँ प्रदान करने में भी संगणक का सहयोग मिलता है। ग्रंथालय में जगह की कमी की समस्या को हल करने के लिए संगणक के सहयोग से ही सी. डी. पुस्तकें या सी. डी. पत्रिकाएँ अस्तित्व में आई हैं। इससे भी ग्रंथालय का लाभ हुआ है।

5.20 अध्ययन-अध्यापन क्षेत्र

पढ़ने-पढ़ाने की प्रक्रिया को अत्यंत प्रभावशाली और सार्थक बनाने में संगणक का योगदान मानना पड़ेगा। आज किसी भी विषय का अध्यापन करने के लिए 'स्लाइड्स' का प्रयोग अधिक सुबोध होता है। जटिल विषय भी इससे आसान हो जाता है। अपरिचित विषय को सुव्यवस्थित रूप से समझाया जा सकता है। कम समय में अधिक अध्यापन सामग्री प्रस्तुत की जा सकती है। बाजार में कुछ ऐसे सी. डी. भी उपलब्ध हैं जो छात्रों को अपने विषय के अध्ययन में मदद कर सकते हैं। लेकिन यह अध्ययन-अध्यापन का सरलीकरण संगणक के प्रयोग से ही संभव हो पाया है।

6. इंटरनेट सेवा (Internet Service)

1. संकल्पना

'इंटरनेट' शब्द मूलतः अंग्रेजी है जो Inter तथा Net के योग से बना है। Inter का अर्थ है अंतर, बीच में या मध्य और Net का अर्थ है जाल। अर्थात् Inter तथा Net के योग से बने Internet का व्युत्पत्तिमूलक अर्थ है अंतरजाल। यह अंतरजाल जानकारी, संपर्क और कार्य का होता है। इससे स्पष्ट है कि इंटरनेट याने एक ऐसी सेवा जो जानकारी पाने, संपर्क बनाए रखने और कार्य पूर्ण करने का काम करती है।

इंटरनेट याने मानो एक बहुत बड़ा चौराह ही है। जैसे चौराहे से अनेक रास्तों को और हजारों-लाखों लोगों को जोड़ा जाता है वैसे 'इंटरनेट से हजारों-लाखों लोगों से संपर्क बनाया जा सकता है, दुनियाभर की जानकारी घर बैठे प्राप्त की जा सकती है।

2. उपयोग

इंटरनेट सेवा संचार माध्यमों का अत्यंत विकसित रूप है। इसके जरिए दुनिया के किसी भी कोने में संपर्क स्थापित किया जा सकता है और जानकारी हासिल की जा सकती है। अतः इसे जानकारी का संजाल या महाजाल कहना होगा। इंटरनेट बहुउपयोगी सेवा है। इसके मूल उपयोग इस प्रकार हैं–

(1) जानकारी (Information)
(2) संपर्क (Contact)
(3) व्यापार (Commerce)
(4) अनुसंधान (Research)
(5) मनोरंजन (Recreation)
(6) किफायत (Economy)
(7) शिक्षण (Education)
(8) स्वास्थ्य (Health)
(9) कृषि (Agriculture)

2.1 जानकारी (Information)

इंटरनेट का सबसे अधिक उपयोग हर तरह की जानकारी पाने के लिए होता है। दुनिया में स्थित ज्ञान-विज्ञान के अंतर्गत आनेवाले सभी विषयों की जानकारी पाने का यह अत्यंत उपयोगी साधन है। इसीलिए इंटरनेट को "नेट वर्क का नेट वर्क" मानना होगा। जानकारी हासिल करने हेतु यह नेटवर्क निरंतर चक्रायित रहता है, जैसे– "नेट वर्क का नेट वर्क, नेट वर्क का नेट वर्क, नेट वर्क का नेट वर्क..." स्पष्ट है कि इंटरनेट जानकारी पाने का सशक्त स्रोत है।

2.2 संपर्क (Contact)

इंटरनेट संपर्क बनाए रखने हेतु अत्यंत उपयुक्त साधन है। ई-मेल के जरिए संपर्क बना लेना इंटरनेट की महत्त्वपूर्ण विशेषता है। दुनिया के किसी छोर से अपने मित्रों, परिवारवालों या वांछितजनों से संपर्क कर पाना इससे सहज सुलभ है। इससे चर्चा-परिचर्चा, सलाह-मशवरा और चाहे जिस विषय पर सुनना-बोलना संभव है। विविध स्थानों तथा लोगों से विविध कार्यों के उद्देश्य से संपर्क बना लेना इसकी बड़ी उपलब्धि है।

2.3 व्यापार (Commerce)

इंटरनेट का इन दिनों में व्यापार हेतु भी अच्छा-खासा उपयोग हो रहा है। इंटरनेट के कारण ही ई-कॉमर्स अर्थात् 'इलेक्ट्रॉनिक व्यापार' जैसी संकल्पना आज अस्तित्व में आई है,

अपनी जड़ें जमा रही है। इससे ठगने की संभावना कम होती है। घर बैठे संपर्क कर दाम और चीजें प्राप्त हो रही हैं। धनादेश, क्रेडिट कार्ड आदि का प्रयोग किया जा रहा है। व्यापार में इसका आगमन व्यापारी और ग्राहक दोनों के लिए उपयोगी सिद्ध हो रहा है।

2.4 अनुसंधान (Research)

इस सुविधा का उपयोग अनुसंधान कार्य में अत्यधिक होता है। संसार का बड़ा-से-बड़ा और समृद्ध ग्रंथालय इंटरनेट सेवा के कारण अपने घर में हमें उपलब्ध होता है। इससे अनुपलब्ध सामग्री ग्रंथ, पत्र-पत्रिकाएँ और स्रोत सामग्री को पाना संभव होता। जिस सामग्री को पाने में दिनों-महीनों लग सकते हैं, इंटरनेट से वह केवल घंटों या मिनटों में प्राप्त की जा सकती है। अतः कहना होगा कि यह सुविधा अनुसंधाताओं के लिए वरदान है।

2.5 मनोरंजन (Recreation / Entertainment)

मनोरंजन के सारे साधन इंटरनेट से उपलब्ध हो सकते हैं। चित्र, छायाचित्र, पुस्तकें, पत्र-पत्रिकाएँ, अखबार, संगीत, फिल्म और खेल आदि इंटरनेट पर उपलब्ध हैं। इन सब का आस्वाद इंटरनेट के कारण लिया जा सकता है। इसे अब मनोरंजन का खजाना कहना होगा। अपने मित्रों के साथ घंटों 'चैटिंग', चर्चा-परिचर्चा और परामर्श करके अपना दिल बहलाकर मनोरंजन कर सकते हैं।

2.6 किफायत (Economy)

महँगाई के बढ़ते जमाने में हर कोई किफायती व्यवहार चाहता है। यह किफायत इंटरनेट से अधिकाधिक संभव है। दूरभाष तथा पत्राचार से भी यह किफायती है। आज एक घंटे के लिए इंटरनेट का व्यय करीब बीस रुपये आता है। इसके जरिए एक मिनट में सैंकड़ों पृष्ठों की सामग्री भेजी जा सकती है। याने इसका खर्च नगण्य होता है। दूसरी तरफ एक पृष्ठ का पाकेट डाक से भेजना हो तो कम-से-कम पाँच रुपये लगते हैं। ऊपर से डाक से समय भी अधिक लगता है। इंटरनेट इस दृष्टि से अधिक उपयोगी है।

2.7 शिक्षण (Education)

शिक्षण क्षेत्र में इस सुविधा का सबसे ज्यादा उपयोग होता है। प्रवेश-प्रक्रिया, जानकारी पत्र, आवेदन पत्र और तत्संबंधी अन्य सामग्री अब इंटरनेट पर उपलब्ध है। परीक्षा-फॉर्म तथा परीक्षा-परिणाम भी अब इंटरनेट पर पाये जा रहे हैं। गुणवत्ता-सूची एवं प्रतीक्षा-सूची घर बैठे ज्ञात होती है। पाठ्यक्रम संबंधी नियमों और स्रोत सामग्रियों आदि को प्राप्त किया जा सकता है। हर विषय की पाठ्य सामग्री तथा सी. डी. आदि को पाकर छात्र लाभान्वित हो सकते हैं।

2.8 स्वास्थ्य सेवा (Health Service)

आज-कल स्वास्थ्य सेवा बहुत महँगी बनती जा रही है। अच्छे डॉक्टरों तक जा पाना और उनकी महँगी फीस अदा कर दवा लेना आसान नहीं होता। लेकिन इंटरनेट से यह संभव हो रहा है। इंटरनेट से एक्स-रे, फोटो और रिपोर्ट आदि भेजकर निष्णात डॉक्टर से सलाह ली जा सकती है। यहाँ तक कि मरीज के हृदय की गति, तापमान, ई. सी. जी (E.C.G.) और रक्तचाप आदि विषयक जानकारी इंटरनेट द्वारा भिजवाकर विशेषज्ञ डॉक्टर की राय माँगी जा सकती है। इस सुविधा से भविष्य में विशेषतः देहातों के लोग अधिक लाभान्वित होंगे इसमें संदेह नहीं। कहना होगा कि भावी काल इंटरनेट के जरिए स्वास्थ्य सेवा क्षेत्र में क्रांति लायेगा।

2.9 कृषि (Agriculture)

अब इंटरनेट नगरों तथा शहरों में ही नहीं बल्कि गाँवों में भी अपनी जड़ें फैला रहा है। इसका उपयोग कृषि सुधार हेतु भी खूब हो सकता है। दवाओं की जानकारी, मात्रा, बीज, बाजार समाचार और दरें आदि संबंधी बातें कृषक को पहले ही मालूम होती हैं, सो इंटरनेट के जरिए ही खेती विषयक सलाह लेकर किसान उसे विकास की ओर ले जा सकता है।

इसके अलावा इंटरनेट का उपयोग फोटो पाने-भेजने, दवा-दारू पाने, आर्थिक सहयोग देने और विकास को अत्यधिक गति प्रदान करने हेतु भी होने लगा है। भविष्य में यह अधिक बढ़ सकता है इसमें संदेह नहीं।

3. उपकरण (Equipment)

इंटरनेट सेवा भले ही अत्यधिक उपयोगी सेवा है लेकिन इससे हम तब तक लाभ नहीं उठा सकते जब तक हमारे पास इसके लिए आवश्यक उपकरण / साधन नहीं होते। इससे कार्य निपटाना हो और इस सेवा को अपने यहाँ स्थायी रूप से पाना हो तो इसके लिए हमारे पास निम्नांकित उपकरणों का होना आवश्यक है -

(1) एक संगणक संच (One Computer Set)
(2) इंटरनेट कनेक्शन (Internet Connection)
(3) इंटरनेट ब्राउजर (Internet Browser)

3.1 एक संगणक संच (One Computer Set)

संगणक इंटरनेट का पहला महत्त्वपूर्ण उपकरण है। इसी उपकरण के कारण हम इंटरनेट सेवा को पा सकते हैं। सभी प्रकार के कार्यों का संचालन संगणक के जरिए ही संपन्न होता है। संपर्क स्थापित करने की सारी प्रणालियाँ संगणक के द्वारा ही परिचालित होती हैं। सभी प्रकार की जानकारियाँ संगणक के पर्दे पर से ही हासिल की जाती हैं। अतः यदि इंटरनेट सेवा से लाभान्वित होना है तो प्रथमतः एक संगणक संच तो होना ही चाहिए।

3.2 इंटरनेट कनेक्शन (Internet Connection) अथवा लिंक (Link)

प्रत्येक संगणक पर इंटरनेट सेवा उपलब्ध है ऐसा नहीं। क्योंकि सिर्फ संगणक होने से 'इंटरनेट वर्क' नहीं हो सकता। अपने संगणक से 'इंटरनेट वर्क' करने हेतु पहले हमें इंटरनेट कनेक्शन लेना पड़ता है। इंटरनेट कनेक्शन प्राप्त होने पर संगणक सूचना तंत्र (Information Technology) के महाजाल से जुड़ जाता है। इंटरनेट कनेक्शन के भी अनेक प्रकार होते हैं। उनमें डायल अप (Dial-up) और लीज्ड लाइन (Leased line) ये दो महत्त्वपूर्ण माने गए हैं।

संगणक की पारिभाषिक शब्दावली में इसे 'लिंक' (Link) भी कहते हैं। 'लिंक' याने दो संगणक को जोड़नेवाली स्थिति या व्यवस्था है। 'लिंक' से अपने संगणक को बाह्य जगत् के साथ जोड़ दिया जाता है। बाह्य परिधियों के साथ संपर्क स्थापित करने का यह महत्त्वपूर्ण जरिया है। दस्तावेज पाने, जानकारी लेने, संपर्क बनाये रखने और इंटरनेट सेवा से लाभान्वित होने के लिए 'लिंक' व्यवस्था आवश्यक है। इसके बिना दो संगणकों के बीच संपर्क संभव नहीं होता। इसके मिलने पर सब कुछ पाने का रास्ता खुलता है।

3.3 इंटरनेट ब्राउजर (Internet Browser)

'ब्राउजर' एक विशेष सॉफ्टवेयर है। यह 'इंटरनेट' का महत्त्वपूर्ण उपकरण सिद्ध हुआ है। ब्राउज़र याने संगणक का एक वैशिष्ट्यपूर्ण प्रोग्राम ही है। इस खास सॉफ्टवेयर के कारण ही इंटरनेट सेवा उपलब्ध होती है। ब्राउजर निम्नांकित कार्य करता है–

3.3.1 ब्राउजिंग कार्य

(1) अपने संगणक को वेब से जोड़ना।
(2) वेब पर मार्गक्रमण करना।
(3) एक वेबसाइट से दूसरे वेबसाइट पर जाना।
(4) जानकारी खोजने हेतु मदद करना।
(5) संपर्क बनाये रखने में मदद करना।
(6) एक-दूसरे की ओर जानकारी भेजना।
(7) आवश्यक सामग्री को पर्दे पर दिखाना।
(8) चित्र या प्रतिमा को प्रस्तुत करना।
(9) इंटरनेट और वेब के बीच का समन्वय अबाधित और सरलतम बनाना।
(10) ई-मेल भेजने-पाने में मदद करना।

3.3.2 ब्राउजर के प्रकार

ब्राउजर के अनेक प्रकार मिलते हैं किंतु उनमें से प्रमुख ब्राउजर इस प्रकार हैं–

1. इंटरनेट एक्सप्लोअरर (Internet Explorer)

यह ब्राउजर अत्यंत प्रसिद्ध है। इसका प्रयोग बड़े पैमाने पर किया जाता है। यह मायक्रोसॉफ्ट का ब्राउजर है। यह ब्राउजर ऑपरेटिंग सिस्टम के साथ काम करता है। इसको प्रयुक्त करनेवालों की संख्या ज्यादा है।

2. नेटस्केप नेविगेटर (Netscape Navigator)

ब्राउजरों में जो दो श्रेष्ठ ब्राउजर माने गए हैं उनमें नेटस्केप नेविगेटर एक है। इंटरनेट एक्सप्लोअरर के समान ही यह ब्राउजर भी बड़े पैमाने पर प्रयुक्त होता है। यह नेटस्केप का नेविगेटर ब्राउज़र है। यह ब्राउजर भी 'विंडोज ऑपरेटिंग सिस्टम' के साथ काम करता (चलता / प्रयुक्त होता) है।

3. मॉडझिला (Modzilla)

उपर्युक्त दोनों की तुलना में यह ब्राउजर उतना चर्चित या लोकप्रिय नहीं दिखाई देता। यह ब्राउजर 'लिनक्स (Linux) ऑपरेटिंग सिस्टम' के साथ काम करता है। इसके अलावा अन्य प्रकार के ब्राउजर भी हैं लेकिन उपर्युक्त दो अत्यंत उपयुक्त माने गए हैं।

इंटरनेट : प्रयोग-विधि

इंटरनेट सेवा अब भले ही अधिक उपयुक्त और किफायती सिद्ध हुई है लेकिन उसकी प्रयोग-विधि से भी परिचित होना पड़ेगा। क्योंकि आज सुविधाएँ हर जगह उपलब्ध हो रही हैं, साधनों की मात्रा भी बढ़ रही है। परंतु अगर हम प्रयोग करना नहीं जानते तो कोई मतलब नहीं। यहाँ इंटरनेट सेवा के प्रयोग की प्रणाली प्रस्तुत है–

1. प्रथमतः संगणक को शुरू करना।
2. तत्पश्चात् ब्राउजर 'ओपन' (शुरू) करना।
3. 'ओपन ब्राउजर' पर जहाँ से जानकारी पानी है वहाँ का 'वेब साइट एड्रेस' लिखना। जैसे–शिवाजी विश्वविद्यालय की जानकारी पाने हेतु WWW.Unishivaji.ac.in यह वेब साइट एड्रेस लिखना।
4. इसके पश्चात् 'एंटर की' (Enter Key) दबाना।
5. 'एंटर की' दबाने से 'वेब साइट' का 'होम पेज' ओपन (शुरू) होता है। 'होम पेज' पर सभी लिंक उपलब्ध होते हैं। जैसे–कुलपति, कुलसचिव, परीक्षा नियंत्रक, विभिन्न विभाग, प्रवेश, परीक्षा-परिणाम और अन्य। अथवा भजन गायक अनुप जलोटा की 'वेब साइट' का 'होम पेज' ओपन करने पर विभिन्न 'लिंक' उपलब्ध होंगे, जैसे–अनुप जलोटा की वंश-परंपरा, गायन-परंपरा, शिक्षा, परिवार, रुचि और गाये गए रुचि के ग़ज़ल आदि।

डाउन लोडिंग (Down-Loading)

जो सामग्री अनुपलब्ध है उसे उपलब्ध कराने की प्रणाली 'डाउन लोडिंग' कहलाती है। अर्थात् 'डाउन लोडिंग' और कुछ नहीं अनुपलब्ध जानकारी को उपलब्ध कराने का तरीका है। 'डाउन लोडिंग' प्रणाली / विधि इस प्रकार है–

1. इंटरनेट द्वारा अपने संगणक के पर्दे पर जो जानकारी या सामग्री उपलब्ध हुई है उसे 'हार्ड डिस्क' पर संचित (स्टोर) करना।
2. जिस जानकारी / सामग्री को 'डाउन लोड' करना है उसे 'Select' करना।
3. उसके पश्चात् 'Select' जानकारी / सामग्री की 'Copy' करना।
4. फिर 'Copy' की गई जानकारी / सामग्री को जहाँ संचित (स्टोर) करना है वहाँ 'Paste' करना।

अप लोडिंग (Up-Loading)

यह प्रणाली 'डाउन लोडिंग' प्रणाली के ठीक विपरीत है। इस प्रणाली के जरिए अपने पास उपलब्ध सामग्री को 'सर्वर' पर भेज दिया जाता है। इसलिए कि अन्य लोग जान सकें, उसका उपयोग कर सके। उदाहरण–अपने प्रकाशित ग्रंथ के मुखपृष्ठ, शीर्षक, जीवन वृत्त (बायोडाटा) और अन्य जानकारी देना क्योंकि ग्रंथों के शीर्षक देखकर उसे पाने के लिए गरजमंद संपर्क स्थापित कर सके। सिर्फ ग्रंथ का शीर्षक इसलिए कि भीतर की सामग्री का बिना लेखक की अनुमति लिये और पारिश्रमिक दिये लोग दुरुपयोग या चौर्य कर्म करते हैं। आज-कल विवाह विषयक वधू-वर की संपूर्ण जानकारी 'अप लोडिंग' करके 'सर्वर' पर भेजी जाती है ताकि अनुकूलता पाकर संपर्क बनाना सुलभ हो सके। जिसे आवश्यकता होती है वह इस 'अप-लोडिंग' सामग्री को अपने संगणक में 'डाउन लोड' करा लेता है।

कहना होगा कि इंटरनेट सेवा में 'डाउन लोडिंग' और 'अप लोडिंग' सिस्टम अधिक लाभप्रद हैं। इनके कारण अल्प समय में अनुपलब्ध जानकारी उपलब्ध कराई जा सकती है। साथ ही अपनी सामग्री अन्य लोगों के उपयोग के लिए उपलब्ध होने हेतु 'सर्वर' पर भेज कर खुली की जाती है।

7. वेब सेवा (Web Service)

संकल्पना

'वेब' संकल्पना डब्ल्यू डब्ल्यू डब्ल्यू (WWW) के रूप में प्रसिद्ध है। इस संकल्पना में जो तीन डब्ल्यू हैं उनके क्रमशः आशय हैं–वर्ल्ड वाइड वेब (World Wide Web)। दुनिया में वेब का निर्माण सब से पहले 1992 में स्विट्ज़रलैंड में हुआ। वेब इंटरनेट के समान ही एक स्वतंत्र सेवा है। लेकिन यह इंटरनेट से भी अत्यधिक आकर्षक है। इससे स्पष्ट है कि वेब तथा

इंटरनेट, दो भिन्न संकल्पनाएँ हैं। इंटरनेट जानकारी का एक ऐसा महाजाल है जिसे केबल तथा उपग्रह को जोड़कर बनाया है। यह दुनिया के संगणक तथा साधन सामग्री को जोड़ने से बनता है। लेकिन वेब इससे अलग है। वेब का निर्माण इंटरनेट से उपलब्ध होनेवाले अन्यान्य माध्यमों के आपसी संबंधों से होता है।

वेब पब्लिशिंग : परिचय एवं महत्त्व / उपयोग

वेब साइट का निर्माण भी संसार से संपर्क बनाये रखने के उद्देश्य से हुआ है। इंटरनेट सेवा से सिर्फ मजमून हासिल होता था। लेकिन वेब सेवा से चित्रालेख, चित्र, पशुओं की हलचल के चित्र, ध्वनि और वी. डी. ओ. फिल्म भी प्राप्त होती है। वेब सेवा ने इंटरनेट पर स्थित साधन सामग्री पाने हेतु बहुमाध्यमों से संबंध जोड़ दिए हैं। अतः संपर्क और संबंध जोड़नेवाली सेवा के रूप में इंटरनेट का अगला कदम वेब है। वेब साइट का निर्माण ही वेब पब्लिशिंग है। वेब पब्लिशिंग या वेब साइट मूलतः दो तरह के होते हैं—(1) व्यक्तिगत वेब पब्लिशिंग / साइट और (2) संस्थागत वेब पब्लिशिंग / साइट। आज-कल सैंकड़ों की संख्या में नये-नये वेब साइट में वृद्धि होती जा रही है। अब वेब साइट को महत्त्व प्राप्त होने के कारण भी अनेक मिलते हैं, जैसे—व्यापार, स्पर्धा, व्यक्तिगत तथा सामाजिक उन्नति, वैज्ञानिक आविष्कार, औद्योगिक विकास और वैश्वीकरण का माहौल आदि। वेब साइट के मुख्यतः निम्नांकित उपयोग और उद्देश्य हैं—

1. अपनी निजी या संस्थागत जानकारी का आलेख प्रस्तुत करना।
2. स्वयं को दूसरे के सामने समग्र रूप में प्रकट करना।
3. अपने उत्पाद (Product) का परिचय देना।
4. चीजों को ग्राहकों / उपभोक्ताओं तक पहुँचा देना।
5. उत्पादित वस्तुओं की खपत बढ़ाना।
6. व्यापार / व्यवसाय में सफल होना।
7. विविध प्रतियोगिताओं में टिके रहना।
8. आय के स्रोत में बढ़ोतरी करना।
9. जनकल्याण या जनहित हेतु सुविधाएँ प्रदान करना।
10. जीवन-समृद्धि के लिए सूचना-तंत्र से लाभ उठाना।

वेबसाइट निर्माण प्रणाली

वेबसाइट भले ही बहुउपयोगी है लेकिन उसकी निर्माण-प्रक्रिया अवगत होनी चाहिए। वरना उसके लाभ से वंचित ही रहना पड़ेगा। वेब साइट निर्माण प्रणाली में निम्नांकित बातों का ध्यान रखना होगा—

1. पहले यह तय करें कि इस वेब साइट पर किस तरह (स्वरूप) का काम होनेवाला

है।

2. काम का स्वरूप निश्चित होने पर संगणक पर संपूर्ण आलेख बना लेते हैं।
3. उक्त आलेख को जानकारी के आधार पर छोटे-छोटे भागों में बाँट देते हैं।
4. संपूर्ण आलेख का स्थान किसी चित्रात्मक नक्शे (Graphical Map) में ढाल देते हैं।
5. नक्शे के खानों में जानकारियों / सूचनाओं के छोटे-छोटे हिस्सों को मुद्दों के अनुसार रख लेते हैं।
6. वेब साइट के प्रथम पृष्ठ या 'होम पेज' पर विषयानुक्रम दे देते हैं।
7. आगे के पृष्ठ विषयानुरूप जानकारी प्रस्तुत करनेवाले होते हैं।
8. ध्वनि, दृश्य, प्राणियों की हलचल आदि को संबंधित सामग्री के साथ ही रखा जाता है। इससे वेब साइट में रोचकता और जीवंतता आती है।

8. ई-मेल सेवा (Electronic Mail Service)

1. ई-मेल-संकल्पना

'इलेक्ट्रानिक मेल' का संक्षिप्त रूप 'ई-मेल' है। आज इसे इसी संक्षिप्त नाम से जाना जाता है। ई-मेल और कुछ नहीं, इलेक्ट्रानिक पत्र या संदेश भेजने का एक प्रकार है। पानेवाला घर में हो-न-हो 'ई-मेल' सुविधा संदेश को ले रखती है। ई-मेल वह व्यवस्था है जिसके जरिए दुनिया के किसी भी कोने में स्थित व्यक्ति या कार्यालय से संपर्क किया जा सकता है। इससे समय और पैसे के अपव्यय को बचाया जा सकता है।

2. उपयोग

ई-मेल का प्रयोग शुरू में बड़ी-बड़ी संस्थाओं तथा धनिकों द्वारा ही हुआ करता था। लेकिन संगणक और इंटरनेट के बढ़ते माहौल में अब ई-मेल का प्रयोग सामान्य लोग भी करने लगे हैं। पहले इसका प्रयोग केवल इलेक्ट्रानिक पत्र द्वारा संपर्क के लिए ही होता था। लेकिन अब यह बहुउपयोगी बन गया है। इसका उपयोग मुख्यतः निम्नांकित कार्यों के लिए हो रहा है–

(1) कार्यालयीन पत्राचार करना।
(2) वैयक्तिक पत्राचार करना।
(3) विविध संदेश भेजना।
(4) अध्यापक, छात्र, मित्र तथा परिवार आदि से संपर्क स्थापित करना।
(5) एक साथ अनेक व्यक्तियों से संपर्क करना।
(6) सभाओं का आयोजन करना।

(7) चित्र, छायाचित्र आदि भेजना।

(8) फाइल और प्रोग्राम भेजना।

(9) निमंत्रण भेजना।

(10) ध्वनि या ध्वनि संकेत भेजना।

(11) अपने प्रिय विषय पर चर्चा करना।

(12) मूल पत्र/संदेश के साथ आवश्यक दस्तावेज (फाइल्स आदि) संलग्न करना आदि। यही नहीं, आज-कल शादी-ब्याह भी ई-मेल द्वारा तय हो रहे हैं और संपन्न भी। स्पष्ट है कि ई-मेल का उपयोग अब विविध कार्यों के लिए हो रहा है। भविष्य में इसका उपयोग-क्षेत्र और अधिक फैल सकता है इसमें संदेह नहीं।

3. साधन/उपकरण

ई-मेल का महत्त्व भले ही उतरोत्तर बढ़ता जा रहा हो लेकिन इसकी सुविधा उपलब्ध कराने हेतु तत्संबंधी साधनों का होना आवश्यक है। इसके लिए निम्नांकित साधन जरूरी हैं—

(1) एक संगणक।

(2) मोडेम (यदि इंटरनेट कनेक्शन लैंड लाईन से जोड़ा हो तो मोडेम आवश्यक है।)

(3) इंटरनेट संपर्क।

(4) ई-मेल एड्रेस।

(5) ई-मेल प्रोग्राम।

(6) यदि जरूरत हो तो 'Send' करते समय पूरक सामग्री (जैसे—फाइल्स या अन्य दस्तावेज आदि) भेजने हेतु 'Attachment' का प्रयोग करना चाहिए।

4. ई-मेल प्रेषण एवं प्राप्ति

ई-मेल भेजने एवं पाने की पद्धति से अवगत होना भी आवश्यक होता है। आज-कल ई-मेल के विभिन्न प्रकार अस्तित्व में हैं। लेकिन इसे भेजने तथा पाने की मूल प्रणाली निश्चित है। जैसे—

4.1 ई-मेल प्रेषण-प्रणाली

1. प्रथमतः ई-मेल प्रोग्राम के प्रयोग से (संगणक की मदद लेकर) संदेश तैयार करना।
2. 'To' के सामने पानेवाले का ई-मेल पता लिखना।
3. 'Subject' में मूल विषय का शीर्षक लिखना।
4. 'From' के सामने भेजनेवाले का ई-मेल पता लिखना।
5. फिर 'Send' का प्रयोग कर संदेश भेजना।
6. यदि जरूरत हो तो 'Send' करते समय पूरक सामग्री (जैसे—फाइल्स या अन्य

दस्तावेज आदि) को भेजने हेतु 'Attachment' का प्रयोग करना।

क. पानेवाले का ई-मेल पता (एड्रेस) लिखकर भेजने पर यह संदेश संगणक में स्थित 'मोडेम' नामक डिजिटल जानकारी का ॲनालॉग जानकारी में परिवर्तन करनेवाले साधनों के जरिए जाता है। उसके पश्चात् डिजिटल जानकारी को ॲनालॉग संकेत में बदल कर उसे टेलीफोन लाईन से भेजना पड़ता है।

ख. फिर ॲनालॉग रूप में परिवर्तित जानकारी इंटरनेट सेवा प्रदान करनेवाली संस्था के मुख्य संगणक तक पहुँच जाती है। यह मुख्य संगणक 'सर्वर' (Server) नाम से जाना जाता है। सेवा प्रदान करने का काम करने से इसे 'सर्वर' नाम दिया है। इसके द्वारा विविध उपभोक्ताओं को ई-मेल की सेवा प्रदान की जाती है।

ग. पता सही होने पर 'ॲनालॉग' संकेत एक 'सर्वर' से सैटेलाइट लिंक द्वारा दूसरे 'सर्वर' की ओर भेजा जाता है।

घ. उसके पश्चात् यह संदेश उस संस्था की ओर भेजा जाता है जो प्राप्तकर्ता को इंटरनेट सेवा प्रदान करती है। वहाँ से उसे संबंधित व्यक्ति के संगणक में भेजा जाता है।

ड. यह संदेश तब तक 'होस्ट' अर्थात् इंटरनेट सेवा प्रदान करनेवाली संस्था के पास संचित रखा जाता है जब तक संबंधित व्यक्ति अपने संगणक को इंटरनेट से नहीं जोड़ देता।

च. अंत में संबंधित व्यक्ति के संगणक को जोड़ा गया 'मोडेम' इस 'ॲनालॉग' जानकारी को फिर से डिजिटल जानकारी में बदलकर उसे संगणक में पहुँचाने का कार्य करता है।

4.2 ई-मेल प्राप्ति -प्रणाली

जिस तरह ई-मेल प्रेषण की विशिष्ट प्रणाली होती है, उसी तरह ई-मेल प्राप्त करने की भी प्रणाली होती है। अपने ई-मेल पते पर आये हुए ई-मेल को देखने की प्रणाली इस प्रकार है–

1. किसी भी ई-मेल प्रोग्राम में स्थित इड्युरा अथवा आऊटलुक एक्सप्रेस या हॉटमेल से संदेश प्राप्त किया जाता है।
2. ई-मेल प्राप्त करना हो तो इंड्युरा अथवा आऊटलुक एक्सप्रेस में स्थित क्रम

Mailbox -in

अथवा

Check for new mail

अथवा

Inbox send & receive

आदि में से किसी भी विकल्प को चुनना पड़ता है।

3. चुने गए विकल्प का प्रयोग कर अपने को भेजे गए ई-मेल को देखा / प्राप्त किया जा सकता है।
4. किसी पत्र या संदेश को पाने के बाद उसका तुरंत उत्तर देना जरूरी हो तो यह कार्य 'Reply' कमांड के प्रयोग से किया जा सकता है। इसमें मूल संदेश भी नये भेजे गए संदेश के नीचे दिखाई देता है। इससे पहलेवाले पत्र का आशय तथा संदर्भ समझने में सुविधा होती है।

9. संगणक और हिंदी

संगणक मूलतः पाश्चात्य अनुसंधान का आविष्कार है। आज भले ही दुनिया का प्रत्येक देश संगणक और संगणकीकरण को अपनाता जा रहा हो लेकिन इस यंत्र और उसके तंत्र का विकास अमेरिका में हुआ है। अतः स्वाभाविक रूप से संगणक के सभी अंगों-अवयवों, तंत्रों, प्रणालियों एवं विधियों के नाम भी अंग्रेजी में मिलते हैं। उसी के अनुपात में संगणक के तंत्र एवं प्रयोग विषयक सारी सामग्री अंग्रेजी में मिलती है। इस यंत्र एवं तंत्र का आरंभ तथा विकास अँग्रेज द्वारा होने के कारण अपनी सुविधा के लिए उन्होने अपनी भाषा अर्थात् अंग्रेजी को ही अपनाया। आगे चलकर अँग्रेजेतर समाज के लोगों ने भी उसमें अपूर्व योगदान किया है परंतु अंग्रेजी के जरिए ही।

संगणक की उपयोगिता निर्विवाद है। इसीलिए विश्व के प्रत्येक राष्ट्र में इसके प्रयोग की गति बढ़ती जा रही है। भारत जैसे विशाल देश में विगत 2-3 दशकों से संगणक के प्रयोग पर अधिक बल दिया हुआ दिखाई देता है। हर प्रदेश और हर क्षेत्र में संगणक के प्रयोग से कार्य को अत्यधिक गतिमान बनाया जा रहा है। ताकि कम समय में विकास के अनेकानेक सोपानों का लाँघ सके, राष्ट्र को उन्नत बना सके।

इस बीच एक सच सामने आया कि संगणक की उपयुक्तता संदेह से परे है लेकिन बहु भाषी देश भारत की करीब चालीस प्रतिशत जनता अब भी निरक्षर है। वह अपनी भाषा में भी साक्षर नहीं। दूसरी ओर जो शिक्षित या साक्षर हैं उनमें तीन प्रतिशत से अधिक लोग अंग्रेजी नहीं जानते। इसलिए यहाँ संगणक ऊँची दुकान की महँगी मिठाई सिद्ध न हो और जनता को उसके स्वाद (लाभ) से वंचित न रहना पड़े इस दृष्टि से सरकार ने राजभाषा हिंदी में संगणक पर काम करने की सुविधा का संकल्प किया। दुनिया के अनेक देशों ने संगणक के प्रयोग की विधियों को अपनी भाषा में विकसित किया है जिनमें जापान, फ्रान्स, चीन, जर्मनी तथा रुस आदि उल्लेखनीय हैं। अतः भारत ने भी अपनी भाषा हिंदी में संगणक के प्रयोग की विधियों को विकसित करने की आवश्यकता महसूस की है। दूसरी ओर रिक ब्रिग्ज नामक अमेरिकी विद्वान ने संस्कृत भाषा को संगणक के प्रोग्राम के लिए अधिक आदर्श भाषा घोषित करने के कारण उसकी लिपि देवनागरी भी संगणक के लिए अनुकूल हो सकती है यह आशा बलवत्तर होती गई।

देवनागरी लिपि और संगणक

वस्तुतः देवनागरी लिपि दुनिया की सर्वाधिक वैज्ञानिक एवं समृद्ध लिपि है। इसमें जैसा उच्चारण वैसा लेखन, प्रत्येक ध्वनि के लिए स्वतंत्र लिपि चिह्न, ध्वनियों का वर्गीकरण और मानक वर्णमाला के बावजूद देवनागरी लिपि संगणक के लिए अधिक अनुकूल सिद्ध हो सकती है इसे मानना पड़ता है। अंतर्राष्ट्रीय अंकों (आँकडों) को भी मानक हिंदी वर्णमाला में स्वीकृत किया है। अतः देवनागरी लिपि को संगणक के अनुरूप बनाना सरल हो सकता है। दिक्कत सिर्फ कुंजीपटल की है जिसके कारण संगणक का हिंदीकरण करने में बाधा आती है। क्योंकि हिंदी में करीब 200 संकेत और मात्राएँ हैं जब कि अंग्रेजी में करीब 52, अतः हिंदी का कुंजीपटल अंग्रेजी की तरह सरल और संक्षिप्त बना लेने में कठिनाइयाँ आती रही। जरूरत है विशालकाय की अपेक्षा लघुकाय तथा सरलीकृत कुंजीपटल बनाने हेतु देवनागरी लिपि को उसकी विशेषताओं के साथ सुरक्षित रखते हुए संस्कारित एवं संशोधित करने की।

संगणक के हिंदीकरण के प्रयास

संगणक के हिंदीकरण करने से देश का आम आदमी भी संगणकीय साक्षर हो सकता है। देश की जनभाषा और राजभाषा के रूप में हिंदी ही मान्य भाषा है। फलस्वरूप हिंदी को संगणक के अनुरूप ढालने और संगणक के प्रोग्राम हिंदी में बनाने में हमारे यहाँ कुछ संस्थाओं ने उल्लेखनीय प्रयास किए हैं। उनमें निम्नांकित संस्थाएँ अग्रणी हैं–

(1) सी. डैक, पुणे (महाराष्ट्र)।
(2) आर. के. कंप्यूटर रिसर्च फाउंडेशन, नई दिल्ली।
(3) मै. सॉफ्टेक प्रा. लि., नई दिल्ली।
(4) ए. सी. ई. एस., बैंगलोर (कर्नाटक)।
(5) आई. आई. टी. कानपुर (उत्तर प्रदेश)।

इन संस्थाओं ने हिंदी को संगणक-प्रोग्राम की भाषा बनाने हेतु कुछ 'पैकेज' भी विकसित किए हैं। साथ ही हिंदी सीख लेने के पैकेज भी उनमें से एक है 'मल्टीमीडिया स्वयं शिक्षक पैकेज'। यह 'लीला प्रबोध' नाम से जाना जाता है जिसे सी. डैक ने बनाया है। इसकी सहायता से हिंदी सीख लेना आसान है। इसमें दिए गए पाठ शिक्षण-प्रशिक्षण के नये तकनीक पर बनाये गए हैं जिनमें क्रमबद्धता, रोचकता, प्रभावात्मकता, आकर्षकता, सरलता और संक्षिप्तता जैसी विशेषताएँ मिलती हैं। इसके प्रयोग एवं सहयोग से हिंदी के शुद्ध उच्चारण एवं लेखन पर प्रभुत्व पाया जा सकता है।

हिंदी सॉफ्टवेयर पैकेज

यदि संगणक का हिंदीकरण करना हो तो उसके लिए हिंदी सॉफ्टवेयर पैकेज का निर्माण

पहली आवश्यकता होती है। मूल प्रोग्राम की भाषा के रूप में हिंदी को स्थापित करने हेतु ही हिंदी सॉफ्टवेयर की संकल्पना सामने आई है। ऊपर निर्देशित सभी संस्थाओं द्वारा इस दिशा में अनेक प्रयोग किए गए मिलते हैं। इनमें कम-अधिक मात्रा में सफलता भी मिल रही है। सॉफ्टवेयर पैकेज भी दो प्रकार के मिलते हैं–

(1) समर्पित सॉफ्टवेयर पैकेज (Dedicated Software Package)

(2) सामान्य उद्‌देश्यी सॉफ्टवेयर पैकेज (General Purpose Software Package)

ये दोनों ऐसे पैकेज हैं जो 'फ्लॉपी डिस्क' के रूप में उपलब्ध होते हैं। अतः सॉफ्टवेयर विकल्प में परिवर्तन करना जरूरी नहीं होता।

'देवबैस' सॉफ्टवेयर

यह वह सॉफ्टवेयर पैकेज है जो समर्पित सॉफ्टवेयर के अंतर्गत आता है। इसमें हिंदी में डेटा संसाधन / संस्करण की महत्त्वपूर्ण सुविधा है। हिंदी में काम करने के लिए यह एक उपयुक्त सॉफ्टवेयर है। इसका निर्माण मै. सॉफ्टेक प्रा. लि. नई दिल्ली द्वारा किया गया है जो डी-बेस III प्लस का द्विभाषी संस्करण है। डी बेस के डी-बेस IV तथा डी-बेस V ये संशोधित संस्करण भी निकले हैं। इस सॉफ्टवेयर पैकेज के ऐसे संशोधित संस्करण बनाये जाए जिनमें संपूर्ण संगणक-प्रोग्राम का हिंदीकरण हो सके। विश्वास है कि भविष्य में यह कार्य होकर रहेगा।

सुलिपि सॉफ्टवेयर

यह वह सॉफ्टवेयर है जो सामान्य उद्‌देशीय सॉफ्टवेयर के अंतर्गत आता है। इसका निर्माण आ. के. कम्प्यूटर रिसर्च फाउंडेशन, नई दिल्ली ने किया है। इस सॉफ्टवेयर के जरिए अपने व्यक्तिगत संगणक पर कार्यालय स्वचालन अर्थात् Office Automotion विषयक सारा कामकाज हिंदी तथा अंग्रेजी में साथ-साथ किया जा सकता है। उक्त संस्था ने 'सुलिपि सॉफ्टवेयर' पर आधारित एक 'इंटरफेस' का निर्माण कया है। इसकी मदद से किसी भी संगणक से संपर्क स्थापित कर संदेश का आदान-प्रदान किया जा सकता है।

अन्य सॉफ्टवेयर

सी. डैक, पुणे (महाराष्ट्र) की ओर से 'लीप ऑफिस 2.0' नामक एक 'इंटरफेस' का निर्माण किया है। इसके जरिए एम. एस. ऑफिस के अंतर्गत उपलब्ध 'वर्ड', 'एक्सेल', 'पावर पॉइंट' तथा 'पेजमेकर' इत्यादि में होते हुए विभिन्न भारतीय भाषाओं में कार्य किया जा सकता है।

सामान्य उद्‌देश्यीय सॉफ्टवेयर पॅकेज में ऐसे अनेक सॉफ्टवेयर पॅकेज उपलब्ध हैं

जिनके सहयोग से हिंदी में काम करना संभव है। इनमें निम्नांकित सॉफ्टवेयर पैकेजउल्लेखनीय हैं—

'लोटस' सॉफ्टवेयर पैकेज
'क्लिपर' सॉफ्टवेयर पैकेज
'डी बेस' सॉफ्टवेयर पैकेज
'फॉक्सप्रो' सॉफ्टवेयर पैकेज
'ओरेकल' सॉफ्टवेयर पैकेज
'सुलेजर' सॉफ्टवेयर पैकेज
'इंडिका' सॉफ्टवेयर पैकेज
'एरिस्ट्रक्स' सॉफ्टवेयर पैकेज
'इज्म' सॉफ्टवेयर पैकेज

हिंदी में काम करने के लिए उपर्युक्त सभी सॉफ्टवेयर पैकेज कम अधिक मात्रा में उपयुक्त सिद्ध होते हैं। इनके अलावा 'जिस्ट' (ग्राफिक्स & इंटेलीजन्सी बेस्ड स्क्रिप्ट टेक्नॉलॉजी) और 'डी. टी. पी.' जैसी सुविधाएँ लोकप्रिय हुई हैं। 'डी. टी. पी.' ऐसी सुविधा है जो द्विभाषी सुविधा प्रदान करती है। आज-कल 'टेलेक्स कार्ड' का प्रयोग भी किया जा रहा है जिसे अपने संगणक पर लगाने से संदेश की लेन-देन हो सकती है। इसके लिए कई कम्पनियों ने द्विभाषी साधन विकसित किए हैं। अब बाजार में ऐसे पैकेज भी उपलब्ध हो रहे हैं जिनमें नियमित सुविधाओं के अलावा हिंदी में ई-मेल प्रेषण-प्राप्ति की सुविधा और वेब प्रकाशन की सुविधा भी उपलब्ध है। जैसे—ए. सी. ई. एस., बैंगलोर ने 'आकृति ऑफिस' को, सॉफ्टवेयर प्रा. लि. ने 'अक्षर फॉर विंडोज' को और आर. के. कम्प्यूटर रिसर्च फाउंडेशन, नई दिल्ली ने 'सुविंडोज' को विकसित किया है जिन पर ये सुविधाएँ प्राप्त हैं। 'स्टार' सॉफ्टवेयर पैकेज अमेरिका में विकसित हुआ है जो बहुभाषी सॉफ्टवेयर है और जिसके जरिए हिंदी पाठ को रोमन लिपि के जरिए कुंजीयन कर 'डेटा इनपुट' किया जा सकता है और मुद्रण तथा 'आउटपुट' देवनागरी या वांच्छित लिपि में पा सकते हैं। 'श्रीलिपि सॉफ्टवेयर पैकेज' इन दिनों का देवनागरी में टंकण तथा मुद्रण का काम करने की दृष्टि से अत्यंत प्रसिद्ध और लोकप्रिय पैकेज है। इसमें करीब साढ़े चार सौ फांट उपलब्ध हैं। लेकिन संगणक का संपूर्ण कार्य हिंदी में करने के लिए यह पर्याप्त नहीं होता।

इसके अलावा ऐसे सॉफ्टवेयर भी विकसित किए गए हैं जो अनुवाद से संबंधित हैं। जैसे—'मंत्रा सॉफ्टवेयर पैकेज' मशीनी-अनुवाद के लिए है जिसे सी. डैक, पुणे (महाराष्ट्र) ने बनाया है। 'आंग्ल भारती सॉफ्टवेयर पैकेज' हिंदी-अंग्रेजी और अन्य भाषाओं के मशीनी अनुवाद के लिए है, जिसे आई. आई. टी., कानपुर, नोएडा और सी. डैक, पुणे के संयुक्त प्रयास से विकसित किया है।

हिंदी की मुद्रा कृतियाँ (Hindi Fonts)

संगणक पर हिंदी में कार्य करते समय सर्वाधिक उपयोगी माध्यम 'फांट' है। फांट का तात्पर्य है मुद्रित वर्ण का आकार, 'साइज' या आकृति। देवनागरी लिपि में टंकण करना हो तो उसके लिए विभिन्न शैलियों की आकृतियों (फांट) को चुना जा सकता है। हिंदी में काम करने के लिए आज-कल अनेक मुद्रा कृतियों (फांट्स) का प्रयोग बड़े पैमाने पर किया जा रहा है। हिंदी की कुछ महत्त्वपूर्ण एवं लोकप्रिय मुद्राकृतियों (फांट्स) में सुलिपि, श्रीलिपि, अर्जुन, शिवा, चाणक्य, नारद, नई दिल्ली और पारस आदि उल्लेखनीय हैं। इनके जरिए हिंदी का टंकण, मुद्रण तथा संगणकीकरण हो रहा है। लेकिन संगणक का हिंदीकरण होने के लिए अभी भी समय की आवश्यकता है।

पोर्ट (Port)

वस्तुतः 'पोर्ट' (Port) शब्द का तात्पर्य है 'सॉकेट'। केबल जोड़ने के लिए इसका प्रयोग किया जाता है। केबल की मदद से 'इनपुट' और 'आउटपुट' उपकरण 'पोर्ट्स' को जोड़ते हैं। 'पोर्ट्स' के भी दो भेद मिलते हैं–(1) सीरियल (मालिका) पोर्ट्स और (2) पैरलल (समानांतर) पोर्ट्स। 'सीरियल पोर्ट्स' का उपयोग माउस, की बोर्ड तथा मोडेम आदि को सिस्टम के साथ जोड़ने हेतु होता है। दूर-दराज तक 'डेटा' भेजने हेतु इनका उपयोग होता है। 'पैरलल पोर्ट्स' का उपयोग थोड़ी-सी दूरी पर बहुत-सा 'डेटा' भेजना या पाना हो तब बाह्य उपकरण जोड़ने हेतु किया जाता है। 'सिस्टम युनिट' के साथ छपाई यंत्र को जोड़ना इस पोर्ट का महत्त्वपूर्ण उपयोग है।

पोर्टल (Portal)

पोर्टल और कुछ नहीं एक सेवा देनेवाले 'प्रोग्राम' का ही नाम है। अब हिंदी का प्रयोग इंटरनेट तथा ई-मेल पर भी होने लगा है। इसमें पोर्टल का योगदान महत्त्वपूर्ण है। इंटरनेट पर हिंदी का प्रयोग सुलभ होने हेतु पोर्टल को विकसित किया गया है। अब अनेक पोर्टल उपलब्ध हो रहे हैं जिनके जरिए इंटरनेट तथा ई-मेल के लिए भी हिंदी को अपना सकते हैं। पोर्टल के अनेक उपयोग हैं, जैसे–

1. सभी प्रकार की जानकारी प्राप्त करना।
2. देश-विदेश के ताजा समाचार हासिल करना।
3. एक-दूसरे से संपर्क बनाये रखना।
4. साहित्य, शिक्षा, मौसम, क्रीड़ा, धर्म, दर्शन, समाज, संस्कृति, बाजार और पर्यटन विषयक सूचनाएँ तथा खबरें प्राप्त करना।
5. ई-मेल की सुविधा उपलब्ध कराना।

आज-कल हिंदी में भी उपर्युक्त सेवाएँ प्रदान करने हेतु पोर्टल का प्रयोग किया जाता

है। हिंदी में भी इस तरह पोर्टल उपलब्ध होने लगे हैं। पोर्टल के भी दो प्रकार मिलते हैं–(1) द्विभाषी पोर्टल और (2) बहुभाषी पोर्टल। ये दोनों प्रकार के पोर्टल हिंदी में काम करने हेतु प्रयुक्त हो रहे हैं।

संगणक और हिंदी के संबंध में उपर्युक्त तथ्य देखने पर यह कहने में संकोच नहीं होना चाहिए कि दोनों एक-दूसरे के पूरक तत्व हैं। संगणक के कारण हिंदी का और हिंदी के कारण संगणक का विकास हो रहा है। इसीलिए अब संगणक का हिंदीकरण और हिंदी का संगणकीकरण हो रहा है। भारत की जनभाषा और राजभाषा होने, देश में तथा दुनिया में अधिक संख्या में बोली जाने, उद्योग तथा व्यापार का दायरा फैलने और वैश्वीकरण का माहौल बढ़ने के परिणामस्वरूप हिंदी का संगणकीकरण शुरू हुआ है। अब आवश्यकता इसकी गति को बढ़ाने की है, साथ-साथ संगणक का ही हिंदीकरण करने की है।

10. संगणक और हिंदी : संभावनाओं के संदर्भ में

संगणक जैसे क्षेत्र में हिंदी की स्थिति बेहतर न सही, लेकिन बुरी जरूर नहीं। लेकिन इसे बेहतर बनाने की कुछ संभावनाएँ जरूर हैं। जैसे–

1. ऐसे सॉफ्टवेयर बनाना अब भी बाकी है जो अंग्रेजी के समान हर तरह के संगणक-प्रोग्राम की सुविधा हिंदी में उपलब्ध करा दें। इस क्षेत्र में विशेष ध्यान देने पर ही यह संभव होगा।
2. देवनागरी लिपि को अब भी संगणक के अनुरूप संशोधित किया जा सकता है। इससे संकेत एवं मात्राओं की संख्या सीमित हो सकती है। जैसे-ह्रस्व, दीर्घ, एक मात्रा, दो मात्राएँ, संयुक्त अक्षर आदि में एकरूपता एवं संक्षिप्तता लाना।
3. रोमन लिपि के कुंजीपटल के समान देवनागरी लिपि के कुंजीपटल का सरलीकरण एवं संक्षिप्तीकरण होना आवश्यक है। इस क्षेत्र में भी कार्य के लिए अधिक गुंजाइश है।
4. ऐसे सॉफ्टवेयर के निर्माण में शासकीय स्तर पर विशेष प्रयास किए जाने की आवश्यकता है जिससे संपूर्ण कार्यालयीन कामकाज हिंदी में करना सुलभ हो। साथ-साथ राष्ट्रीय कर्तव्य एवं जनहित को देखते हुए इनको मुफ्त में या अत्यल्प दामों में शासकीय, अशासकीय, निजी तथा सभी शैक्षिक संस्थाओं को उपलब्ध कराया जाए। हिंदी का संगणकीकरण बढ़ाने में यह अत्यंत उपयुक्त सिद्ध होगा।
5. विदेशों में भी हिंदी का प्रचार एवं प्रसार होने हेतु हिंदी सॉफ्टवेयर पैकेज अल्प दरों में बेचे जाएँ। इससे हिंदी का भी भला होगा और उसके फैलने से अपनी सुविधा होगी।
6. 'हिंदी विश्वकोश' (जो 25 खंडों में है) को इंटरनेट तथा वेब साइट पर उपलब्ध कराया जाए। यह उपक्रम हिंदी प्रेमियों के लिए उपयोगी खजाना सिद्ध होगा।

7. वैज्ञानिक तथा तकनीकी शब्दावली आयोग, नई दिल्ली द्वारा निर्मित विभिन्न विषयों की पारिभाषिक शब्दावली को इंटरनेट और वेब साईट पर उपलब्ध करना चाहिए। इससे हिंदी जानने हेतु अधिक सुविधा होगी।
8. 'मानक हिंदी वर्णमाला', 'हिंदी व्याकरण' एवं हिंदी भाषा की जानकारी देनेवाली स्तरीय पुस्तकों का चयन करना और उनको इंटरनेट तथा वेब साईट पर उपलब्ध कराना भी संगणक और हिंदी के बीच का नाता अधिक दृढ़ करने में उपयुक्त होगा।
9. उपयोगी हिंदी शब्द कोश, जैसे—'ज्ञान शब्द कोश', 'नालंदा विशाल शब्द सागर' और 'मानक हिंदी कोश' आदि के साथ-साथ द्विभाषी तथा बहुभाषा शब्द कोशों को भी इंटरनेट और वेबसाइट के जरिए सब के लिए खुला करने से हिंदी के विकास में सहयोग मिलनेवाला है।
10. हिंदी भाषा के एवं संगणक के विशेषज्ञों की एक वेब साईट बनाई जाए। इसलिए कि आनेवाली पीढ़ी उनसे संपर्क कर अपनी जिज्ञासाओं को तुष्ट कर सके, समस्याओं तथा बाधाओं को दूर कर सके। संगणक और हिंदी, दोनों के दृढ़ संबंध के लिए यह जरूरी लगता है।
11. हिंदी पढ़नेवालों तथा हिंदी की रोटी खानेवालों के लिए संगणकीय हिंदी का प्रारंभिक पाठ्यक्रम अनिवार्य कर दिया जाए। ताकि हो सकता है आगे चलकर इन्हीं में किसी का योगदान हिंदी को संगणक के अनुकूल बनाने में महत्त्वपूर्ण सिद्ध होगा।
12. एक ऐसा सॉफ्टवेयर बनाया जाए जो 'सॉफ्टवेयर का सॉफ्टवेयर' हो। इसमें अब तक के बनाये गए सभी सॉफ्टवेयर पैकेज की जानकारी और उसमें निहित सुविधाओं का परिचय दिया गया हो। इससे हिंदी में कार्य करने की इच्छा रखनेवालों की सुविधा होगी तथा संगणक के हिंदीकरण में वृद्धि होगी इसमें संदेह नहीं।

संदर्भ ग्रंथ-सूची

1. 'विश्व-हिंदी' तृतीय विश्व हिंदी सम्मेलन के अवसर पर प्रकाशित स्मारिका, पृ. 100 प्रकाशक—श्री शंकरराव लोंढ़े, 1983, नई दिल्ली।
2. डॉ. नारायणदत्त पालीवाल—आधुनिक हिंदी का प्रयोग, पृ. 74 तक्षशिला प्रकाशन, 1995, नई दिल्ली।
3. सं. अरूण पुरी—'इंडिया टुडे -साहित्य वार्षिक', पृ. 32, धूमिल की डायरी के अप्रकाशित अंश से, 1995

4. सं. जगदीश चतुर्वेदी–'भाषा' त्रैमासिक पत्रिका, पृ. 196
5. डॉ. शुभंकर बनर्जी–'नवभारत' दैनिक (रविवारीय), पृष्ठ-3, 23 जनवरी, 2000, पुणे।
6. सं. गोपाल राय–'समीक्षा' त्रैमासिक, पृष्ठ-3, अप्रैल-जून, 1995, पटना, बिहार।
7. सं. गोपीकृष्ण राठी 'मधुकर'–राष्ट्रभाषा हिंदी, पृष्ठ-91, प्रिंटवैल प्रकाशन, जयपुर, 1995।
8. डॉ. अर्जुन चव्हाण–अनुवाद : समस्याएँ एवं समाधान, पृष्ठ-125, अमन प्रकाशन, कानपुर, 1999।
9. डॉ. शंकरदयाल शर्मा–हिंदी भाषा और भारतीय संस्कृति, पृष्ठ-80, किताबघर प्रकाशन,नई दिल्ली, 1997।
10. डॉ. दुविजराम यादव–प्रयोजनमूलक हिंदी व्याकरण, पृष्ठ-11, साहित्य रत्नाकर प्रकाशन, कानपुर, 1989।
11. सं. राजेंद्र अवस्थी–'कादंबिनी' मासिक, पृष्ठ-17-18, अक्तूबर, 1999, नई दिल्ली।
12. इंडिया टुडे (साहित्य वार्षिकी, अंक -2002), पृ. 4, नई दिल्ली (डॉ. मैनेजर पांडेय के कथन से उद्धृत)।
13. आलोचना त्रैमासिक, जनवरी-मार्च, 2001 (सहस्राब्दी अंक), पृ. 148, नई दिल्ली। (जितेंद्र भाटिया के 'वैश्वीकरण, विज्ञान और बाजार की राजनीति' लेख से उद्धृत)।
14. शिवाजी विश्वविद्यालय की शोध-पत्रिका, पृ. 104, कोल्हापुर। (डॉ. अर्जुन चव्हाण के 'इक्कीसवीं सदी की हिंदी : स्वरूप एवं उपादेयता' शोधपत्र से उद्धृत।)
15. 'वागर्थ' मासिक, पृ. 50, लीलाधर मंडलोई के लेख "टी. वी. के लिए चुनौती खड़ी कर रहा है एफ. एम. रेडियो" से उद्धृत, जुलाई, 2004, कोलकाता।
16. 'नवभारत टाइम्स' दैनिक, पृ. 3, 24 जुलाई, 2004, मुंबई, यज्ञ शर्मा लिखित 'खाली पीली' स्तंभ से उद्धृत।
17. 'नवभारत टाइम्स' दैनिक, पृ. 3, 17 जुलाई, 2004, मुंबई, यज्ञ शर्मा लिखित 'खाली पीली' स्तंभ से उद्धृत।
18. 'हंस' मासिक, पृ. 14, मार्च, 2004, नई दिल्ली।
19. 'हंस' मासिक, पृ. 12, अप्रैल, 2004, नई दिल्ली।
20. 'हंस' मासिक, पृ. 14, मई, 2004, नई दिल्ली।
21. 'उपलब्धि' पत्रिका, पृ. 63, महाराष्ट्र हिंदी परिषद के मुंबई अधिवेशन-विशेषांक से डॉ. अर्जुन चव्हाण लिखित 'जनसंचार माध्यम दूरदर्शन और हिंदी' शोध-निबंध से उद्धृत, अक्तूबर, 1997, मुंबई।
22. 'संचार माध्यम और हिंदी', पृ. 5, टी. जे. कॉलेज खडकी–पुणे में संपन्न राष्ट्रीय संगोष्ठी के विशेषांक में कमलेश्वर लिखित 'सूचना प्रौद्योगिकी की विस्फोटक क्रांति' से उद्धृत, जनवरी, 2003।
23. हिंदी फिल्म 'शोले' से उद्धृत।
24. हिंदी फिल्म 'अमर, अकबर, अंथनी' से उद्धृत।
25. प्रशासनिक शब्दावली, अंग्रेजी-हिंदी, भूमिका से, पृ. X भारत सरकार, नई दिल्ली, सं. 2002
26. 'यूनेस्को दूत' पत्रिका, पृ. 39, (हिंदी संस्करण) नवंबर, 1990, नई दिल्ली।
27. 'विश्व के मानचित्र पर हिंदी', अंक (तृतीय विश्व हिंदी सम्मेलन के उपलक्ष्य में), पृ. 61 विज्ञापन

एवं दृश्य प्रचार निदेशालय—भारत सरकार, नई दिल्ली।
28. संपादक डॉ. रवींद्रनाथ श्रीवास्तव—प्रयोजनमूलक हिंदी, पृ. 67
29. 'भाषा' त्रैमासिक, प्रथम विश्व हिंदी सम्मलेन अंक, पृ. 64, डॉ. गोपाल शर्मा के 'प्रयोजनी हिंदी : स्वरूप और व्यापकता' लेख से, केंद्रीय हिंदी निदेशालय—भारत सरकार प्रकाशन, नई दिल्ली, 1975।
30. डॉ. कृष्णकुमार गोस्वामी—प्रयोजनमूलक भाषा और कार्यालयी हिंदी, पृ. 13, कलिंगा प्रकाशन, दिल्ली, 1992।
31. हरिबाबू कंसल—राजभाषा हिंदी : संघर्षों के बीच, पृ. 113, सुधांशु बंधु प्रकाशन, नई दिल्ली, 1991।
32. डॉ. विनोद गोदरे—प्रयोजनमूलक हिंदी, पृ. 16, वाणी प्रकाशन, नई दिल्ली, 1991।
33. डॉ. सुरेशकुमार—अनुवाद सिद्धांत की रूपरेखा, पृ. 74, वाणी प्रकाशन, नई दिल्ली, 1986।
34. डॉ. द्विजराम यादव—प्रयोजनमूलक हिंदी व्याकरण, पृ. 165, साहित्य रत्नाकर प्रकाशन, कानपुर, 1989।
35. 'विश्व हिंदी'—पृ. 125, तृतीय विश्व हिंदी सम्मेलन की स्मारिका—प्रो. माणिक गोविंद चतुर्वेदी के "भारत की भाषिक एकता : परंपरा और हिंदी" लेख से, संस्करण 1983, नई दिल्ली।
36. 'सामयिकी'—पृ. 48, महाराष्ट्र हिंदी परिषद के धुलिया अधिवेशन की पत्रिका, डॉ. शशि मुदिराज के "तेलुगु और हिंदी : साहित्यिक आदान-प्रदान की दिशाएँ तथा संभावनाएँ" आलेख से, 1990, धुलिया।
37. 'विश्वभारती' त्रैमासिक, पृ. 38, सं. रामसिंह तोमर, डॉ. विश्वनाथ अय्यर के "केरल और हिंदी के संपर्क स्रोत" लेख से, विश्वभारती प्रकाशन, शांतिनिकेतन, पश्चिम बंगाल—अंक 1-4, मार्च, 1995.
38. डॉ. भोलानाथ तिवारी—अनुवाद विज्ञान, पृ. 15 -16, शब्दकार प्रकाशन, दिल्ली, चतुर्थ संस्करण, 1984।
39. डॉ. गार्गी गुप्त तथा विश्वप्रकाश गुप्त—पश्चिम में अनुवाद काला के मूल स्रोत, पृ. 6, भारतीय अनुवाद परिषद प्रकाशन, नई दिल्ली, प्रथम संस्करण, 1992
40. सं. नवलजी—नालंदा विशाल शब्द सागर, पृ. 1388, आदीश बुक डिपो, नई दिल्ली, संस्करण, 1988।
41. 'विश्व के मानचित्र पर हिंदी'—तृतीय विश्व हिंदी सम्मेलन के अवसर पर प्रकाशित अंक, पृ. 111-112, डॉ. प्रभाकर माचवे के लेख 'हिंदी और अन्य भारतीय भाषाएँ : आदान-प्रदान' से, सूचना एवं प्रसारण मंत्रालय, भारत सरकार प्रकाशन, नई दिल्ली, 1983।
42. सं. डॉ. प्रभातशास्त्री—'राष्ट्रभाषा संदेश' पाक्षिक पत्रिका, पृ. 1, साहित्य सम्मेलन प्रकाशन, प्रयाग, इलाहाबाद, 31 अगस्त, 1993, भाग-13, अंक-24।
43. सं. जगदीश चतुर्वेदी—'भाषा', तृतीय विश्व हिंदी सम्मेलन अंक, पृ. 159, केंद्रीय हिंदी निदेशालय, शिक्षा तथा संस्कृति मंत्रालय, भारत सरकार प्रकाशन, नई दिल्ली, 1983।
44. सं. राजेंद्र यादव—'हंस' मासिक पत्रिका, पृ. 33, ओमप्रकाश वाल्मीकि द्वारा लिया शरणकुमार लिंबाले का साक्षात्कार, अक्षर प्रकाशन प्रा. लि., नई दिल्ली, दिसंबर, 1995।
45. The New International Webster's Pocket Computer Dictionary of the

English Language, England, Pro-Sales Directed Ltd. England.

46. Computing Essentials—Timothy J. O'leary Linda I. O'Leary—Published by Tata Ms. Graw-Hill Publishing Company Ltd., 7 West Patel Nagar, New Delhi.